은총의 여로
(恩寵의 旅路)

「봄비의 책」 5

은총의 여로
(恩寵의 旅路)

부제: 우리 주님의 생명 싸개 속의 은총 (삼상 25:29)

김봉철 지음

도서출판 새한

책머리에

1. 하나님, 한 번도 나를
    실망 시킨 적 없으시고
    언제나 공평과 은혜로
    나를 지키셨네.
(후렴)
    오 신실하신 주 오 신실하신 주
    내 너를 떠나지도 않으리라
    내 너를 버리지도 않으리라
    약속하셨던 주님, 그 약속을 지키사
    이 후로도 영원토록
    나를 지키시리라 확신하네.
2. 지나온 모든 세월들
    돌아보아도
    어느 것 하나 주의 손길
    안 미친 것 전혀 없네.

하나님께서 내게 주신 많고 특별한 은사 가운데 주님의 사랑과 은혜를 찬양하는 복음성가 중에 이 찬양을 나의 고백적인 찬양으로 즐겨 부른다.

이제 90세를 앞에 두고 방황할 때도 여호수아 1:9의 말씀에서와 같이

은총의 여로(恩寵의 旅路)

「내가 네게 명한 것이 아니냐? 마음을 강하게 하고 담대히 하라, 두려워 말며 놀라지 말라, 네가 어디로 가든지 네 하나님 여호와가 너와 함께 하느니라, 하시니라」라고 하신 약속대로 언제나 내 곁에 계셔서 어려움도 시련도 위험한 중에도 구원해주시고 막아주시고 건져주신 우리 주님의 은혜가 아니면 오늘의 나는 없었을 것이다.

내가 걸어 온 길 자욱마다 걸음마다 차고 넘치는 내 하나님 아버지의 크신 사랑과 긍휼의 자국을 내가 아니면 누가 기억 할 수가 있겠는가! 나 같은 불비한, 미련한 종과 함께 90평생을 내 손 잡으시고 이끌어 주신 은총을 글로나마 남겨서 하나님이 아니시면 그 누구도 할 수 없는 그 긍휼에 넘치는 사랑과 은혜를 증거하여 하나님께 영광을 돌려 드리기 위하여 이 글을 쓴 것이다.

아직도 출판해야 할 원고뭉치가 서너 개가 남았지만 시간의 흐름에 따라 여러 면에서 제약을 받아서 내 손으로 출판하는 일은 이 작품이 마감 출판 작품이 될 것 같다.

끝으로 이처럼 보잘 것 없는 글을 한 권의 책을 이루기 위하여 그처럼 바쁜 건설회사에서 감리로 근무하며 수고하면서 많은 원고 정리와 출판비용을 지원을 해준 내 아우인 유관상의 고마움을 잊을 수가 없고 네 권의 책을 출판하는 일에 심혈을 기울여 만들어 주신 새한출판사 민병문 장로님, 참으로 감사드립니다.

아직도 글을 쓰기에 미숙하고 불비한 글이지만 나 같은 종을 통하여 역사 하신 하나님의 크신 은혜에 동참하는 마음으로 읽어 주기 바랍니다.

2023. 03.
전주 황방산 아래에서
春雨 (봄비) 김봉철 목사

우리 주님의 생명 싸개 속에 싸인
은총 (삼상 25:29)

"여호와는 나의 목자시니 내가 부족함이 없으리로다. 그가 나를
푸른 초장에 누이시며 쉴만한 물가로 인도하시는 도다. 내가
사망의 음침한 골짜기로 다닐지라도 해를 두려워하지 않을 것
은 주께서 나와 함께 하심이라. 주의 지팡이와 막대기가 나를
안위하시나이다. (시 23:1~4)

    나는 하나님의 말씀은 전부 소중한 하나님의 생명의 말씀이어서 어느
성경 한곳도 보배롭지 않은 말씀은 없는 내 영을 소생시켜주시는 말씀
이지만 그중에 시편을 더욱 사랑하고 시편의 말씀은 영적인 찬양이고
기도이어서 그토록 내 심령에 넘치는 은혜를 공급해주는 말씀이다.

    시편 150편 중에 다윗이 읊은 영감이 넘치는 찬미가 대부분을 이루
고 있음을 볼 수 있다.

    나는 다윗의 대표적인 찬양시인 시23:을 더욱 사랑하고 한국의
대표적인 성악가로 활동한 이동범 교수가 그 영감에 젖어 듣는 이의
심금을 울린 대표곡으로 불러서 나는 성가 중에 시23:의 찬양을 그토
록 사랑했고 많이 불러서 많은 신자들을 감동시킨 일이 있었다.

    바로 내가 쓰고자 하는 "우리 주님의 생명 싸개 속의 은총"은 참으로
보잘것없는 죄인 된 나를 오늘에 이르기까지 인도하시고 보호하시고 아

끼시고 사랑하시어 주신 산 체험의 고백 배경이 시23:인 것이다.

꿈결처럼 지나온 세월 속에서 수없는 죽음의 위험한 경지를 지나는 동안 삼상25:29의 말씀에서와 같이

"내 주의 하나님 여호와와 함께 생명 싸개 속에 싸였을 것이요!"

라고 하신 말씀과 같이 순간의 위기 속에서도 기이하게 보호하시어 상처 한 곳 난 곳 없고 피 한 방울 흘린 일이 없도록 막아 주시고 붙들어 주신 그 특별한 은총의 사랑을 고백하지 않을 수 없는 강권적인 우리 하나님의 헤아릴 수 없는 섭리를 남기려고 하는 것이다.

하나님께서 이토록 쓸모없는 죄인이라도 주님의 십자가에 쓰시기 위하여 구원의 복음의 세계선교와 지역사회계층과 특수시설에 수감된 자들과 우리 주님의 사랑을 필요로 하는 마25:34~40의 사람들을 돌아보라고 나를 그토록 사랑하신 것이다.

하나님께서 나에게 주신 달란트가 참 많은데 그 중 반도 쓰지 못하고 이제 나를 이 땅에 주님의 종으로 보내신 하나님 앞으로 떠나야 할 날을 준비하며 특별히 음성에 축복하시어 찬양할 수 있도록 공급해 주신 은혜를 감사드릴 뿐이다.

내가 즐겨 고백하며 부른 찬양 가운데

"오 신실하신 주"를 부를 때면 가슴속에서 눈물 젖은 고백으로 나를 감격케 하신다.

  1. 하나님 한 번도 나를 실망 시킨 적 없으시고
      언제나 공평과 은혜로 나를 지키셨네.
(후렴)
      오! 신실 하신 주 오 신실하신 주
      내 너를 떠나지도 않으리라!
      내 너를 버리지도 않으리라
      약속하셨던 주님

그 약속을 지키사
이후로도 영원토록
나를 지키시리라 확신하네.
2. 지나온 모든 세월들 돌아보아도
어느 것 하나 주의손길 안 미친 것 전혀 없네!

이 복음 성가의 가사는 나 같은 사람을 87세에 이르도록 이끌어 주신 말할 수 없으신 신실하신 하나님의 은혜와 사랑과 축복과 보호하심에 대한 꾸밈없는 나의 고백의 찬양이다.

이제 내가 겪은 갖가지 사고와 위험 속에서 지키시고 건지신 일들을 다 기억지 못하나 잊혀지지 않은 도우심의 손길을 더듬어서 기록하고자 한다.

제1화

넘어진 나의 머리를 스치고
지나간 군용트럭의 바퀴 밑에서

우리 가정의 신앙의 역사는 지금부터 95~8년 전인 1925년경이 될 것 같다.

명석한 두뇌를 가지시고 예능과 기능의 특수한 재주를 가지신 아버님은 전북 정읍군 태인에서 부유하게 잘사는 집의 삼대 독자로 태어나서 전혀 고생을 모르고 사셨고 어릴 때부터 뛰어난 재능을 보신 할아버지께서는 아들을 특별히 잘 가르쳐서 크게 쓸 인물로 기르시려고 집안에 아버지만을 위한 독서당을 정하고 유능한 훈장을 수소문하여 17세가 되도록 모든 학문을 다 배우게 하셨다.

어릴 때 아버지께서 쓰신 필치를 보면 어디서도 (그 당시) 볼 수 없는 아주 특수한 필치로 쓰셨던 글솜씨를 잊을 수 없고 손재주가 좋아서 짚으로 짚신을 삼아 우리의 어릴 때 신겼는데 어느 신발에서 볼 수 없는 정교하고 아름다운 새 짚신을 신고 나가면 아이들은 부러워하고 어른들은

"네 짚신을 누가 삼아 주었느냐! 참! 예쁘게 잘 삼았다"라고 칭찬해 주었고 멍석이나 각종 짚으로 만드는 가구가 튼튼하고 모양새가 남달리 곱고도 아름답게 만들어 썼던 기억을 지울 수가 없고 특별히 수수 빗자루나 갈대 꽃술로 만든 빗자루는 그렇게도 튼튼하고 아름다웠다.

무엇이든지 손으로 만드는 것은 모양이 아름답고 튼튼했고 가운이 기울어서 조실부모하시고 연결해주는 사람이 없어서 그처럼 박학다식하고 명철의 글재주를 하나도 쓰지 못하시고 고향인 태인에서 정읍군 산외면의 어느 작은 마을로 이사하여 어렵게 사는 중 할아버지께서 돌

아가시게 되어 어렵게 어머님을 만나게 되어 가정을 이루고 가난 속에서 견딜 수 없는 고생을 탈피하려고 무작정 200리 길에 가까운 이리 지역의 변두리인 익산군 북일면 영등리 청복동 (당시 이리 지역이 시골로 시로 발전하고 있어서 벌어먹고 살려고 주로 남원지역에서 이주하여 모여든 산골의 작은 마을에 와서 아무런 대책도 없이 하루하루 일거리를 찾아 막노동 일거리를 가리지 않고 일할 것만 있으면 참여하여 일했고, 일이 없으면 빈손으로 돌아오게 되는데 그 당시의 막노동자의 하루 일당으로 살 수 있는 곡식은 차조 1되(1L) 값이었다.

이 차조 1되가 우리가족 5~6명의 하루의 식량이어서 그 반을 나누어서 가마솥에 멀건 죽을 끓여서 먹었고 점심식사는 아예 이름조차 기억이 나지 않는다. 그러니까 일거리가 날마다 있어야 하는 데 하루라도 없어서 일을 못 하게 되면 그 다음날은 종일 굶게 되어서 굶주림의 가난의 설움은 원 없이 경험하면서 자랐다.

어머니께서 솥을 씻어놓고 아버지께서 저녁 늦게 차조 1되라도 사오면 죽을 끓이려고 기다리다가 빈손으로 돌아오면 온 가족이 서럽게 울던 시절을 지금도 그 가난의 설움은 가슴 깊이 들려 오는 것 같다.

나는 막둥이여서 어머니 곁에서 늘 잠잤다.

작은방 한 칸에 5~6명의 가족이 잠자면 빠듯했다.

그런데 배가 너무 고프니까 잠이 오지 않아서 서럽게 울곤했다.

"엄마! 배고파! 엄마! 배고파!"

아무리 서럽게 울어도 아무런 대책은 없었다.

어머니는 배고프다고 서럽게 울다가 잠 못 드는 나를 꼭 안으시고

"아이고 이를 어쩐 다냐! 우리 아이가 배고파서 죽겠네!"

라고 우시던 어머니의 그 가난의 무력한 부모로서 어쩔 수 없는 한을 울음에 새겨서 더 서럽게 우시는 울음소리를 자장가 삼아서 잠이 들곤 했던 그 서러운 기억이 나를 오늘에 나보다 어려운 이웃의 서러움을 달래는 사랑의 종으로 쓰시는 것이다.

그날도 아버지께서는 일거리를 찾아서 이리 시내를 새벽에 나가서 찾고 돌아 다니셨는데 일거리를 찾지 못했던 것이다. 그런데 언덕 밑의

큰 건물 속에서 노래 소리의 합창소리가 들려오는 것이다.

음악성이 좋으셔서 시조를 읊으면 그 누가 따를 수 없을 만큼 명창이셨던 아버지께서는 일감도 못 찾아 헤매는 중에 혹시 좋은 일이나 있을까? 생각하고 그 건물까지 다가갔더니 사람들로 가득 차서 노래를 부르고 있었고 노래가 끝나고 나니까 점잖게 생긴 남자분이 한복으로 정장하고 두루마기를 입고 나와서 연설하는데 한학을 배워 유식하신 아버님을 사로잡아서 이제 일거리는 생각 않고 그 연설에 귀를 기울이고 있는데 점잖게 생기고 깔끔하게 차려입은 젊은 여인이 곁에 오더니

"선생! 안으로 들어가서 편히 앉아서 들어 보시지요!"
라고 권하는 것이다.

아버지는 부끄러움을 많이 타시는 편인데 건물 안에 앉아있는 사람들을 보니 다 깨끗이 옷들을 잘 입은 사람들인데 아버지가 입고 있는 옷은 일꾼의 남루한 옷이어서 권하는 여인에게

"말씀은 감사한데 내가 입고 있는 옷이 남루하여 못 들어가겠으니 그냥 여기 서서 듣겠다!"고 말하니까

"괜찮습니다. 어서 들어가세요!"
라고 강권하여 어쩔 수 없이 부끄러움을 무릎 쓰고 건물 안으로 들어가서 빈자리에 앉아서 그 연설인지 강연인지 모르나 아주 감동적인 이야기에 빠지게 되어 그 내용은 잘 모르겠으나 긍정적으로 받아들이게 된 것이다. 많은 시간이 지난 후 강연은 끝났는데 강사 되는 사람이 하는 말이

"오늘 여기 오신 분 중에 제 말을 듣고 마음에 감동을 받아서 예수 믿을 사람은 손을 들으세요!" 하는 것이다.

아버지께서는 확실한 것은 모르지만 지금껏 강사가 강연한 이야기를 통하여 생각해 보니

"아! 예수 믿으면 그렇게 된다는 얘기였구나!"라고 생각하면서 "여기요!"라고 하시면서 손을 번쩍 드신 것이다.

그러니까 강사가 하는 말이 "아이고 감사도 해라! 오늘 이 형제가 하나님의 자녀 되어 우리와 같이 천국백성이 되었습니다.

할렐루야!"라고 기뻐하는 것이다. 그 후 몇 사람이 더 손을 들었고 순서에 따라서 집회를 마친 것이다. 이 감동의 순간으로 우리 가정은 오늘에 이르도록 4대째의 신앙가정이 시작된 것이다.

이 큰 건물은 "후리교회"였다.

이곳이 이리시 후리지역(지금의 익산시 주현동)이였고 강연을 하던 분은 한국초대교회의 그 유명한 부흥사였던 김익두 목사님이였고 안내하던 여인은 이 후리교회를 섬겼던 전도부인(여전도사)이었다. 이 후리교회는 일제 강점기 교회 탄압정책에 의하여 이리 중앙교회로 강제 합병하게 되었고 해방 후에 이리 제일교회로 분립되었다가 조선신학교 출신에 의한 신 신학(자유주의 신학) 파동으로 보수 신앙인들이 분립하여 나와서 이리 성락교회를 세우게 되었고 그 이후 신광교회에서 몇 명의 신자와 고현교회에 다니던 신자들과 우리가족의 성락교회 출신 교인들이 모여서 청북교회를 세우게 되어 우리 가족의 본교회로 이루어 신앙의 터전을 이루게 된 것이다.

하나님께서는 아버지의 그 극심한 가난으로 인하여 부요하신 하나님의 축복의 자녀 되어 자자손손 4대의 신앙가족으로 그 자손 중에 목사가 4사람 안수집사 권사 집사로 신앙의 축복을 누리게 하신 은혜를 감사드린다.

내가 처음 겪은 사고는 1953년 2월로 생각된다.

6.25동란의 발발로 이리동중학교의 입학시험에 합격하여 학교에 가서 입학 등록금 납부 고지서를 받아들고 힘없이 걸어 나오면서 울었던 것이 지금도 가슴이 아프다.

잊혀지지 않는 등록금 233,800원!

농촌에 살면서도 한학자이신 아버지의 직업은 "농업"도 아닌 "노동"이어서 6.25 이후에는 어디에서도 일할 곳은 없어서 사실상 "실업자"였고 작은형이 시내에서 함석가공공장에서 일하여 굶지는 않고 살았고 큰형님은 먼저 전쟁 중 군대에 영장없이 잡혀서 군에 입대했고 이어서 아침에 공장에 일 나가다가 붙잡혀가서 육군에 입대했다는 소식을 들으면서 우리 가족의 생계 대책은 내가 책임져야만 했다.

6.25동란이 일어나지 않았더라면 작은형의 약속대로 좋은 대학까지 진학했을 것이다.

그러나 롬8:28의 말씀과 같이

"우리가 알거니와 하나님을 사랑하는 자 곧 그 뜻대로 부르심을 입은 자들에게는 모든 것이 합력하여 선을 이루느니라."

라고 하신 말씀과 욥기 23:10의 말씀과 같이

"내가 가는 길을 그가 아시나니 그가 나를 단련하신 후에는 내가 정금 같이 나오리라!"

고 하신 말씀대로 힘들고 어렵고 좌절하고 낙심할 수밖에 없는 그 길, 인간으로서는 전혀 알 수 없는 그 길의 건너편에 나 같은 죄인을 사랑 하신 나의 주님의 예비해 두신 경륜 속에서 모든 준비된 길로 인도 하셨음을 고백 하고자 한다.

6.25동란 이후에 교회에서는 처음으로 정상적인 중고등 학생을 중심 으로 하는 학생회가 조직이 되어서 교육전도사 제도가 아직 없었던 시절 이었으므로 자체적인 활동으로 이어 갔었다.

학생회를 위한 책임 지도 교사는 없었고 당회의 직접적인 지도가 있었던 것 같다.

후에 내가 고등 성경학교를 2년간 다닌 것을 근거로 학생회 종교부 장을 역임하여 학생회 헌신 예배 때 설교가 무엇인지도 모르는 주제에 설교를 했는데 높은 강단에 올라가서 강대상에 서고 보니 150여 명 의 교우들이 (저녁 예배 시) 나를 쳐다보는데 눈이 300여 개가 집중된 것을 보고 떨려서 정신이 나갈 지경이어서 성경봉독 후에 찬양순서가 (찬양 대) 있었는데 성경을 읽고서 그냥 설교를 했는데 제목은

"말세와 성도의 준비"라는 제목으로 설교한 것 같다.

너무 흥분하고 떨려서 써가지고 간 설교 원고의 글자가 보이지 않아 서 무엇이라고 대강 기억이 나는 대로 20여분동안 설교하고 강단 의자 에 앉았는데 사회 보는 학생회장이 찬양순서가 빠졌다고 찬양대의 찬

양이 있겠다고 한 후 학생회 찬양대의 찬양을 마쳤다.

광고시간에 대표 장로께서 나와서 신중한 태도로 나의 설교를 평가했다.

"마지막 때를 당하여 어린 학생들이 들려준 설교가 우리의 잠든 영혼을 일깨워 주었습니다. 우리 모두 영적으로 각성하여 마지막 시대를 지혜롭게 극복해 나갑시다."

라고 칭찬하고 들어가서 나는 정말 어떻게 된 일인지?

어리둥절했었다.

학생회가 조직된 후에 처음 맞는 학생회 수양회(오늘의 수련회 부흥회를 겸한 특별집회)여서 호기심과 관심을 가지고 열심히 참석해서 낮에는 성경공부를 하고 밤에는 부흥회로 3~4일 동안 집회를 한 것 같다.

우리 집에서 교회까지는 4Km가 넘는 길이었다. 우리 동네에서는 혼자서 참석을 했다. 저녁시간이 밤 8시에 집회가 있었던 것으로 기억된다. 저녁을 먹고 성경 찬송가와 노트를 옆구리에 끼고 어두워진 밤길을 걸어갔다. 길이 자동차가 거의 없는 때여서 겨우 2차선의 도로였고 돌 자갈로 포장된 열악한 길이었다. 하수 관리도 불안전하여 고랑을 파고 물길을 만들고 고랑 양편에는 콘크리트도 아닌 채석장에서 정치석을 떼낸 후 견치석이라고 네모꼴형의 돌로 한편은 정상적인 네모 형이고 한 편 끝은 1자형의 네모꼴의 꽁지로 된 값이 싼 돌을 이모저모로 맞추어서 흙이 무너지지 않게 쌓아 놓았다.

그런데 시간이 가면서 빗물에 젖고 겨울에 얼었다가 녹으면 자동차의 진동과 무게의 충격으로 쌓은 견치석이 물러날 수 있고 빠지기도 하는데 지금처럼 도로 보수나 빗물 하수 고랑에 대한 보수공사는 크게 무너져서 차가 못 다니게 되는 일이 아니면 손을 대는 일이 거의 없던 때였다.

교회에 가는 길에는 이리 농림 고등학교가 있고 그 울타리 가에 신작로였다. 그곳에 왔을 때였는데 어둔 길을 더듬어 가는 앞에 큰 군용 트럭이 오고 있었다. 내가 걷고 있는 학교 옆 갓길의 반대편의 갓길 밑은 10여 m의 언덕이므로 트럭이 안전하게 가려고 내가 걷고 있는 갓

은총의 여로(恩寵의 旅路)

길 쪽으로 거의 바짝 붙어서 오고 있었다. 좁은 밤길에 군용 트럭의 헤드라이트의 강렬한 불빛에

나는 위험을 느끼고 갓 물길 고랑 가에 쌓은 견치석 끝을 앞이 보이지 않으니까 아주 조심스럽게 발로 더듬으며 걷고 있었다.

그런데 군용트럭이 내 곁으로 다가 왔다.

그 순간 내가 디디려고 내민 발밑의 견치석이 무너져 내려 허공이 된 곳을 밟는 순간 내 몸은 빗물 고랑으로 빠지고 나의 윗몸은 길 안쪽으로 넘어지고 트럭 바퀴는 길 쪽으로 넘어져 땅에 머리가 쾅 닿는 순간 넘어진 머리를 앞뒤 바퀴가 스르르 씻고 지나갔다.

그 순간 정신을 잃었다. 한참 있다가 정신이 돌아왔는데

"지금 내가 살아 있는 거냐? 죽은 거냐?" 구분이 되지 않아서

넘어진 채로 정신을 가다듬으려고 어둠속에서 애를 썼다.

그런데 생각나는 것이 있었는데 죽은 사람은 꼬집어도 아프지 않다는 생각이 떠올라서 넘어진 채로 손을 뻗어 다리를 꼬집었다. 아! 그런데 아픈 것이다.

그제야 "내가 죽지 않고 살아 있었구나!"

군용트럭의 바퀴가 나의 넘어진 몸의 머리털만 스치고 지나갔구나! 라고 생각하며 일어서는데 빗물고랑에 서있는 것이다.

그제야 더듬거리며 성경 찬송가와 노트를 찾아서 들고 길로 올라왔고 한숨을 "휴" 내쉬고 머리가 깨지지 않았는가? 만져보니 깨진 곳은 없고 머리에 흙 묻은 트럭의 바퀴가 스치고 지나가면서 남긴 흙덩이 깨진 것들이 묻어 있어서 한참 떼어내고 교회로 가면서 "이렇게 되어 사람이 죽게 되는 것이구나!"라는 것을 나의 사는 동안 처음 겪는 사고의 순간에 느끼게 되었고 "하나님께서 살려 주셨구나!"라고 생각하며 감사한 마음으로 교회에 가서 집회를 잘 마치고 집으로 왔었다. 넘어질 때 길 쪽으로 2cm 이상 더했더라면 나의 두개골은 박살이 났을 것이다. 생각하면 아찔한 순간 나의 주님의 손으로 받아서 살리신 놀라운 기적의 보호와 은총이었다.

제2화

주님의 종으로 쓰시기 위한
강권적인 능력의 보호의 손길
(삼례 한내 다리 철교 위에서의 기적의 역사)

나 같은 죄인은 하나님 앞에 전혀 무익한 죄인이고 하나님의 종으로 쓰시기에는 너무도 무자격한 내 양심으로 아무리 생각해 보아도 내어 놓을 것이 아무것도 없는 보잘 것 없는 사람임을 고백한다.

그러므로 한 번도 꿈에도 주님의 종 목회자가 된다고 마음먹을 수도 없었고 하나님께 주의 종이 되겠다고 서원한 일도 없었음을 말해 둔다.

먼저 6.25동란은 내게서 이 세상적인 면에서는 성공할 수 있는 모든 조건을 빼앗아 갔기 때문이다.

하나님께서 내게 주신 지능지수(IQ) 140 정도나 된다.

하나님께서 내게 주신 달란트는 예능적이고 학문적인 것이고 나의 작은 형에게 주신 달란트는 기능성이었다.

이것은 우리 부모님께서 우리에게 물려주신 것인데 손재주는 아버지와 어머니의 그 정교한 솜씨를 작은형에게 상속해 주셔서 초등학교 다니면서 도장을 파서 돈을 벌어서 작난감 공작 제품의 재료를 사다가 조립하고 깎아 만들었다.

대나무를 깎아서 백지나 화선지를 붙여서 하늘로 날리는 비행기를 두 종류나 만들었다.

한 종류는 프로펠러 비행기이고 한 종류는 그라인더 비행기인데 프로펠러 없이 날리는 비행기이다.

작은형은 만드는 재미로 계속 별별 것을 다 만들었고 다 완성해 놓으면 그것은 나의 것이 되어 조작법을 잘 알지 못하기 때문에 곧 부셔버리고 말았다. 그래도 나의 작은형은 한 번도 나를 혼내거나 때린 일은 없이 동생인 나를 극진히 사랑하였다. 공작제품은 거의 다 만들었다.

하나님께서 우리 부모님을 통하여 나에게 상속하여 주신 달란트는 앞서 말한대로 예능과 학문적인 재능을 상속시켜 주셨다. 나의 작은형과 나는 상속받은 그 보배로운 재능들을 6.25동란과 가난 때문에 다 발굴하여 쓰지 못하고 거의 대부분을 사장해 버리고 인생을 마치는 것이 너무 아깝고 안타깝지만 이것 역시 우리 하나님의 선하신 경륜가운데 계획하시고 진행하심에 감사드릴 뿐이다.

나에게 주신 달란트는 먼저 학문적인 면에서 다른 사람에게 없는 것이나 못하는 것을 할 수 있는 연구 분석 확인 등으로 쉽게 아는 것보다 좀 더 깊이 알고 다양하게 알려고 전문적인 학교 공부를 못했으므로 학문적인 차원이라기보다는 경험적이고 실용적인 면에서 전문성을 띄었다고 말할 수 있겠다.

이를 위하여 부단히 노력하고 알아보고 실험도 하고 책에서 신문잡지에서 내가 알고 싶은 것을 부단히 읽고 공부하고 알아야 할 것은 다양하게 공부한다.

길가에 굴러다니는 종이쪽지에서도 내가 알고 싶고 알아야할 지식을 취득했다.

지금도 다 나누어 주었으면서도 계속 모으고 참고하는 책이 1,000여 권이나 되지만 목회할 때는 다방면의 다양한 책들이 3,000여 권이 넘었다. 책 살돈이 없어서 신학교 재학시절에는 점심값을 아껴서 책을 샀고 간식하나 껌이나 아이스크림하나 사먹지 않고 책을 샀다. 새 책보다는 헌책을 더 많이 샀다.

거기서 필요한 지식을 습득했기 때문에 무식한 사람 취급 받지 않고 굉장히 공부 많이 한 유식한 사람인줄 알고 함부로 대하지 않았고 한 가지를 알아도 깊이 다양하게 알려고 애썼기 때문에 만물박사라는 말도 듣게 된 것이다.

농촌교회에서 목회하고 있을 때 내가 사는 마을의 똑똑하고 지식있는 유지 한분이 우리 집을 방문했다. 나의 서재 방으로 안내하고 다과를 대접하며 이야기하고 갔는데 그가 마을의 유지여서 마을의 양로 당에서 우리 집에 방문한 이야기 중

"서재 방에 갔는데 책들이 수천 권이 꽂혀있는데 세상에 불교의 경전이 상당히 있음을 보았고 백만 대장경까지 가지고 공부하는 무서운 목사"라고 극찬한 것이다.

이로서 마을 노인정의 노인들이 나를 더욱 높여주고 존경하던 모습을 잊지 못한다.

내가 세상 학문을 공부했다면 유명한 학자는 아니더라도 석학으로 불러졌을 것이다.

책들도 목회에 필요한 주석 류가 27종이나 되어서 게을러서 다 참고하지 못했어도 최소한 2~5종류의 주석 류 나 강해 서를 펼쳐놓고 설교를 준비했고 신학교 강의를 준비했다.

일반적인 문학, 사상, 역사, 인물, 신앙적인 참고서등 할 수 있는 종류의 책들을 수집하여 비치해두고 참고했다.

원예도 경험과 연구로 관리했고 문학도 다양한 책들을 비치했다. 그러나 늘 피로를 느끼는 건강문제로 책을 많이 읽지 못하고 필요할 때에 참고 하는 데에 유용하게 쓰여졌음을 감사드린다.

하나님께서 내게 주신 은사 가운데 부모님을 통하여 상속받은 것 중에 대표적인 것이 음악성이다.

아버지나 어머니의 음성이 아주 고운 음성이어서 아버지의 음성은 테너에 가깝고 어머니의 음성은 소프라노에 가까웠다.

특히 아버지께서는 시조를 노인들 모인 곳에서 읊으면 다른 노인들이 따를 수 없는 장엄한 목소리로 감동을 주곤 하셨다.

나는 음성으로 할 수 있는 것은 다 할 수 있는 기능을 주셨다.

성악 (테너, 베이스, 바리톤 등 할 수 있다)

은총의 여로(恩寵의 旅路)

기악 (경제적인 여유가 없어서 작은형님을 통하여 내손에 들어온 것은 스텐피리, 에코디온 등을 즐겼고 톱 연주, 인도네시아의 앙글롱 등을 연주할 수 있다)

지휘, 작사, 작곡 등 공부했으면 훌륭하게 했을 것이다.

연예부분에는 배우, 탤런트, 코미디언, 성우, 아나운서 등 음성으로 할 수 있는 것은 다 했을 것이다.

문학도 배우지 못했고 지도를 받지 못해서 작품은 나오지 못했으나 초등학교시절에 시라고 쓴 것이 50여 편이나 되었는데 누가 지도해주는 이가 없어서 발전하지 못했고,

소설, 수필, 동화(작가, 당선) 동시 등 다양한 분야에서 활동했을 것이다.

그러나 하나님께서 주님의 종으로 부르시고 주님의 청지기직을 맡기셔서 오늘에까지 쓰시기 때문에 다른 면에서의 달란트에 매달려서 본연의 사명에 소홀히 하기 쉬우므로 허락하지 않으셨음을 감사 할뿐이다.

그러나 나의 하나님은 나 같은 죄인을 보배 피 값으로 사셨으므로 아주 특별한 관리를 하심을 한 순간도 잊을 수가 없다.

나는 명색이 모태신자다. 7세 때부터 시골집에서 6Km 정도에 있는 이리 후리교회까지 혼자서 주일학교에 다녔다. 무엇을 가르쳤고 무엇을 배웠는지 기억이 안 난다.

주일학교 공과는 "만국통일 성경공과"이었던 것 같다. 혼자서 가야 하니까 가지 않을까봐서 주일학교에 갈 때는 시골아이답게 바지저고리(어머니께서 짜신 무명배로 친수로 만들어 입히신 것)를 입고 어느 때는 아버지께서 삼아주신 짚신을 신고 갔고 보통 교회 갈 때만 신을 수 있었던 검은 고무신을 신고 다녔다.

교회 갈 때마다 1전짜리 하얀 양은으로 마든 돈 2개를 주신다.

하나는 헌금 바치고 하나는 집에 올 때 풀빵 사먹으라고 주셨다. 1전이면 풀빵이 2개여서 주일학교에 다녀오면서 풀빵 사먹는 재미로 가지 않으려고 때 쓰지는 않았다.

이렇게 주일학교에 다니면서 자랐어도 교회의 예식인 세례와 성찬

예식이 있는 줄을 청년이 되어서도 몰랐다.

6.25 동란을 겪고 휴전을 거치면서 1953년 어느 새벽에 이리 청복교회가 기도회로 시작되어 교회로 성장했고 목조건물 40평을 지어 아직 예배는 드리지 않던 때에 새벽기도 드리려고 혼자서 기도하고 있는데 성령의 감화가 뜨겁게 임하고 중생의 감동적인 사역을 이루어 주셨다.

나도 모르게 회개의 기도가 터져 나왔다.

주일학교를 졸업한 모태신자가 형들이 군에 입대 한 후 가족의 생활을 책임지게 되어 공장에 나가서 일하면서 같이 일하는 친구들과 술을 많이 먹게 되어 일을 마치고 나면 술자리를 만들어서 먹었다. 아버지로부터 술 먹는 것까지도 상속받아서 아버지께서 막걸리 1통을 메고는 올 수 없어도 잡수시고 오겠다고 들었는데 나도 20세 전후 하여 술자리에서 가장 많이 먹어본 경험은 소주 4병 반까지 먹었다.

그리고 다른 방탕생활은 하지 않았는데 이것이 새벽기도 시간에 터져 나와서 얼마나 울면서 예배당 마룻바닥을 뒹굴며 회개했다. 시계가 없으니 새벽 몇 시에 나왔는지 모르나 기도를 마치고 일어나 보니 해가 중천에 떠 있었다. 일어나면서 고백하기를

"하나님! 그동안 술 먹고 방탕한 짓을 했던 것 용서하시고 이제는 주님만을 위하여 살겠습니다."

라고 기도했는데 이 기도가 나를 주님의 종으로 쓰시기 위한 고백이었던 것 같다.

이 후로 신약 포켓성경을 사서 빨간 색연필을 가지고 그냥 성경말씀이 너무 소중하여 한 말씀도 소홀히 할 말씀이 없었다.

그래서 읽고 또 읽고 색연필로 줄을 치고 또 치고 해서 온 성경이 빨갛게 물들게 되었고 성경이 그토록 사랑스러울 수가 없었다. 그러니까 1953년 10월 셋째주일인 10월 24일 주일이었다. 새벽에 이리 성락교회의 새벽예배에 참석했다. 주일 새벽이었다. 나 같은 무익한 죄인을 향하신 아주 특별한 계획을 세우신 날이었다. 새벽예배를 마치고 기도하고 가려고 앉았는데 목사님이 부르시는 것이다. 목사님은 북한에서

피난 나오신 김형우 목사님이었다.

"봉철아! 니 이리 오래이"

나를 부르시는 목사님 곁에는 새벽예배에 참석하신 두 장로님도 같이 있었다. 내가 목사님이 부르신 곳으로 걸어갔더니 목사님이 "니 그리 앉거레이!"라고 말씀하시어 목사님과 장로님들이 앉은 앞에 앉으면서도 나를 부르신 이유를 알 수 없어서 긴장한 모습으로 앉았다. 목사님이 나에게 물으셨다.

"니 세례 받았디?"

나는 세례가 무엇인지도 몰랐다.

"아직 못 받았습니다"라고 대답했더니

"이 녀석, 니 세례도 안 받고 찬양대원과 주일학교 교사를 했니?"라고 책망하신다. 엉겁결에

"제가 하고 싶어서 했나요? 목사님께서 하라고 임명해주셔서 아무 것도 모르고 했습니다."라고 대답했더니 목사님이 긴장한 모습으로 두 장로님과 잠깐 상의하신 후

"봉철아! 니 학습은 받았디?라고 물으셨다.

"나는 학습도 안 받았습니다."

목사님이 하시는 말씀이

"봉철아! 니 오늘 학습 받으레이!"라고 말씀하셨다.

나는 목사님 말씀을 듣고 깜짝 놀랐다.

전혀 예상치 못한 말씀이었기 때문이다.

나는 펄쩍 뛸 정도로 강하게 항의했다.

"목사님! 학습을 받으려면 기도하고 준비해야 하는데 아무런 준비도 없이 어떻게 받습니까? 안 됩니다.

이 말을 들은 목사님은

"이 녀석아! 학습을 지식으로 받는 줄 알아? 믿음으로 받는기야!"라고 하면서 나무라신다.

나는 아무리 생각해 보아도 준비를 안 해서 다음에 받겠다고 대답했

다. 그랬더니

"이 녀석 목사의 말을 거역할거야?"라고 호되게 책망 하신다.

나는 목사님의 말씀을 거역하면 큰 일이 날 것 같아서 준비를 못했으나 목사님의 말씀에 순종하는 마음으로 학습을 받겠노라고 대답했다. 사실 이 자리는 나를 위한 특별 당회로 모였던 것이다. 목사님이 기도하고 학습문답이 시작 되었다. 갑작스런 준비가 안 된 문답이어서 가장 기본적인 쉬운 것으로 묻게 되었다.

나는 주일학교 졸업생이고 모태 신앙이어서 기본적인 문제를 대답하는 데는 문제가 되지 않았으나 준비없이 갑자기 묻는 문제에는 알면서도 선 듯 대답하지 못하는 일이 있었다.

그때는 목사님이 물으신 문제는 장로님들이 거들었다.

"목사님! 그 문제는 이 사람이 잘 아는 문제인데 너무 갑자기 물으시니까 어물어물 하네요!"라고 말하여 통과했고 장로님들이 질문하는 문제 중에서 어물거리면 목사님이 대변해 주셨다.

"그런 걸 모를라구!"

이렇게 해서 학습문답은 끝났다. 목사님이

"니 학습은 통과 되었데이!"라고 말하고 장로님들과 잠깐 상의한 후에 다시 부르신다.

"봉철아! 니래 오늘 세례까지 함께 받으레이!"라고 말씀하셨다.

나는 그럴 수 없다고 거절했다. 목사님은 화를 내시면서

"니레 목사의 말에 불순종 할 낀가?"라고 책망하셨다.

나는 두려움을 감추지 못하고 학습도 송구스럽게 준비 없이 받았는데 세례는 더욱 두렵다고 대답했다.

하나님께서 이같이 더욱이 주일 새벽기도회 후에 나 같은 죄인을 하나님의 종으로 쓰시려고 특별히 계획 세우시고 특별당회를 나 혼자를 위하여 모이게 하시고 학습과 함께 아주 특별하게 세례문답까지 하게 되는 특수한 예를 남기게 하신 뜻을 조금 지나서야 알게 되었다.

나는 목사님과 장로님들이 나 같은 별 볼일 없는 사람을 위하여 쏟

은총의 여로(恩寵의 旅路)

은 사랑을 후일에야 깨닫게 되었다. 세례문답이 시작되었다. "사도신경을 외워 보라! 십계명중 제4계명과 5계명을 외우라! 잘 외우는 성경구절을 암송하라!"

나는 한창 성경 읽는 일에 불이 붙었고 그때만 해도 외우는 일에 아주 능숙하게 마7:7~12을 달달달 외웠다.

동석한 장로님들이 더 물을 것이 없으니 마치자고 말하고 목사님이 받아들여서 문답을 마치고 목사님이 장로님들과 문답결과를 이야기하고 목사님이 나에게 지시 하신다.

"봉철이 니래 세례문답까지 합격했으니 오늘 주일 낮에 세례식이 있고 성찬예식이 있으니 준비하고 오거레이!"라고 말씀하셨다.

나는 하나님께서 특별히 예비하신 계획 속에서 상상도 못했던 학습과 세례문답을 함께 받는 특례를 남기면서 그날 나와 전날 문답을 마친 친구와 함께 세례를 받고 감격의 눈물 속에 감격의 첫 성찬예식에 참여하였던 것이다.

그 후 이제는 자격 갖춘 찬양대원의 직무와 주일학교 교사직에 내 간에는 내가 할 수 있는 한 최선을 다했다.

한 해가 가고 새해 들어 2월의 어느 새벽에 새벽예배를 마치고 집에 오려고 일어서는데 목사님이 부르신다.

"봉철아! 여기 니게 필요한 문서이니 참고하고 전주 고등성경학교에 가서 수속 밟거레이!"라고 말씀하시며 전주 고등성경학교 입학 요강이 든 봉투를 주셨다. 사실 이 일로 인하여 우리 가족의 모교회인 이리 성락교회와는 헤어지게 되는 계기가 된 것이다.

그것은 그해 (1955년) 5월 5일에 우리 집 바로 옆에 이리 신광교회의 박성언 장로님과 우리가정이 주축이 되어 세워진 청복교회가 입당예배를 드리고 예배를 시작하여 우리 가족이 성락교회에서 옮겨왔기 때문이었다. 그래서 하나님께서 바쁘게 일을 처리하게하신 것이다.

얼마 안 되는 전주 고등성경학교 등록 수속금을 준비해가지고 난생 처음 전주를 찾아가는데 6.25후의 어려운 가정 사정 때문에 등록금과 왕복 기차표 값 외에 점심값도 없이 전주까지 가서 전주 고등성경학교의 위치를 물어서 (신흥고등학교 옆에 위치해 있어서 찾기는 쉬웠다) 찾아가서 입학절차를 거쳐서 등록하고 등록금을 납부했다.

이제 손에 남은 돈은 전주에서 이리 역까지의 차비만 남았다.

나는 전주역까지 가서 기차표를 사려고 생각하다가 전주에서 이리까지는 60리길(24Km)인데 걸어서 가면 기차표 값은 떨어지는 것 아닌가! 하는 생각이 들어서 차비를 아끼려고 걷기로 한 것이다. 그런데 문제는 처음 길이라 길을 잘 몰라서 힘들 것 같았다. 다시 생각해보니 기차를 타고 왔으니 그 기차 길을 따라가면 될 것 같았다.

그래서 전주역을 벗어난 곳에서 일부러 철길 밑을 걸어서 출발했다. 그런데 철다리를 만났다. 다리위의 침목을 건너뛰며 걸어야 하는데 처음에는 겁이 났지만 작은 철교는 건널 만했고 조금 넓은 곳은 정신 차리고 천천히 건너뛰면서 지났다. 그러면서도 처음 걷는 철길이어서 그 철길로 기차가 다닌다고 하는 생각은 하지 못했다. 이렇게 해서 삼례까지 왔다. 거기는 한내천 이라는 말은 들었지만 기차 길의 철교가 그렇게 길게 펼쳐진 것은 몰랐다. 그리고 교각이 높아서 침목위에 서서 보니 무서워서 도저히 철길로는 가지 못할 것 같아서 인도교로 가 볼까? 생각해 보니 거리가 상당히 멀었다. 그래서 무섭지만 용기를 내어서 철길로 가기로 작정하고 423m가 되는 긴 철교위로 기차가 다닌다고 하는 생각은 전혀 하지 못했다.

건너면 건널 수 있겠다고 하는 마음으로 천천히 조심스럽게 침목 한 개 한 개를 밟고 갔다. 처음에는 겁나고 떨리고 무서웠는데 조금 가니까 오히려 재미가 붙었다. 다리 중간쯤 침목만 보며 걷고 있는데 이상한 예감이 들어서 머리를 들고 앞을 쳐다보니 다리 끝에서 어떤 사람이 큰 소리를 하면서 두 손을 흔들며 야단이었다.

나는 저 사람이 왜? 저러지? 하고 생각하는 순간 내 뒤에서 "뛰 ~" 기차 소리 기적이 요란하게 울리며 기차가 달려오고 있는 것이다. 나는 정신 차릴 여유가 없었다.

은총의 여로(恩寵의 旅路)

"아! 나는 죽는구나!" 생각하는 사이 내 곁에 긴급대피소가 설치된 것이 보였다. 긴박한 순간 몸을 날려 대피소에 몸이 닿는 순간 기차는 "뛰 ~ 뛰뛰 ~ " 기적을 울리고 달려 지나갔다.

나는 온몸에 땀이 흘러내리는 것을 보았다. 그리고 온몸에 힘이 쑥 ~ 빠졌다. 간신히 정신을 차리고

"아! 하나님께서 살려 주셨구나!"

생각하며 눈물이 나왔다. 철교가 423m나 되는 긴 다리여서 긴급 상황에 대처하기 위하여 3곳에 정확한 거리로 나누어서 긴급대피소를 설치했음을 돌아보면서 발견했다.

어떻게 열차가 가는 철길의 침목만 바라보면서 건너다가 머리를 들게 하신 하나님이 나를 살리려고 역사하셨다. 한걸음만 앞섰어도 열차를 피하지 못하고 죽었을 것이고 한걸음만 뒤 처졌어도 살지 못했을 것이다. 꼭 긴급대피소 옆에서 기차를 만나서 피하여 살려주신 아주 특별하신 은총 속에서 오늘의 내가 살아있도록 생명 싸개 속에 싸여 지키시는 하나님의 크신 은혜를 찬송할 뿐이다.

기차가 지나간 후에 생각해 보았다. 이제 어떻게 할까? 앞으로 가면 다리 끝에서 기다리는 관리인이 그냥 두지 않을 것 같고 뒤로 돌아가려고 생각하니 지금껏 애타게 건너온 수고가 아까워서 그렇게는 못할 것 같아서 그냥 가던 대로 가서 매를 맞던지 혼날 것을 각오하고 건너갔다.

예상대로 소리치던 사람은 철교 관리의 안전요원이었다. 가까이 다가가니 눈을 부릅뜨고 야단을 치는 것이다.

"당신 죽으려고 작정했어? 이게 기차 다니는 철길이야! 철길!.

사람이 건너다가는 기차에 치어 죽는 길이야. 당신만 죽는 것이 아니라 내 모가지도 날라 간단 말이야!"

나는 머리를 숙여 사죄하고 용서해 달라고 빌었다. 전주 길이 처음 길이어서 길은 모르고 차비는 없고 해서 기차가 다닌다고 하는 생각은 못하고 건넜다고 사정이야기를 하며 용서를 빌었다.

다리 관리인은 내 말을 들으면서 분이 풀어지는 것 같았다.

"오늘 당신은 꼭 죽었을 것인데 기적적으로 살았으니 그냥 보내니 다시는 이런 위험한 모험은 하지 말아야 해! 어서 가!"

라고 보내어 다시 한 번 잘못을 용서해주어 감사하다고 인사하고 걸어서 집으로 왔다. 그 장면에서 살 수 있는 확률은 백분의 일도 있을 수 없는 위기에서 살려주신 하나님의 은혜와 크신 사랑을 어찌 잊을 수가 있겠는가?

죽었던지, 살았다고 해도 비극적인 장애자가 되었을 것이다.

이런 엄청난 은혜의 간증을 목사들 앞에서 말하면 한 결 같이 하는 말은 "목사님! 운이 진짜 좋았네요! 라고 말하고 한 사람도 "하나님께서 기적적으로 살려 주셨네요!"라고 말하는 소리는 들어보지 못해서 저들의 영적인 안목이 왜! 저런가?라고 섭섭한 마음이 들곤 한다. 나는 지금도 삼례교의 철다리를 보면 나 같은 죄인을 그렇게도 사랑하시고 아끼시고 지키시는 은혜를 생각하며 감사드리며 바라본다.

은총의 여로(恩寵의 旅路)

제3화

예배당(익산, 청복교회) 건축 중 트러스 추락 사고에서 지켜주신 하나님의 은혜

1945년 8월 15일 일제 36년의 압제에서 해방되기까지는 이리 시내에는 장로교회는 이리지역의 모교회가 되는 고현교회와 고현교회에서 분립하여 세워졌던 후리교회와 중앙교회가 있었는데 일제의 교회 탄압으로 인하여 교회 합병정책으로 후리교회(교회가 소재한 지역이 이리 읍 후리였고 해방 후에 이리시가 되면서 주현동으로 지역명이 변경됨) 이리 중앙교회(지금의 인화동이고 이리 중앙초등학교 남쪽에 위치했음)와 합병되어 있었고 이리 성결교회와 구세군이 있었다.

해방 후에 이리 중앙교회와 합병되었던 후리교회가 분리하여 이리 우체국 부근의 일본 사찰건물을 매입하여 교회 명칭을 이리 제일교회라고 고쳐서 예배를 드렸고 고현교회에서 이리 신광교회가 분립되어 이리 극장 부근의 2층을 임대하여 예배드리다가 부흥하여 지금의 위치(일본인 사찰 자리)에 장소를 이전하여 부흥되었다.

신광교회에서 장로로 세움 받은 고 박성언 장로(건축기술, 기와공) 가정을 중심으로 기장 파동으로 이리 제일교회에서 분립되어 이리 성락교회가 세워져서 섬기던 우리가정과 고현교회에 출석하던 김창권 집사와 신광교회에 출석하던 홍인순 집사 가정이 6.25 사변이 정전된 후에 청복동에 교회를 세우기로 목적하고 박성언 장로 부인인 김춘석 권사의 아들인 양판석 집사의 가정 (청복동에서 가장 안정적인 생활을 하여 아름다운 정원과 새로 지은 큰 집이어서 박성언 장로 가정에서 기도회로 넓은 방 3개에 가득이 모여 예배드리다가 1954년 가을에 (10월) 현 교회 위치인 고 김창권 집사의 호밀밭(약 200여 평)을 쌀 2말을 주고 매입하여 지상 40여 평의 목조건물로 최초의 청복교회의 건물을 건축하게 된 것이다.

건물구조는 고 박성언 장로의 구습에 매인 정신의 생각 때문에 예배당 안에서 남녀가 가까이 앉으면 범죄하기 쉽다고 길이나 넓이가 벙벙하게 설계하여 짓게 된 것이다.

예배당 건축 비용은 같이 기도회에 모여 예배드린 신자들 중에는 헌금을 낼만한 사람이 없어서 (금요일 밤에 기도회로 모일 때에는 작은 액수의 헌금을 드린 것이 기초가 되었고 별도로 건축헌금으로 드린 일은 없었다) 거의 전액을 고 양판식 장로와 고 박성언 장로의 가정에서 충당한 것이다. 모 교회인 신광교회에서 약간의 지원이 있었던 것으로 안다. 그 당시 신광교회도 예배당 이전에 따른 재정부담의 과중으로 지원해줄 여력이 많지 않은 상황이었다.

고 박성언 장로의 애타는 헌신적인 모습을 내가 처음부터 지켜보았으므로 그 실상을 너무나 잘 알고 있다. 건축할 재목을 외상으로 가져다 건축을 시작하고서 목재상에게 대금을 지불하지 못하여 책임자가 와서 건물을 헐어버린다고 난리를 몇 번 부리는 장면을 보았었다.

이럴 때면 고 박 장로님은 걱정도 없이 "헐어 가려면 헐어가라! 돈을 안 준다고 안 했고 돈 나올 곳이 있는데 아직 나오지 않은 것뿐이니 헐어 갈 테면 헐어가라! 돈이 나오면 목재를 사다가 지으면 된다"고 배짱 좋게 버티던 모습을 잊을 수 없다.

목조 건물 예배당을 건축하기 위하여 목재상에서 목재를 싫어 오는 데는 약촌 마을에서 과수원을 이루어 안정되게 살아가는 지난날 사탄에게 괴로움을 당하여 고생 많이 하면서 점쟁이에게 매달리느라고 재산도 많이 날리면서 먹여 살리는 중에 점쟁이가 지어준 이름이 "복구실"인데 성이 정씨라 "정복구실"로 불리어진 평신도가 있었다.

은총의 여로(恩寵의 旅路)

점쟁이가 양심 있는 사람이어서 아무리 애를 써도 마귀가 나가지 않고 괴롭히니까 정복구실 씨를 불러놓고 하는 말이 "당신을 괴롭히는 귀신을 내 힘으로는 내보내지는 못하겠으니 예수 귀신에게 가면 힘이 있는 귀신이니 당신을 고칠 수 있을 것이니 예수귀신을 섬기는 교회에 나가라!"고 권하여 기도회 모임에 나오게 되었고 이 사실을 알고 고박성언 장로를 중심으로 몇몇 여 집사들과 열심히 심방하여 특별 기도를 드렸고 그 후에 하나님의 도움으로 고침을 받아서 안정을 누리게 되었다.

이 일로 인하여 그 남편 이 씨는 후에는 교회에 나와서 직분까지 받았지만 예배당을 건축할 당시에는 아직 신앙생활을 하지 않으면서도 소와 달구지를 부탁하면 기쁘게 허락하여 일꾼이 소를 몰고 달구지에 재목을 운반하여 주었다.

어느 때는 일꾼이 할 일이 많아서 소와 달구지만 허락이 될 때는 한 번도 달구지를 끌어본 일이 없는 내가 애를 먹으면서 달구지에 재목을 실어 온 일도 있었다.

예배당 건축에는 두 사람의 목수에 의하여 건축이 진행되었다. 한 사람은 50대의 숙련공이고 한 사람은 30대의 아직 기술이 미숙한 편인 사람이었다. 목재를 손질하여 바닥에 깔면서 기둥을 하나둘 세우고 윗부분을 다 짜서 맞추고 이제 천정을 이룰 트러스를 하나씩 올리게 되었다.

40평 건물의 장방형의 형태로 건축하다 보니 그 길이가 10m 가까이 긴 구조물로 이루어졌다. 지금 같으면 기중기로 들어서 맞추면 되는데 그때는 위험한 수작업으로 진행하여 올렸다. 큰(높은) 기둥을 세우고 삼발로 묶어서 그 기둥 꼭대기에 도르래를 달아서 트러스를 줄로 매고 몇 사람이 줄을 잡아당기면 쉽게 조립할 수 있었는데 건축목수가 그 방법을 몰랐던 것 같다.

조립한 기둥 틀에 사다리를 놓고 올라가서 (양편에) 밑에서 그 육중한 거의 10m나 되는 트러스를 긴 각목으로 받쳐서 올리는 아주 위험한 작업으로 진행되었다.

트러스 끝이 조립할 기둥에 걸치게 되면 양편의 흔들리는 조립한 기둥에 올라간 건축 목수가 받아서 기둥에 걸쳐지면 트러스 중간 높은 곳에 양편으로 드리운 동아줄로 세워서 조립하려고 파놓은 기둥에 꽂아서 고정 시키고 그 후에는 트러스끼리 요동치지 않도록 고정하기 위해 각목으로 고정시키고 위아래를 고정 시키는 작업이 마쳐지면 다음 기둥으로 작업을 옮겨 가며 둘째 트러스의 고정 작업을 마치고 셋째 트러스 틀을 올리는 작업을 진행했다.

바닥에서 트러스를 떠받치는 작업은 청년 9사람이 담당했다. 양편 트러스 끝 부분을 동아줄로 묶어서 목수가 잡아 올리고 아래서는 9명의 청년이 각목으로 받쳐서 올리는 작업이 진행되었고 고 박성언 장로님은 위험한 작업임을 알기 때문에 조금 떨어진 곳에 서서 작업을 지도하고 있었다.

모두가 긴장한 가운데 50대 숙련공 목수는 트러스 끝을 잘 받아서 기둥을 연결한 재목에 걸어놓고 30대의 아직 미숙한 목수가 트러스 끝 부분을 잘 받아 걸기를 기다리고 있었다.

기둥의 높이는 거의 6m 정도나 되었다.

30대 목수가 트러스 끝 부분을 받아서 기둥 끝에 걸려고 힘을 쓰다가 힘에 겨워 그만 잡고 있던 동아줄을 놓치고 말았다.

순간 "철렁" 소리와 함께 3m까지 올라갔던 트러스가 땅에 "털썩"하고 떨어졌다.

순간적인 사고여서 피할 시간적 여유가 없이 아래서 트러스를 떠받치던 9명의 청년들이 트러스에 깔리고 말았다. 나는 순간 아찔해서 차마 눈을 뜨지 못했다.

나는 살았는데 다 죽은 것만 같았다. 겨우 정신을 차렸을 때 고 박성언 장로님의 소리가 들렸다.

" 아이고 이것을 어쩌나?"

이 소리를 듣고 겨우 둘러보았다. 그런데 "할렐루야!" 9명의 청년들이 모두 트러스 빈틈 사이사이로 서있는 것이다. 먼저 내가 곁에 있는 청년에게 물었다.

"너 안 다쳤니?" 물으니

"안 다쳤어!"

"너는?" "나도"

6m까지 올라갔다가 바닥에 떨어진 트러스에 한 사람도 죽지 않고 피 한 방울 나지 않게 지켜주신 하나님의 능력과 은혜, 내 눈에서 눈물이 흘렀다.

모두가 감사 감격의 눈물을 흘렸고 고 박성언 장로님은 눈물을 닦으시며

"하나님! 감사합니다"라고 말하며 청년 한 사람 한사람의 손을 감격한 눈으로 보면서 꼭 쥐어 주었다.

또한 감사했던 것은 그 불완전하게 조립된 기둥에 사다리에 의지하고 작업하던 두 목수들도 추락하지 않고 겁에 질리고 떨면서

내려와서 청년들을 위로하고 격려한 것이다.

정신을 차리고 쉬었다가 삼발이에 긴 나무기둥을 묶고 기둥 끝에 도르래를 달고 밧줄에 트러스를 묶어 올리는 작업으로 남은 세 개의 트러스 조립 작업을 마쳤다.

왜? 처음부터 그 안전하고 쉽고 편한 작업방법을 택하지 않고 위험한 사고가 예고된 방법으로 공사는 진행했는지?

아직도 궁금증이 풀리지 않는다.

만일 그 사고로 한 사람만 죽거나 다쳐서 불구가 되었다면 청복교회는 어떻게 되었을까! 그런데 그 트러스 밑에 9사람의 청년이 쥐덫 치듯이 쳤는데도 몇 사람이 죽고 병신 될 수 있는 사고 속에서 청복 부락과 그 주위에 산재한 그 소중한 영혼 구원을 위하여 세워지는 청복교회를 위하여 9명의 청년과 두 목수를 그 강한 생명 싸개 속에 싸서 지켜주신 그 크신 은혜는 생각하면 할수록 정말 하나님만이 하실 수 있는 능력으로 기적 속에 기적으로 지켜 주셨던 것이다.

군인 짚차 운전기사의
순간의 기절한 사건

1956년 2월 어느 날의 일이다.

1954년 우리 주님의 인도하심을 따라 전주 고등성경학교에 입학하여 1년간 공부를 하는데 매일 집에서 기차로 통학을 하였다. 1953년 10월의 어느 새벽에 목조건물로 건축하고 창문의 창틀도 달지 못하고 짚을 엮어서 겨우 눈바람을 막아놓았던 예배당의 흙바닥에 가마니를 뜯어 깔아 놓았던 바닥에 혼자 나가서 기도 하던 중 뜨거운 성령체험으로 중생의 체험을 거쳐서 제대로 된 신앙생활을 하는 중에 이리 성락교회에서 김형우 목사님의 그 특별한 배려와 인도로 하루 새벽에 나를 위한 특별 당회로 모여서 한 자리에서 학습과 세례문답을 시행하였고 세례교인이어야 성경학교의 입학 자격이 주어지는 과정을 거치게 하신 하나님께서 1954년 2월에 전주 고등성경학교에 입학하여 공부를 하게 하신 것이다.

장차 목회자가 되리라는 생각은 전혀 해본일이 없다.

그것은 일반 중고등학교를 나오지 못했고 목회자가 되기에는 자격 여건을 갖추지 못했기 때문이었다.

그냥 지난날 이리 동중학교 1회 입학 자격(합격)을 갖추고도 6.25동란 때문에 군에 입대한 두 형님들의 뒤를 이어 가정의 생활을 이끌어 가야하는 책임이 막내인 나에게 주어졌기 때문에 합격한 이리 동중학교에 가서 입학금 납부 고지서 (238,800원)만 받아가지고 나온 것이 전

은총의 여로(恩寵의 旅路)

부였고 아침에 공장에 가는 길에서 초등학교 동창들이 하는 말이 담임 선생님이 계속 출석부를 때 네 이름을 부르면서 한 달 동안이나 나를 데려오라고 전한다고 어서 학교에 나오라고 부탁하는 말을 듣고 그 부럽고 한 맺힌 눈물어린 지난날의 아픔을 보충하려고 고등성경학교에 하루도 빠짐없이 열심히 나가서 공부하였다.

전주 고등성경학교의 위치는 지금은 건물이 헐리고 다른 건물이 지어졌으나 전주 신흥고등학교 정문의 길 건너편에 있었다.

그 당시 그 지역은 남 장로회 선교부의 선교사 사택이 여러 채가 붉은 벽돌로 환상적인 소나무 숲 사이로 잘 꾸며진 정원 속에서 꿈에서나 볼 수 있었던 아름다운 환경으로 이루어 졌었다.

그곳에 인-톤 선교사. 요-셉 선교사. 신-선교사. 반-부인. 구 -부인 이라 불리는 처녀 선교사들이 살고 있어서 그 당시 주일학교 상품으로만 줄 수 있었던 성탄카드 (선교사들이 받은 헌 카드)를 앨범같이 잘 정리해 놓은 것을 염치불구하고 가서 달라고 하여 얻어왔고 선교사 아니면 구할 수 없었던 색종이에 인쇄한 한글 전도지를 얻어다가 통학 열차 안에서 승객들에게 나누어 주느라고 선교사들을 귀찮게 하였다.

선교사들이 귀찮아하면서도 웃으면서 잘 주었는데 그중에 나이 많았던 인톤 선교사님은 갈 때마다 웃으면서 몇 장씩이라도 잘 주어서 지금껏 고마운 할아버지 친절한 할아버지 선교사로 인상이 남아 있는데 조-요셉 선교사는 성격이 불친절하여 성탄카드나 전도지를 달라면 "그런 것 없어요! 못 줘요! 전도는 입으로 하시요!"라고 쌀쌀 맞게 굴어서 지금도 그 인상이 그리 좋지 못하게 남아있다.

고등 성경학교의 강사진이 잘 짜이지 않아서 빠지는 시간이 많았다. 조직적인 학교라기보다는 그냥 성경공부 하는 곳이라고 하는 인상으로 1년을 마무리했다.

명목상 학제는 3년제인데 짜여진 교과 과정은 거의 없고 선교부에 근무하는 목사나 그 지방노회 소속 목사에게 부탁하여 체계 없는 성경 공부나 설교로 대체하였다. 그런데 소식을 들으니 순천 고등성경학교는 체계적으로 교과 과목이 잘 짜여 지고 일반 고등학교 수준의 학교라고 하는 말을 들었다.

그래서 순천 고등성경학교에 문의하는 편지를 보냈는데 며칠 후에 교장인 손두환 목사님께서 친절하게 학생 모집 안내서와 답신을 보내주었다. 언제까지 와서 입학시험을 치르고 공부하여 훌륭한 일꾼이 되라는 격려가 담겨 있었다.

입학시험 이틀 전에 순천에 내려가서 시험 준비를 하며 같이 시험에 참가 하러 온 입학 지원생들과 정보를 나누며 준비했고 입학시험 날 시험을 치렀다. 그런데 나는 정상적인 중학교 과정을 공부하지 못하고 겨우 고등공민학교 1년을 공부한 것이 전부여서 영어를 공부하지 못하여 본과에 진학을 못하고 예과 과정에 진학할 수 있는 합격을 하였다.

그 당시의 순천지역의 민심 상황은 여수 반란사건을 치른 지 얼마 되지 않은 때라 아주 살벌하고 흉흉하여 학교 위치가 서쪽 산 밑의 선교사 사택이 있는 지역의 아름다운 환경 속에 있어서 물건을 사려면 순천 시내에 내려가서 사와야 하는데 특히 밤에 나갔다가는 가진 것 빼앗기고 큰 봉변을 당하게 되어 나가지 못했다.

전주 고등성경학교에서 공부하다가 순천 고등성경학교에서 공부하면서 학교다운 정상적인 조건을 갖춘 명성 그대로 실력있는 학교로 인정되어 가까이에 자리 잡은 순천 매산 고등학교(그 당시에는 은성 고등학교로서 미션스쿨로 전주의 신흥고등학교와 같은 수준)와 동등한 실력을 인정받는 학교였다. 먼저 학교 교사가 2층 벽돌 조 건물로서 다 갖추었고 기숙사가 새로 잘 지은 76명의 학생을 수용할 수 있는 완벽한 시설로 다 갖추어졌고 교과 과정도 완벽하여 전임강사가 3명이었고 완벽한 체제로 갖추어져 있었고 본과의 영어 시간에는 선교사의 특강과 영어 교사가 지도했고 기초 의학도 순천 중앙병원 원장 장로의 실력 있는 지도를 받았다.

나는 정상적인 과정으로 공부를 못한 것이 한이 되어 정말 열심히 공부했고 본과생도 아닌 예과생이지만 본과의 선배들에게 많은 사랑과 특별한 대우를 받았다.

그리고 학생들의 거주지가 전남 지역 인이고 전북지역에서 온 학생은 겨우 3~4명이었지만 전혀 차별하지 않고 따뜻이 대해 주었고 교내 학생 성가대에서 열심히 활동하였다.

나의 작은 형님이 이리 구 시장 점포에서 함석 가공공장에서 일하여 우리 가정의 생계를 책임지고 이끌어 가다가 6.25전쟁이 터져서 공장에 일하러 가는 길에 붙잡혀서 군에 가서 2년 넘게 통신병으로 전투에 참여했고 군 복무 중에 결핵성 늑막염으로 고생하다가 의병 제대하여 귀가하여 그 병약한 몸을 이끌고 공장에 나가서 돈을 벌어서 생활을 이어가는 중에 순천 고등성경학교에서 공부하게 되면서 소년가장 3년의 임무를 마치고 공부하게 된 것이다.

그러므로 학교 등록금과 기숙사비 그리고 왕복 기차요금 외에는 전혀 여유가 없었다. 6.25전쟁으로 정상적인 학교에서 공부를 하지 못한 한을 풀기위하여 정말 열심히 공부하고 재미있게 공부했다.

정상적인 영어 공부도 하게 되어 책을 살 돈이 없어서 영어 사전도 기숙사 식권을 몇 장을 팔아서 (식권의 숫자만큼 굶어야 한다) 작은 영어 사전을 사서 공부 하는데 언제 없어 졌는지 누가 가져가서 아쉽게 공부하는데 민중서관에서 처음으로 권중휘 이양하 교수가 펴낸 10만 단어를 수록한 인디아 지로 인쇄 제본한 그 당시 영어 사전으로는 환상적인 사전을 출판하게 되었다.

서점에서 홍보 차 학교로 와서 살 사람을 모집하고 있었다.

남달리 욕심 많은 나는 그 사전을 꼭 사고 싶어서 잠이 오지 않았다. 책 살 돈은 없고 꼭 사고 싶어서 궁리하다가 점심식사 식권 40장을 팔면 살 수 있어서 그렇게 하기로 결정하고 시작했다.

학생들의 사정이 어려운 처지이기 때문에 한 끼의 식사비가 아주 저렴해서 식사 내용도 쌀 70% 보리 30%로 입사발에 퍼놓은 밥은 꼭꼭 눌러서 먹으면 10번 정도의 적은 분량이어서 한창 자라는 시절에 한 그릇 밥을 다 먹어도 배는 반도 차지 않았다.

식사를 마치고 그냥 일어나기가 아쉬워서 그냥 잠깐 앉았다가 일어나곤 했다. 어쩌다가 외출하여 식사하고 와서도 기숙사 식당에 와서 식사하다가 남기는 일이 있다. 그러면 곁에 앉은 학생이 그렇게도 반가울 수가 없어서

"고만 먹을 거야?"

"응 밖에 나가서 식사하고 왔어!"

"먹을 테면 먹어!"라고 말하면

이쪽 편에 앉은 학생이 염치불구하고

"나하고 같이 먹으려고 해!" 그러면

"알아서 나누어 먹어!"라고 하면 겨우 두세 숟갈씩 밖에 먹지 못하지만 그렇게 좋을 수 없고 식사하려고 와서 두어 숟갈 뜨고는

"배가 아파서 못 먹겠네! 나누어서 먹어!"라고 하면 그렇게 고마울 수가 없어 양편에 앉은 사람들이 "고맙네!"라고 말하며 배가 아파서 밥을 먹지 못하는 학생을 동정하거나 안타깝게

생각하기보다는 그냥 고맙고 좋을 뿐인 시절이었다.

오전 2시간을 마치고 끝나는 종이 울리면 학생들은

"야! 식사 시간이다!~"고 기숙사로 뛰어가는데 나는 홀로 밥과 국 냄새가 나지 않을 학교위의 넓은 풀밭의 맨 끝에 가서 누워서 고향 하늘을 바라보며 눈물지으며 점심식사가 끝나고 오후 학과 시작의 종이 울리면 일어나서 학교에 가서 공부하곤 하였다. 눈물겹게 이렇게 하여 40일간을 채웠다.

한번은 점심시간에 풀밭에 누워 있는데 어디서 "김 선생! 김봉철 선생!"이라고 부르는 소리가 들렸다. 누가 나를 찾을 일이 없는데 누구일까? 하고 일어났더니 기숙사의 같은 방에서 생활하는 안양선이라는 구례에서 온 학생이었다. 나를 보더니 달려와서 "김 선생! 여기 있었어! 어서와! 점심 사놓고 찾았어!"라고 하며 손을 잡고 기숙사 식당으로 간 것이다.

나를 데리고 간 기숙사 식당에는 한창 학생들이 식사하고 있고 친구의 자리에는 밥그릇 두 개가 놓여 있었다.

은총의 여로(恩寵의 旅路)

안양선 친구가

"김 선생 앉아서 어서 먹어! 나는 김 선생이 식사 때마다 보이지 않아서 왜? 그런지 몰랐어! 어서 식사 하세!"

나는 식탁 앞에 그 몇 숟갈도 되지 않는 밥 한 그릇이지만 안양선 친구의 그 고마운 사랑에 식탁 앞에 앉아서 식 기도를 하는데 이토록 한 그릇의 밥이 소중하고 값비싼 보배로운 가치가 있는 것인 줄 몰랐다.

두 눈에서는 감사와 감격의 눈물이 흘러내렸다. 친구가 재촉하여 권하는 바람에 수저를 들고 먹는데 그 보잘것없는 밥 한 그릇과 뭇국에 멸치 두어 마리 떠다니는 국 한 그릇 무김치 몇 쪽의 밥맛이 그토록 꿀맛 같은 줄은 몰랐다.

65년이 지난 오늘까지 잊을 수 없는 고마운 사랑의 밥이었고 그 이름을 잊을 길 없다.

기숙사 운영을 자체적으로 대표를 선출하여 운영하는데 2년 선배가 책임자여서 식권을 계산하여 40끼니의 식대를 환불 받아서 그토록 갖고 싶어했던 최신 10만 단어 영어사전을 샀던 것이다. 너무도 기쁘고 소중하고 좋아서 감격하고 있는데 저녁식사를 마치고 뛰어와서 우리 방으로 들어온 2년 선배가 되는 고흥이 집인 조 학생이 하는 말이

"어! 김 선생! 콘사이즈 샀다지?"라고 묻는다. 기숙사에 입사하여 생활하고 있는 76명의 학생 중에 영어사전을 산 사람은 나를 포함하여 3명뿐인데 다른 두 사람은 3학년생으로 비교적 생활이 안정되게 사는 학생이었고 책 한권 살 돈이 없어서 40일간 점심을 굶고 그 식권 40장을 팔아서 영어사전을 산 사람은 나 밖에 없기 때문에 이 소문은 기숙사에서 생활하는 학생들이 다 알고 있었다.

나를 찾아온 2학년생인 조 학생도 이 사실을 알고 찾아 온 것이다. 나는 호기심을 가지고 찾아 왔으리라고 생각하고 영어사전을 내어 보여주며

"조 선생은 나보다 생활이 나으니 꼭 사서 공부해!"

나는 40일 점심을 굶고 식권 40장 값을 찾아서 샀어! 라고 말했더니

"웅! 나도 사려고 그래!

얼마나 좋은 책이어서 그렇게 비싼 책인가 보러 왔어!

참 좋네! 라고 몇 번 만져 보고는 갔다.

그런데 이상한 것은 그 이튿날 저녁에도 또 찾아 온 것이다.

좀 이상한 마음이 들었다.

"어! 김 선생! 영어사전 한번만 더 보여주어!

나도 사려고 그래! 너무 좋아!

좀 더 의심이 가면서도 같은 호실에서 생활하는 두 학생 앞에 영어 사전을 보여 주었다.

"조 선생은 생활에 여유가 있잖아?"

그렇게 좋아 보이거든 빨리 사! 라고 말하니

"웅! 참 좋네! 나도 내일은 살 거야! 고마워! 하고 갔다.

같은 호실에서 생활하는 학생들 눈에도 의심스럽게 보였던 것 같았다. 수상한 사람이니 조심해야겠다고 말들을 했다.

그리고 셋째 날 저녁 식사 종이 울려서 수저에 고춧가루 섞은 우유가루를 담아가지고 가서 맹물에 소금치고 무나 시래깃 국에 고춧가루 약간 넣은 멀건 국에 밥을 말아서 바쁘게 먹고 방에 들어와서 책상 밑에 책으로 덮어 감추어 두었던 영어 사전을 찾으니 사라지고 없는 것이다.

나는 몸에 힘이 다 풀려서 울었다. 이 영어 사전을 어떻게 해서 산 것인데 ~~~

나의 우는 소리에 기숙사 학생들이 몰려왔다. 왜? 우느냐?고 묻는 말에 같은 호실에서 생활하는 학생이 눈물지으면서 사실을 이야기해 주었다. 모여 왔던 학생들이 위로하며 걱정하며 가져간 학생을 욕하며 다들 자기 호실로 돌아갔다.

기숙사내의 기율부가 긴급히 모여 이런 일은 다시 일어나지 않도록 근본적인 대책을 세워야 한다고 상의하고 나를 오라고 불러서 기율부 실에 갔더니 많은 염려와 위로를 해주고 혹시 의심나는 사람이 있느냐?고 물어서 조 학생이 두 번 보고 간 일이 있다고 말하고 왔는데 조

금 있으니까 기율부실에서 큰소리가 몇 번 나더니 몽둥이로 때리며

"바른 말 못해?"

이 도둑놈아!

김 선생 영어사전 빨리 가져오지 못해?

그게 어떻게 산책인데 ~~~ 이 도둑놈아!

"너 같은 놈이 장차 목사가 되겠다고 성경학교에 와서 공부해?

빨리 바른말 못해? 이 도둑놈아!"라고 하면서 때리니까 등치가 큰 사람인데

"아이고 사람 죽네! 사람 죽이네 ~~~"라고 소리치며 기숙사 밖으로 뛰쳐나갔다.

조금 있으니까 열대여섯 명이나 되는 건장한 우리학교 가까이 있는 은성고등학생들이 몰려서 기숙사 경내로 들어오면서

" 어느 놈이 조○○를 때렸느냐? 이리 나와? 안 나올 거야?

이 때려죽일 놈들 너희 놈들이 성경학교 학생 놈들이냐!

빨리 나와 다 죽여 버릴 거야!"라고 휘젖고 다니며 고래고래 소리 지르는 것이다.

기숙사에서 생활하는 학생들은 숨을 죽이고 누구하나 문을 여는 사람이 없었는데 어느 나이 많은 학생인 남전도사가 나가서

" 좋은 말로 말하자!"고 사실의 이야기를 들려주는데도

" 당신은 비켜! 우리 조○○를 때린 놈을 나오라고 해!

죽여 버릴 테니 ~~~"라고 그 당시 여순 반란 사건의 여파로 아주 살벌한 분위기인 때여서 모두가 겁을 먹고 있었다.

이런 소란이 상당 시간을 위협적으로 이끌어 갔다.

학교 밑에 한참 내려가는 길에 신학교의 2층 건물이 있고 그 건물 안에 있는 숙소에 이북에서 혼자 몸으로 피난 나온 목사님이신 손두환 교장 목사님이 기숙사 안에서의 소란을 멀리서 듣고 올라와서 은성고등학생들의 난동 현장을 보고 기숙사 정문에 서서 호령하였다.

"이 놈들! 네 놈들은 누구냐? 이 깡패 같은 놈들! 이곳이 어디라고

와서 난동을 부려? 이놈들 할 말이 있으면 교장인 나에게 말해! 이놈들아! 나를 따라와!"라고 말하고 앞서 가니까

지금껏 폭력배 같이 소리치던 녀석들이 순한 양같이 고개를 숙이고 따라가고 기숙사는 조용해졌고 그것으로 사건은 마무리 지어졌다.

이 일로 인하여 조 학생은 은성고등학교로 전학 가서 졸업하고 신학교(서울)에 가서 공부하고 목사가 되어 시골에서 목회하다가 너무 힘들어서 서울로 올라가서 종암동지역에서 교회를 개척하여 큰 교회를 이루고 목회했고 총회에서 중진급으로 활동했다.

40일의 점심을 굶고 그 식권으로 영어사전을 샀다가 도둑맞은 나는 시골에서 별로 큰 교회를 섬기지 못하고 목회를 마쳤고 그 눈물겨운 영어사전을 도둑질해 가서 그 책으로 공부한 조 씨는 큰 교회를 이루고 목회를 마친 기이한 인연이었다.

그때 조 학생이 영어 사전을 가져가지 않았다면 정상적인 조사가 이루어졌겠고 전학가지 않았겠고 때린 규율부 학생들이 처벌 받았을 것이다.

기이하게 그 후 30여 년이 지난 후 총회일로 만난 일이 있었는데 그때 그는 나를 보고 "어이! 김 목사!"라고 부르면서도 그의 눈을 자세히 보니 어딘지 죄책감을 숨길 수 없음을 보았다.

이 영어 사전 도난 사건으로 인하여 "영어와 나와는 전혀 인연이 없으니 아예 이후로 영어를 공부하지 않겠다고 다짐한 것이 영어와 나와의 관계가 끊어졌고 목회하면서 하나님의 특별한 부르심으로 해외선교 30여 년을 넘게 쓰임을 받게 되었는데 그때 영어의 소중함을 깨달았고 힘들 때가 많은 한 맺힌 삶을 살았다.

예과 1학년을 마치고 짐을 챙겨 가지고 순천 고등성경학교를 정리하고 집으로 올라왔다. 공부는 더 해야 하겠고 순천 고등성경학교 당국과 동창들의 간곡한 편지로 학교로 돌아오라는 간청이 있었지만 순천 고등성경학교는 정이 떨어져서 다시 가고 싶지 않아서 포기하고 말았다.

그 후 대구 고등성경학교가 실력 있는 학교라고 하는 소식을 전해

들고 연락하여 학생 모집 요강을 받고서 1956년 2월에 대구 동산병원 옆이라는 안내까지 받고서 대구시 동산동의 선교사들의 거주지인 지역의 선교 센타인 4층 건물 안에 소재한 대구 고등성경학교에서 입학시험을 치르게 된 것이다.

성경문제는 자신 있게 썼는데 문제는 영어가 문제가 되었다.

순천 고등성경학교에서 예과 1년 과정에서 겨우 기초과정만 공부해서 단어나 문장공부는 본과에서 공부하기 때문에 짧은 영어문장 다섯 개를 해석하라고 하는데 아는 단어가 몇 개가 되지 않아서 거의 못쓰고 시험지를 끝냈다.

합격자 발표는 점심식사 후에 오후 2시에 나왔다. 예상했던 대로 본과는 안 되고 예과 합격자 명단에 내 이름이 있었다.

본래 전주 고등성경학교는 신학교 진학이 목표가 아니고 지방교회의 목회자(전도사) 양성이 주목적이고 평신도의 성경지식 공급을 목적하고 특별한 경우 개인의 실력에 따라서 신학교에 진학할 수 있도록 지원해 주는 수준이었다.

그러나 순천 고등성경학교와 대구 고등성경학교는 일반 고등학교 수준의 교과 과정에 준할 정도로 수업하기 때문에 입학 자격이 일반 고등학교를 졸업한 사람을 입학시험 자격자로 규정하고 있고 나와 같은 학력 미달자를 구제하기 위하여 예과를 특별히 두어서 약식중학과정을 이수하게 한 것이다.

그런데 대구 고등성경학교는 이 제도를 철저하게 시행하고 있었다.

이런 사실을 사전에 확인했더라면 대구까지 오지 않았을 텐데 내 생각에는 이미 전주 고등성경학교에서 1년을 공부했고 순천 고등성경학교에서 예과 과정을 이수했기 때문에 학력을 인정하여 주리라고 생각했는데 내 생각이 빗나간 것이다.

그래서 학교 담당자에게 이런 사실을 이야기 하고서 본과 1학년에 받아줄 수 없겠느냐?고 문의해 보았더니 여기서는 그간 배운 학력은 인정이 안 되고 이곳에서의 시험 성적으로만 인정한다고 내 의견을 받아드리지 않아서 할 수 없이 대구 고등성경학교에서 공부하는 것은 하나님의 뜻이 아닌 줄 알고 포기하고 집으로 가기 위하여 기차역으로 가느라고 대구 서문 시장 옆을 지나는 길이었다.

큰길에서 서문 시장 안으로 가는 길에 들어서서 걷고 있는데 짚-차(군인)가 큰길에서 서부 시장 길로 우회전하여 과속으로 진입하면서 나를 발견하지 못하고 진입하다가 내 무릎을 조금 치면서 급정거하였다.

나는 큰 사고가 아니어서 놀라지는 않고 짚-차 곁에 잠깐 서 있었다. 그런데 짚-차 운전사는 급정거하면서 놀라서 정신을 잃고서 핸들에 얼굴을 대고서 움직이지 않고 있는데 곁에 한 육군 소위도 너무 놀라서 멍하고 나를 바라보다가 차 문을 열고 내다보며 "괜찮으냐?"고 묻는 것이다.

나는 "괜찮으니 어서 가라"고 말하니 "미안하다"고 말하고서 아직까지 운전 중에 사람을 쳐서 죽은 줄 알고 정신을 잃고 운전대 핸들 위에 엎드린 채 일어나지 못하는 운전기사를 깨우는 것이다.

육군 소위가 흔들어 깨우니까 그제야 정신을 차리고 멍하니 나를 바라보는 것이다.

내가 괜찮으니 어서 가라고 말하니까 아무 말도 못 하고 머리를 꾸벅 숙여 절하고 짚-차는 시장 안으로 들어갔다.

나는 기차역으로 가면서 생각했다. 분명히 아주 위험한 사고였던 것이다. 설마 짚-차가 유턴하여 과속으로 달려오리라고는 생각지 못했고 운전병이나 곁에 앉아있는 육군 소위는 꼭 사람을 쳐서 죽었으리라고 너무 놀라서 정신을 잃은 것이다.

분명히 하나님께서 막아 주신 것이다.

짚-차에 접촉한 무릎은 조금 묵직하고 불편했지만 별 탈 없이 회복되었다.

나는 또 한 번의 사고 속에서도 지켜 주시고 받아 주시고 상처도 없고 피 한 방울 나지 않도록 지켜주신 하나님의 크신 은혜를 감사하며 살고 있는 것이다.

은총의 여로(恩寵의 旅路)

제5화

군에서 만난 악인들
(훈련소, 군의학교)

　우리 집은 본래는 4남2녀의 자녀를 둔 다둥이 가정이었다. 내가 자라던 시절에는 보통이 다섯 자녀였고 6~7명을 둔 가정도 많았고 많게는 10~12자녀까지 둔 가정도 있을 만큼 다둥이 시대였고 생활은 어려워서 힘들었지만 다둥이 자녀를 둔 가정들은 그 형제들이 다 화목하고 우애하는 아름다운 풍조였다.

　우리 가정은 가난하게 살지 않아도 될 여건을 가진 환경이었으나 최상의 한학의 지식과 명필의 필치의 재능을 가지신 아버지께서 삼대독자로 귀하게만 사셨고 부유한 가정에서 고생을 모르고 사시다가 갑작스런 어머니께서 17세의 그처럼 사랑하던 아들을 두고 돌아가셨고 이 일로 인하여 아버지가 좌절하여 살림을 돌보시지 않고 술과 도박으로 부유했던 가산을 탕진하고 병을 얻어 돌아가시고 나니 세상을 너무도 모르고 사셨던 나의 아버지는 배운 학문도 명필의 필치도 하나도 활용하지 못 하시고 어머니를 만나 가정을 이루고 하루의 생활을 꾸려가기 위하여 노동판에 가서 전혀 해보시지도 않은 막일로 근근이 생활을 이루어 가는 중에 큰 아들과 두 딸을 떠나보내고 아들만 셋이 남아서 자랐고 6.25동란을 겪으면서 두 형들이 참전했다가 작은 형은 병을 얻어서 의병제대로 (3년 군복무) 제대했고 큰 형은 종전 후에 만기제대로 제대했다.

우리 주님의 생명싸개 속의 은총

막둥이인 나는 군 복무를 하지 않아도 될 여건이었다. 그것은 호적상의 기록 착오로 내 출생연도가 단기로 4269년생(1936년생)인데 호적에 4249년으로 잘못 기록된 채 내가 군복무를 해야 할 해에 호적초본이 우리가족의 일로 필요하여 떼어 왔는데 나의 출생연도가 4249년인 것이었다. 그러니까 우리 3형제 중에 출생연도로 보아서 가장 연장자로 되어 있는 것이다.

그 당시에 사람들이 자식들을 군에 안 보내려고 가진 편법을 다 쓰던 시절이었다. 호적상에 나는 이미 병역 의무기간이 지난 나이로 되었는데도 누구하나 이 사실을 발견하지 못했던 것이다. 형들도 이 사실을 몰랐는데 내가 지적하니까 형들이 하는 말이 "아! 잘 되었다. 우리가 실수 하거나 잘못한 것이 없고 저들이 실수한 것이니 가만 두고 보자!"고 웃으면서 말하는 것이다.

사무상 착오로 잘못 기록되었어도 군 입대할 연령이 지난 것으로 저들이 지금껏 발견하지 못했으니 군 복무를 면제 받게 된 것이다. 그러나 나는 달랐다. 대한민국의 남자라면 당연히 군 복무를 해야 한다고 생각하며 살았고 큰 형이 군에 두 번 입대했다가 여건이 맞지 않아서 귀가시켰는데 세 번째 또 입영하게 되어서 자신 있게 또 떨어져서 귀가할 줄 알고 입대했다. 세 번째 불합격하게 되면 군복무 임무는 영구 면제가 되기 때문이다.

그런데 어떻게 된 일인지 세 번째 입대해서는 통과 되어서 3년 6개월의 군 복무를 마치는 것을 보았기 때문에 번거롭고 귀찮은 일이라고 생각해서 언제인가는 사무기록 착오가 발견되면 나이 들어 입대하여 나이어린 사람들과 군 복무한다고 하는 불편함을 생각했기 때문에 마을 이장에게 연락하여 사무착오로 잘못된 기록을 수정해달라고 부탁했고 면사무소에 가서 이 사실을 알리니 바로 수정이 되었고 정상적으로 1958년 3월 8일에 육군 제2훈련소에 입영하게 된 것이다.

수용연대에서 최종 입영 합격심사를 위한 신체검사를 했다.

신체검사를 마친 후 판정관인 소령이 오라고 부른다. 판정관 앞에 갔

더니

"임마! 너는 집으로 가라!"고 한다.

나는 큰형의 경험을 알기 때문에 판정관의 명령에 완강히 거부했다.

"안 가요!" 대한민국의 남자가 군에 입대하여 국민된 의무를 마치려고 입대했는데 왜? 집에 가요? 안 가요!

판정관은 당돌하게 명령을 거부하는 나를 보고 적이 놀란 것 같다.

"야! 임마! 너는 군에 갈 자격이 없는 놈이야! 네 놈의 체중이 45kg이고 흉위가 70이야! 이런 체격으로는 군 생활을 못한단 말야! 빨리 집으로 가 임마!"라고 단호히 말한다.

나는 굽히지 않고 대들었다.

"판정관님! 못 갑니다. 군대생활 잘 마치고 제대 하겠습니다." 판정관은 나의 확고한 의지를 알고

"야 임마!" 다른 놈은 집에 가라면

"감사합니다"라고 인사하고 가는데 너 같은 놈은 처음 본다. 다시 묻는다.

"임마! 네 놈의 말이 정말이냐?"

나는 "정말입니다."

판정관은 나를 뚫어지게 바라보면서 두 번 세 번 다짐했고 나는 계속 확실하게 대답했다. 그러니까 판정관이 나의 검사결과 서류에 "제2을종"이란 고무인을 찍어 주면서

"임마! 어서 가서 수속 밟아!"라고 보내어서 육군 제2훈련소 23연대 9중대 6소대에 배속되어 입영하고 훈련(8주간)을 시작하고 마친 것이다.

육군 제2훈련소에서의 8주간 훈련을 받으면서 9중대 중대장인 아버지 같은 정겨운 천사를 만났고 악마 같은 9중대 6소대의 선임 하사 놈을 만난 것이다.

내가 배속된 23연대는 아직 연병장 정지작업이 완성되지 못하여 23연대에 배치 받은 그 이튿날부터 새벽 5시에 기상하여 7시까지 연병장

정지작업에 전 병력이 철모에 흙을 담아다가 연병장 정지작업을 하였다.

3월의 날씨였지만 서리가 내리고 얼음이 얼어서 손을 불어가며 철모에 흙을 담아다가 까는 작업을 한 달 동안이나 해서 연병장 정지공사를 완성하였다.

이 과정에서 한 훈련병이 포탄이 불발된 것을 모르고 건드려서 한명이 사망하고 5명이 다치는 사고가 있었다.

8주의 훈련기간을 마치고 수료식 하던 날 연병장에서 수료식을 하는데 23연대장이 훈시를 하면서

"여러분의 피땀 어린 수고로 연병장 정지공사를 잘 마치고 여러분의 후배들에게 모든 행사를 잘 할 수 있도록 애써준 여러분들에게 진심으로 감사하고 이 과정에서 우리의 훈련동지 한 사람이 사고로 순직하게 된데 대하여 가슴깊이 슬픔을 새기며 유족들에게 심심한 위로를 드린다."고 말을 잊지 못하고 울먹이다가 "여러분들이 훈련을 마쳤으니 좋은 부대에 배치되어 훌륭한 군인으로서 근무 잘하고 제대하고 귀향하는 날까지 하나님의 가호가 함께 하시기 바란다."고 감격어린 수료식을 마친 것이다.

내가 배속된 23연대 9중대 중대장의 이름은 군복무를 마친지 60여년이 되도록 잊혀지지 않고 마음속에서 축복을 빌고 있다.(지금쯤 이 세상에 있지 않고 세상을 떠났을 것이라고 생각한다. 그것은 내 나이가 85세이니 내가 훈련 받을 때가 24세이었고 그때 중대장이 40대 중반이었기 때문이다)

우리 중대원들이 야외 훈련을 나가면 보통 중대 부관을 동행하던지 아예 훈련병들만 보내는 중대도 있다.

그러나 9중대의 이창규 중대장은 특별한 사정이 없는 한 비가 와도 빠짐없이 우리 중대원들의 뒤에서 꼭 동행하며 우리를 지켜주고 격려하는 참으로 군대에서는 찾아보기 힘든 천사 같은 중대장이었고 아버지 같은 중대장이었다.

우리가 훈련도중 휴식시간에 쉬고 있으면 우리를 찾아와서 격려하고 위로했다.

"야! 이놈들아!" 힘들지? 라고 물으면 우리는 일제히

"아닙니다. 좋습니다."라고 대답하면

"이놈들아! 거짓말 말아! 내가 너무 잘 안다. 나는 너희들에게 잘 해주려고 애쓰지만 부대 사정이 원만치 못하여 미안하다.

이놈들아! 배고프지? 조금만 참고 기다려라!"라고 말하고 눈물을 닦는다. 그리고는 화랑담배 한 갑을 또는 두 갑을 꺼내들고 "이놈들아! 왜? 담배는 안 피우느냐?고 물으면

"담배가 없습니다!"라고 대답하면

"이놈들 담배도 없어? 담배 없는 놈 손들어!"라고 하면 거의 중대원의 2/3가 손 든다. 이창규 중대장은

"이놈들! 담배 두 갑 뿐인데 어떻게 하니? 야 이놈들아 싸우지 말고 1개비씩만 나누어 피어라!고 두 갑의 담배를 꺼내어 앉아있는 중대원들에게 뿌려준다. 그러면 중대원들은

"중대장님 감사합니다!"고 하나씩만 주어서 피우면 그 중대원들이 앉아있는 속으로 들어와서 휴식 시간이 끝나기까지 누워서 중대원들과 이야기를 나누곤 하였다. 참으로 군대생활 속에서 다시는 이런 중대장은 만나 보지 못하였다.

그런데 내가 소속한 6소대 선임하사라는 인간은 양심도 없는 인간이고 인간이라기보다는 돈을 위하여 인간의 탈을 쓴 악마 같은 인간이었다. 지금껏 그놈의 이름도 잊혀지지 않는다.

지금쯤 이 세상 사람은 아닐 줄 안다.

훈련기간 8주 동안에 처음 한 주간은 무사히 지났다. 둘째 주간부터 한 주간에 꼭 한 번씩 훈련병 소대원의 돈을 털어내기 시작하는데 소대원들이 야외훈련을 나갔다가 와서 피곤한 몸으로 저녁식사를 마치고 나면 소대원들을 앉혀놓고

"야 이 새끼들아! 네놈들이 야외훈련을 나간 후에 장비를 점검해 보니 곡괭이가 17개 삽이 15개가 빈단 말이야! 이놈들아! 어디에 팔아먹었느냐?"라고 악을 쓰고 전체 소대원들에게 5분 내에 완전무장하고 사

전에 집합! 하고 눈을 부릅뜨고 명령하면 정신없이 완전무장하고 사전에 집합하고 열종대로 삼대 열을 이루면 "번호! 하나 둘 셋 넷 다섯 ~ ~ ~"

"이상 무"라고 내무반장이 보고하면

"내무반에 가서 무장 해제하고 내의 차림으로 사전에 3열종대로 집합" 하면 내무반에 뛰어가서 총을 총 진열장에 세우고 군복을 벗고 내의 바람에 사전에 대열을 정비하고 인원보고를 하면 곧이어 "완전무장하고 사전에 집합" 이렇게 못되게 잡드리기를 연속 세 번을 하고 그것으로 끝나는 것이 아니라 내무반 안에서 침상 위에서 원산폭격을 시키고 잠을 못 자게 하는 것이다.

그 못된 악마의 이름이 "박만×"이다.

내무반장이 원산폭격 하는 시간에 그 악마 소대 선임하사 놈에게 해결책을 협의한다. 그러면 그 악마 같은 선임하사 놈은 미리 계산한 계산서를 내 놓는다. "삽은 한 자루에 얼마이고 곡괭이는 한 자루에 얼마이니 합계가 얼마인데 60명 소대원 1인당 얼마씩 내야 한다"고 말한다.

참 기가 막히는 사기꾼 협잡꾼 모리배 같은 놈이다.

내무반장이 원산폭격 기합중인 소대원들에게

"원산폭격 해제! 일어나요! 그리고 침상에 앉아요!"라고 말하고 그 악마 같은 소대 선임하사 놈의 날 강도 같은 청구서 이야기를 한다.

"우리 내무반에서 일어난 사고이니 조용히 해결하도록 하겠습니다. 소대원 한 사람이 얼마씩을 내면 되겠습니다. 지금 바로 가져오기 바랍니다."라고 말한다.

밤에는 밤새껏 불침번을 서고 아침에 세수하고 식사하고 야외훈련을 나갔다가 왔는데 있을 수 없는 일을 꾸며서 돈을 뽑아내는 그 악마적인 착취수법은 기가 막힐 정도였다.

한 주간에 한 번씩은 꼭 그 못된 날강도 짓거리로 하루 종일 훈련에 시달린 소대원들의 주머니를 털어냈다. 하루는 이불 7채를 팔아먹었다고 하고 하루는 군인 담요 23장을 팔아먹었다고 하고 어느 날에는 군인 우의인 판초 30장을 팔아먹었다고 하고 말도 안 되는 날강도 짓을 하여 원산폭격 (머리를 침상에 박고 다리를 거꾸로 벽에 세워서 고통 주는 벌) 한강 철교 (내무반 양쪽 침상 사이의 통로를 두고 다리는 다른 침상 끝을 버티게 하고 팔을 펴서 반대편 침상을 붙들고 몸은 통로에 뜨게 하여 고통을 주는 기합) 내무반 밖에서 두 손으로 귀를 잡고 앉은 자세로 토끼처럼 뛰는 기합. 침상 밑에 몰아 넣고 복창을 하면서 기어 다니게 하는 쥐잡기 기합 등 못 살게 몽둥이를 들고 때려가며 잠재우지 않고 고통을 주고 못 견디게 하고 내무반장을 불러서 도난 물품 대금을 60명 소대원들에게 거두게 하여 챙겨 넣고는 "이놈들아 다시는 도둑질 하지마라" 나도 괴롭다. 그만 자거라. 하고 나가곤 하였다.

훈련 마지막 주간에는 두 번이나 개 같은 짓을 행하였다. 어려운 시절이어서 가지고 있는 돈이 여유롭지 못하여 분담된 돈을 내지 못하는 사람이 있으면 어떻게든지 다 거두어 올 때까지 기합이 계속되었다. 부대 규정에는 기간 사병이 훈련병들에게 부정한 행위를 하거나 구타나 힘들게 하면 고발하게 하는 "소원수리"라는 제도가 있으나 소원수리를 내면 해결해 주는 것이 아니고 그 일로 인하여 밤새껏 몽둥이질과 기합으로 엄청난 보복이 따르기 때문에 소득도 없이 더 괴롭힘을 당하지 않으려고 아예 포기하고 "소원수리"를 하지 않고 있으나 마냐한 "소원수리"를 하지 않을 줄 알고 그런 비인간적인 날강도 같은 짓을 하며 훈련병들의 주머니가 완전히 바닥이 나기까지 훑어내는 것이다.

훈련 마지막 주간에 야외훈련을 다녀와서 식사를 마치고 나니 소대 선임하사라는 놈이 들어와서 눈을 부라리고 "이불 21장과 군인모포 25장을 팔아먹었다"고 별별 기합으로 잡아먹으려고 하니까 또 내무반장이 가서 사정하니까 "도난품 값을 내야 사다 놓을 것 아니냐?"고 호령하여 그 값을 나누어서 한 사람 한 사람씩 선임하사 놈에게 내고 돌아왔는데 3사람이 돈이 없다고 울고 앉아 있으니까 "이 도둑놈들아! 물건을 도둑질해서 팔아먹었으면 팔아먹은 돈이 있을 것 아니냐?"라고 고함을 치고 돈을 내지 못하는 세 사람을 내무반 통로에 세워놓고 몽둥이로 사정없이 때리는 것을 보고 마음이 아프고 분노가 끓어올랐으나 돈들이 여유가 없어서 구경만 하고 있었다.

이때 대학 2년을 마치고 입대한 (그 당시는 아주 드문 학력의 소유자) 군산 해망동에 주소를 둔 신실한 기독청년인 백남신 훈련병이 일어나더니 악마 같은 소대 선임하사에게 말하는 것이다.

"선임하사님! 저 세 사람이 내야 하는 돈만 내면 기합은 안 받아도 되는 것 아닙니까?"라고 하니까 선임하사 놈이 하는 말이 "네놈들이 팔아먹은 군부대 비품인데 내가 무슨 돈이 있고 자선가이기에 구입하여 보충해야 하느냐? 빨리 돈만 다 내면 잠재우겠다."고 하니까 백남신 훈련병이 세 사람에게 말했다.

"세분 훈련 동기들 나한테는 여러분들에게 꾸어 줄 만큼은 돈이 있으니 이리 오시오."라고 말하니까 몽둥이로 구타를 당하던 세 사람들이 울면서 고개를 숙이고 백남신 동기에게 가니까

한 사람씩 돈을 주면서 "언제라도 여유가 생기면 갚으면 되니까 맘 편하게 가져가라"고 말하고 돈을 주어 선임하사 놈에게 주니까 받아서 주머니에 넣고서 하는 말이 "너희들 기합 받는 것 괴롭지? 나도 괴롭다. 그러니까 부대 장비를 도적질하여 팔아먹지 말라는 말이다. 자라."고 말하고 나갔다.

소대원들은 분해서 견딜 수 없었으나 "이것이 군대인가 보다"고 포기하며 지냈다. 그래서 어느 훈련병은 군인 모자에 "생각을 말아야지"라고 글자를 써서 쓰고 다니는 것도 보았다.

그런데 문제는 선임하사 놈이 매일 밤 술 처먹고 소대 내무반 끝자리에서 잠자는 것을 보았다.

내일 훈련 졸업하는 날인데 마지막 날 완전무장하고 행군을 마치고 피곤에 지친 몸으로 귀대하여 식사를 마치고 나니 선임하사 놈이 눈에 불을 켜고 피곤하여 누워있는 소대원을 앉게 하고 하는 말이 "이 나쁜 놈들 군대에서 생명같이 귀중히 여기는 총기를 7자루나 팔아먹은 나쁜 놈들아 너희들을 다 영창에 보낼 것이다. 이놈들 내일 졸업 하는데 네놈

은총의 여로(恩寵의 旅路)

들의 책임자로서 두 달 동안 너희들을 돌아보느라고 애를 쓴 나를 영창에 보내려고 그 소중한 총기를 한 자루도 아니고 일곱 자루나 팔아먹어?

네놈들이 그러나 내가 그러나 마찬가지다. 이놈들 이 밤에 빨리 해결하지 않으면 내일 졸업식 대신 영창으로 보낼 것이다.

"전원 완전무장하고 5분 안에 사전에 집합" 명령이 떨어졌다.

우리 소대원들은 기가 막혔다.

오늘 밤은 잠도 못자고 죽게 되었구나!라고 걱정 하면서 선임하사 놈의 지시에 따를 수밖에 없었다. 잘 못하면 몽둥이로 때리기 때문이다.

완전무장하고 막사 곁 좁은 통로에 삼열종대로 집합하면 "번호" 구령에 맞추어 "하나, 둘, 셋,~ 스물" 하면 곧 이어서

"내의 바람에 5분 내에 사전에 집합"

장거리 행진에 다리도 아프고 쓰러질 것 같은데 이러기를 다섯 번째를 마치고 내무반에 들어갔을 때 백남신 동기가 "선임하사님! 총기 7자루의 금액이 얼마입니까?"라고 묻는다.

선임하사 놈도 백남신 동기에게는 함부로 못했다.

"그래 자네가 그 문제를 해결 하겠는가?"고 묻는다.

백남신 동기가 말했다.

"이유여하를 불문하고 우리가 오늘 장거리를 완전무장하고 행군을 마치고 피곤에 지쳐서 빨리 잠자야 하는데 내일 졸업식을 앞두고 어떠한 방법으로라도 유치장으로 가서는 안 되지 않습니까? 우리 소대원 중에 내가 조금 나은 생활을 한 것 같습니다. 모자라는 돈은 나의 가진 것 다 털어 놓겠으니 와서 꾸어가기 바랍니다."라고 말하니까 내무반장이 말한다.

"여러분! 우리 소대원 동기인 백남신 동기의 말대로 할까요?"라고 묻는다.

소대원들은 피곤에 지친것도 문제이지만 잘못하면 영창에 간다고 했으니 그 악질 선임하사 놈이 무슨 짓을 할지 모르겠으므로 가진 돈을 다 털어 내 놓기로 하고 선임하사 놈 앞에 가서 주머니를 다 털어서 가

진 돈을 다 쏟아 놓았다.

그러나 돈이 없어서 벌벌 떨면서 서 있는 사람이 8명이나 되었다.

선임하사 놈이 눈을 부라리면서 악을 쓴다.

"네 놈들은 왜? 서 있는 거냐! 죽도록 두들겨 맞고 내일 영창에 갈 작정이냐?"고 소리를 지른다.

8사람은 겁에 질려서 선임하사 놈 앞에 무릎 꿇고서

"살려 달라"고 울면서 사정한다.

선임하사 놈이 소리 지른다.

"야 이 새끼들아 네 놈들이 운다고 빈다고 해결 될 일이 아니야. 총을 구하여 채워야 되는 거야. 이놈들 죽고 싶으냐? 고 몽둥이를 치켜든다.

이때에 그 천사 같은 백남신 동기가 선임하사 놈의 팔을 붙들고

"선임하사님! 나머지는 내가 해결 하겠습니다. 팔을 내리세요!"
라고 말하고

"여러 동기들 이리 오시요! 내가 가진 모든 돈을 다 내 놓을 것이니 나누어서 내시요!"

이것은 여러분들에게 그냥 주는 것이 아니고 꾸어주는 것이니 기회가 있으면 갚으면 되고 못 갚으면 나중에 꼭 도와 드려야 할 사람을 만나면 사랑의 마음으로 도와주세요!"라고 선임하사 놈과 소대원들 보는 앞에서 일어서서 이 주머니 저 주머니에 있는 돈을 주머니를 뒤집어 가며 다 내 놓았다.

내무반장이 8사람들에게 똑 같이 나누어 주었다. 8사람은 백남신 동기에게 울면서

"고맙다"고 인사 하고 그날 강도 같은 박만× 선임하사 놈에게 가져다주니까

"됐다. 너희들이 있는 성의를 보였으니 나도 모자라는 돈은 내가 보충해서 총기 7자루를 구입하여 내일 너희들이 졸업하기 이전에 보충해 놓겠다. 자라"고 말하고 밖으로 나간다.

소대원들은 날강도 같은 악마 놈 선임하사에게 8주 동안 시달리고

은총의 여로(恩寵의 旅路)

있는 돈 다 털리고 그 지긋 지긋한 훈련을 마칠 수 있었다.

이튿날 예정대로 우리가 정지하여 만든 23연대 연병장에서 훈련종료 축하식을 마쳤다. 그 선하고 인자한 아버지 같은 박창규 중대장(대위)은 일일이 만져주며

"너희들 참으로 고생이 많았다. 수고했다. 부디 좋은 부대에 가서 군복무생활을 잘 마치고 사회에 나가서 훌륭하게 쓰임 받는 사람이 되어라! 잘들 가라!" 말하고 눈물을 닦으며 손을 흔들어 보냈고 악마의 변신인 소대 선임하사 놈의 얼굴은 보이지 않았다. 그리고 훈련소를 떠나서 배출대로 이동했다.

배출대는 8주 훈련 과정을 수료한 초병들이 이곳에 와서 보통 2~3일간 머물다가 특수훈련을 위하여 기술훈련이나 특과훈련을 위한 곳으로 차출되어 가고 곧 바로 전방으로나 각 부대의 보조요원으로 배출되는 곳이다.

그런데 이곳 배출대가 생긴 이래 가장 오래 체류한 사람이 나라는 사실을 알았다. 그것은 나는 이곳 배출대에서 무려 26일이나 머물렀기 때문이다. 언제나 이곳에서 기존 부대나 기술병과나 특수병과의 교육을 위한 차출은 저녁식사 후에 연병장에 모여서 호명하여 분류하고 차출부대로 이동한다.

그러니까 저녁식사 후에는 전원이 배출대 연병장에 자진해서 집합하여 자기이름을 부르기를 기다리는 것이다.

나는 하나님의 특별하신 뜻이 있어 특수병과로 분류되었던 것 같다. 매일 밤 연병장에 나갔었는데 닷새째 되는 밤에야 내 이름을 불렀다. 그런데 대답을 할 수 없는 여건이 있었다.

배출대에 이동한 셋째날 밤을 맞았는데 일석점호 준비에 스피아깡에 물을 떠다놓아야 하는데 소대원들이 다 퍼서 쓰고는 빈 통만 놓아둔 것이다 둘째 날에 물 떠다 놓지 않았다고 기합을 받고 떠다 놓은 일이 있어서 내가 물을 떠다 놓아야 한다고 말해도 꼼짝도 않는 것이다.

배출대의 소대 배치는 불안정한 2~3일의 체류하는 곳이어서 질서

도 규율도 지키려 하지 않고 책임자도 없고 내무반장도 늘 임명을 해야 하기 때문에 힘들었다. 해가 저물어가고 식사 후에는 내무사열이 있겠는데 나는 책임자도 아니지만 먼저 왔다고 조금 알고 있고 성격이 급한 사람이어서 아무리 이야기해도 물 뜨러 간다고 하는 사람이 나오지 않아서 내가 갔다 오겠으니 한 사람만 더 나오라고 말하고 기다렸더니 조금 모자라게 보이는 녀석이 따라 나와서 우리 소대에서 300m쯤 떨어진 곳에 있는 물탱크로 물을 뜨러갔다.

물탱크에 스피아깡을 잠가서 물을 담고 끌어올리고 같이 온 녀석과 스피아깡을 들고 소대로 가려고 일어서는데 다른 소대 군인 5~6명이 몰려오더니 스피아깡을 빼앗아 가려고 하는 것이다. 그래서 안 된다고 버텼고 같이 간 소대원은 모습을 보고 도망가 버렸고 나 혼자 버티는데 이곳저곳에서 주먹이 날아오고 발길로 차고 실컷 두들겨 맞고 스피아깡은 빼앗기고 돌아 온 것이다.

식사 후 소대 선임하사의 일석점호 하는 중에 스피아깡이 보이지 않으니까 스피아깡이 어디 갔느냐?고 물어서 내가 사유를 이야기하고 맞은 자리를 보여주었더니 선임하사가

"야! 군번 내놔"라고 하여 주었더니 호주머니에 넣고 나갔는데 그 후 25일째 되어도 군번을 돌려주지를 않아서 밤마다 나의 이름을 불러도 대답도 못한 것이다. 그런데 26일째 되는 날 어떤 기간 사병이 하도 오래 머무르니까 낯이 익어서

"애야! 너는 왜? 배출을 못 받고 머물러 있느냐?"고 묻는 것이다.

그래서 배출을 받지 못하고 있는 사연을 이야기했더니 하는 말이 "애야! 왜 그렇게 멍청하냐? 지금 바로 주보(매점)에 가서

양담배 한 갑과 떡국 한 그릇 사가지고 가서 잘못했으니 용서하고 군번을 돌려주시라"고 이야기 하라고 친절히 가르쳐 주어서 그대로 준비하고 선임하사가 머물고 있는 사무실을 찾아가서 그대로 이야기 하며 양담배와 떡국 그릇을 주었더니

"애야! 그렇지 않아도 오늘은 네 군번을 돌려주려고 했는데 무얼 이

은총의 여로(恩寵의 旅路)

런 것을 사 왔느냐?"라고 웃으면서 군번을 돌려주는 것이다. 나는 감사
하다고 인사하고 군번을 받아가지고 와서 그날 밤 연병장에 나가서 호
명하는 소리를 듣고 나갔더니 인솔하는 기간사병이 불러서 15명 정도가
모이게 되었다. 인솔 기간사병이 "너희들은 재수 좋은 놈들이다. 너희들
은 오늘밤 출발하여 마산 군의학교에 입소하게 되었다"고 말했다.

참 힘든 오랜 기간을 기다렸지만 의무병과를 받았다고 하는 소리를
듣고 기다린 보람을 느끼며 그 밤기차를 타고 삼랑진에서

마산으로 가는 차에 옮겨 타고서 마산으로 가서 군의학교에 입소한
것이다.

마산 군의학교에는 기술하사관 과정인 16주 훈련과 8주간 훈련받
는 기초 과정이 있는데 나는 기초 8주간 교육과정에 분류하여 교육 받
게 된 것이다.

그런데 다른 훈련병들은 훈련소에서 곧바로 왔기 때문에 명찰들이
괜찮은데 나는 배출대에서 거의 한달 동안을 머물렀기 때문에 낡았고
우리 소대 내무반장으로 임명된 사람이 친절하게 명찰을 새로 만들어
야 하겠다고 말해주어서 주보(매점)에 가서 신청하였고 대금도 지불하
였다.

내가 소속된 소대는 육군 군의학교 기초과정중대 제5소대에 배속되
어 교육을 받았다. 육군 마산 군의학교의 위치는 지난날 6.25 전쟁수
용소 자리로 모든 건물이 콘세트(반원형)로 되어 있었고 기초과정중대
의 구성은 1.2.3소대는 순수 경상도 사람들로 이루어졌고 4소대는 절
반은 경상도 절반은 전라도 사람으로 이루어졌고 5.6소대는 순수 전라
도 사람들로 전략적으로 분류한 것 같았다.

토요일에는 경상도에 사는 훈련병들은 다 의무적으로 외출을 내 보
냈다. 그러나 전라도 사람들에게는 교통편 관계로 외출(외박)은 허락되
지 않았다. 경상도에 사는 훈련병들은 집에 다녀오면서 그 당시 군대
내에서 인기 있는 선물인 양담배도 사다주고 술도 사다주고 선물들을
잘 사다주니까 한 번도 내무사열 때 기합이나 벌칙을 받지 않았다. 그

러나 전라도 소대인 5.6소대는 말도 안 되는 트집을 잡아서 기합을 주고 몽둥이로 사정없이 두드려 팼는데 그 중에 내가 가장 심하게 구타를 당 한 것이다.

군의학교에 입소 3일째 되는 저녁에 식사 후에 야간 내무반 점호시간이었다. 중대장과 교육계가 모두 서울 사람인데 중대장 녀석은 며칠이나 굶었는지? 바짝 마른 녀석이고 교육계 놈은 얼마나 도둑질해서 쳐 먹었던지 돼지 같은 놈으로 지난날 깡패 출신이 아니었는지 모르겠다.

일석점호를 받기 위하여 대열을 정비하고 내무반장이 콘세트 문 옆에 서서 부동자세로 서 있는데 1소대 내무반에서부터 점호를 시작했다. 내무반장이 "열중쉬어! 차렷!" 하고 소대원을 대표하여 "경례" 하고서 "인원보고, 총원 60명 현재 60명 이상무"라고 보고 하니까 "됐다, 취침"이라고 말하고 2.3.4소대 내무반에도 똑 같이 "취침"이라고 말하고 내가 배속된 5소대 내무반으로 들어오더니 내무반장의 보고가 끝난 후 내무반 안으로 중대장 녀석과 교육계 놈이 들어왔다.

교육계 놈의 손에는 수평대(운동기구) 부러진 소나무 몽둥이가 들려있다. 한 사람 한 사람을 몽둥이로 가슴이나 배를 쿡 찌르고 말도 안 되는 일을 핑계로 트집 잡고 엉덩이나 다리를 때리고 지나갔다. 내무반에서 내 번호가 17번인데 내 앞에 오더니 그 돼지 같고 험상 굳게 생긴 교육계 놈이 배를 몽둥이로 쿡 찌르고 하는 말이

"임마! 네놈의 명찰이 왜 이래"라고 말하는 것이다. 나는

"훈련소에서 차던 것이어서 낡았습니다. 어제 주보에 새 명찰을 신청했습니다."라고 대답했더니

"이 새끼 무슨 말이 많아. 엎드려뻗쳐"라고 소리친다.

나는 그대로 했다.

그 악마 같은 교육계 놈이 들고 있는 소나무 몽둥이로 45kg밖에 안되는 내 엉덩이를 죽으라고 패는데 세 번째 패는 데 몽둥이가 부러졌다. 그런데 부러진 몽둥이로 계속 내려치고 있고 말라빠진 중대장 녀석은 잘한다고 구경하고 있고 같은 내무반 교육생들은 이 모습을 보고 눈

은총의 여로(恩寵의 旅路)

물을 훔치는 사람도 있고 이러다가는 사람 죽이겠다고 놀라서 어쩔 줄 모르는 것 같았다.

나는 그 악마 같은 교육계 놈이 내려치는 몽둥이로 내 엉덩이를 치는 아픔을 5번까지는 기억이 나는데 그 후에도 죽으라고 내려치는데 이제 감각조차 없었다. 이 미친놈들이 전라도 사람과 철천지원수가 졌기에 5.6내무반에 몰아넣고 일석점호 때마다 1~4 내무반에서는 보고만 받고 취침 시키고서는 5.6 전라도 교육생만을 잡드리느라고 나머지 시간을 마치는 것으로 희열을 느끼는 악마적인 근성을 가진 놈들이었다.

나는 한 번도 서울에 가 본 일이 없었기 때문에 서울에는 이런 몹쓸 사람만 살고 있는 줄 잘못 알고 있었다.

그날 밤 하나님께서 지켜 주시지 않았으면 그 악마 같은 놈들에게 맞아 죽었을 것이다. 악마 같은 교육계 놈이 이성을 잃은 것 같았다. 계속 몽둥이로 엎어져있는, 엎드려뻗쳐 자세를 취할 수 없도록 심하게 맞은 것이다. 그런데 내 곁의 16번 교육생의 팔꿈치를 나를 몽둥이로 패고 죽을 때까지 패려고 치켜드는 몽둥이에 맞아서 쇼크를 받아서 기절하여 쓰러지는 것을 보고 악마같이 노려보던 중대장 녀석이 "그만 때려라"고 하니까 그 악마 놈이 씩씩거리며 가쁜 숨을 쉬면서 몽둥이로 치기를 그치고 몇 사람을 더 트집 잡아 한~두 대를 때리고 6내무반으로 넘어 가서 토닥거리고 나가는 것이다.

아무리 생각해 보아도 이것들은 악마의 변신이라고 밖에 다른 말로 표현 할 수 없는 인간이 아닌 악마들이었다.

기절했던 교육생은 주물러 주고 물을 떠다 먹이고 하니까 정신이 회복되었다.

나는 엉덩이가 축축하고 바로 누울 수가 없어서 엎드린 채 그 밤을 서러워서 울며 지새웠다. 여러 교육생들이 내 곁에 와서 위로해 주고 걱정을 해 주었다.

아픈 것도 아픈 것이지만 이런 일로 죽을지도 모르겠다고 하는 두려움과 부모형제가 생각이 나서 서럽게 울먹이며 밤을 새웠다.

이 튼 날 새벽에 중대 선임하사라고 하는 놈이 새벽같이 5시에 기상시켜서 연병장에 집합 시켜놓고 하는 말이

"이 썩은 동태 눈구멍 같은 놈들, 나는 머슴 출신이다. 배웠다고 하는 놈들 머슴출신 선임하사의 맛을 봐라"고 악을 쓰고

"토끼 뜀"(앉은 자세로 두 귀를 잡고 토끼처럼 뛰게 하는 기 합.벌) 기합으로 연병장을 돌게 하는 것이다. 힘이 겨워 쓰러지면 쫓아 와서 발길로 걷어 차곤 하였다.

마산 군의학교에는 이런 악마들이 많은 것 같았다. 이 악마도 새벽마다 찾아와서 5시부터 7시까지 구보로 운동장 돌기, 토끼 뜀, 앉아 일어서등 괴롭힐 수 있는 방법을 총 동원하여 괴롭힌 놈이다. 그런데 고마운 것은 내무반장과 교육생들이 나에게 와서 "자네는 환자이니까 집합에 나가지 말고 내무반에서 쉬게!"라고 염려해 주고 위로해 주었다.

마산 군의학교는 주로 내무 교육이기 때문에 거의 8주간 중 7주간은 내무반에서 교육을 받는 프로그램으로 진행하고 마지막 주간에 환자 이송훈련과 산에 오르기 훈련으로 마쳤다.

내무 교육이 오전 2시간 마치고 나면 "환자 집합" 시간이 주어져서 의무실에 가서 간단한 진찰을 받고 약을 타오는 시간이 있다. 그런데 밖에서 "환자 집합" 소리가 나니까 우리 내무반 교육생들이 일제히 "어! 봉철이 빨리 의무실에 다녀오게!"라고 서둘러 주었다. 사실상 생명의 위험에 이를만한 구타를 당하여 화장실에 가서 바지를 벗어 보았더니 엉덩이가 퉁퉁 부어있고 새까맣게 멍이 져 있고 맞은 자리가 터져서 옷이 척척했다. 이 사실을 그대로 의무실에 보고하면 나 한 사람뿐만 아니라 우리 내무반 교육생들에게 어떤 엄청난 피해를 줄 것은 뻔~ 하므로 절뚝거리며 의무실까지 따라가서 군의관이 어디가 아파서 왔느냐? 고 묻기에 어지러워 왔다고 했더니 체온을 재고 입안을 검사하고 청진기로 가슴에 대고 진찰하고는 약봉지를 주는데 "빈혈인 것 같다"라고 하였다.

나는 나대로 오기가 나서 내무반으로 들어가지 않고 교회에 가서 꽃

꽂이도 해놓고 식당 주위를 맴돌곤 하였다.

마산 군의학교의 슬로건은 "교육받으나 마나. 밥 먹으나 마나"다. 식사량이 너무 적어서 배가 고파서 힘이 들었다.

경상도에 사는 교육생들은 집에 가서 잘 먹고 오고 (외박) 돈을 가져오니까 주보에 가서 음식을 사 먹게 되니 배고픔을 모르고 교육을 마쳤지만 전라도 출신 교육생들은 참으로 힘들었다. 군용식기 뚜껑에 밥 퍼주고 식기 안에 국을 퍼주기 때문에 언제나 배가 고팠다. 나는 매일 환자 집합에 나가서 (20일 동안) 빈혈치료제 (철분) 타다 먹고 남은 시간에는 밖에서 쉬다가 점심 식사 시간에 내무반에 들어가기를 계속했다.

그날 밤 그 허약한 몸을 그 악마의 몽둥이가 부러지도록 맞고 16번 교육생이 그 악마 놈이 치켜드는 몽둥이에 팔꿈치를 맞지 않았으면 나의 생명을 지속 시키지 못했을 것인데 하나님이 막아 주셔서 죽지 않고 살아서 세계선교와 특수사역과 목회를 감당하게 하신 것이다.

중대장 녀석과 교육계 놈의 이름은 모르고 8주 교육을 마쳤으나 그 매일 새벽 빠짐없이 기합으로 괴롭힌 선임하사 놈의 이름은 지금껏 잊혀지지 않는다. 전대×이다. 그 원수같이 우리를 대하던 못된 인간들은 이 땅에서 사는 동안은 못 잊을 것이다.

군 복무 중 다른 곳에서는 인간의 탈을 쓴 악마도 있겠지만 참 인간다운 천사 같은 정말 잊을 수 없는 선한 사람도 만났지만 군의학교 기초과정 8주간 교육 중에는 천사 비슷한 사람을 한 사람도 만나지 못했고 마산 군의학교는 기억 속에서 지우고 싶을 뿐이다.

군의학교 기초과정을 위한 훈련과정을 마치고 수료생들을 두 부분으로 분류하여 출발시켰다.

하나는 전방의 부대 의무실에서 복무할 사병과 분산되어 있는 각 지방의 육군병원에서 복무할 사병으로 분류되어 전방으로 출발할 사병은 제3보충대로 곧바로 출발시켰고 지역에 산재한 육군병원에서 복무할 사병은 부산에서 마지막 분류 업무를 수행할 제1보충대로 출발 시켰다. 부산 제1보충대로 출발할 의무병의 숫자는 많지는 않았는데 거기에 나의 이름이 포함이 되게 하신 것은 전혀 하나님께서 나 같은 부족한 사람을 주님의 종으로 특별히 쓰시기 위한 계획 속에서 이루어 주신 은혜였음을 확인할 수 있었다.

부산 제1보충대에 도착하여 저녁식사를 마치고 나니까 부관장교인 중위가 보충대에 입소한 의무병들 가운데 마산 군의학교에서 인간 이하의 대우를 받았던 전라도 사람 중에서 특별히 전라북도 출신의 명단을 적은 종이를 가져와서 명단을 불러, 별도의 장소로 데리고 갔다.

그리고 우리 전북 출신 의무병들에게 자신을 소개하면서 이야기를 했다. 부산 제1보충대가 이번 기초학과 수료생을 받아서 분류하여 배출하고 문을 닫게 되었다고 했다.

그리고 자기는 전북 김제 출신인데 고향 출신들에게 마지막으로 봉사하려고 한다고 했다.

그래서 이왕이면 전북지역에서 가까운 부대에 전출시키려고 하는데 혼자의 힘으로는 할 수 없는 일이어서 비용이 드니까 내일부터 2박3일간 특박을 보내겠으니 필요한 비용을 준비해 오라고 하면서 특박증을 나누어 주었다.

전라도 사람이라고 서러움만 받다가 고향 출신 마음 좋은 부관을 만났고 출신지 가까운 부대에 전출시켜준다고 하니 전북 출신 의무병들은 구세주나 만난 듯이 기뻐하고 감사했던 것이다.

그런데 얼마 정도를 준비해야 할지 몰라서 일행들이 나에게 부관을 만나서 타진하라고 하여 부관실에 가서 감사하다고 인사하고 비용은 한 사람 앞에 얼마씩을 준비하면 되겠느냐?고 물었더니 미안한 모습으로

"너희들을 최대한으로 돕고 싶어서 다방면으로 애를 쓰는데 사실 그냥 해주어야 할 일이지만 내 위에 상관들이 있어서 협의하는데 약간의 비용을 부담케 하여 미안한 마음뿐이다.

이 어려운 때에 집에 간들 여유 있는 돈이 있겠느냐?

한 사람당 3천 원씩만 준비해 오면 되겠다."고 말하여 감사하다고

은총의 여로(恩寵의 旅路)

다시 한 번 인사하고 나와서 일행을 모아놓고 이야기를 전했다.

내가 전하는 중대 부관의 말을 듣고 일행은 기뻐서 어쩔 줄을 몰랐다. 대다수가 5천 원에서 1만 원은 될 것이라고 생각하고 있었다고 했다.

우리는 그 밤으로 부산역으로 가서 기차를 타고 집으로 온 것이다. 집으로 오니 갑자기 돌아 온 일에 놀라고 반가워했다.

가족에게 이야기하여 준비하게 하고 3천 원과 왕복 차비 정도를 준비하고 집에서 하룻밤을 자고 부산 제1보충대로 귀대하였다. 경제적으로 어려울 때여서 3천 원을 준비한 의무병은 많지 않고 2천5백 원, 2천 원 준비한 사람도 있었는데 두 사람은 하나도 준비 못하고 왔다. 이튿날 한 사람씩 부관실에 가서 가져온 비용을 전했다. 나도 3천 원을 주려다가 왕복 차비밖에 용돈이 전혀 없어서 3천 원에서 5백 원을 빼고서 미안했지만 부관에게 가정 형편이 어려워서 2천5백 원밖에 준비하지 못하여 죄송하다고 말하였더니, 부관이 화를 낼 줄 알았더니,

"됐다, 수고했다"고 웃으며 받아서 한편으로는 미안하고 한편으로는 참 좋은 분이라고 생각하며 감사했다.

그런데 두 사람은 빈손으로 들어갔다.

부관은 이야기를 듣고 나서 귀뺨을 한 대씩 때리고 하는 말이 "이 녀석아! 내가 분명히 말하지 않았느냐?

내가 먹으려고 하지 않는다고 말했지 않았느냐? 에잇 나쁜 놈들!

나는 너희들이 성의껏 준비해 오리라고 믿고 이미 특명을 다 내 놓은 것 아니냐? 그러나 어려운 중에도 성의껏 준비해 온 너희들은 참으로 수고했다. 너희 중에 한 사람만 가까운 곳의 티오가 없어서 춘천으로 특명을 내게 되어 미안하다. 모쪼록 전입하는 부대에 가서 근무 잘하고 제대하기 바란다.

내 고향이 김제이니까 제대 후에 고향에서 다시 만나자!

잘들 가거라!라고 인사하고 특명지 한 장씩을 주었는데 하나님의 크신 은혜로 나는 대전 63육군 병원으로 특명이 난 것이다.

내가 사는 이리에서 가까운 곳은 전주의 98육군병원과 논산의 116

병원이 있다. 그러나 그곳으로 전입 되었으면 집은 가깝겠지만 제대 하고나서 형님들이 일하는 사업장인 함석 가공공장에서 일하며 먹고 살며 마쳤을 것이다.

대전 63육군병원에 보내주신 것은 대전에는 신학교가 있어서 주님의 종으로 쓰시려고 대전으로 보내 주시어 오늘에 주님의 종으로 세워 늙도록 쓰시는 것이다.

내가 출생한 고향에서는 전혀 느껴보지 못한 전라도 사람들에 대한 이유 없는 지역감정으로 인간 차별대우를 넘어서 인간 이하의 서러운 대우를 받았던 마산 군의학교에서의 그 비인간적인 대우를 받았던 전라도 출신 의무병과 수료생들에 대한 형제의 정으로 따뜻하게 품어주고 대우해주고 그 아픔을 싸매준 부산 제1보충대 이름도 모르는 인간다운 참 모습을 군인세계이면서도 그 따뜻한 고향의 품으로 감싸준 부관의 고마움은 60년이 지난 오늘까지 아니 이 세상을 떠날 때까지 잊지 못하고 기억될 것이다.

은총의 여로(恩寵의 旅路)

제6화

강권적인 소명의 길로
인도하신 하나님

　부산 제1보충대에서 대전 63육군병원으로 특명 받아 전입한 수료생들은 두 부분으로 나누어지는데 기술하사관 과정 16주 교육을 마친 사병이 16명 기초과정을 마친 사람이 20명이었다.

　기술 하사관 교육을 마친 사병들은 외과, 내과 등 병실 근무 요원과 행정요원으로 분류하여 배치 시켰고 기초 과정을 수료한 사병들은 육군병원이어서 일반병과의 사병은 하나도 전입 시키지 않기 때문에 병원내의 위병소 식사과, 수송과와 일부 행정 보조원으로 배치를 받았다.

　병원 중대본부에서 기술하사관 수료생은 먼저 면접하여 배치하였고 그 후에 기초 과정 수료생들을 한 사람씩 중대 본부로 들어가서 면접을 하였다. 기다리는 순서에 따라 내 차례가 되어서 들어갔다. 거기에는 인사계인 상사가 앉아있고 인사계 옆에 중대 선임하사인 중사가 앉아 있었다.

　어떻게 다른 사람의 명찰은 기억이 없는데 명찰을 분명히 기억되는데 김계원 중사였다.

　잔뜩 긴장하여 떨리는 마음으로 중대본부 인사계실로 들어가는데 김계원 선임하사가 나를 쳐다보더니

　"야! 너 나 모르겠니?"라고 묻는 것이다.

　군대 용어로 "새까만 이등병 새끼" 신분으로 인사계인 상사와 선임하

사인 중사 앞에 서 있어서 떨리는데 생전 처음 보는 선임하사인 중사가

"너 나 모르겠니?" 물으니까 겁이 나서 정직하게

"옛! 모릅니다."라고 대답했다. 그랬더니 다시

"정말 모르겠니?"라고 물어서

"모릅니다."라고 대답했더니 곁에 있는 인사계가

"아는 애야?" 물으니

"예! 잘 아는 애인데 긴장해가지고 잘 모르는 것 같습니다."라고 대답하고 나에게

"알았다. 가거라!"고 내 이름위에 체-크 하고 내보냈다.

내가 인사계실에서 나오니까 문틈으로 들여다보고 있던 뒤에 기다리던 사병들이 하는 말이

"자네는 잘 되겠네!"라고 축하해 준다. 나는

"아냐! 모르는 사람이야!"라고 말했다.

기초과정 수료생 20명을 면접하고 각 부서에 배치한 배치표를 얼마 후에 나누어 주었는데 위병소로 4명, 수송과로 6명, 세탁과로 2명, 식사과로 6명, 입 퇴원과에 1명, 그리고 내가 병실 공급실에 배치를 받게 된 것이다. 입 퇴원과 분류계로 배치된 녀석이 가장 특과여서 제대하기까지 많은 돈을 벌었다.

그리고 내가 배치된 부서인 병실 공급실은 전체 전입한 환자들에게 쌀과 부식과 의약품을 제외하고는 전체 보급품을 다 입고하고 반출하고 배분하는 보급소로서 마음만 나쁘게 먹으면 많은 돈은 아니지만 쓸수 있는 돈은 마련할 수 있는 곳이고 의복은 가장 좋은 것으로 골라 입을 수 있고 건빵, 담배 등 보급품은 상당히 여유 있게 쓸 수 있는 곳이며 부정한 짓을 하지 않아도 여유 있게 쓸 용돈은 지급 받아 썼다.

지금도 생각하면 하나님께서 인도하신 일이라고 밖에 다른 말로 표현할 수가 없다. 김계원 선임하사(중사)는 충남 홍성 사람이고 나는 전북 이리 사람이어서 만난일도 없고 본 일도 없는 사람인데 그가 63육군병원에서 전출되기까지 그렇게 친절하게 잘 해주었다. 어쩌다 만나면

은총의 여로(恩寵의 旅路)

"야! 힘들지? 군대는 편한 곳이 없단다. 잘 견디고 근무 잘해라!"고 격려해 주었다.

지금도 생각하면 양담배라도 종종 한 갑씩이라도 사주지 못한 것이 후회가 난다. 언제인가 찾아와서

"얘야! 쓸 만한 작업복 혹시 있니?"라고 물어서 쫄쫄이 작업복(미제 군복) 세 벌을 골라가지고 나와서

"선임하사님! 이 세벌이 가장 깨끗하고 얼마 입지 않은 옷입니다. 세 벌 다 가져 가셔도 됩니다. 몸에 맞는 대로 가져가세요!"라고 말했더니

"얘야! 한 벌이면 돼! 너 어떻게 책임지려고 세벌이나 가져가라고 하니?" 이 옷이면 되겠다. 라고 한 벌을 들고 나선다.

내가 "이 옷이 더 새것이네요! 한 벌만 더 가져가세요!"라고 말했더니 "이 녀석! 이 옷이면 돼!" 걱정하지 마라. 고맙다.라고 뿌리치고 가는 것이다.

선임하사인 김 중사가 전출되기 얼마 전에 찾아왔다.

"이 녀석아! 나 담배 한 보루만 줄 수 있니?"

정말 참 인간다운 착한 군인이고 나에게는 잊을 수 없는 은인이었다. 나는 화랑담배 두 보루(한 보루가 20갑)를 가지고 나와서

"선임하사님! 필요한대로 말씀하세요! 제가 이런 것은 드릴 수 있습니다."라고 말했더니 웃으면서

"이 녀석아! 네 것이냐? 네 맘대로 인심 쓰려고 하니? 한 보루면 됐다"고 말한 후 건빵을 포장해온 포장지에 튼튼히 싼 후에 "이 녀석 고맙다! 잘 피우마!"고 가는 것이다. 나는

"선임하사님! 언제라도 필요하시면 오세요! 준비해 놓겠습니다."고 말하니

"자식! 그래 고맙다"고 웃으면서 갔는데 그 후 얼마 지난 후 전출 갔다는 말이 들리고 보이지 않아서 너무도 서운하고 정말 고마운 마음을 잊을 길 없다. 만약 김 중사가 아니었다면 위병소나 식사 과나 수송과에 배치되었으면 내 약한 체구에 얼마나 힘들고 고생했겠는가! 그리고

다른 과에서는 대전 신학교에 다닐 수가 없겠는데 하나님의 그 선하시고 의로우신 인도하심이 나 같은 너무도 부족한 사람을 쓰시려고 이끌어주신 은혜 속에 신자가 아니면서도 그렇게 인간적으로 돌보아 준 김계원 중사의 고마움은 잊을 길이 없다.

내가 근무하는 병실 공급실의 과장은 박 중위라고만 기억된다.

성품이 좋고 점잖은 사람이어서 내게 한 번도 책망이나 잔소리 하는 것을 본 일이 없다. 그냥 과장일 뿐 특별히 귀찮게 하는 일이 없고 말이 없는 사람이었다.

특별히 선임하사인 한석인 중사는 너무도 인간적이고도 착한 사람이었다. 한 번도 이 녀석 이놈 소리를 들어본 일이 없고 "야!"라고도 불러본 일이 없고 나를 부를 때는 언제나 "봉철이"라고 불렀고 "이것 해라"고도 하지 않고 "이것은 이렇게 해"라고 다정히 이야기 해 주었다.

내가 창고(보급품) 옆에 설치한 작은 사무실에서 환자들의 입 출입 때 (전입) 가져오는 지급품에 대한 서류정리와 보급품 현황파악을 위한 사무를 보면서 내가 먹을 건빵은 충분히 준비 되어있기 때문에 서랍에 넣어두고 언제라도 먹을 수 있었다.

서류정리를 하면서도 한손으로는 건빵을 계속 가져다가 먹었는데 한 선임하사가 사무실에 오면 혼내야 할 일인데 내 어깨에 두 손을 가볍게 얹으며

"봉철이는 건빵을 참 좋아해!"라고 웃으며 말 할뿐이다. 내가 깜짝 놀라서 "선임하사님 죄송합니다." 좀 시장해서 먹었습니다. 라고 말하면

"괜찮아! 맛있게 먹고 일 잘해!"라고 말하고는 가는 것이다.

너무 너무도 선량한 잊을 수 없이 고맙고 존경스러운 사람이었다. 가난하여 남의 집 머슴살이 하다가 군에 입대하여 직업군인이 되었다고 한다. 어쩌면 같은 머슴 출신이지만 마산 군의학교 기초 중대의 전대× 이란 선임하사 같은 악마 같은 인간도 있는가 하면 같은 환경을 거쳤지만 이처럼 선량한 천사 같은 사람도 군대생활 속에서 만나 본 것이다.

한석인 선임하사는 나를 완전히 신뢰하고 무엇 하나 간섭하지 않았

고 건빵은 3일에 한 봉 담배는 2일에 한 갑씩 지급 하는데 나는 담배는 필요 없기 때문에 환자에게만 지급하기를 마치면 한석인 선임하사는 언제나 나에게 건빵 20봉을 주면서

"봉철이는 담배는 필요 없고 건빵만 잘 먹으니 맛있게 잘 먹어! 여기 20봉은 봉철이 거야!"라고 웃으며 건네주고 남은 담배와 건빵은 처분 하려고 가져갔다.

1주일에 두 번 담배와 건빵을 지급하고 나면 나에게는 건빵이 40봉지나 얻게 되어 외박 때 집에 오면서 배낭에다가 15봉지~20봉지씩 가져다가 가족에게 선물하였다. 언제나 옷은 최고 좋은 것을 골라 입으라고 이야기하곤 하였다. 작업복은 미제 쫄쫄이 작업복 새것만 다리미로 칼날같이 다려서 입고 다니고 사지쓰봉 (모직바지. Y셔츠) 좋은 것으로만 골라 입고 다녀서 다른 군인들이 부러워하곤 하였다.

그리고 한해가 바쁘게 지나고 2년째 되는 2월에 같은 부대에서 근무하는 사병이 나에게 "대전 신학교에 같이 다니자!"고 권해서 나는 신학교에 갈 자격이 못된다고 말했더니

"김 선생 같은 분이 못가면 누가 갈 자격이 있겠느냐?"고 야간 신학교이기 때문에 조금 힘은 들지만 이런 기회에 같이 공부하자고 하여 근무를 마치고 같이 외출하여 대전 신학교를 찾아갔더니 대전 인동에 신학교가 있었다.

교장 목사님 되는 김인승 목사님을 만나서 준비해간 서류를 제출하고 인사했더니

"군인 신분으로 힘이 들겠지만 열심히 공부하여 하나님의 훌륭한 일꾼이 되라!"고 말하고 개학은 3월 2일이고 강의시간은 오후 6시부터 9시까지이니 늦지 않게 와서 열심히 공부하라고 당부하는 것이다. 우리 두 사람은 감사하다고 인사하고 나왔다.

꿈에도 생각지 못했던 대전 신학교에 엉겁결에 입학하여 열심히 공부하면서도 앞으로 목회 하겠다고 하는 생각은 해 본 일이 없고 주어진 기회이니 공부하지 못하여 한이 된 공부나 해 보겠다고 다닌 것이 그만

2년을 다녀서 2년을 수료하고 재대하였던 것이다.

　1년 반을 남들이 부러워하는 보급계통에서 부정한 짓은 할 수 없는 신분이지만 내가 근무하는 과에서 신임을 얻고 토요일에 집에 가지 못하면 주말에 쓰라고 용돈까지 얻어 쓰며 지냈는데 그런 중에 그토록 선량하고 천사 같은 한석인 중사가 전후방 교류발령으로 전방으로 떠났고 아무래도 보급계통이기 때문에 나는 아예 제외해 두었지만 재고 처분 명목으로 신앙양심에 어긋나는 것을 보면서 마음이 괴로워서 군인 교회 목사(군목)께 부탁하여 그간 근무했던 병실공급실에서 가지 말라고 붙잡는데도 군목과 (군인교회)로 근무처를 옮겨서 배고프고 피곤하고 담배를 지급 받으면 팔아서 청소도구를 사서 써야 하지만 기쁨으로 많은 간호장교(여)와 간호학생들의 사랑 속에서 환자신자들을 1년 반 가까이 돌보며 대전 시내에 산재한 민간인 교회에 청원하여 위문품과 위문행사의 협찬으로 입원환자들을 보살피면서 1960년 12월 1일자로 제대 특명을 받아서 정들었던 그리고 한이 맺혔던 군 복무를 마치고 제대하여 귀향했다.

　나 같은 부족한 사람을 주님의 종으로 쓰시기 위한 그 기이한 경륜을 이야기하기 위하여 장황한 이야기를 쓴 것이다.

　대전 63육군병원에서 근무하고 제대하기까지 부대 내의 상관들이 내게 베푼 사랑과 보살핌은 너무 감사하여 잊을 수가 없다.

제7화

위기의 순간 옮겨주신 하나님
독수리 날개로 너희를 업어 내게로
인도하였음을 보았느니라! (출19:4)
("위기의 순간 옮겨주신 하나님")

지금도 생각하면 아찔했던 주님께서 나를 들어서 1m 곁으로 옮겨 살게 하신 그 기이한 능력을 감사하며 찬양을 올린다.

하나님께서 미천한 죄인을 그토록 아끼시고 사랑하여 주셔서 오늘까지 살아있어 이처럼 크신 은혜를 간증하기 위하여 이 글을 쓰는 것이다.

이 일은 내가 대전에 있는 63육군병원에서 제대를 앞둔 시점에서 이루신 하나님만이 하실 수 있는 놀라운 사건이었다.

1960년 10월 초였다. 그날은 휴일이어서 정상적인 일과가 없어서 사병들까지도 외박으로 다 나갔는데 나는 일직 사령관실의 최하급인 일직사병으로 차출되어서 집에도 가지 못하고 외출도 못가고 토, 일요일에 일직사령실에 갇혀서 피곤한 일정을 보내게 되었다.

가을 날씨여서 일직사령실(병원장실)에는 경유난로가 켜 있어 따뜻하게 하였다. 일직사관(중위)이 연료가 담긴 스페아깡을 확인하고는 내게 "경유를 수령해요."라고 하여 빈 스페아깡 두 개를 들고 나오는데 군의학교 기초반에서 같이 훈련받고 함께 63육군병원에 전입하여 수송과에 배치되어 근무 중인 동기가 나를 발견하고

"어이! 연료 공급소에 가서 기름을 타놓고 기다리게. 내가 쓰리쿼터

로 실어다 줄께!"라고 동기를 생각하여 수고하겠다고 말한다. 나는 고 마워서

"그래, 고맙네! 기름을 수령해 놓고 기다릴게!"라고 말하고 병원의 가장 높은 지역에 위치한 연료공급소에 가서 연료를 수령하고 쓰리쿼터가 오는 길목에 스페아깡 두 개에 가득히 채운 통을 앞에 놓고 쓰리쿼터가 오기를 기다리고 있었다.

조금 있으니까 훈련동기가 운전하는 쓰리쿼터가 나 있는 곳을 향하여 오는 것을 보고 차가 내 앞에 와서 정차하리라고 마음 놓고 있는데 쓰리쿼터가 내 앞에서 정지하지 않고 그냥 달려들었다.

전혀 예상치 못한 사건이 벌어진 것이다. 마음 놓고 기다리는 내가 선 곳으로 차가 달려와서 내 앞에 세워놓은 두 개의 스피아깡을 쓰리쿼터의 두 바퀴로 그냥 깔고 그 순간 스피아깡이 터져서 기름이 높이 뿜어내는 것만 보았다. 차는 계속 달려가서 언덕에 처박히고 멈추어 섰다. 갑자기 브레이크가 고장이 난 것이다.

생명의 위기의 순간 나는 내 앞에 있는 스피아깡 곁으로 1m 가량 옮겨져 있었다. 이것은 위험을 판단할 수 있는 시간적 여유나 조건이 되지 않았다. 차가 스페아깡을 깔아 부수기까지 나는 그냥 그 앞에 서 있을 뿐이었다. 우리 하나님께서 그 절박한 위기에서 살짝 들어 옮겨서 살리신 것이다.

나는 꿈결 같은 위기를 겪으며 멍~ 하니 서 있을 뿐이었다. 저 아래서 이 위험한 사고를 목격한 병원 내 사병들과 환자들이 놀라서 몰려와서 "다친데 없느냐?" 다행입니다. 꼭 죽은 줄 알았다고 어쩔 줄 몰라했다.

나는 내가 기름을 담아서 앞에 놓고 기다리던 스페아깡이 자동차의 두 바퀴에 깔려서 납작하게 찌그러졌고 통에 담긴 기름은 다 빠져나간 것을 보면서 우리 하나님의 그 특별하신 행사를 보면서 놀란 가슴을 쓸어내리며 감사를 드렸다.

한편 쓰리쿼터를 운전한 동기 사병은 언덕에 차가 처박히고는 한동안 정신을 잃고 앉았다가 정신을 차리고 내게 오는데 그 얼굴색이 핏기

은총의 여로(恩寵의 旅路)

하나 없이 노란 빛이었다.

"자네! 다친데 없나? 나는 자네가 차에 치어 꼭 죽은 줄 알고 정신을 잃었었네! 참으로 다행이네! 다친 곳도 하나도 없다고 하는 것은 정말 믿기 힘든 일이네!"

"좋은 일 해주려다가 정말 큰일 날 뻔 하였네! 정말 미안하게 되었네!"라고 말했다. 나는

"이런 일은 하나님께서 나를 들어 옮기셔서 살린 것이지 나는 전혀 예측할 수 없는 위기에서 죽고 말았을 거야!"

"참으로 하나님의 은혜를 감사드리네!"

자네도 많이 놀랐을 거야! 하나님께서 나와 자네를 살리셨네!

나를 생각한 자네의 그 고마운 마음을 하나님께서 아신 거야!

"애썼네!"라고 말하고 나는 일직사령실로 훈련동기생은 수송과로 갔는데 벌써 수송과에서 다른 차로 경유 두 스페아깡에 채워서 일직사령실에 배달하여 놓여 있었다.

하나님께서 나 같은 보잘 것 없는 죄인을 향하신 그 특별하신 섭리로 내게 닥치는 생명의 위기 때마다 지키시고 건지시고 보호하신 측량할 수 없는 크신 사랑으로 지금껏 살아있는 것이다.

피할 수 없는 주님의 종의 길

우리 하나님의 나 같은 죄인을 향하신 계획에는 완벽하여 힘들고 험한 길을 겪어오는 과정에서도 추호도 차질 없이 오늘에 이르도록 인도하심에 헤아릴 수 없는 선하신 은총에 감사 드릴뿐이다.

앞에서도 말한바 있거니와 하나님께서 내게 주신 달란트는 다양해서 내 인생의 피할 수 없는 전환점을 가져온 6.25동란이 터지지 않았다면 세상적으로는 대성할 수 있었던 인생의 길을 걸었을 것이다.

그것은 나의 IQ가 140정도가 되고 학구적이고 열정적인 예능적이고 기능적인 재능을 하나님께 받았기 때문에 수학적인 머리만 제외하고는 모든 면에서 성공했을 것이다.

그러나 하나님께서 나 같은 보잘것없는 사람을 이 땅에 보낼 때 하나님의 너무 너무도 중요한 사명을 위한 "하나님의 종"으로 쓰시기 위한 계획을 이루기 위하여 보내었기 때문에 내가 잘 할 수 있는 세상적인 일에는 철저하게 차단하시고 내가 가장 자신이 없는 사역인 "주님의 일"에 쓰시려고 보내시고 부르셨기 때문이다.

앞에서도 말했거니와 하나님께서 내게 주신 가장 귀한 선물은 양심이다. 이 소중한 보배의 가치는 사랑하는 나의 어머니, 지금은 천국에서 나를 위하여 기도하고 계실 그 사랑하는 믿음의 어머니를 통하여 내게 알게 하셨다.

나는 어머니의 막내아들이다. 어릴 때부터 고집 세고 욕심 많고 사납고 말썽꾸러기였었다. 그래도 어머니께서는 나를 지극히 사랑하셨다. 7살 때까지 업어 주셨고 7살 때까지 어머니의 반쪽짜리 (자녀를 기르시면서 가난 때문에 잡수시지 못하여 늘 어린 자녀들에게 먹일 젖이 모자랐다. 배고픈 애기는 그 젖니 몇 개로 젖이 잘 나오지 않으니까 어머니의 젖꼭지를 물어뜯어서 반이 떨어져 나가서 치료도 제대로 받지 못하여 고생하고 낳으셨어도 어머니의 젖꼭지는 반쪽 젖꼭지가 되었다) 젖꼭지를 찾아 물고 잠들 만큼 그렇게 사랑하신 어머니셨다.

그러나 잘못된 일을 하거나 말을 듣지 않고 고집부리면 처음에는 나무라시고 그래도 듣지 않으면 그때는 회초리를 들어서 종아리를 걷어 부치고 사정없이 때리셨다. 고집불통인 나는 기어이 항복하지 않고 악을 쓰면 어머니는 더 사정없이 때리면서

"이 녀석 웬 고집이 이렇게 세냐! 맞아 보아라!"고 계속 매를 놓지 않으셨다. 못된 고집이 센 나는 항복 대신에 오기가 나서 매를 피할 수 있는 길을 찾게 되었다. 그것은 작은 마당가에 이루어 채소를 심어서 먹는데 상추 심은 밭으로 뛰어 들어가서 뒹굴어 버리면 어머니는 매를 놓으시고 나를 상추 밭에서 이끌어 내셨다.

나는 아픈 것도 문제이지만 종아리를 보면 꼭 큰 지렁이들이 기어가는 것 같은 매 자국을 보면서 분하고 억울하여 마당에 드러누워서 뒹굴어 댔다. 어머니는 부엌에 가서서 설경(나무로 걸쳐놓은 선반) 한쪽에 얹어 놓은 꽁보리 누룽지 작은 덩이를 가지고 와서 마당에서 뒹굴면서 울고 있는 고집쟁이의 막내둥이를 일으켜 세우고 누룽지 덩어리를 내 손에 쥐어 주신다. 그리고

"이처럼 고집 센 녀석은 처음 보았다. 자 먹어라! 아프지? 다시는 고집 부리지 마라!"고 말씀하시는 어머니의 두 눈에는 눈물이 고여 있음을 보곤 하였다. 이 소문이 동네 아주머니들에게 퍼져서 동네에서 나를 보면

"저 녀석은 상추밭에 뒹구는 놈"이라는 특별한 이름이 붙어 다닐만큼 유명하게 자랐고 언제나 마을 안에 있는 또래 아이들 10여 명의 대장이 되어 이끌고 다녔고 마을의 아이들은 나의 말을 따르지 않으면 완

전히 마을에서 왕따를 당했다.

그래서 내말들을 잘 들었고 나는 초등학교를 졸업할 때까지 마을 아이들의 골목대장을 지냈다.

나의 이처럼 결점 투성이의 문제아로서 어린 시절을 보냈고 그 어린 시절에 어머니의 매는 나의 어린 마음과 성격을 형성 하는데 내 사랑하는 어머니의 잘잘못을 가리는 "양심의 표준"을 이루어 주었다. 만약 어머니의 그 정확한 양심의 기준을 구분하게 하신 "사랑의 매"가 아니었으면 오늘의 나는 있을 수 없었겠고 그 어떤 문제의 인물로 불행하게 일생을 마쳤을 것이다.

나는 그 고마운 어머니의 "사랑의 매"는 내 양심의 표준을 이루어 "무엇이 옳고 무엇이 그르며 무엇이 선이고 무엇이 악인가?"를 갈라놓는 표준적인 판단을 이루어 주신 것이다.

어느 때는 어머니를 통하여 하나님께서 내게 주신 이 소중한 "양심" 때문에 불이익과 부당한 처지를 당할 때가 있으나 결코 후회하거나 불평해 본 일이 없다. 그것은

시16:8의 말씀과 같이

"내가 여호와를 항상 내 앞에 모심이여! 그가 내 우편에 계시므로 내가 요동치 아니 하리로다."

라고 하신 말씀과 같이 항상 하나님의 심판대 앞에 하나님 앞에서 산다고 하는 사실 앞에서

계20:12의 말씀 가운데

"죽은 자들이 자기 행위를 따라 책들에 기록된 대로 심판을 받으니 ~"

라고 하신 말씀 때문에 말씀에 거스르는 일은 행할 수 없는 "양심의 표준"에 맞추어서 최대한 가까이 살아가려고 하는 생활상의 올바른 지표로 세워주신 하나님의 사랑을 감사할 뿐이다.

그러므로 나는 한 번도 목사가 되고 싶다고 생각할 수 없는

"목사의 갖추어야할 세상적인 학문의 영역을 6.25동란의 비극이 몰아갔기 때문에 이런 사치스럽고 우러러볼 수 있는 자격이 없었기에 나

의 인생의 여정 밖에 있는 일들일 뿐이었다.

그러나 하나님의 계획하심에는 나로 하여금 세상적인 길은 철저히 막으시고 "주님의 종의 길"로만 좁게 열고 이끌어 주신 것이다. 내가 대전 63육군병원에서 제대를 몇 개월 남겨놓고 어느 날 새벽예배를 마치고 식사과에서 밥을 타다 놓고 막 수저를 들려고 하는데 중대본부 나팔수가 사역병 집합의 나팔을 부는 것이다.

나는 선임 병이라 군목과 (오늘의 군종과)내의 서기인 후임 병 은 사역 현장에 안 나가기 때문에 내가 집합장소에 나갔는데 그날은 경내의 잡초 제거 사역을 하게 되어 병원내의 구역의 잡초를 뽑고 나니 10시가 넘었다. 아침식사를 하지 않아서 배가 많이 고팠는데 과에 남아있는 후임 병이 나의 식사가 식으면 먹기 힘들 것 같아서 난로위에 데워놓고 기다리다가 오지 않으면 또 난로 위에다 끓이고 그러기를 6~7번이나 했다고 내가 사역을 마치고 오니까 식사를 하라고 내 놓는데 식기에 담겨진 국에 말았던 밥이 너무 많이 끓여서 밥알 하나가 1cm 정도는 될 만큼 퍼졌고 맛도 없는 군대 식사 국물에 입에 넣으니 구역질이 날 것 같은 역겨움이 나는데 배가 딱 고프고 다른 먹을 것은 없고 억지로 먹었더니 얼마 후에 뱃속에서 난리가 났는데 참고 견디다가 간호장교(신자)에게 부탁하여 약을 얻어다가 먹어도 듣지 않고 머리가 열이 나고 아파서 한 3일 고생했는데 그 후 힘이 빠지고 소변색이 노~랗게 나오고 활동하기가 힘들어서 입 퇴원과에 정식으로 신청하여 과장에게 진찰을 받았더니 병원내의 사병이 지금 황달에 걸려서 애타는데 치료나 약 처방도 없이 병가 20일의 병가 증만 끊어주면서 하는 말이

"이 녀석아! 너 나이롱 병 걸렸다. 집에 가서 쉬면 낫는다."라고 보내는 것이다.

나는 지금 무기력증과 병으로 인한 고통으로 견딜 수가 없는데 명색이 육군병원당국에서 다이아징이나 아스피린 한 알도 처방해 주지 않고 보내는 것이 그 당시의 병무(의무) 행정자들의 처사였던 것이다.

6.25전쟁이 휴전되어 열악한 환경 속에서 부정의 만연으로 돈이 되

지 않는 일에는 별 관심이 없던 때였다. 집에 내려 온 나는 경제적인 어려움으로 치료 한 번 받을 수 없고 어떤 약을 처방 받아 치료할 길 없이 그냥 온 종일 방에 누워서 고통만 당하게 되었다.

그러던 중 황달 침에 유명한 침술사가 8km나 되는 곳에 산다는 소식을 듣고 작은형과 자전거로 (나와 작은형이 따로 따로 두 대의 자전거로 갔다.) 가는데 자전거를 끌고 갈 수도 없이 힘이 없어 쉬면서 겨우 침술사가 사는 마을을 물어물어 찾아 갔던 것이다.

그런데 침술사 노인은 집에 없어서 기다리다가 가족이 찾아 데리고 왔는데 60세가 넘은 노인이었다.

나를 진찰하고서는 하는 말이

"황달이 깊었구만! 고생 많이 했네! 그러나 걱정하지 마! 세 번만 맞으면 나을 거야!" 아주 별것이 아니라고 생각하는 것 같다. 방에 들어가더니 침이라고 가지고 나오는데 30cm나 되는 물레 가락의 쇠꼬챙이 같은 쇠막대기를 가지고 오는데 새까맣게 생겼다. 그 침이라는 쇠꼬챙이를 머리에 싹싹 긁으며 소독(?) 하고는 나를 마루에 눕게 하고 왼팔에 세 군데를 찌르는데 얼마나 아프던지 나는 울었다. 침술의원은

"젊은이가 참아야지. 그것도 못 참고 울어? 병을 고치려면 아파도 참아야 해!"라고 말하고 침놓은 자리에 약 쑥 비빈 것을 앵두 알 만큼씩 뭉쳐서 불을 붙여서 뜸을 놓는데 쑥이 다 타 들어가서 침놓은 자리를 태워도 그냥 보고 앉아서

"침놓은 자리를 태워야 잘 낫는 거야!"고 말하고 약쑥이 다 타면 "훅" 불어 버린다. (지금껏 60여 년이 지났어도 쑥 뜸 자리의 흉터가 남아 있다.)

그리고서는 "앞으로 두 번만 더 맞으면 깨끗이 잘 나아.

1주일씩 걸려서 와야 해!"라고 말하고 무엇을 먹어야 약이 되느냐?고 물었더니

"별다른 약은 없고 죽은 소나무에 난 마른 버섯을 데려 먹으면 효과가 있어!"라고 말했다.

형님이 시술 비라고 약간의 준비해 온 돈을 주었더니

"뭘 이런 걸 주어! 아픈 사람 치료하면 되는 거지!"라고 사양하는 걸 "담배 값 이라도 하시라"고 억지로 쥐어주고 나왔다.

신기한 것은 겨우 그 무서운(?) 침 뜸 시술을 한 번만 받았는데 집으로 오는 길에 자전거를 상당히 가볍게 타고 왔다.

세 번 시술을 받을 시일도 못 되었지만 어릴 때부터 침 맞는 것을 그렇게 무서워하고 싫어했는데 그 새까맣고 물레의 가락 같은 침이 무서워서 그 후로는 가지 못하고 귀대 기일이 되어서 귀대한 것이다.

황달병에 걸리는 원인은 나 같은 경우는 소화불량의 악화로 위장의 가스가 위로 연결되어 흐르는 담낭의 담즙의 통로를 음식물의 오염 물질이 막아서 위로 내려 와야 할 담즙이 혈관을 타고 흐르기 때문이고 기생충이 담로로 기어들어가서 담즙의 독성으로 죽게 되어 담로를 막아서 발생하고 신체부위의 이상으로 담로가 막히거나 담로에 염증이 생겨서 정상적으로 담즙이 담로로 흘러나오지 못하기 때문에 발생하는 것으로 알고 있다.

증상은 담낭에서 생산해서 담로를 통하여 위로 흘러나와서 다른 소화 촉진액과 합하여 위에 들어 온 음식물을 소화(파괴)시켜서 장으로 내려 보내어 영양소를 흡수하고 불필요한 찌꺼기를 배출시키는 역할을 하게 되는데 이 담즙이 독성 물질이어서 피를 타고 흘러서 신장을 거쳐서 배뇨되는 소변색이 노랗고 갈수록 병이 악화되면 더 진한 노란색을 띠고 최악의 상태에서는 얼굴이 흑색으로 검게 변하고 눈알이 노랗게 된다.

이로 인하여 형용 못할 고통에 처하게 되고 얼굴에서 괴롭히는 파리 한 마리를 쫓을 힘이 없고 머리를 흔들면 되겠지만 머리를 흔들 힘조차 없어서 그냥 고통 속에서 짜증만 내게 되고 온 세상이 노란 빛으로 보이는 것이다. 그리고 소화가 되지 않아서 고생이 심한 병이다.

이런 고통 속에서 지나는 어느 날 병원내의 군목과 목사님과 군종 사병이 우리 집까지 내려 온 것이다. 병석에 누워서 치료도 못 받고 고통하고 있는 나를 보고 눈물지으며 위로와 기도해 주고 병원내의 신앙의 동지들인 간호장교들이 마련해준 다이아진 아스피린 소화제 영양제와 가장 치료에 중요한 링-겔 (1000CC짜리) 4병을 가지고 온 것이다. 눈이 환해지는 것 같았다. 그리고 약간의 돈을 군목님이 주고 갔다.

나는 눈물 젖은 신앙동지들이 구하여 보내준 약들을 복용하고 링-겔로 오염된 혈관을 씻어내며 치료 받고서 병가 기일이 다 되어 귀대하게 되었다.

20일간의 병가를 마치고 불완전한 몸이었지만 부대 내의 믿음의 동지들인 간호장교와 간호학생들과 군목님과 직원이 반갑게 맞아 주었다.

특별히 영양제와 치료제를 모으고 링-겔 4병을 보내준 간호장교들은 또 링-겔 (쏘디움 5%) 2병을 준비해 놓았다가 시술해 주었다. 병원에 근무하는 사병이 중증의 황달에 걸렸어도 아스피린 한 알도 처방해 주지 않고 병가 20일을 보내고 말았던 병원당국의 냉엄한 처사와 믿음의 동지들의 최선을 다한 보살핌으로 힘들지만 제대기간의 남은 3개월을 버티며 제대 할 수 있었던 것은 순전히 나 같은 부족한 인간을 주님의 종으로 쓰시려고 이끌어 주시는 하나님의 크신 은혜와 사랑의 신앙의 동지인 몇 명의 간호 장교들의 사랑과 헌신 때문으로 남은 군 복무기간을 마칠 수 있었던 것이다.

대전 63육군병원에서의 29개월간 군 복무 기간을 마치고 떠나 오면서 미안하고도 아쉬움을 남겼던 일은 보잘것없는 나를 마음속으로 사랑하고 어떤 간호장교나 간호학생은 노골적으로 결혼하고 싶어 하는 모습을 보면서 내게 꼭 필요하고 행복하게 살 수 있는 상대들이었지만 하나님께서 내게 주신 "양심" 때문에 다 거절하고 떠나 온 것이다.

내가 그 가난 때문에 중학 과정을 일부 공부했지만 졸업을 못하였고 고등학교 과정도 제대로 공부하지 못하고 군에 왔고 하나님의 특별하신 섭리 가운데 대전에 있는 나를 위하여 준비하신 63육군병원으로 보내 주셔서 비록 야간 신학교이지만 대전 신학교에 입학하여 2년을 수료하고 제대했지만 앞으로 목회한다고 하는 보장이 없기 때문에 제대

후에 내게 대한 생활대책이 막연한데 정상적인 학업을 마친 여인들과 결혼 한다고 하는 것은 무자격한 내가 행복하게 살아야 할 조건 갖춘 여인들에게 불행을 안겨 준다고 하는 것은 정말 "양심"이 허락하지 않아서 가슴 아픈 미련을 뿌리치고 떠나온 일이고 이것조차 나의 하나님의 선하신 뜻이 있으셨음을 후에야 알게 되었다.

제대하고 집에 왔으나 몸은 언제나 황달 후유증으로 시달렸고 내게 대한 치료나 어떤 조치도 없이 몇 날을 보냈다.

내가 할 수 있는 일이라면 어릴 때부터 작은형이 우리 가족을 먹여 살리기 위하여 함석 가공 공장에서 작업 하는 것을 어깨 너머로 보아둔 것이 작은형이 6.25사변을 당하여 징집되어 군에 간 후에 한 번도 함석 가공을 위한 연장을 잡아 본 일도 없었는데 함석 가공공장에 취직하여 서툴고 미숙했지만 작은 보수라도 받아다가 양식을 사서 부모님과 갓 결혼하고 큰형이 군에 징집되어 혼자 남은 형수를 힘겹게 먹여 살린 경험 때문에 작은형이 일하고 있는 공장에서 일해야 하는데 아직 건강이 회복되지 않아서 한 번씩 공장에 가서 도와주고 온 일이 있다.

제대한 지도 한 달이 되어 가는데 병약한 작은형과 만기 제대하고 집에 온 큰형도 그간 여러 분야의 일터에 넣어 주었어도 얼마 못가서 그만 두어서 결혼하여 가정을 꾸민 후 정신을 가다듬고 작은형의 공장에서 생활터전을 이루어 가며 일하는 공장에서 같이 일하여 먹고 살자고 작은형이 명령 겸 제안했다.

나도 앞길이 막연한 중에서 건강이 나쁘다고 언제까지나 방황할 수가 없었다. 병약한 몸을 치료해 줄 생각의 여력은 전혀 없어서 그때에 쓴 일기를 찾아보면 아무런 희망도 의욕도 없고 그냥 죽었으면 좋겠다고 하는 절망과 좌절뿐이었다.

할 수 없이 몇 날 동안 작은형의 지도에 따르기로 하고 희망도 기쁨도 없이 공장에 나가서 작업을 하면서 연말을 맞았다.

그런데 어느 날 우리 집 바로 곁에 세워져서 우리 가족들이 섬기고 교회 설립을 위한 기도회 때부터 열성적으로 섬겼던 청복교회의 목회

자로 섬기는 윤석봉 강도사가 불러서 갔더니 하는 말이

"지금 무얼 하고 있느냐?"고 묻는 것이다. 나는

"작은형이 작은형의 공장에 나와서 같이 일하여 벌어먹고 살자고 하여 공장에 나가서 일하고 있습니다."라고 대답하였다. 그랬더니

"신학생이 목회를 해야지 벌어먹고 살겠다고 일하면 되는 거요?"라고 나무란다.

나는 "나 같은 자격 없는 사람이 어떻게 목회를 합니까?"라고 반문했더니

"그게 무슨 소리요? 하나님께서 김 선생을 신학교에 보내실 때는 목회자가 되어서 하나님의 사업하라고 보내신 것이 아니요?"

지금 익산 팔봉 가까이에 있는 부송교회에서 분립된 교회가 있는데 교인은 40여 명이 모이지만 지역이 좋아서 발전할 수 있는 가능성이 있으니 거기 가서 목회 하도록 해요.

그 교회에 청년이 주일에 설교하다가 군인에 가서 마침 비어있어서 시급하니 이번 주일부터 가서 설교하여 부흥시키기 바라겠소!.

내가 모든 준비는 다 해놓았으니 주일 아침에 늦지 않게 가서 예배 인도하기 바라오!라고 말했다.

목회자의 자격을 갖추지 못하여 전혀 목회 하리라고는 생각하지도 못했는데 하나님은 나 같은 부족한 사람을 기어이

"하나님의 종"으로 부르시어 주님의 거룩한 복음의 사역자로 쓰신 것이다.

이건 도저히 예견하지 않았던 돌발적인 사건이었다.

윤석봉 목사(당시 강도사)의 사랑어린 지도와 인도가 아니었다면 나는 아주 평범한 사람으로 생활전선에서 일하며 먹고 살다가 인생을 끝마쳤을 것이다.

나의 첫 목회를 내가 감당할 수 있는 작은 설립교회의 첫 번째 목회자요 나는 첫 목회지로 부임한 때는 1961년 1월 1일 주일이었다.

주일 아침 작은형의 옷이어서 몸에 맞지 않는 헐렁한 옷을 입고 우

은총의 여로(恩寵의 旅路)

리 집에서 8km 떨어진 익산군 팔봉면 당산리에 4칸 겹집 초가집을 사서 예배를 드리는 산골 마을의 교회에서 첫 목회의 첫 번째 예배를 인도하게 되었고 이 첫 번째 설교는 마15:13~16의 말씀을 읽고 "세상의 소금과 빛이 되자"라는 설교 제목으로 설교했다. 어떻게 설교했는지도 모른다.

시골 인심답게 순수하고 인정 많은 교우들과 4년간을 같이 지내며 30여 평을 지을 수 있는 땅(200여 평 되는 땅을 사고 산 넘어 냇가에 가서 시멘트 벽돌을 찍어 예배당을 짓고 내부공사도 기금이 모자라서 마치지 못하고 신학교(서울 총신) 진학관계로 떠나왔는데 첫 목회에서 미숙한 목회였지만 있는 열정을 불태우며 건축 기금을 마련하기 위하여 "가정상비약" 상자를 메고 노회내의 교회들을 찾아 헤맸고 교우들도 열심히 인척과 친구와 지인을 찾아 판매하는 피땀 어린 헌신으로 성전건축을 이루었고 처음 목회에 미숙한 목회자에게 쏟은 뜨거운 사랑은 결코 잊을 수 없고 팔봉교회 목회 중에서 결혼이라고는 생각할 수 없는 아주 열악한 형편이었다.

부모님에게나 형들에게 의지할 형편도 못되고 그 당시 교회에서 받는 보수는 교통비조로 노회에서 전도사 자격 임명 후에 한 달에 300원 주던 교통비를 500원으로 인상하여 지급받고 있었다.(그 당시 쌀값은 백미 90kg에 1,500원이었다)

그런데 사역 2년째에 그 많은 결혼 말(42번째)이 있었어도 내 형편에 결혼할 수 없다고 뿌리쳤는데 피할 수 없는 하나님의 강권적인 인도로 생활환경은 시골 마을에서 가장 안정되게 살고 학력은 나와 결혼해도 상대방에게 손해 주지 않을 어디서도 찾아볼 수 없는 현숙하고 신앙과 인격을 두루 갖춘 정말 사모 자격을 완비하고 믿음 좋은 어머니 밑에서 신앙과 기도로 교육받고 자란 내게는 너무나 아까운 배우자를 선정하여 주신 하나님 어떤 방법으로도 피할 수 없는 여건 하에서 결혼케 하시어 결점 많고 부족한 나와 가정을 이루게 하시어 힘겨울 때 붙들어 주고 교인 관리 잘하고 어려운 농촌 목회의 열악한 여건에도 한마디 불평 없이 1남3녀의 자녀를 훌륭하게 키우고 나보다 더욱 기도 많이 하고 성경 읽고 선교에 열심을 가지고 협조하여 목회 40년 4개월을 마치고 (총회 규정 만 70세에서 5년 8개월을 자진 반납하고 자진 조기 은퇴함) 20년이 되기까지 내 곁에서 그토록 나를 사랑하고 헌신하고 이해해주는 나의 인생의 버팀목으로 붙들어 주고 있게 하신 것이다.

내 사랑하는 아내가 아니었으면 하나님께서 나 같은 부족한 사람을 국내 소외계층 선교와 해외 현지 원주민 목회자를 위한 목회자 훈련원과 원주민 신학교와 특수 사역의 선교 131회 세미나를 통하여 국내와 해외에 엄청난 결실을 이루고 고령으로 은퇴하는 일은 없었을 것이다. 첫 목회지에서의 4년의 시간은 여러 면에서 목회 훈련과 사명의 준비 기간이었고 같은 지역에서 6km 떨어진 세광교회로 두 번째 목회지를 옮기기까지 40명으로 시작한 교회를 80명 정도로 성장시킨 주님께 감사하고 신학교 선배인 훌륭한 목사를 후임으로 선정하고 떠나와서 후에 250여 명이 모이는 교회로 성전도 크게 새로 건축하는 발전한 교회로 이루게 하셨음을 우리 주님께 감사드릴 뿐이다.

제9화

급박한 위기를
막아주신 하나님

나 같은 부족한 사람을 하나님의 강권적인 소명으로 부르셔서 첫 목회지로 보내신 팔봉교회에서 4년을 준비도 변변하게 갖추지도 못한 채 첫 목회 훈련사역으로 알고 다만 주님만을 위하고 교회만을 위하여 최대한 열정을 불태웠던 4년간의 익숙하지 못한 목회사역을 마감하고 총회신학대학교에 가서 정상적인 목회사역을 이루기 위한 과정을 공부하기 위하여 떠나왔고 두 번째의 목회지인 익산군 삼기면 용연리에 소재한 용연교회에 부임하게 되었다. 목조 건물로 단층 25평 정도의 전형적인 시골의 산골 교회였다. 교인 수는 40여 명이 모였고 이곳 출신인 최 집사가 결혼하여 떠나갔다가 아들 하나를 낳고 남편과 사별하고 친정이 있는 마을로 돌아왔는데 배운 것은 없고 겨우 한글을 읽을 정도의 실력을 갖추었다.

그런데 시집 식구들이 신앙생활을 잘하는 가정이어서 시댁 식구들과 신앙생활을 잘 하여 집사 직분까지 받고 충성하다가 살던 집을 정리하고 친정동네의 사람들을 전도하여 작은 예배당(목조건물 단층)을 짓고 지붕은 초가집으로 짚을 엮어서이었다.

비록 아는 것은 없고 무식했지만 전도열은 뜨거워서 동네 마을 안에 병들어 고생하는 사람이 있으면 무조건 찾아가서 기도로 매달리고 거기에 하나님의 돕는 은혜로 환자들이 치유되는 능력이 나타나게 되어 하나 둘씩 그 가족과 함께 교회로 찾아오게 되어 노회의 교회 설립 허락을 받고 "용연교회"라는 이름으로 일컫게 되고 주일 낮과 저녁예배는 이웃에 가까운 역사 깊고 일제 때 순교자 (독립운동가) 도 나온 농촌교회로서는 중형교회인 서두교회에 시무하는 장로가 와서 설교하고 수요예배는 청년들이 돌아가면서 설교 하였고 새벽예배는 교회를 설립한 최 집사가 몇 명의 여신도들과 같이 앉아서 찬송하고 성경을 읽고 나름대로 해설을 하고 주로 기도로 진행하였다.

친정 여동생이 언니를 도와서 교회를 섬기는 중에 같은 마을에 사는 총각이 이 처녀를 욕심내어 결혼하기 위하여 사귀게 되었고 연애과정을 거쳐서 결혼까지 성사되어서 한 가정을 이루어 열심히 교회를 섬기게 되었다.

지금은 교회 안에서 처녀들이 신앙 안에서의 결혼을 이루기 위하여 서로 사귀게 하고 연애 하도록 주선하여 결혼하면 신자 한 사람을 빼앗기지 않아서 결혼 후에도 여전히 교회에서 맡겨진 직분을 잘 감당하게 되는 이점 때문에 주선하여 주는 것이나 지난날에는 구습에 젖은 영향으로 교회라면 성스러워야 하는데 연애사건이 터지면 마을 안에서는 문제가 되어 미혼의 딸을 둔 가정에서는 교회가면 큰일 나는 줄 알고 못 가게 막았고 이 일로 인하여 교회는 쌍놈들만 다니는 곳이라고 핍박이 심하고 욕을 하면서 "연애당"이라고 나쁘게 평가했던 것이다.

모처럼 교인들이 하나 둘 불어나는 시점에서 최 집사의 여동생 사건으로 참으로 힘들었고 결국 최 집사 동생 부부는 서울로 일거리를 찾아 떠나갔어도 교회에 대한 핍박과 비방은 끊이지 않았다.

교회당이 있는 마을이 소제내(작은 제방의 저수지) 이고 잔등 너머의 마을이 대제내(큰 저수지 뚝)인데 이 저수지를 축조한 역사가 깊어서 용이 사는 곳이라고 하여 용연리이다.

소제내 저수지는 농수로의 발전으로 없어졌고 대제내는 내가 목회할 때도 제법 규모가 큰 저수지였다.

영적으로 "용"은 마귀를 지칭한다.

그래서인지 "용연교회"가 있는 마을에서는 교회를 핍박하는 일이 유별나서 예배드리고 있으면 마을의 청년들이 몰려와서 예배당 밖에서 "이 후레 아들놈들 쌍놈들 다 죽여 버리겠다."고 고함을 치며 예배를 방해했고 나중에는 횃불을 만들어서 초가 지붕인 교회 지붕에 던져서 지붕이 타고 서까래가 타다 불이 꺼진 자리가 내가 부임하여 살펴보니 여러 곳이 남아 있음을 확인할 수 있었다.

예배드리던 교인들이 나와서 샘에서 물을 길어다가 불을 끄고 청년들은 옷에 물을 끼얹고서 지붕위에서 뒹굴면서 불을 끄기도 했다.

이 소문을 듣고 노회 안에 있는 교회들이 헌금하여 함석으로 지붕을 덮어주게 되어 화재 발생은 막았는데 그 후에는 예배드릴 때면 불량청년들이 예배당 밖에서 돌을 함석으로 덮은 지붕에 던져서 "더그럭 더그르르륵" 소리가 나게 하여 예배를 방해했는데 내가 부임한 후에도 가끔씩 심하지는 않았지만 그 짓을 하였다.

시골 마을이지만 시골마을의 순박성을 잃고 다른 마을에 사는 청년들이나 결혼식을 마치고 마을 윗길 (교회 곁길)로 지나가게 되면 행패를 부리는 유명한 마을이었다.

이 사실을 들어 알게 된 나는 먼저 교회 명을 바꾸기로 하고 노회에 신청했다. 영적으로 마귀 소굴로 오해하기 쉬운 "용연(용용, 못연) 교회 그간 세상에서 빛이 되지 못했음을 회개하고 이제는 말씀에 의지하여 세상에서 주님의 빛을 비추는 교회 가되자는 의미로 마5:16의 말씀과 같이

"이 같이 너희 빛을 사람 앞에 비취게 하여 저희로 너의 착한 행실을 보고 하늘에 계신 너의 아버지께 영광을 돌리게 하라"고 하신 말씀대로 "세광교회"라고 고쳤고

"다시는 세상 사람들에게 비방거리가 되지 않도록 하기 위하여 남녀 청년들은 특별히 연애나 비방 될 일은 하지 말자" 강조하고 나는 이 "세광교회"에 초대 목회자로 부임한 사람으로 마을 사람들에게 교회의 인상을 새롭게 하기 위하여 만나는 사람마다 겸손히 인사했다.

이 마을에 사는 사람이 누구인지! 를 모르니까 만나는 사람이면 구별없이 인사했다. 그리고 마을 안에 사는 주민의 가정에서 상사가 나면 수소문하여 찾아가서 교회에서는 못 하니까 내 주머니를 털어서 작은 정성이지만 부의금을 전하고 조문했다.

이 후로 상가에서나 마을 사람들이 교회에 대한 인식이 달라지기 시작했다. 처음에 부임한지 얼마되지 않아서 그 마을의 이장을 만나서 인사했다.

"이 번에 용연교회에 부임한 전도사입니다. 앞으로 많은 지도를 부탁합니다."라고 말했더니 정면으로 쳐다보면서 하는 말이

"그렇소? 잘 해보시요! 좀 힘들거요!"라고 말하고 가버린다.

"나는 정말 일하기 힘든 지역이구나!"라고 생각했다.

첫 번째 목회지인 팔봉교회에서는 한 번도 겪어 본 일이 없는 살벌한 모습이다. 그러나 저러나 열심히 만나는 사람은 누구나 친절하게 인사했다. 어떤 주민은

"그렇게 하면 내가 예배당에 나 갈 것 같소?"

그 상놈들이 다니는 "연애당"에 내가 갈 것 같아서 친절을 베푸는 척 하는 거요?

"그런 의젓 찬은 짓거릴랑 그만 하시요!"라고 면박을 주는 것이다. 그럴 때면 나는

"예, 잘 알았습니다. 교회에 나오라고 인사 하는 것은 아닙니다. 다만 나도 여러 어른들께서 사시는 마을로 이사 온 주민입니다. 젊은 주민이 나이 드신 어른께 인사드리는 것은 너무나 당연한 일이 아니겠습니까? 그리 아시고 제가 드리는 인사를 받으시기만 하면 됩니다."라고 말하면

"거 젊은 사람이 제법 인사법을 아는 구먼! 잘 알았소."라고 말하고 간다.

그렇게 3년이 지난 어느 날 마을 이장을 만나서 인사했더니 하는 말이

"여보 젊은 전도사, 당신은 지금껏 본 예수 믿는다고 하는 사람과 다른 점이 많소! 그렇게 냉대를 해도 언제나 변함없이 다정히 웃으면서

인사하는 것을 보고 마음속에 많은 감동을 받았소! 그런데 지나가는 거지에게까지도 인사 한다고 하는 소문이 퍼졌소! 왜? 그렇게 하는 거요?"라고 묻는다. 나는

"제가 마을 주민을 잘 모르니까 어떤 사람이건 우리 마을에서 만나는 사람이면 우리 마을 사람인줄 알고 인사합니다. 거지까지도 인사하게 되니 얼마나 좋습니까!"라고 말하면

"나는 지금껏 교회는 상놈들만 다니는 곳인 줄만 알았는데 당신 같은 인사성 밝은 훌륭한 분도 있다고 하는 것을 알았소! 수고가 많소! 잘 가시오!"라고 말하며 가는 것을 보고 하나님께 감사드리고 언제라도 주님 앞으로 나와서 귀중하게 쓰임 받는 일꾼이 되게 해주시라고 마음속으로 기도 드린다.

그 후로 교회에 대한 비방과 핍박은 거의 볼 수 없었다. 새벽예배 드리고 교회당 건물 주위를 돌아보다가 깜짝 놀란 일이 두 번 있었다. 그것은 예배당 건물 창문 밑에 과일 깎는 칼이 떨어진 것을 주운일이 있다. 그것은 불량 청소년들이 예배 시간에 창 밖에서 창 너머의 예배드리는 것을 살피다가 호주머니에 넣고 다니던 과일 칼이 떨어진 것이다.

부임한지 3년이 지났을 때 내가 신학교에 가서 공부하고 야간 완행열차로 "황등"에서 내려서 6km 정도의 길을 피곤에 지친 몸으로 걸어서 교회 가까이 올 때면 부임 초기에 그토록 냉대와 비방하던 노인들이 논밭에 일하러 가다가 나를 만나면 쫓아와서

"여보 전도사! 얼마나 고생이 많아!"라고 손을 붙들고 반갑게 인사하는 것이다.

눈물이 울컥 나오려는 것을 간신히 참고 머리 숙여 인사하며

"감사합니다. 여러 어르신들께서 염려해 주시고 지켜 주셔서 잘 있습니다."라고 말하면

"아니야! 우리가 너무나 잘 알아! 어려운 교회에 와서 참 애 많이 써! 우리는 교회도 나가지 못하고 뒤에서 걱정만 할뿐이야!"라고 말한다. 나는

"여러 어르신들의 그 고마운 마음 써 주심을 늘 감사드립니다."라고 헤어져서 우리 집으로 오는 발걸음은 피곤을 씻고 가볍게 들어서곤 했다.

이럴 때 사탄의 공격으로 생명의 위기에 처하게 되었을 때 나의 주님께서 완전한 방패로 지키심으로 생명을 건진 사건이 발생했던 것이다.

그것은 앞에서 말했던 교회를 비방하고 핍박하며 교회를 연애당이라고 악평하며 교회를 없애 버린다고 초가지붕인 교회에 불을 질러서 교인들이 생명 걸고 불을 끄고 나중에 노회 안에 지교회들이 헌금하여 함석지붕으로 덮었다고 하는 사실을 기록한바 있다.

그래서 이 사실을 알게 된 초대 목회자로서 당연히 교회의 과거의 사건을 다시 반복하지 않기 위하여 남녀 간 연애 사건이 발생하지 않도록 주의하자고 지도했고 교인 중 주일학교 교사로서 충성하는 여교사와 어느 여 집사의 불신 아들과 연애관계가 있었는데 결혼까지 바라보았던 사이였었다.

그런데 그 여교사가 믿음 있는 사람이어서 나의 목회지침을 따르기로 하고 단호하게 단교를 선언했던 것이다. 그 여 집사의 집에서는 그 여 선생의 가정도 생활이 괜찮은 가정이었고 여 선생은 초등학교밖에 안 나왔지만 똑똑하고 야무지고 인물도 괜찮은 편이어서 욕심을 내었고 자기 가정은 산지기로 산에 딸린 농토에 농사를 지어서 생활했지만 아들 셋 중에서 둘째 아들만 초등학교를 나오고 첫째와 셋째는 대학까지 나와서 후에 어느 중고등학교 교사로 재직했고 여 선생과 둘째 아들이 연애관계에 있었던 것이다.

못된 전도사가 다 되어가는 남의 결혼을 방해하여 못하게 하였다고 그 여 집사의 가정에서는 분개했고 그 여 집사 부부와 그의 둘째 아들이 하나씩 새벽에 찾아와서 강하게 항의하고 협박했다. 나는 목회 원리만 공표했을 뿐 개인적으로 결혼하지 말라고 지도한 것이 아닌데 믿음 좋은 여선생이 교회 발전에 거침돌이 되지 않겠다고 강하게 절교한 것이 나 때문이라고 이 문제에 대하여 책임지라고 공갈 협박을 다하는 것이다.

은총의 여로(恩寵의 旅路)

나는 이 문제는 개인들 간에 문제일 뿐 내가 이 일에 개별적으로 개입한 것이 아니라고 분명히 말했고 교인들도 나의 의견에 공감하는데 그 여 집사의 가정에서는 이 문제는 전도사의 잘못된 지도 방침이라고 앙심을 품은 것이다.

어느 날 밤 8시가 넘었는데 그 여 선생과 연애관계에 있었던 최 군이 술을 잔뜩 먹고

"오늘밤 교회에 가서 전도사 놈을 죽여 버리겠다."고 왔다.

이 사실을 알고 그의 할머니가 같이 따라 왔다.

사택 마루에 "쿵" 소리가 나도록 주저앉더니

"어! 전도사 나와 봐. 나하고 할 말이 있어."라고 소리 지른다. 내가 나가서

"최 선생 어쩐 일이요. 방으로 들어 오시요."라고 말했더니

"내가 왜? 방에 들어가? 안 들어가. 이 놈 전도사야 왜? 남의 결혼을 못하게 방해해. 이 문제를 책임질 거야? 책임질 수 없다면 오늘 전도사 놈을 죽여 버리려고 온 거야! 어서 말해!"라고 위협적으로 말하는 것이다.

두어 번 지나는 것을 보았지만 가까이서 보니 건장한 몸집에 술을 먹고 앙심을 품고 왔기 때문에 위기를 느꼈다. 아내가 방에서 나와서 무서워서 어쩔 줄 몰라했다.

나는 아내의 안전을 위해서 방으로 들어가라고 소리치고 염려 말라고 안심시키고 최 군에게 타일렀다.

"내가 진 선생에게 최 선생과 결혼 하지 말라고 반대하지 않았다. 만나서 확인해 보면 알 것 아니요? 그리고 밤이 깊었고 술이 많이 취했으니 내일 술 먹지 않고 만나서 이야기 합시다."라고 이야기 하니까 그 할머니가

"얘야! 전도사님 말이 맞다. 너 너무 취했으니 오늘은 집에 가서 자고 내일 술 먹지 말고 만나서 자초지종 이야기 하여라. 자! 가자!"고 어깨를 잡고 일으켜 세워서 내가 부축해서 일으켜 세우면서도 혹시 칼을

갖고 있지 않나!고 경계했다.

그러나 다행히 칼은 갖지 않은 것 같았다.

만취한 상태로 몸을 가누지 못할 정도여서 어깨를 부축하고 한편은 그의 할머니가 붙들고 동네 안에 있는 최 군의 집에까지 힘겹게 데려다 주었다. 그의 할머니가 방으로 들어가라고 해도 토방에 주저앉았다. 내가 "최 선생! 잘 자요!"라고 인사를 해도 대꾸도 않고 나를 눈에 불을 켜고 치켜 보고 앉아 있었다. 그의 할머니가 나더러

"수고하셨다"고 말하고 "어서 가시라"고 하여 돌아서는 순간 그의 할머니의 비명 소리가 들렸다.

"이놈아! 그러면 안 돼. 큰일 난다. 이놈아!"라고 부르짖는 소리에 순간 위기를 느끼고 얼른 뒤를 돌아보니 최 군이 우리 집에 올 때 나를 해치려고 가져오려고 준비한 것 같은 2kg 정도 되는 세모난 깨어진 슬레이트 지붕재의 한쪽을 꼭 붙잡고 돌아서서 가는 나를 향하여 던지려는 위기의 순간이었다.

최 군과 나와의 거리는 2m도 채 안 되는 거리였다. 그 슬레이트 조각을 힘센 녀석이 던졌다면 머리에 맞았다면 머리가 박살 났을 것이고 등에 꽂혔다면 그 자리에서 죽었을 살인사건의 위기의 순간을 그의 할머니가 몸으로 최 군을 덮치고 슬레이트 조각을 멀리 던져서 죽음의 위기를 또 한 번 그의 할머니를 통하여 막아주신 하나님의 방패의 안전한 보호의 은혜를 체험하였다. 최 군의 할머니의

"아이고 하마터면 큰일 날 뻔했네요! 그놈이 미쳤는가? 몹쓸 짓을 저지를 뻔했네요! 전도사님 미안합니다. 조심히 가세요!"라고 어쩔 줄 몰라 하는 모습을 보면서

"감사합니다. 할머니 아니었다면 오늘 저는 천국에 갔을 것입니다. 편히 주무세요!"라고 인사하고 돌아서는 나의 등골에는 땀이 후줄근 흐름을 느끼면서 하나님께 감사하면서 집으로 돌아왔다. 최 군의 할머니가 손주에게

"이 미친놈아! 사람 죽이고 너도 죽으려고 그 몹쓸 짓을 하려고 했느

냐? 어서 방에 안 들어 갈 거야?"라고 나무라며 방안으로 끌고 들어가는 모습이 어둠속에서 흐릿하게 보였다.

그 이후에 가족들이 큰 사건 발생의 위험을 알게 되어 상의하고 서울로 일자리를 찾아보라고 보낸 후 내가 "세광교회"를 떠나 올 때까지 최 군의 모습은 볼 수 없었다.

이런 저런 일들을 겪으면서 5년의 기간을 교회와 지역사회의 오해와 이견으로 인한 적대관계를 완화 시키게 되어 지역사회에서 교회를 바라보는 관점이 달라졌고 핍박이 멈추었던 것이다.

신자들이 70~80여 명으로 불어나게 되어서 예배실 장소가 협소하여 신축은 재정상 불가능하고 증축공사를 합의하고 목조건물을 양옆의 벽은 시멘트 벽돌로 쌓아서 견고히 하고 강단 뒤편은 황토 벽돌을 찍어서 쌓는 방식으로 10여 평을 증축했고 전면은 현관을 증설하여 시멘트 벽돌로 남녀 출입구를 만들고 전면에 적당한 높이로 한편은 성곽형으로 한편은 뾰족한 종탑 형으로 아름답게 마무리 짓는 힘겨운 공사를 마쳤고 여기서 힘들었지만 5년간 시무하면서 총회 신학교를 3년간 주말 통학으로 졸업하는 결실을 이루었다. 내 아내 유숙자 사모의 영양실조에 걸릴만큼 먹지 못하면서 새벽예배를 인도하고 교인들의 가정을 심방하고 두 아이를 기르면서 한 번도 안 해본 한복과 아이들 옷가지를 만들어 주고 얻은 수입과 닭 20여 마리를 길러 계란과 닭을 팔고 병아리를 까서 기르면서 나의 서울 왕복 교통비와 식비를 대느라고 수없는 고생을 하였고 남 집사를 통하여 수요 예배를 인도하고 교우들의 불만불평 없는 협조 속에서 잘 마쳤음을 감사드린다.

제10화

시련의 용광로에서
기적의 은총

　내가 "세광교회"에서 총회 신학교를 2월에 졸업했는데 3월 정기 노회에 갔을 때 "세광교회"에서 20여리 가량 떨어진 거리에 있는 들녘 마을에 세워진지 70여 년 된 만석교회에서 청빙을 받았다.

　교인 수는 70여 명이 모이는 교회로 인근 도시인 "이리시(지금은 익산시)"와는 6km 정도였고 목회자 사례비는 내가 시무하는 세광교회의 갑절을 약속했고 들녘지역이어서 신자들의 생활정도가 지금까지 섬겼던 교회와는 다른 좀 여유가 있는 교회였다. 신자들의 수입원이 벼농사에 의존하기 때문에 쌀 이외에는 모든 식품을 이리시장에서 구입해서 생활했고 오직 쌀농사로 1년의 생활계획을 짜 맞추기 때문에 지금까지 섬긴 교회와는 달리 인정은 저들의 말과 같이 삭막한 편이었다.

　세광교회에서 총신 3년을 수학했기 때문에 내 아내의 말대로 2년 정도는 더 시무를 했어야 도리였는데 나의 능력상 한계를 느꼈고 교회를 위하여도 초대 목회자가 떠나야 적임자를 초빙하여 더 나은 발전의 기회를 주고 싶었다. 지역적으로 한정되어있어서 좀 나은 지역의 교회로 이동하고 싶은 마음도 있었고 가난한 시골교회이고 보니 생활 문제도 있어서 기도 하면서 떠나기로 작정하여 교회 제직회에서 이야기했더니

　"전도사님께 너무나 고생을 시켜 드려서 더 계시라고 붙잡지도 못하겠네요. 교회 재정이 워낙 열악해서 마음은 있었으나 힘이 되지 못해 드려서 미안할 뿐이네요. 가시는 교회는 부자 교회라고 소문이 난 교회

이고 그간 우리 교회에서 고생만 하셨으니 가셔서 편히 사시면서 교회 부흥 시키세요!"라고 서운해 하면서도 붙잡지 않겠다고 하는 것이다.

세광교회 시무 5년은 힘든 사역으로 팔봉교회와 전혀 다른 환경에서 교회와 지역사회와의 극한 갈등의 벽을 무너뜨렸고 석유 등 켜고 사는 지역에 서울에 사는 세광교회 교인의 친척을 통하여 모든 경비를 자담하여 500m 전방에 있는 전신주에서 가정용 전기를 이어와서 교회와 부락의 전기를 공급했고 부임 초에 40여 명이 모이던 교회를 80여 명으로 확장 시켰고 20여 평의 작은 교회를 30여 평으로 확장 시키는 공사를 힘겹게 이루었고 외부의 지원을 받던 교회 재정을 작은 규모이지만 자립의 터전을 이루었던 것이다. 세광교회 교우들의

"힘없어 못 붙잡고 보냅니다."라는 눈물짓는 인사를 뒤로하고 만석교회로 부임하게 된 것이다.

신자 수는 70여 명이 모이고 재정 수입은 안정되어있지만 예배당 건물이 목조건물로 40여 평의 전형적인 시골교회였고 사택도 목조건물로 방2 부엌으로 이루어진 시골집이고 오래된 건물이어서 예배당 건축이라는 시급한 과제가 기다리고 있었다.

그래서 나 같은 "노가다" 목사를 보내 신줄 생각했다.

예배당 건축예산은 준비 중에 있어서 큰 어려움은 없었다.

그런데 교회 신자들의 거주 지역에 큰 문제를 앉고 있어서 목회자에게 큰 시련이 예상 되었다.

한 교회 관할구역이 북일면, 오산면, 임피면의 주민으로 이루어졌고 원래 이곳은 뻘로 이루어진 곳을 둑을 막고 간척사업으로 아주 비옥한 이름 그대로 만석리 인데 교인의 역사적인 주축은 북일면민의 신자로 이루어졌고 후에 오산, 임피면민의 정착으로 3개 면의 출석교인들과 주민들의 갈등으로 대립의 양상을 이루는 교회였다.

북일 만석주민으로 이룩한 교인들은 숫자나 전통으로나 힘이 있어 주체가 되었고 오산면, 임피면, 주민 신자는 숫자적으로나 실력적으로나 열세 이기 때문에 두 면 주민의 신자들이 합세하여 북일면 주민 신

자들을 공격하여 대립이 언제나 심각해 목회자로서 처세가 아주 난감하게 된다.

　서로 자기편에 서기를 바라고 서로 상대방편에 목회자가 섰다고 비난하게 되어 정말 목회자로서 마음 편안 하게 목회하기가 어렵고 상처 입는 일이 많았다. 양심을 무기로 삼는 나에게 가장 목회하기가 힘들고 상처 입기가 쉬운 환경이어서 세광교회에서 좀 더 시무하다가 오지 못한 보상을 받는 것만 같았다.

　사례비가 2,500원(한 달)에서 5,000원 주다가 1달 지난 후에 선임자에게 지불한 대로(아직 목사 안수 받기 전이었으므로 전임자 사례비에서 1,000원을 삭감하고 주었다가 도리가 아님을 생각하고 원상대로 지불한 것 같다.) 6,000원을 받으니 생활이 엄청나게 달라질 줄 알았는데 살고 보니 다른 교회와 달리 쌀 이외에는 전부 구입하다가 생활하고 보니 생활이 나아진 감을 못 느끼면서 목회상의 어려운 환경으로 하루도 마음 편할 날이 없는 목회를 하게 되었고 더욱 예배당 건축이라는 무거운 과제를 앞에 두고 육신의 잘못된 조건 앞에 내린 결정이 가져온 하나님의 징계로 알고 시달리면서 3년의 고달픈 목회 기간을 보내게 된 것이다.

　그러나 이런 징계 같은 시련 속에서도 나를 사랑하시고 도우시는 나의 주님의 도우심이 있었기에 죽음의 수렁에서 헤쳐 나올 수가 있었음을 증거 하는 것이다.

　하나님께서 나 같은 주의 종 되기에 무자격한 죄인이지만 하나님의 특별한 선교 사역에 쓰시려고 다른 목회자들이 체험하지 못한 아주 특별한 일들을 체험 하게 하셨고 아주 특별하게 지켜 주셨고 보호 하셨고 하나님의 그 특별하신 은혜와 축복과 사랑의 공급에만 의지 하도록 인도하신 것이다.

　내가 하나님의 강권적인 이끄심에 따라 한 번도 생각지도 못한 목회의 길로 이끌어 쓰셨음은 앞에서 말한바가 있다. 목회를 시작케 하셔서 세 번째 섬기게 된 만석교회는 여건상 가장 협조와 도움을 잘 받아서 좀 더 맘 편히 목회 할 수 있는 여건을 가진 교회였다.

　　　　　　　　　　　　　　　　　은총의 여로(恩寵의 旅路)

만석교회를 이룬 최초의 신자들은 북일면 지역에 속한 교인들이어서 주도권이 아닌 교회운영의 힘이 있었고 오산, 임피면 지역에 사는 교인들은 교회 운영에 사실상 힘이 되지 못하여 소외감을 느끼면서 북일면 지역의 주축을 이룬 신자들과 늘 갈등 속에서 화합을 이루지 못하고 분규가 끊이지 않아서 제직회가 모이면 시무 장로가 두 사람이나 있는 북일면의 제직들을 공격하였다. 사실은 북일면 지역의 교인은 신앙이 있고 신사적이었다.

이 판국에 목회자의 처신은 참 힘들었다. 그리고 나를 만석교회에 초빙한 것은 당회원인 장로들이었으므로 나를 북일면 교인편이라고 생각하고 색안경을 쓰고서 늘 경계하고 공격하고 매사에 간섭하고 항의하는 힘든 환경 속에서 목회하다보니 기도가 막히고 심적 타격으로 은혜로운 설교를 하기가 힘들었다.

오산, 임피 지역의 교인 중에 나의 설교에 트집을 잡고 실력이 없다느니 은혜가 안 된다고 노골적으로 사택에 찾아와서 항의하는 일이 다반사였다. 임피면 지역의 교인 중에는 나의 작은형(지금은 하늘나라에 계심)의 처가댁이 있고 나의 작은형의 처남들 두 가정이 집사로 일했고 나의 본 교회에서 이사 와서 살고 있는 장로 한가정이 살고 있는데 고향교회(나의 본 교회)에서 친구로서 교회 봉사를 열심히 했던 그 친구의 아버지여서 사실은 만일 북일면 지역의 교인들이 나에게 잘못하는 일이 있다면 내 편에 서서 나를 지켜 주어야 할 사람들이었다.

그런데 반대로 내가 만석교회에 시무한 3년 동안에 북일면에 사는 교인들은 한 번도 나를 힘들게 한 일이 없었는데 오산, 임피 지역의 교인 중에 특히 남 집사와 장로는 하루도 맘 편케 해 준 일이 없었다.

그런 속에서 예배당 건축 계획을 세우고 진행하는 중에 설계문제가 나와서 한양대학교 건축과 졸업반에서 공부 하고 있는 나의 처남 되는 사람에게 부탁하면 비용이 적게 들것 같아서 제직회에서 이야기했더니 그렇게 하라고 결의해서 나의 처남에게 부탁하여 친구와 함께 15일간을 정성을 다하여 완성하여 가져왔다.

내가 처남 되는 사람에게 수고했다고 말하고 설계비가 얼마냐?고 물었더니 "매형이 시무하는 교회라서 그냥 해 드려야 하는데 혼자 할 수 없고 친구와 같이 15일간을 작업하여 설계하느라고 비용도 꽤 들어서 실제 설계비로는 5만 원을 받아야 하는데 그냥 2만 원만 주세요."라고 말하여 마침 주일이어서 예배를 마치고 제직회를 모이고 설계도면을 보여주고 비용과 그간 설계도 작성의 수고한 일을 이야기 하고 실제 설계 비용은 5만 원 정도 나오는데 2만 원만 청구하더라고 말했더니 설계에 대하여 조금 아는 제직들은 원래 설계비가 비싼 것인데 목사님 처남댁에 싸게 했다고 고맙게 생각하고 서울서 설계도면을 가지고 오느라고 수고 했으니 왕복 차비로 5천 원을 더하여 주자고 결의하고 지출하여 나의 처남에게 고맙다고 교회 제직회의 결과를 이야기 하고 전해주었다.

나의 처남 되는 사람이 떠나면서 나에게 하는 말이

"매형 설계비는 싸게 하였으니 교인들에게 미안하게 생각하지 마세요!"라고 말하고 갔다.

그 이튿날 아침에 나의 작은형의 처남 되는 사람이 찾아와서 하는 말이

"설계비를 너무 비싸게 주었다고 사람들이 말하고 있는데 시내 설계 사무소에 가서 5천 원만 주면 설계도를 구어 온다고 하더라!"고 트집 잡고 저희들끼리 이야기 한 것을 전해주러 온 것이다. 나는 "아차"하는 후회가 나왔다.

교회 재정을 아끼려고 시도했던 것을 엉뚱하게 시비를 걸고 나오는구나! 그래서 나는 "그래요? 그럼 나의 잘못이니 이 책임은 내가 지겠습니다. 설계비를 무슨 수단을 써서라도 준비하여 교회에 반납 하겠습니다."라고 말했더니 하는 말이

"교회에 반납하면 이미 지불한 것을 누가 받습니까? 목사님이 실수했다는 사실을 알려 주려고 온 것이오."라고 말하고 가는 것이다. 나는 깊이 생각했다. 이 문제를 두고두고 트집 잡고 괴롭힐 것이니 현금으로는 받지 않고 고통을 끼치겠다고 하는 악마적인 선고를 하러 온 것이다.

내 아내와 상의하고 시내에 나가서 3만 원만 변통하여 예배당 지붕을

덮을 함석을 사서 바치겠다고 상의하고 아픈 마음으로 이리 시내에 나가서 알아보았더니 지붕 덮을 함석이 설계상에 150장이어서 건축 자재상에 가서 물어보았더니 3만 원이라고 한다. 그래서 가진 돈은 없고 전날 형들을 군에 보내고 내가 소년 가장으로서 일했던 함석 가공 공장을 운영하던 이리시의 큰 교회 회계집사가 건축자재사업을 하는 것을 알고 가서 함석 150장을 외상으로 주면 1주일 안에 그 대금을 가져다주겠다고 말했더니 "외상은 안 된다"고 거절하며 잘라 말하여 가슴에 상처를 앉고 안면이 있는 "자유건재상"에 가서 사정을 이야기 하고 함석 150장을 외상으로 주면 1주일 안에 대금을 가져다 드리겠다고 사정했더니

"그렇게 하세요! 김 목사님이 누구신데 염려 마시고 가져가세요! 언제 가져가겠습니까?"라고 쾌히 대답하는 것이다.

나는 눈물이 왈칵 쏟아져서 억제하고

"지금 가져 갈 수 없겠습니까?"라고 물었더니 그러면 소달구지를 구해서 실어 보낼 것이니 먼저 가라고 하여 "감사하다"고 인사하고 그 대금 3만 원을 구하려고 부탁할 수 있는 몇 사람을 찾아가서 사정을 이야기 하고 3만 원만 빌려주면 곧 갚겠다고 이야기 하면 한결같이 "그런 돈은 없네요."

"어떻게 목사님께 거져 드릴 수는 있지만 그런 돈을 어떻게 빌려 드려요?"라고 거절하여 힘없이 집으로 돌아오면서 생각했다.

"참, 내 자신이 3만 원짜리도 못되는 한심한 사람이구나!"

눈물이 흘렀다.

집에 돌아 왔더니 고맙게도 "자유건재상"에서 달구지에 함석 150장을 실어다가 내려놓고 갔다.

문제는 함석 150장에 대한 대금 문제가 시급한 과제여서 내 아내와 상의하고 서울에 가면 누가 3만 원을 가지고 있다가 줄 것이라고 보장도 없으면서도 하여간 서울에 가서 구해 보려고 그 이튿날 아침 식사를 일찍 하고서 6km가 넘는 길을 걸어서 이리 역으로 가기위하여 바쁘게 가는데 가는 길 가에 있는 "오산제일교회" 앞을 지나는데 그 교회 시무

하는 나의 선배 목사인 권 목사 부부가 교회 정문 앞에서 이야기 하고 있다가 나를 보더니

"어! 김 목사 아침부터 어디 가느라고 바쁘게 가는 거야!"라고 말한다. 나는 가던 길을 멈추고 사실 이야기를 했더니 권 목사가 반가이 웃으면서 하는 말이

"김 목사! 서울에 갈 것 없어! 내가 마침 청복교회 송 집사에게서 3만 원을 빌려 쓰고 돈이 마련되어서 지금 갚으러 가려고 버스를 기다리고 있는데 잘 됐네! 김 목사가 이 돈 3만 원을 쓰고 돈이 되거든 갚아! 이자는 아주 싸. 내가 송 집사에게 연락할 테니 어서 가서 함석대금을 갚아! 라고 말하면서 갚으려던 3만 원을 내 주는 것이다.

나는 정말 꿈인지? 생시인지? 몰라서 어리둥절하면서 고맙다고 인사하고 돈을 받아 들고 "자유건재상"으로 가면서 하나님이 일하시는 신비한 은총을 감사했다.

어쩌면 시간이 꼭 맞았다.

먼저나 나중에 권 목사가 나왔더라면 나는 될는지? 안 될는지도 모를 서울로 갔을 것이고 어쩌면 권 목사가 송 집사에게 빌린 돈이 꼭 3만 원이고 또 갚으려고 준비했다가 나를 만나게 되었으며 돈을 빌린 사람이 내가 잘 아는 청복교회의 송 집사였나? 생각하면 생각할수록 잘못된 사람들에게 괴롭의 시련을 당하고 있는 나를 도우시기위한 하나님의 "여호와 이래"의 은총에 눈물지으며 감사를 드렸다.

청구서 한 장만 써주고 함석 150장을 선선히 외상으로 준 그 고마운 "자유건재상"에 신용 지키라고 부어주신 하나님의 크신 은혜였다. 아침 일찍이 함석대금을 가지고 건재상을 찾아가서 물건을 잘 보내주시어 잘 받았다고 말하고 대금을 내 주었더니 오히려 깜짝 놀라면서

"목사님! 어떻게 이런 많은 금액을 빨리 마련하셨습니까? 애쓰셨습니다. 고맙습니다."라고 반가워하며 받는다. 나는 이렇게 신용본위로 나 같은 사람을 믿고서 선선히 함석을 보내 주신 일에 하나님께서 감동하시어서 정말 기이하게 마련해 주셔서 준비해 왔다고 사실을 이야기

은총의 여로(恩寵의 旅路)

했더니 건재상 사장이 하는 말이 "김 목사님이 어떤 분이신데 하나님께서 도우시지 않겠어요! 아주 잘되셨네요."라고 말한다.

나는 진심으로 감사하다고 인사하고 나왔다.

그런데 그 주간 주일 아침에 그 복 받지 못할(사실 가정적으로 형제 사이에 불행한 일을 겪었다) 나의 작은형의 처남 되는 사람이 무슨 소식을 들었던지 주일 아침 일찍이 사택에 와서 한 편 창고 같은 장소에 쌓아 놓은 함석을 보더니 나에게 하는 말이

"무슨 놈의 일을 이렇게 하는 거요? 함석지붕은 맨 나중에 사오는 것인데 아직 기초도 파지 않았는데 함석부터 사와서 어쩌려고 하는 짓이요?"라고 항의한다. 나는

"정 집사님! 교회에서 한 것이 아니고 개인이 사서 바친 것이요!"라고 말했더니

"어떤 멍청한 사람이 일을 이렇게 한 것인지?"라고 말하며 갔다.

예배 시 광고 시간에 내가 작지만 교회당 건축에 쓰여질 함석 150장을 바쳤다.고 말하고 그 인간답지 못한 인간인 정 집사를 쳐다보았더니 머리를 푹 숙이고 있었다.

그 후로 설계 문제나 함석 문제에 대하여는 아무도 말하지 않았다. 건축이 마쳐지기까지 교인 중에 건축헌금으로 1만 원도 바친 사람이 없었다고 생각한다. 그때 내 한 달 사례비가 6천 원이었으니 내가 건축헌금을 가장 많이 드렸음을 감사했다.

내가 목회하면서 많은 시련과 어려운 일을 많이 겪었어도 나의 체중이 가장 약해지고 삐삐 말랐던 곳이 비옥한 만석들의 기름진 쌀밥을 먹으면서도 정신적으로 사탄의 공격에 시달려서 1년 중 하루도 웃어본 일이 없었던 곳이 만석교회였다.

지금도 가슴에 아픈 상처가 남은 것은 이처럼 내가 시련 속에서 어려움을 당하는 것을 바로 파악한 사람은 여고2학년의 마음씨 곱고 착하고 얼굴도 예쁜 손양이었다.

학교에 갔다 오면서 꼭 교회 사택인 내가 사는 집의 마루에 털썩 앉

아서 기도 하는 것이다. 내가 나가면 하는 말이

"목사님! 이 어려움 속에서 내가 목사님을 도울 수 있는 일은 무엇일까요? 어떻게 해야 목사님의 목회에 도움이 될 까요?"라고 근심 띤 얼굴을 들고 곧 울 것 같이 말하던 모습이 지금도 눈에 선하다.

그 사랑스런 주님의 딸이 낚시 하러 간 남동생을 점심 식사 하라고 자전거로 농로 냇가 다리까지 가서 부르고 둘러보다가 자전거에 탄 채로 냇물에 빠져 하늘나라로 간 것이다.

내가 목회하는 동안 그의 장례식을 하면서 그처럼 통곡을 해 본 일이 없다. 시신을 관에 넣고 리어카에 싣고 공동묘지에 가기까지 뒤 따라가며 통곡했고 후에 교회 청년과 함께 작은 비석을 만들고 비문에

"주님의 딸 손○○ 이곳에 잠들다"고 써서 세웠다.

손양의 죽음의 소식을 듣고 온 동네의 주민들이 슬피 울었다. 지금도 먼저 하늘나라에 급하게 떠난 손양을 생각하면 가슴이 아프고 고맙고 사랑스런 마음이 서린다.

1년 중 하루도 마음을 편하게 하여 주지 못한 몇 사람의 비극적인 열심과 못된 행위가 곧고 불의를 미워하는 나의 아내가 마음에 스트레스가 쌓이고 쌓여서 고통 받다가 위장장애를 일으켰고 계속 쌓이는 스트레스는 완전히 소화기능을 마비 시켰고 밥 한술만 먹어도 복통으로 시달리게 되었고 나중에는 흰죽만 계속 먹었는데 흰죽조차도 소화가 되지 않아서 흰죽으로 배설이 되었고 뼈와 가죽만 남아서 몰골이 너무 험하여 절망 상태에 이른 것이다.

이렇게 힘들고 고통스러운 상황 중에 있을 때 내 아내는 셋째 아이를 임신한 중에 정신적 심적으로 많은 상처를 입고 그 충격으로 위장병이 발병되어서 음식을 소화 시키지 못하여 견딜 수 없는 고통을 겪고 있었어도 병원에 입원할 형편도 못되고 집에서 고통을 겪으면서도 정신적이고 심적인 충격으로 생긴 위장병이어서 고통스러운 심각한 상태가 되었고 여기에 특별히 효과를 볼 약이 없었다.

이런 위병에 효과를 보았다고 하는 약들을 구해서 복용해 보아도 효

과는 없고 병만 깊어져서 이제는 모든 것을 하나님께 맡기고 기도 하는 것 밖에 다른 도리가 없는 심각한 상태에서 셋째 아이가 태어났다.

태어난 셋째 아이는 엄마가 음식을 먹지 못하여 야월 대로 야윈 상태에서 태어났기 때문에 다른 아이들에 비하여 가장 작게 약한 체중의 몸으로 태어났다.

또한 나의 아내가 음식을 제대로 먹지 못하여 허약한 몸이어서 갓 태어난 아이에게 먹일 젖이 너무 부족하여 애타는 가운데 염소젖을 먹이기로 하고 젖 염소 한 마리를 사서 염소젖을 먹이게 되었다.

그런데 누가 말해주는 사람도 없고 염소젖에 대한 지식도 없어서 염소젖을 짜서 물을 타서 먹여야 될 것을 그대로 100% 염소젖을 먹였다. 처음에는 염소젖을 먹고 토실토실 살이 찌고 체중이 느는 것 같아서 좋아했는데 얼마 후에 아이가 설사를 시작했고 전혀 소화를 시키지 못하는데도 어쩔 수 없이 조금씩 먹이게 되었는데 장에 이상이 생겨서 열이 높이 오르고 고개가 돌아가고 눈이 돌아가는 것이다. 한방 명으로 "풍" 이라는 증상이었다.

인간의 눈으로 볼 때 절망적인 상태가 된 것이다. 내 아내는 딸아이를 살리려고 그 병약한 몸으로 딸아이를 업고 병원에 갔는데 의사는 아이에게 보리차만 끓여 먹이라고 말하고 주사만 놓아주고 돌려보냈고 며칠 동안 병원에 가서 치료를 받았어도 아무런 효과를 보지 못하였고 갓난 아이는 이제 힘이 없어서 울지도 못하는 상태가 되었다.

나의 아내는 자신의 몸은 돌볼 여유없이 갓난 아이를 살리려고 애를 타다가 실망하고 병원 문을 나서는데 아내의 마음속에 하나님의 음성이 들리는데

"한약방에 가보라!"고 하셔서 바로 가까이 있는 "동양당 한약방"으로 가서 갓난 아이를 진찰을 받았는데 한의원이 하는 말이

"약 3첩만 먹이면 낫는다!"고 하였다.

그런데 아내는 약값이 모자랐던지 1첩만 지어다가 바로 다려 먹였다. 그런데 아이가 거품 똥만 엄청나게 싸고 치료되지 않아서 다시 한

약방에 가서 이야기했더니 한의원이 하는 말이

"내가 처음에 3첩을 지어다가 먹이면 낫는다.고 했는데 1첩만 지어 가서 그러니 이제 3첩을 지어다가 먹이면 낫는다."고 하여 3첩을 지어다가 먹였다. 처음에는 거품 똥을 싸고 장내의 염증을 씻어내는 것이니 걱정하지 말라고 한 말대로 증세가 완전히 회복되어서 정상적으로 잘 자라서 튼튼하게 성장하였다.

생각하면 할수록 이 어려운 위기에서 건져주신 우리 주님의 크신 사랑에 감사할 뿐이고 하나님께서 이 딸을 통하여 영광 받으시고 귀하게 쓰시기를 기도 드린다.

그러나 나의 아내의 중증 위장병은 심적인 충격으로 생긴 병이어서 더욱 악화되어 힘든 하루하루를 보내고 있는 것이다. 나의 작은형의 처남 되는 정집사와 내가 전에 있던 교회에서 정직당한 장로가 내가 시무하는 교회구역으로 이사 와서 내 앞에서 무릎을 꿇고서 언약하기를

"내가 이제 어디로 가겠습니까? 목사님 밑에서 충성 다하여 일하겠다."고 눈물을 흘리며 약속하여 장로 시무를 회복하여 주었더니 나를 3년 동안 시무하는 기간에 하루도 빠짐없이 둘이서 괴롭힘을 주어서 아내의 건강은 악화 될 대로 악화되어서 흰죽만 한 달간 먹었는데 나중에는 흰죽 그대로 배설되는 상태에서 인간의 힘은 다했고 오직 하나님의 특별하신 도우심만을 간절히 기도하는 길 밖에 다른 길이 없었다.

이럴 때 이리 영락교회에서 부흥회가 집회중이라고 이리에서 만석교회까지 걸어서 주일 낮과 밤 예배를 드리고 가는 교인이 전해 주었다.

내 아내는 부흥회에 참석하여 은혜받기를 간절히 소원하는데도 어린아이들 셋을 누구에게 맡길만한 사람도 없고 양유에 물을 타지 않고 그대로 탈이 나서 죽음의 위기에서 기적적인 동양당 한약방 한의원의 명 진료와 처방으로 지은 한약 세 첩으로 살려주신 셋째 딸을 데리고 갈 수도 없는 처지여서 애를 태우다가 토요일 새벽까지 집회가 된다고 하여 금요일 아침에 셋째 아이는 교회 사택 뒤에서 내 아이들을 사랑으로 돌보고 시간 나는 대로 나의 아내를 돌아보는 정양순 집사에게 맡기

고 버스길까지 2km를 걸어서 타고 가서 금식하며 금요일 하루를 부흥집회에 참석하고 금요일 밤은 교회에서 철야 기도하고 토요일 새벽기도회에 강사가 설교를 마치고 강단에서 말하기를

"오늘 새벽시간에는 몸에 병이 있어 고생하는 분들을 위하여 특별기도를 하겠으니 그 자리에서 일어서서 자기 몸의 아픈 곳에 손을 얹고 기도하라!"고 말하고 기도 하는데 나의 아내는 일어날 힘도 없고

"하나님의 능력이 임하는 데는 일어섰다고 역사하고 앉았다고 역사하지 않겠는가!"라고 생각하고 앉은자리에서 배에 손을 얹고 기도하는데 하나님의 강한 능력이 온 몸을 감싸는 것을 느꼈고 그 불같은 뜨거운 기운이 내려 손을 얹은 배에 뜨겁게 임하는 것을 체험하고

"아~멘! 감사합니다. 하나님께서 내 병을 고쳐 주셨습니다. 할렐루야!"라고 외치면서 강사 (부흥)의 기도는 끝났다.

그 이후 그토록 고통스럽고 힘이 없던 몸이 고통이 사라지고 평안이 찾아 온 것이다.

새벽예배를 끝으로 부흥집회는 끝났고 기도하다가 교인들은 다 돌아갔어도 나의 아내와 전주에 사는 만석교회 여 집사는 더 뜨겁게 감사하며 기도하고 같이 기도한 김 집사는 집으로 갔다.

나의 아내를 부흥집회에 보내고 세 아이들과 심신이 지쳐있는 가운데 금요일 하루를 보낸 나는 아내가 저녁 집회를 마치고는 돌아오리라고 기다리고 있었다. 힘든 내 사정만 생각하고 있는 것이다. 버스가 부흥집회가 끝난 후에는 다니지 않음을 생각지 못했다.

애를 태우며 하룻밤을 지새우고 토요일 아침에는 새벽예배를 마치고는 곧장 집으로 돌아오려니 ~~~ 라고 생각했다.

미련하게 내 사정만 생각하고 아내의 건강상태는 생각 못하고 혼자 애만 태우고 있는 것이다. 그런데 아침 10시가 지났는데도 오지 않는 것이다.

이제는 아내 걱정에 정신이 없게 되었다. 뼈와 가죽만 남은 사람을 부흥집회에 보내고 혹시 잘못되지나 않았나? 하는 걱정에 안절부절 못

하며 어찌할 바를 몰랐다.

전화 시설도 없고 아이들을 집에다 두고 갈 수도 없고 더욱 힘든 것은 바로 교회 사택 뒤에는 농수로 냇가가 있어서 교회 곁에 있는 이발소 집 아이가 얼마 전에 냇물에 빠져서 익사한 일이 있어서 아이들만 둘 수는 없었다.

이러지도 저러지도 못하고 성질 급한 내가 더구나 심적 고통으로 지쳐있는 몸이어서 더욱 고통이 심했다. 그런데 점심때가 지났어도 오지 않는 것이다. 나는 생각하기를

"혹시 죽었을지도 모른다. 죽었다면 우리 가정은 어떻게 이끌어 갈 것인가? 이처럼 힘든 환경 속에서 어쩌면 좋단 말이냐? 절망적인 생각에 어찌할 바를 모르고 셋째 딸아이를 엎고 첫째 딸아이를 손잡고 아내가 오는가? 고 길에 나가서 기다리다가 지쳐서 집으로 돌아와서 암담한 심정으로 고통스런 마음으로 앉아 있었다. 오후 3시쯤 되었을 때 내 아내가 방문을 열고 웃으면서 들어오는데 나는 깜짝 놀라면서

"왜 이제 오는 거야? 나는 꼭 죽은 줄 알았어! 얼마나 애를 탄줄 알아?"라고 반가우면서도 안 죽고 살아온 것만도 감사한데 한편으로는 원망스럽기도 했으나 너무나 감사하고 반가웠다.

그런데 아내가 하는 말에 더욱 놀랐다.

"여보! 나 밥 먹고 왔어!" 나는 깜짝 놀랐다.

"아니? 괜찮아?" 아내가 웃으면서

"응! 아무렇지도 않고 괜찮아!" 이 말을 들은 나는 나도 모르게

"오, 주님! 감사합니다. 우리 주님이 고쳐 주셨습니다."고 울면서 감사를 드렸다.

아내는 하나님께서 오늘 새벽 예배시간 안수기도 시간에 불로 태워 병을 불사르시고 깨끗이 고쳐 주셨다고 감사하면서 간증하였다. 아내는 그간 죽도 소화 시키지 못하고 흰죽으로 배설하던 아내의 위를 완전히 고쳐 주셔서 정상적으로 식사하며 건강을 회복시켜 죽음의 위험과 고통에서 깨끗이 고쳐 살리신 것이다.

은총의 여로(恩寵의 旅路)

한 달이 지난 후에 아내가 하나님께서 깨끗이 치료하여 주신 능력을 확인하고 싶다고 나와 상의하고 쌀 한 가마 값을 빚내어서 전주 예수병원에 가서 진찰을 받고 X-RAY를 이리저리 몸을 돌려가면서 7장을 찍고 담당의사가 현상된 필름을 보여주면서

"기적입니다. 아무런 이상이 없습니다. 깨끗하게 완전히 치료되었습니다. 안심하고 가십시오!"라고 말하고 돌려보낸다.

아내는 X-RAY실 앞에서 촬영을 하기 위하여 기다리는 5~6명의 여인에게 병의 증상을 물었더니 아내의 아팠던 증상과 같고

전부 암 진단을 받고 촬영을 기다린다고 대답하는 소리를 듣고 하나님의 크신 은혜의 치료해 주셨음을 재확인하고

"할렐루야!"

찬송을 부르면서 집으로 돌아왔다.

나는 지금까지 교회에 다니지 않는 사람들에게는 괴로움을 당해 본 일이 거의 없다. 교회에 다니면서 천국에 가겠다고 말은 하는데 행동은 불신자보다 못한 사람들이 많이 다니고 있음을 보았다.

와서는 안 될 만석교회에 믿음의 눈으로 판단하지 않고 인간의 눈으로 판단하고 만석교회에 작은형의 처남이 있고 나중에 와서 저들 무리와 하나가 되어서 나를 괴롭힌 정 장로도 어느 한 가지도 나를 괴롭힐 수 없는 여건을 가진 사람인데 반대로 내가 만석교회를 떠나 전주 중인교회로 이사 가는 날까지 일당 넷(장로1, 집사3)이 나와서 그렇게 좋아서 뛰어다니고 작란하고 쫓고 쫓기며 희희덕거리면서 못된 짓을 하였다.

그러나 그런 중에도 내게 맡겨 주신 성전건축에 가장 많은 헌금을 하게 하셨고 힘들고 어렵고 시련과 고통을 이기고 성전 건축공사를 완공하고 떠나오게 하시고 나의 사랑하는 셋째 딸의 생명을 죽음의 위기에서 건져 살려 주시고 절망의 죽음의 문전에까지 이르렀던 나의 사랑하는 아내의 생명을 살려 주시고 깨끗하고 완전하게 치료하여 주신 하나님께 영광과 감사와 찬송을 드립니다.

제11화

식중독 사고의 죽음을 건너 회생으로
(옥구 상평교회에서)

내 나이 7세 때 (일제시대) 부모님은 생활이 곤궁하여 신앙생활을 하면서도 주일예배에 많이 빠졌던 것으로 기억된다.

주일에 부득이한 일감이 생기면 예배에 참석치 못했고 주일헌금 (얼마 되지 않지만)을 준비 못하면 빈손으로 하나님 앞에 갈 수 없다고 교회에 못 갔었다.

그러나 우리 형제 중 나에게만은 주일학교에 보내셨다. 내가 사는 마을인 청복동에서 교회가 있는 후리(지금은 주현동까지는 거의 7~8km나 되는데 우리 가족이 살고 있는 마을에서는 주일학교에 보낼 수 있는 신앙의 가정이 없어서 나혼자 어머니께서 손수 베틀에 앉아 힘들게 한 올 한 올 짠(베 먹이 배) 무명 배(목화 농사를 지은 농부 집에서 가을에 목화를 수확하여 한 저울(나무토막에 손잡이 끈을 매고 들어서 수평이 되는 양. 정확한 8kg이 아니고 짐작으로 재는 개인이 만든 손저울)을 가져다가 어머님이 전부 전 과정을 거쳐서 베틀에 도투마리(베실을 7승-70올=좀 굵은 것. 8승-가늘게 뽑은 실 80올을 마당에 한 편에서는 무명실이 쌓여있고 한편에는 실을 꿰어 베틀에서 베를 짜는 70~80 줄을 끼운 바디를 따라서 베실을 늘어놓고 밑에는 숯불을 펴고 위에서는 풀물을 약하게 풀어서 배솔(큰 새때의 작은 뿌리를 뭉치로 묶어서 베 솔을 만들어서 풀물을 묻혀서 넣어놓고 한편에서는 풀물이 마른 실을 풀어서 배를 짤 수 있도록 대쪽을 쪼개서 만든 나무를 두루마리에 감을 때 한 개 한 개씩 넣어서 얽어 붙거나 엉키지 않도록 예방 차원의 과정) 베 솔로 널려있는 실을 고루고

루 섬세하게 발라서 도투마리에 감는 정교한 과정이 완성되면 베틀을 세우고 도투마리를 얹고, 어머니는 베틀에 앉아 짜여질 배실 끝 뭉치를 펼쳐서 허리에 감고 목화솜을 씨 아시에 한 송이씩 넣어 돌리면 "삐드득 삐드득" 소리가 나며 목화씨와 목화솜이 분리되어 나온다.

씨앗이 틀을 거쳐서 빠져나온 목화솜은 활같이 만든 솜 타는 활로 목화솜을 부풀게 정제한 후에 방바닥에 얇게 펴놓고 수수 대 윗대를 말려서 자른 것으로 물레에서 실을 뽑을 수 있도록 두 뼘 길이로 말아서 뽑아놓은 다음 물레의 가락 (쇠꼬챙이에 감고 물레를 돌려서 실을 뽑아서 실타래로 만든 후 베틀 북에 들어갈 만큼 (나무로 사실은 바디의 배 모양 인데 북이라고 함) 꾸리를 감아서 한 올 한 올 발로는 바디집을 드는 황새 틀을 한 올을 짤 때마다 "짤 쿵" 소리를 내며 한쪽 발로 들어 올리고 내리는 과정에서 생기는 배실 사이에 북을 힘 있게 밀어 넣고 한 손으로는 받고 바디를 잡은 손으로 "짤칵 짤칵" 소리를 내면서 한 올 한 올의 무명배가 짜여지고 많이 늘어나면 허리에 감긴 짜여 진 무명배가 감기고 도투마리를 긴 막대기로 넘어뜨려서 배 실을 풀어가면서 다 짜여 진 무명 배는 어쩌면 거의 정확하게 40~43,45자 (자체적으로 대나무로 만든 자)로 나온다.

1자의 길이는 거의 1m 정도가 된다.

무명 1저울이 40m 좀 넘게 무명배가 나오면 반을 끊어서 무명목화를 제공한 주인에게 주고 나머지는 엄청난 과정과 수고를 거친 어머니의 몫이 되어 우리 가족은 어머니의 피맺힌 헌신과 수고로 헐벗지 않고 무명 배일망정 옷을 입을 수 있었고 어머님이 짜신 배는 무명 배이건 그 힘든 가는 명주 배이건 모시배 삼배 등 고르게 일감이 들어오는데 가죽같이 튼튼하고 질기게 잘 짜신다는 소문이 나서 우리 가족이 헐벗지 않도록 입히셨다.

낮에는 밭에 나가 몇 푼 안 되는 삯이나 밀 보리로 삯을 받아서 어렵게 생활을 이어 갔고 밤에 배 틀에 앉아 배를 짜시는데 어느 때는 밤에 배 짤 때 켜 놓으신 등잔불을 들고 아침밥 지으시려고 부엌으로 나가셨다고 한다. 그러고도 과로로 쓰러지지 않으시고 강인하게 우리 가족을 위하여 헌신적인 삶을 사신 것이다.

그 수고 로 운 어머니의 땀과 피가 어린 무명 배 한복을 입고 혼자 먼 거리에 있는 후리교회에 보내는 일은 쉽지 않았다.

가는 길에는 어린 아이들이지만 나쁜 아이들이 있어 어느 때는 헌금 도 빼앗긴 일이 있었다. 그러나 혼자서라도 이런 저런 위험을 무릎 쓰고 혼자서 교회에 가는 것은 교회에 갈 때는 꼭 알루미늄으로 만든 1전 짜리 두 닢을 준다.

한 잎(1전)은 헌금 드리고 한 잎(1전)은 풀빵 사먹으라고 보너스로 주는 것이다. 주일 학교에 가지 않으면 밀가루 반죽에 팥 앙꼬(사카린) 넣은 환상적인 빵을 먹을 수 없기 때문에 온갖 위험도 마다 하지 아니하고 다녔다. 믿음이 좋아서 다닌 것이 아니고 풀빵 사서 먹는 그 환상적인 재미 때문에 다녔고 나중에 내가 초등학교 다니면서 특히 어릴 적부터 마을의 골목대장으로 자랐기 때문에 아이들에게 전도하여 교회에 출석하는 아이들이 5~6명이나 되었다.

어쨌든 주일학교는 빠지지 않고 다녔다. 무엇을 배웠는지는 기억이 나지 않고 기껏해야 요절 외우기 요절 외워 오기가 기억에 남는다. 그리고 어린이 찬송이나 동화를 듣기는 쉽지 않았다. 성경 동화는 성경에 있는 대로 이야기 해 주었다.

이런 과정을 거쳐서 하나님께서는 주일학교를 졸업하고 이어서 주일학교 교사로 쓰셨고 나를 들어 목회자로 강권적으로 쓰시면서 여름학교 강사로 목사 안수 받기까지 40여회에 걸쳐서 40여 교회의 여름학교를 인도하게 되었다. 내가 생각해 보아도 하나님께서 들어 쓰신 일이지 내가 무엇을 잘 한다고 소문이 나서 군대 생활 하면서도 한 달 동안 4교회의 여름학교를 인도 하도록 쓰신 것이다.

내 어머니께서는 유명한 부흥사가 되게 해 주시라고 기도 하셨는데 부흥사는 내게 맞지 않았는데 하나님은 어린이 부흥의 여름학교 교사로 쓰신 것이다.

이 간증은 한창 무명한 유명 여름학교 강사로 활동할 때 옥구군 옥

은총의 여로(恩寵의 旅路)

구면 상평리에 소재한 상평교회의 여름학교 기간 중 일어난 경험적 사실이다.

상평교회는 전형적인 들녘의 농촌교회였다. 예배당 건물은 전형적인 농촌교회답게 목조건물로 30여 평 정도이고 결혼 후에 딸아이 둘을 낳고 남편과 사별한 여 전도사가 시무하는 교회였고 교인 수는 50여 명이 모였고 주일학교 어린이들도 40~50여 명이 모였다.

무던히도 더운 8월의 둘째 주간으로 기억된다.

숙소는 사택이 비좁고 여 전도사가 시무했기 때문에 어느 남 집사 집으로 정했고 남 집사와 한 방에서 숙식을 이어갔다.

여름학교 집회는 아이들이 잘 따라 주었고 교회 측에서 성의껏 돌보아 주어서 은혜가운데 마치게 되었다. 집회를 마치는 날 밤은 송별회를 한다고 집회를 마치고 나니까 어느 여 집사 집으로 가게 되었다.

열정적으로 설교, 동화, 어린이 찬송을 인도해서 피곤했고 땀도 많이 흘렸고 몸이 지쳐서 그냥 숙소에 가서 씻고 잠을 자고 싶었는데 꼭 가야 한다고 하여 따라가서 방에 들어갔더니 대접할 것이 없어서 빵을 찐다고 맷돌에 갈아서 받친 밀가루를 반죽하고 팥고물을 곁 들여서 빵을 큰 무쇠 솥에 밀대를 깔고 쪘다.

밤은 깊어 가는데 빵을 찌고 수박을 사다가 자르는데 농촌에서 위생 관념은 아예 없었다. 나무 도마에 김치를 썰고 고춧가루와 김치 국물이 고여 있는 곳에 새카만 부엌칼로 금방 김치를 썰어서 역시 고춧가루와 김치 국물이 묻어 있어도 물로 씻지도 않고 수박을 썰어서 수박 쪽에 고춧가루가 몇 개 묻은 것을 접시도 없어서 칼도마에 수박을 썬 그대로 방으로 가져오고 밀 빵을 가져 왔는데 그런 밀 빵은 난생 처음 보았다.

밀을 맷돌에 갈아서 체로 가루를 내린 밀가루이기 때문에 오늘의 밀 빵을 연상하면 실감이 안 난다. 완전히 짙은 갈색인데 반죽이 조금 묽었던지 솥바닥에 깔은 밀대에 빵이 달라붙어서 떼어내고 보니 밀 빵이 아닌 밀떡이 되어서 빵도 아니고 떡도 아니어서 팥고물이 빵 속에 들어간 것이 아니고 모두가 빵 바깥에 붙어있고 설탕은 귀한 때여서 사카린이나 당원을 팥고물에 섞어야 단 맛으로나마 먹겠는데 그렇지 않아서 정말 맛대가리가 없어 떡 조각을 조금만 먹었는데 인정 많은 시골교회 집사들은 하는 말이

"전도사님! 솜씨들이 없어서 모양도 없고 단 것을 구하지 못하여 맛도 없지만 사랑으로 많이 잡수세요! 라고 권하는데 두 번 다시 손이 가지 않아서 먹지 않았는데 그 지저분한 김치를 썰고 그냥 거기다가 수박을 썰어서 칼도마를 방으로 들고 들어와서 하는 말이

"한 주간 더운데 애쓰셨습니다. 시원한 맛으로 많이 드세요!"라고 권하는데 나에게 주는 수박 쪽에 고춧가루가 두세 개 붙어있고 김치 국물이 묻어 달기보다는 맵고 짠맛이 먼저 입에 들어와서 뱉고 싶었으나 겨우 한쪽을 먹고 나니 또 먹으라고 권한다. 나는 뱃속이 좋지 않아서 못 먹겠다고 사양하고 먹지 않았다. 그러나 송별회 한다고 모인 집사들과 선생들은 맛있게 먹는 것을 보고 일어나서 숙소로 돌아와서 밤도 깊고 피곤하여 씻지도 못하고 잠자리에 들어 잠을 잤다.

시간이 얼마 지나지 않아서 창자가 끊어지는 통증에 잠이 깨었다. 그리고 화장실로 달려가서 설사를 심하게 했다.

계속 복통이 심해서 잠을 잘 수가 없어 이리 뒤척 저리 뒤척거리며 신음 소리를 하게 되고 계속 화장실에 드나들었다.

곁에서 자는 남 집사가

"어디 아프시냐?"고 물어서

"배가 많이 아프다"고 말했더니

"그러느냐?" 말 하고는 그냥 잠이 든다.

나는 너무나 배가 아프고 통증이 심해서 일어나 앉아서 고통 하다가 화장실에 다녀왔더니 곁에 누워있던 집사가 하는 말이 "지금도 아프세요!" 묻기에

"많이 아프다"고 했더니

"그래요!"라고 말하고 그냥 잠이 든다.

물론 시골이라서 병원도 없고 약방도 없으니 "이러다가 죽겠구나!"

라는 생각이 든다.

고통은 계속 심해지고 이제는 아예 창자가 끊어지는 것 같은 통증에 앉았다 일어섰다를 계속하고 도저히 살 수 없는 위기에 이르렀고 곁에서 잠자는 집사는 강사가 죽든 살든 이곳은 시골이어서 밤에는 어쩔 수 없고 날이 새어야 방법을 찾아 볼 생각인 것 같았다.

이제 죽는 길 밖에 없는 것 같다. 복통의 고통에 정신이 깜박 거렸다. 참을 수 없고 견딜 수 없는 통증에 시달리다가 생명의 끝 시간이 왔음을 느낄 수 있었다.

나는 무릎을 꿇고 두 손을 모으고 마지막 기도를 드렸다.

"주님. 여름학교 집회를 마치고 복통으로 주님 앞에 갈 시간이 된 것 같습니다. 그간 섬겼던 세광교회를 지켜주시고 교우들을 살펴주시고 나 같은 못난 사람에게 시집와서 고생만 시킨 나의 아내와 두 어린것들을 주님께 부탁드립니다. 내 영혼을 받아 주옵소서!"라고 숨이 차올라서 그냥 쓰러졌다.

죽음은 그렇게 해서 인생의 생명이 마치는 것 같았다.

고통이 치닫는데 무엇이라 표현이 되지 않고 완전히 창자가 끊어지는 아픔 속에 정신이 꼭 전기가 합선이 되면 반짝 반짝 스파크를 일으키는 것 같고 고통이 극에 달하니까

"깜박, 깜박, 깜박" 거리더니 이내 감각이 없이 쓰러졌다.

한 두 시간이 흐른 것 같다.

하나님께서 나 같은 것을 긍휼히 여기사 생명을 되돌려 주신 것이다. 그 토록 견딜 수 없는 고통이 깨끗이 사라진 것이다.

어제 밤 송별회한다고 불결한 칼도마와 칼로 썰어 주어서 먹었던 수박 한 쪽을 먹고 급성 식중독에 걸렸던 것이다.

거짓말 같이 뱃속의 고통이 사라지고 평안이 깃든 것이다.

식중독의 심한 후유증은 며칠 혹은 몇 달간 이어지는 고통을 깨끗이 치료하여 살려 주신 것이다.

무어라 표현할 수 없는 비린내를 겸한 구린내가 방안에 가득하여 일

어나 보니 왜? 그때까지 겨울 내의를 입었는지 모른다.

내의가 설사로 인한 분변으로 엉망이 되었고 깔고 잤던 요가 엉망이었다. 나는 일어나서 덜 젖은 윗 내의에 내의와 런닝 팬티를 싸 가지고 살짝 문을 열어 환기 되라고 열어놓고 마침 달이 밝아 숙소 아래의 논 가운데에 있는 들 샘에 빨래비누 있는 곳을 알아 두었기에 가서 깨끗이 빨고 수건을 빨아 와서 내의는 빨래 줄에 널고 수건으로는 내가 깔고 잤던 요를 깨끗이 닦아서 또 들 샘에 가서 빨아 다가 널었다.

방문을 열어두어 환기가 되어 독한 냄새는 거의 빠져나간 상태였다. 그런 중에도 같은 방에서 잠자는 남 집사는 잠이 많은 사람이었던지 계속 잠을 자고 있었다.

나도 빨래를 하고 와서는 통증으로 고통 받느라고 설친 잠을 몇 시간 푹 잤다. 아침에 일어나서 내 얼굴을 거울에 비추어 보니 살이 다 빠지고 눈만 뻥하니 볼품이 없어 보였다.

날이 밝으니 내 곁에서 잤던 남 집사가 구멍가게에 가서 가스명수와 소화제를 사왔다. 그런 것으로는 식중독 증세에 별 효과가 있을 리 없겠지만 지난밤에 사경을 헤매는 것을 보고도 무심히 잠만 잔 사람이어서 얄미웠다. 그리고서 하는 말이

"전도사님! 지난밤에 고생 하신 것 같네요! 빨래는 그냥 두시지 밤에 빨래하시느라고 애쓰셨네요!"라고 하는 것이다.

어떻게 보면 시골 사람의 순수성 때문에 남을 깊이 이해 못하는 무관심을 엿볼 수 있었다. 지난밤에 잠을 못 주무셨으니 약 드시고 푹 자라고 해서 좀 더 잤다.

일어나 식사 하라고 깨어서 세수하고 왔더니

"밤에 소화불량으로 식사하기에 힘들 것 같아서 죽을 끓였다고 하여 감사하기도 하고 죽을 보니 언제 닭을 잡았는지 닭죽을 맛있게 끓여서 고맙게 잘 먹고 버스 승강장까지 배웅 받고 죽지 않고 살아서 집에 돌아와서 나를 반기는 아내와 아이들을 보면서 또 다시 감사 드렸다.

45도로 기울어진 절벽위의
시외버스에서도 지켜주신 하나님

이 놀라운 은혜의 간증을 할 수 있었던 일은 아마도 1965~6년도의 8월 중순경으로 기억이 된다.

내가 팔봉교회에서의 4년간의 사역을 마감하고 세광교회(구, 용연교회)로 시무지를 옮긴 후 세광교회 지역이 고향이고 가족들이 살고 있는 진운섭 목사(당시, 전도사)의 특별한 배려와 지도를 받고 지내던 때였다.

진 목사는 사람됨이 훌륭하고 외모나 성품이 존경스러운 분이었다. 진 목사님에 대한 특별한 간증의 사연이 이 간증보다 앞에 써야 했는데 쓰다 보니 뒤에 쓸 간증이 앞에 쓰여 지게 되었다.

진 목사는 실력있는 목회자였고 성실하고 진실하며 영성을 갖춘 사람이었다. 8월경에는 기도원 집회가 많았다. 부산 중앙교회로 기억되는데 나이가 60을 넘어선 고신 측 목사로 기억되는 영성이 뛰어난 지금은 고인이 된(교인 중 정신 이상자 청년이 설교하는 백영희 목사의 강단에 뛰어 올라가서 여러 번 찔러서 현장에서 순직하셨다) 백영희 목사께서 거창 기도원에서 여름 산상 특별 성회가 있으니 같이 가자고 권하여 내가 시무하는 교인 중에 같은 총회 신학대학교의 진목사와 같이 나의 2년 선배인 최규용 목사(당시 신학생)와 다른 전도사 2인과 다섯 명이 거창 기도원 집회에 참여하여 4박5일간의 기간에 은혜 받을 기회가 있었다.

기도원의 위치는 높지 않은 산비탈에 세워졌는데 예배당 규모는

300여 명이 앉을 수 있겠으나 숙소가 여의치 않아서 골짜기와 작은 빈 땅에 작은 천막들을 설치하여 5~10여 명씩 잘 수 있게 준비했고 밥은 기도원에서 제공하여 큰 불편 없이 먹을 수 있었다.

고 백영희 목사는 그 당시에 찾아보기 힘든 영성을 갖춘 영력 있는 목사로서 전혀 원고는 없고 낡은 성경을 펴놓고 읽으며 계속해서 반복 강조하는 특성 있는 설교로서 많은 은혜를 받았다. 새벽 낮 (오전, 오후) 밤, 하루 4번의 강해설교를 의자에 앉아서 강론했고 지금까지 잊혀지지 않는 특별한 은혜로운 말씀은 마7:24~27의 말씀을 읽고 "반석을 찾아라"는 강론인데 "견고한 집을 짓기 위해서는 반석이 아무데나 있는 것이 아니고 모래 속 깊이에 묻혀 있으니 세상 것들 헛된 것들, 지식, 명예, 경험, 돈, 향락, 욕심, 나태심, 죄된 욕망 등 영혼의 복스러운 튼튼한 반석 되신 예수님의 십자가 구속의 신앙의 주님위에 세우기까지 힘들고 땀 흘리고 피 흘리면서도 그 위에 쌓여있는 무가치한 모래들을 다 파내고 예수님을 만나고 그 구속의 터전 참 복음의 터전에 집을 지어야 세상에서의 환란의 비바람이 불고 시련의 창수가 나도 내 힘에 의하여 견고하게 서있는 것이 아니고 나의 반석이신 예수님이 밑에서 받쳐 주시니까 세상의 환란과 역경과 죽음이 와도 내 영혼의 반석 되신 주님의 견고한 손이 나를 붓 드시니 견고하여 무너지지 않게 되는 것이요 모래위에 세운 집은 세상의 살아온 터전을 그대로 두고 (자갈밭에 뿌린 씨처럼) 신앙하는 사람에게는 한때는 훌륭하게 보이고 성공한 것같이 보이고 더 쉽게 빠르게 성공한 것같이 보이나 세상의 환란의 비가 내리고 시련의 창수가 나고 죄악의 바람이 세차게 몰아치면 안연한 짧은 기간의 찬란하게 보였던 성공한 것 같은 믿음 남보다 짧은 기간에 자랑스러운 신앙을 이룬 것 같은 신앙이 완전히 무너져서 옛 모습을 어디에서 볼 수 없게 되는 완전한 실패의 신앙이 된다."고 하는 말씀인데 값진 신앙은 짧은 기간에 이룰 수 없고 말씀에 비춰서 내 영혼에 손해를 입히는 조건들을 하나씩 하나씩 제거 하는 데 힘이 드는 것은 그것과의 단절하는 일에 있어서 옛 미련, 애착, 욕심, 죄 된 것을 내게서 완전히 결별시키기 위한 단호한 결단을 위한

은총의 여로(恩寵의 旅路)

수고와 눈물인 것이다."라고 가르친 말씀이었다.

집회를 잘 마치고 토요일 새벽 기도회를 끝으로 아침 식사를 마치고 짐을 싸가지고 하산하여 집으로 오기 위하여 버스 정류장으로 가서 전주행 버스를 탔다.

버스는 45인승에 만석으로 출발하여 경상도와 전라북도의 경계가 되는 60명 고개를 올라왔다. 60명 고개의 유래는 경상도 경계에 사는 사람이나 전라도에 사는 사람은 양쪽 지역에 가기 위해서는 꼭 60명을 채우고 출발해야 사고가 나지 않고 무사히 고개를 넘어가고 올 수 있다고 해서 붙여진 이름이라고 한다.

여기에는 미신적인 사유도 포함되었으나 옛날에는 험한 산 고개여서 강도떼의 습격을 받아 많은 인명의 피해와 가지고 가는 재물 (소, 돼지, 농산물 등)을 빼앗기는 험한 시절이어서 붙여진 이름인데 신작로가 나고 차가 다니면서 고유명의 60명 고개의 이름은 옛 추억 속으로 사라진 것이다.

길은 얇게 깔린 자갈길인데 오래된 길이 아니어서 비가 많이 내리게 되면 길바닥이 무거운 버스 중량에 들어갈 수 있는 위험한 상황이었다. 고갯길이기에 구불구불하고 고개가 높아서 길 아래 골짜기는 20~30m의 깊고 위험한 골짜기로 이루어 졌다.

운전기사가 만 원버스를 힘들게 고개 위까지 운전하고 올라와서 좁은 2차선 길이어서 아래서 올라오거나 위에서 내려오는 차를 비켜 가는 데는 많은 위험 부담이 있는 불안전한 도로였기에 아래서 힘겹게 올라오는 버스를 피하기 위하여 버스를 길가로 천천히 운전해 가는데 비가 온 후여서 도로 지반이 약하여져서 갑자기 기웃 등 하더니 정상적인 위치에서 45도 가까이 기울면서 30여m 골짜기 위에 걸쳐 선 것이다.

참으로 위기의 순간이고 버스 안에 탄 승객들은 일어서서 나오려고 술렁이기 시작했다.

나는 위기를 몇 번 경험하였고 위기를 당하면 겁을 먹지 않고 침착해지는 성격이어서 마침 앞자리에 앉아 있었기 때문에 먼저 운전기사를 쳐다 보았더니 얼굴이 창백해 가지고 말도 제대로 할 수 없을 정도

로 겁에 질려가지고 겨우

"움직이지 마세요!"라고 말하고 핸들에 얼굴을 묻고 있었다.

참으로 위기의 순간이었다. 나는 큰 소리로

"여러분 살고 싶으면 내 말을 들어야 합니다. 버스는 지금 30m 정도의 골짜기 위에 걸려있고 길가의 흙은 약하여 한꺼번에 움직이면 우리 일행은 다 죽습니다. 여러분 내가 하라는 대로 좀 불편하지만 그대로 앉아있고 한 사람씩 힘주지 말고 천천히 앞에서부터 나오시오!"라고 말하고 내가 문간에 서서 천천히 한 사람씩 버스에서 내리게 하여 전원이 무사히 내렸고 마지막으로 운전기사가 내리면서 나에게

"감사합니다. 수고 하셨습니다." 인사하고 버스 옆에 웅크리고 앉았는데 정말 그 얼굴이 창백해 보였다.

나는 내려서 45도 정도 드러누운 버스의 모습과 사고 버스 밑의 골짜기를 보고 가슴이 철렁했다.

30여m의 골짜기 밑을 보니 숨이 멈출 것 같았다. 우리 다섯 전도사들은 한쪽에 앉아서 감사를 드리고 찬송을 불렀다.

그랬더니 사고 차에 탔던 승객 중 한 사람이 우리를 향하여 큰소리로 나무란다.

"여보시오! 버스가 사고가 나서 하마터면 죽었을 뻔했는데 무엇이 좋다고 노래를 부르시오!"라고 한다.

이때에 진운섭 목사가 일어서서 우리를 나무라는 사람을 책망했다.

"여보시오! 이런 위험한 위기에서 살게 된 이유나 아시오? 이 버스에는 하나님의 교회를 섬기는 전도사들이 다섯이나 타고 있어서 하나님께서 살려준 거요! 이런 하나님의 큰 은혜를 어찌 우리가 감사 찬송하지 않을 수 있겠소?"

이 소리를 들은 모든 승객들은 다 같이

"그랬구나!"라고 고개를 끄덕이고 한사람도 말하는 사람이 없었고 우리 승객들은 회사에서 보낸 버스를 타고 직행으로 전주까지 감사하며 도착했다.

은총의 여로(恩寵의 旅路)

제13화

총신 대학원 입시 전날 밤의 연탄가스 사고

다른 목회자들은 특별히 쓰시기 위한 하나님의 소명으로 본인은 생각지도 못한 주님의 종으로 쓰시려고 예비 하셨는데 그 특별한 부르심을 따르지 않고 세상길로 가거나 죄 된 길로 잘못 가게 되면 하나님의 계획하심을 이루시기 위하여 세상에서 잘 되던 사업을 완전히 실패케 하시고 세상의 영광을 빼앗아 가시고 죄 된 길에서 행한 죄로 인하여 감옥으로 보내어 고난의 시간을 거쳐서라도 이끌어 내어 쓰시는 하나님이시다.

그러나 오늘의 잘못된 비 성경적이고도 비 신학적인 무속적인 기도원 원장이란 인간이나 비 성경적인 예언이나 투시하는 인간들의 잘못된 예언으로 하나님과 상관없는 문제의 인물들을

"하나님께서 사명자로 부르시기 위한 시련"이라고 신학교로 보내고 있는 죄를 짓고 있는 것이다.

그것은 세상에서 사업하다가 남의 돈 빌려다가 부도나서 갚지 못하고 사기죄로 고발당하여 도망 다니다가 기도원이라고 하는 곳에 피신한 사기범과자에게

"하나님께서 사명자로 택하셨는데 그 길로 가지 않고 딴 짓 하니까 다 걸어 가셨으니 이제라도 깊이 회개하고 신학교에 가서 공부하여 부름 받은 종의 길 사명자의 길 가라!"고 예언하여 주는 것이다.

어쩌다가 부르심의 길에 "빈 손"이 되게 하시고 ~0~에서 시작하여 하나님의 능력에 이끌리어서 "주의 종"의 길로 가게 하시는 일이 있다. 그러나 여기서 바로 알아야 할 원리는 하나님께서 하나님의 종으로 쓰시기 위한 강권적인 방법은 남에게 엄청남 손해와 아픔과 고통을 안겨 주고 주님의 종이 되게 하시는 악한 방법이 아니고 내가 세상에서 대 성공하여 거부가 된 그 재산을 엎어 버리고 빈손이 되게 하여 하나님께로 가지 않고는 살 수 없게 하시고 질병으로 죽음의 체험과 고통 속에서 하나님을 만나게 하여 하나님의 큰일을 하게 하시는 선한 실패 즉 남에게 피해를 주지 않고 내가 가진 것을 다 빼앗아 가시고 주님 앞으로 나가서 사명의 길로 새 출발하여 영광스런 체험의 산 간증 인으로 쓰시는 것이다.

그러나 대다수의 목회자는 본인이나 그 부모가 "하나님의 종"으로 쓰임 받기를 위하여 서원하거나 소원하여 목회자의 길로 출발 하게 된다.

특별히 구원받은 은혜 감사하여 주를 위해 살겠다고 다짐하고 일생을 주께 드려 헌신하는 종들이 있다.

그러나 나처럼 전혀 주의 종의 자격이 미달되어 꿈도 꾼 일이 없는데도 하나님은 세상으로 가려는 길은 철저히 막으시고 오직 한 길 "주님의 종"의 길만 열어 놓으시고 모자라고 부족한 너무도 자격을 갖추지 못한 부분까지도 기이한 방법으로 채워주시고 보충하여 남보다 세상에서는 훌륭한 목회는 이루지 못한 것 같아도 주님의 이름 밑에 숨겨서 끝까지 들어 쓰시는 "주님의 종"들도 있는 것이다.

도저히 나 같은 사람이 "주님의 종"이 되리라고는 꿈에도 생각지도 못 한일을 하나님의 방법에 의하여 1961년 1월 1일 주일에 익산군 팔봉면 팔봉교회에서 목회를 시작하게 하신 하나님께서 목회 시작한지 6년째 되던 해에 정상적인 신학과정을 거쳐서 목회하게 하시려고 서울 총회 신학교에 진학하기 위한 입학시험을 치르게 하셨고 입학 시키신 하나님의 그 특별하신 섭리의 은총을 간증하고자 한다.

대전에서 군 복무 중 야간신학교 2년을 수료하였기 때문에 전도사 자격을 인정받아 노회에서 전도사 시취를 거쳐서 정식으로 전도사역

은총의 여로(恩寵의 旅路)

을 할 수 있었던 것이다. 총회가 통합 측과 합동측이 분립이 되지 않았다면 자동으로 전도사가 될 수 있었고 신학교(상급학교) 진학도 자동적으로 2학년에 편입이 될 수 있었는데 내가 합동 측에 서 있어서 전도사 고시도 치렀고 총회신학교에 1학년으로 입학하기 위한 시험을 치르게 된 것이다.

입학시험을 치르는 일에도 나에게는 또 한 가지 어려움이 있었다. 나는 대전 신학교 2년 수료의 학력과 고등성경학교 2년 수료의 학력이 있지만 고등학교 졸업증명서가 없기 때문에 신학교 본 고시 외에 사회 상식 시험을 치러야 했다.

문제는 사회 상식이라면 그 범위가 어디까지인지 한계가 분명치 않아서 걱정이 되었다. 시험을 치르려면 어디에서 자면서 준비해야 할지도 걱정이었다.

그런데 내가 시무하는 세광교회 출신으로 안양지방에서 목회하는 진운섭 전도사가 이 사실을 알고 자기 집에 와서 시험 치르는 동안 유숙하라고 초청한 것이다.

진운섭 목사(당시 전도사)는 키도 크고 튼튼하게 잘생긴 외모에 훌륭한 인품과 목회의 열정과 성실함과 남달리 자상하고도 인정이 많은 분이었다.

총신 입학시험 일을 이틀 앞두고 조금 일찍 올라와서 준비하고 시험 치르라고 지도하여 일찍 올라가기로 하고 서울로 올라가서 다시 안양으로 버스를 타고 내려와서 알려준 주소를 물어 물어서 진 목사 사역지인 넓은 포도밭 곁의 작은 교회를 찾아갔다.

지금의 안양은 서울 근교의 어마어마하게 발전한 신도시지만 그때는 삭막한 시골로 산 밑에 끝없이 펼쳐진 포도밭과 복숭아 밭과 들로 이루어져 있었다.

교회에서 기다리던 진 목사는 반갑게 맞이하고 인도하여 목회자 사택으로 인도 하는데 시무하는 교회에서 한참 떨어진 포도밭 사이 길로 같이 가서 조금 규모가 큰 원두막이 있는 곳으로 인도하였다. 주변에는

조금 떨어진 곳에 농가 몇 채가 있는 전형적인 시골 풍경이었다. 원두막까지 같이 온 진 목사는

"이 곳이 김 전도사가 유숙할 숙소이며 내가 거하는 원두막 사택이야! 많이 불편하겠지만 포도밭 가운데 있는 사택이어서 공기도 원없이 좋고 조용하고 낭만적인 곳이니까 고생이 되더라도 좋은 추억이 될 거야!"라고 웃는다.

우리가 온 줄 알고 부엌에서 식사 준비를 하던 사모님이 반갑게 인사를 하며 맞아 준다. 처음 만나는 사모님인데 얼굴도 예쁘고 사랑스러운 분인데 너무도 인정 있고 마음 착한 분임을 알 수 있었다. 등에는 한 살 정도의 아이를 엎고 있었다.

사택 집 구조는 넉넉하지 못한 농촌의 작은 교회여서 별도의 목회자 사택을 마련하지 못하고 진목사의 시무하는 교회의 집사 소유 포도밭을 감시하기 위하여 지은 원두막으로 1층은 창고로 쓰이는 곳을 방 하나를 들여서 목회자 사택으로 쓰면서 부엌은 별도로 붙여서 임시로 설치하여 쓰고 2층은 포도밭 감시초소로 쓰고 있었다.

진 목사가 미안해하면서 방이 하나여서 불편하지만 좀 넓은 편이니까 머무는 동안 참아 달라고 부탁한다.

나는 여기서 진 목사의 그 진실하고도 따뜻한 사랑을 다시 한 번 느낄 수 있었다. 어떻게 결혼 한지 1년 정도 된 가정에 어린 딸을 둔 진 목사가 고향교회 전도사인 나를 이토록 따뜻한 정에 넘치는 사랑의 배려로 초청할 수가 있었을까?

그리고 사모가 이를 기쁘게 허락할 수가 있었을까?

내 입장에서는 결정 못했을 것이라고 생각하며 그 따뜻한 주님 안에서의 자상한 사랑은 친형 같은 진실한 사랑이어서 지금껏 마음속에 그 감동적인 사랑을 잊지 못하는 것이다.

내가 시무하던 교회에서 20여리 떨어진 황등에서 아침 일찍이 출발했는데 안양에 도착한 때는 오후 3시가 넘은 때였다.

진 목사 사모님 (지금은 천국에 먼저 갔음)이 차려온 식사는 내가 처음 먹

은총의 여로(恩寵의 旅路)

어보는 큼직한 소고기를 다져서 소를 넣어 만든 만둣국을 큰 대접에 가득히 담아서 가져왔다.

진 목사는 "내가 기도 하겠다"고 말하고 식기도 겸

"내가 신학교 시험을 잘 치르도록 도우셔서 귀한 사역에 쓰임 받는 주님의 종으로 쓰시라"고 간절히 기도하고 나에게

"만두를 좋아 하는지 모르겠는데 내 아내가 가장 잘하는 음식이 만둣국이어서 만둣국을 끓였으니 맛있게 먹어 달라"고 부탁한다. 그리고 덧 붙여서

"내 아내가 위가 안 좋아서 밀가루 것이나 고기를 못 먹는데 김 전도사를 위하여 정성을 다했으니 모쪼록 맛있게 먹고 모자라면 더 달라." 라고 부탁한다.

나는 너무나도 고맙고 황송하고 생전 처음 먹어보는 감격스런 음식인데 먹어보니 아주 맛있게 잘 만들어서 배도 고픈데 맛있는 만둣국을 먹게 되어 한 그릇을 다 비우니 사모님이

"더 드시지요! 식사 때가 지나서 시장하시겠다."고 말하며 두 국자를 더 떠준다. 나는 조금 많을 것 같아서 조금 덜어달라고 하여 만두 두 개를 건져갔고 나는 배부르게 맛있게 잘 먹었다.

진 목사는 내가 맛있게 먹는 것을 보고 좋아하며 만둣국을 많이 끓여주라고 부탁한다.

식사를 마치고 포도밭 근처를 돌아보고 진 목사 사택에 와서 쉬면서 입학시험에 관하여 예비적인 준비에 대하여 참고 되는 이야기를 많이 해 주었다.

저녁식사를 하고 쉬었다가 내일 입학시험을 위하여 일찍 자라고 배려해 주어서 피곤하기도 하여 일찍 문 쪽에 누워서 잠이 들었다. 얼마만큼을 잤는지 모르겠는데 진 목사 딸 아이가 자지러지게 우는 것이다. 사모가 젖을 물려주어도 계속 젖도 먹지 않고 울고 달래고 업어주어도 계속 우니까 내가 잠을 못자면 내일 입학시험에 차질이 있을까봐서 사모가 애기를 업고서 밖으로 나갔다. 진 목사 사모가 밖에 나가서 조금

있으니까 애기의 울음은 그쳤다.

그런데 밖에 나간 사모가 작은 소리로 진 목사를 부르는 것이다. 진 목사가 사모의 부르는 소리에 무슨 문제가 발생했음을 직감하고 허겁지겁 뛰쳐나갔다. 그리고는 아무런 소리가 없었다. 나는 왜? 이러지? 라고 생각하며 누워 있는데 머리가 깨어질 것 같이 아프고 어지러 워서 고통스러운데 왜? 그런지 이유를 알 수 없었다.

이런 상황이 20~30여 분이 지났다. 나는 생각의 갈피를 잡지 못하고 견딜 수 없는 두통과 어지러움에 시달리며 누워 있었다.

밖에 나갔던 진 목사가 들어오면서 나에게 묻는다.

"어! 김 전도사! 괜찮아? 연탄가스 중독이야!"라고 말하며 문을 다열어 통풍 시킨다. 후에 사모가 아이를 업고 들어오면서

"전도사님! 괜찮으세요? 힘드셨지요?"

하마터면 우리 가족과 전도사님이 같이 죽을 뻔했습니다.

하나님께서 우리 아기를 통하여 우리를 살려 주셨습니다.

하나님이 우리 아기를 통하여 우리를 깨우지 않았으면 다 죽게 되었을 것이고 전도사님 총신 입학시험은 어떻게 될 뻔 했겠어요? 하나님의 크신 은혜를 진심으로 감사드립니다."고 말하며 감사의 눈물을 흘리는 것이다.

진 목사의 이야기를 들어보니 내일 입학시험을 잘 치르도록 밤에 방을 따뜻하게 해 주려고 연탄화덕을 아궁이 깊이 넣었는데 원두막을 개조한 방이어서 방 둘레 벽 밑에 가스가 나오지 못하도록 마무리가 안 된 집이어서 아궁이의 연탄가스가 그대로 방으로 스며들어 진 목사 세 가족과 내가 하마터면 꼭 죽을 뻔 하였는데 진목사의 1살짜리 딸이 예민한 취각에 맨 먼저 가스 중독의 고통에 기겁을 하면서 울었고 애기를 달래기 위하여 애기를 업고 밖에 나간 사모가 바깥 찬바람에 그냥 땅에 엎드려 진 목사를 부르다 정신을 잃었고 사모의 부르는 소리를 듣고 뛰어 나갔던 진 목사도 땅 바닥에 쓰러져 정신을 잃은 것이고 시간이 지나며 폐에 스며들었던 연탄가스가 배출되고 깨끗한 공기로 치

은총의 여로(恩寵의 旅路)

료가 되어 일어나서 바로 부엌으로 가서 연탄화덕을 빼내어 밖에 두고 와서 문을 열어 환기 시키고 안정을 찾고 안전하게 잠을 잤던 것이다.

아침이 되니까 포도밭 주인인 남 집사가 박카스와 해독제를 사와서 먹었다. 사모는 부엌에 들어가서 연탄가스에 시달린 몸인데도 남편의 고향교회 전도사의 식사를 준비하였다.

식사를 마치고 지난밤 연탄가스에 중독되어 어지럽고 흐리멍덩한 머리를 하고서 신학교 입학시험을 치르기 위하여 진 목사와 같이 사당동의 건축이 진행 중인 총회 신학교에 입학시험을 치르려고 가면서 그렇지 않아도 모자라는 실력인데 시험치를 처지의 상황이 아닌데 되고 안 되는 것은 하나님의 뜻에 맞길 뿐 그냥 경험 삼아서 시험을 치르는 것으로 알고 시험장으로 가는데 진 목사가 바쁘게 뛰어 오면서 하는 말이

"하나님의 은혜의 기적이 일어났어! 이번 시험에만 예비고사인 사회상식 시험을 면제하게 되었어!

감사한 마음으로 본 고사에 충실히 잘 치러야 해!"라고 전한다.

나는 어려울 때마다 도와주시는 하나님의 은총의 손길을 경험하며 그 사랑가운데 오늘에 이른 것이다.

입학시험은 시작되었다. 성경 과목은 그 흐리멍덩한 머리로도 잘 쓴 것 같은데 한문 시험은 알 듯 모를 듯 구별이 안 되어 자신 없이 시험을 마쳤다. 그리고 간단한 면접도 거쳤다.

오후 시간에 발표가 있었는데 실력도 부족한데다가 지난밤 연탄가스로 사경을 헤맨 머리로 시험을 치렀는데도 결과는 예상외로 합격이었다.

같이 시험을 치른 전도사들 중에 걱정하던 세 사람은 불합격을 받아 실망하고 가는 것을 보면서 내가 저 모습이었을 것인데 무엇에 쓰시려고 합격시켜 주셨는지? 하나님 은혜를 감사하며 시험결과까지 지켜보면서 자기 일인 양 축하해주는 진 목사님의 그 큰 사랑을 잊을 수가 없다. 진 목사와 같이 안양에 내려와서 정성 다한 식사의 맛있는 만둣국을 대접받으며 하루를 쉬었다가 나 같은 죄인을 이토록 사랑하시는 은혜를 다시 한 번 경험하며 감사하며 돌아왔다.

제14화

어릴 적 억울한 누명을 쓰고
자살 직전에 구출 해 주신 하나님

성경에서 말하는 "지혜"는 일반적인 뜻인 "슬기"로 같은 뜻으로 쓰여지는 낱말이며 "사물의 이치를 밝히고 시비와 선악을 판별하는 능력, 사물을 처리하는 재능" 외에 세상사를 쉽게 처리하지 않고 깊이 생각하고 처리하는 신중성 있는 행위를 말하고 쉽게 생각하기에는 I.Q가 높음을 말하는 뜻을 가진 외에 특히 사건이나 중요한 행사나 위기에 처했을 때 함부로 덤벙대지 않고 잠깐 정지하고 다시 한 번 생각하고 행동으로 옮긴다고 하는 특별한 뜻이 있다.

이렇게 깊이 다시 한 번 행동 전에 생각하고 행동으로 옮기게 되면 가장 소중한 자기 생명을 죽이는 자살을 막을 수 있고 큰 사건을 일으키지 않게 될 확률이 높은 것이다.

나는 현재까지도 교도소의 장기수 교화와 출소자 관리를 하고 있는 "범죄문제"에 상당한 식견과 경험으로 많은 중범죄자들을 만났고 저들이 불행한 "범죄자" 또는 "전과자가 되어 하지 않아도 될 수형생활과 출소 이후에도 방황하지 않아도 될 힘든 생활을 하게 된 이유는 참된 인간의 길을 가르쳐서 이 땅에서도 주님의 보호 속에서 안정되게 살 수 있고 영원한 영생의 축복을 누릴 수 있었음을 뒤늦게 예수님을 영접하여 깊이 회개하고 고백하는 저들의 고백 속에서 듣게 되었다.

"순간"을 참지 못하고 행동에 옮김으로서 큰 사건을 일으키고 천하보다도 더 소중한 자기 생명을 스스로 해쳐서 부모와 가족들의 가슴에 엄청난 슬픔을 안겨주게 됨을 내가 12세 때에 처음이자 마지막이 될 "자살"의 충격을 겪었다.

우리 가족이 이리(지금의 익산)에 있었던 "후리교회"에 출석하며 아버지께서 교회의 청소와 관리를 맡아서 섬기며 작은 보수로서 생활하다가 일본 정부에서 교회 탄압의 일환으로 교회 수를 감축하기 위하여 이리 중앙 교회와 합병하게 되어 아버지의 일터를 잃었고 할 수 없이 나의 고향인 청복동으로 이사하여 잘 지은 목수의 기와집 모퉁이의 작은 방을 세로 얻어서 생활하게 되었다.

집 앞에는 송판을 제재하고 남은 피 쪽으로 울타리가 되어있고 우리 가족이 살고 있는 모퉁이의 단칸방 앞에는 흙으로 담을 쳐놓은 것을 관리를 소홀히 하여 짚으로 담 위를 덮었던 것이 삭아서 흙담이 무너져서 집의 대문으로 가기 보다는 흙담 무너진 곳이 우리 가족의 출입구로 쓰고 있었다.

그런데 하루아침에는 가족끼리 아침 밥상을 둘러앉아서 식사를 하는 중에 어머니께서 나에게 준엄하게 나무라시는데 어머니께서 식량을 사기 위하여 어느 집에서 이틀간 품삯을 받아다가 책상위에 놓았는데 없어진 것이다.

어머니는 나에게 확인하지도 않고 대뜸

"분명히 그 돈을 네가 가져갔지? 얼른 내 놓아!"라고 다그치는 것이다.

나는 그 돈을 본 일도 없고 절대로 가져가지 않았다고 강하게 항의해도 어머니는 "네가 아니면 가져갈 사람이 누가 있겠느냐?고 말하면서 기어이 그 돈이 있어야 양식을 사 올 수 있으니 내놓으라."고 다그치시는 것이다.

나는 밥숟갈을 뜨다가 어머니의 책망을 듣고 아니라고 그렇게 변명해도 기어이 내가 가져갔다고 윽박지르므로 수저를 상위에 놓고 울기를 시작했다. 이를 본 아버지께서

"안 가져갔다고 저렇게 울어대는데 고만 해두라!"고 말씀하시는데도 어머니는 "양식 살 돈을 가져 간 사람은 너 밖에 없다."고 지목하고

추궁하는 것이다.

나는 울면서 뛰쳐나와서 집 앞 작은 길 건너 서너 개의 묘가 있고 키 큰 상수리나무가 몇 그루 서 있는 산으로 가서 한없이 울고 또 울었다.

나를 그토록 사랑 하시는 어머니께 도둑놈으로 낙인찍힌 것이 너무 서러워서 눈이 퉁퉁 붓도록 울었다.

학교에 가는 중학생들이 보이지 않는 것을 보니 상당히 시간이 지난 것 같다. 어린 나는 아무리 생각해 보아도 너무도 억울하고 분해서 죽기로 결심했다.

나를 그토록 사랑하시는 어머니마저 나를 믿어주지 않고 끝까지 도둑놈으로 몰아 부치시는데 내가 살아야할 이유가 없고 가치가 없는 놈이니 죽는 것이 마땅하다고 최종 결론을 내렸다.

그러면 어떻게 죽을 것인가?를 생각하게 되었다.

나무에 목매어 죽을까?

아니면 저수지에 가서 물에 빠져 죽을까?

생각하는데 작은형이 함석가공공장에 다니며 집에서 필요할 때 쓰려고 납땜질 할 때 꼭 필요한 청강수(염산)를 사이다병에 가득히 담아서 부엌 입구 벽 뒤에 사다 놓은 것을 보았다.

그 청강수를 한 모금만 마시면 바로 죽는다고 하는 말을 들은 일이 기억이 나서

"아! 바로 그것이다. 가장 쉽고 가장 빠르게 죽을 것이니 청강수를 먹어야 겠다!"고 생각하고 죽는다고 생각하니 너무 서러워서 한없이 울고 결심하고 우리 방 앞의 무너진 흙담을 막 넘어가서 염산 병이 있는 부엌으로 들어가려고 하는데 부엌에서 어머니께서 막 나오려는 순간 나를 보시고 내 팔을 붓 드시고 하시는 말씀이

"이 녀석 밥 안 먹고 어디 갔다 오는 거냐? 어서 가서 밥 먹어라!"고 붙잡고 방으로 들어오니 방에는 나를 위한 밥상이 차려져 있는 것이다. 어머니께서도 내가 울고 또 울어서 눈이 퉁퉁 붓고 충혈 되고 얼굴까지 부어 있음을 보신 것 같다.

밥상 앞에 앉히고 내 곁에 앉으시며

"이놈아 얼마나 배가 고프겠느냐? 어서 밥 먹어!"라고 말씀하시며 수저를 내 손에 쥐어 주신다.

이것이 어머니의 모성애 사랑인 것 같다.

이 순간 자살하겠다는 생각은 사라지고 어머니의 그 사랑 아침 밥상 머리에서 꾸중하고 다그치던 그 냉엄한 모습은 어디 가고 내 모습을 보시며 치맛자락으로 눈물을 닦으시며 식사를 권하시는 모습에 다시 한 번 훌쩍이며 그제야 배가 고픔을 느끼고 울면서 밥 한 그릇을 다 비우기까지 곁에 앉아있던 어머니는 빈 밥그릇이 놓인 밥상을 들고 나가시면서

"애야! 아랫목에 누워서 푹 자고 일어나라!"고 말씀하신다.

나는 어머니의 말씀대로 따뜻한 아랫목에 누—니 피곤함과 안정감이 찾아와서 훌쩍 훌쩍 울면서 누웠는가 싶더니 어느새 깊은 잠에 빠져 들었다.

하나님께서는 나 같은 사람을 들어 쓰시려고 자살 직전에 막아 주셔서 살려 주시고 오늘까지도 살아서 하나님의 크신 사랑의 간증을 쓰는 것이다.

그때 조금만 시간이 주어졌다면 독극물인 염산을 한모금만 마셨으면 아직 죽지 않았어도 병원에 갈 돈이 없으니 가족들의 비애 속에서 죽었을 것이고 조금 시간이 지났더라면 부엌 입구에서 고통에 뒹굴다 죽어 싸늘하게 식은 어린 사랑하는 아들의 시신을 보시고 일생동안 그 책임감에 자책하시며 고통 속에 살아 가셨을 어머님의 슬픈 충격 속에 (1남 2녀를 가난으로 죽게 한) 더 한 아픔을 안겨드려 불효 중에 막중한 불효 자식의 오명과 슬픔을 남겼을 것인데 그 하나님의 빈틈 없으신 손길로 살려 주셔서 주님의 종이 되고 세계 선교에 쓰신 것이다.

익사 사건 직전에 건져주신 하나님

나는 어릴 때부터 낚시를 좋아했다.

지금처럼 낚시점이 많지도 않았지만 낚시 도구나 낚시를 살만한 돈도 없었다. 그러나 낚시는 하고 싶어서 집에서 쓰는 헌 얼래미(얼개미) (곡식을 걸러내는 도구)에서 철사 줄을 빼내서 낚시처럼 구부리고 바느질 실을 끊어서 묶고 대나무의 윗부분을 잘라서 낚시 실을 묶고 밥그릇에 담긴 밥 알 중 몇 개 안되는 쌀알을 골라서 종이에 싸가지고 논 귀퉁이에 물을 대기 위하여 파서 물을 담는 방죽가에 가서 철사로 만든 낚시에 쌀 밥알을 꿰어서 물에 담그면 지금은 농약 관계로 거의 멸절이 되었지만 우리가 자랄 때는 방죽 물에 새까맣게 몰려다니는 송사리 (크기가 4~5cm되는 작은 고기류) 가 쌀 밥알을 따먹느라고 철사로 만든 낚시 끝에 물고 나오는 재미로 물가를 많이 찾았었다.

조금 자라서는 (9~10세) 농업용 저수지를 찾아서 조금 실한 철사를 구하여 낚시를 만들고 지렁이를 꿰고 바느질실로 묶고 가는 대나무 (1.5~2m) 끝에 묶고 수수대로 찌를 만들고 어떻게 구했는지 납덩이를 작게 잘라서 추를 만들어 달고 거의 형식은 완전한 낚시기구형태를 갖추게 되었고 이걸 저수지 물에 던지고 기다리면 작은 붕어가 몇 마리씩 물어서 그 재미로 저수지를 자주 찾게 되었다.

그런데 이럴 때면 같은 마을에 사는 또래 아이들이 같이 따라 오는데 저들은 저수지에 뛰어들어서 개구리 수영일망정 톰방거리며 재미

은총의 여로(恩寵의 旅路)

있게 물놀이를 하면서 나에게 같이 수영하자고 졸라댄다.

그렇지만 나는 다른 아이들과 같이 동작을 취해도 수영이 되지 않고 물에 잠기고 물만 먹게 되는 것이다. 그래서 아이들에게

"나는 수영을 못하게 태어난 사람이니까 다시는 권하지 말라"고 말하였다. 그런데 어떤 아이가 하는 말이 깊은 데로 가서 연습하면 죽지 않으려고 힘을 다 하기 때문에 그렇게 몇 번만 하면 수영을 배울 수 있다고 자신 있게 말해주는 것이다.

그래서 그 말이 일리가 있는 말인 것 같아서 아이들 곁에서 연습하면 아이들이 장난하느라고 물을 먹일까 봐서 아이들을 떠나서 혼자서 조금 깊은 물에 들어가려고 차츰차츰 들어가는데 가슴 위로 물이 차니까 숨이 차오르는 것을 느끼면서도 조금 더 깊은 데로 들어가서 수영 연습을 하려고 들어가는데 물이 턱에까지 차올랐다. 조금 두려움을 느끼면서 양손과 팔을 펴고 물을 헤치려고 하는데 갑자기 몸이 깊은 데로 들어가서 머리까지 잠기게 된 것이다.

나는 위기를 느끼고 숨은 막히고 물을 입으로 삼키면서 허우적거리는데 몸이 완전히 물속에 잠기고 말았다. 나는 그 순간

"아! 이렇게 되면 죽는 것이구나!" 생각하니 겁이 벌컥 났다.

발이 바닥에 닿는 것을 느꼈다. 나는 있는 힘을 다하여 발바닥으로 땅바닥을 팍 찼다. 그랬더니 머리가 물 위로 올라오면서 숨을 쉴 수 있고 저수지 둑이 보였다. 그렇다. 살라면 저수지 둑으로 가야 한다고 판단하고 다리를 저수지 둑 쪽으로 한 걸음 한 걸음 물을 헤치고 걸었더니 드디어 머리가 완전히 물 밖으로 나오게 되어 가쁜 숨을 쉬면서 한 걸음 한 걸음 걸어서 둑에까지 닿았고 둑에 난 풀을 잡고 기진맥진한 상태로 저수지 둑으로 겨우 올라가서 둑에 드러눕게 되었다.

엎드렸더니 물속에서 들이마셨던 물이 입 밖으로 한참 흘러나왔다. 다시 한동안 드러누웠더니 정신이 회복되어서 아이들이

"어디 갔다 왔느냐?"고 부르는 소리에 대답하지도 않고 낚싯대를 챙겨서 힘없이 비실비실거리면서 집으로 돌아왔다.

그 후로는 아이들과 저수지에 물놀이는 가지 않았고 지금껏 수영을 원활하게 못하게 된 것이다.

그 익사 위기 직전에 물 밖으로 머리가 나오도록 발을 구르게 하신 하나님.

지금 정신이 혼미하게 된 상태에서 저수지 둑 쪽을 바라보게 하신 하나님.

그리고 힘을 주셔서 한 걸음 두 걸음 그 깊은 물속에서 저수지 둑을 향하여 걷게 하셨던 하나님이 오늘까지 살게 하셨고 그 수많은 죽음의 위기 때마다 기이하게 생명을 건져 주신 그 하나님의 그 특별하신 구원과 사랑의 손길을 오늘도 느끼며 감사하며 간증하는 것이다.

제16화

깊은 수렁에서 건지신 하나님

지금은 하늘나라에 계신 나의 어머님은 솜씨가 남달리 좋으셔서 무명 베, 모시 베, 삼 베와 그 어렵고도 힘든 명주 베까지 재료를 가져다가 어렵고 힘든 과정을 거쳐서 베틀에 앉아 베를 짜면 아주 야무지게 잘 짜서 꼭 가죽같이 질기게 짠다고 칭찬을 아끼지 않고 일거리를 맡겨서 다 짠 후에 반씩 나누는 베 멕이로 우리 가족을 헐벗지 않게 입히고 다른 가난한 사람들처럼 남루한 옷을 입어 본 일이 없이 자랐다.

그 뿐 아니라 가난해서 재료가 없어서 못했을 뿐 음식도 반찬도 맛있게 잘 하셨다.

그 뿐 아니라 밭을 매어도 남보다 꼼꼼히 메고 빨리 메어서 남보다 앞서 나가서 일할 사람은 어머니의 성실하심을 알기 때문에 오라고 불러서 바쁘게 일하시어 우리 가족을 굶기지 않고 먹이셨다.

하시는 일마다 남보다 앞서 가셨는데 특히 가을에 벼 수확을 마친 논고랑에 고인 물에 새우를 잡으러 가시면 같이 간 여인들에 비하여 두세배 정도를 잡아서 같이 간여인 들의 부러움과 질투를 사는 일이 종종 있었다.

나는 막네둥이어서 어릴 때부터 어머니와 함께 다니곤 하여 가을에 벼를 베고 나면 논둑 밑의 고랑과 논 귀퉁이의 물웅덩이에 세수 대야와 얼개미 작은 것을 가지고 가서 어머니처럼 많이는 잡지 못해도 통통하

우리 주님의 생명싸개 속의 은총

고 새카만 밀물새우와 송사리 미꾸라지를 잡아오면 한 끼의 새우탕을 끓여서 맛있게 식사 할 수 있었다.

어느 때는 생각지 않은 곳에서 2~3kg까지 잡았는데 앞 장에서 말한 농사용수를 저장해두었다가 모 심을 때 모 심기위하여 저수지에 담긴 물을 내려쓰고 나면 주변 마을 사람들이 모여 들어서 붕어도 잡고 저수지에 퍼져 난 수초 밑을 얼래미와 넓적한 대 소쿠리로 뜨면 살이 통통 찌고 붉은색도 나고 새카만 검은 새우가 한 종재기씩 잡혔다.

나는 그 익사 사고가 날 번했던 그 저수지에서 물에 빠져서 붕어를 잡아 갔는데 그 이튿날 미련이 남아서 학교에 다녀오면서 찾았다. 그런데 여자 두 셋이 함께 새우를 잡는데 작은 대소쿠리로 잡아서 크고 둥근 소쿠리에 담는데 거의 한 말(20L)정도는 될 만큼 많이 잡은 것이다. 나는 이 저수지에 민물새우가 그렇게 많이 있다고 하는 것을 처음 알았다.

욕심이 상당히 많은 나는 바로 집에 가서 얼래미와 세숫대야를 들고 저수지에 갔더니 새우 잡던 여인들은 다 잡고 잘 안 나오니까 집으로 가고 없었다.

나는 그냥 갈 수는 없고 조금이라고 잡아 가려고 물이 거의 빠진 저수지의 수초 있는 데로 가려고 물 없는 저수지 바닥으로 들어섰는데 이상하게 저수지 바닥이 홍청홍청 하는 것이다.

이상하다고 생각하면서 안으로 들어가는데 바닥 속으로 다리가 빠져 들어가는 것이다. 나는

"이곳이 수렁이구나!"라는 위험을 느끼고 빠져 나오려고 하는데 다른 편 다리까지 빠져 들어 가는 것이다.

움직이면 움직일수록 내 몸은 수렁의 썩은 진흙 속으로 자꾸만 빠져 들어가는데 어느새 가슴까지 빠져 들어갔다.

나는 겁이 벌컥 났다.

"이러다가 수렁에 빠져 죽는가 보다"고 생각이 났다.

분명히 날씨가 더운데 수렁 속은 냉기를 품고 발밑은 얼마나 더 들어가야 끝이 날지 알 수 없는 상황이다.

이때에 하나님께서 일깨워 주시는 지혜를 주셨다.

몸은 움직이지 말 것이고 두 팔을 쭉 펴면 빠지지 않는다고 하는 지혜가 떠올라서 몸은 움직이지 않고 두 팔을 옆으로 쭉 펴니 더 이상 수렁 속으로 빠져 들지는 않았다.

후에 내가 하나님께 "주의 종"으로 부름 받아서 쓰임 받으면서 성경을 읽는 중에 사40:2의 말씀인

"나를 기가 막힐 웅덩이와 수렁에서 끌어올리시고 내 발을 반석위에 두사 내 걸음을 견고케 하셨도다."라고 하신 말씀은 깊은 웅덩이와 수렁 속에 빠져 본 경험이 없는 그 사람은 그 말씀의 의미를 알 수 없을 것이다.

그 두려움은 정말 도와줄 사람이 나타나지 않으면 살 소망이 없고 결국은 지치고 굶주려서 죽고 말게 되는 것이다.

수렁속이 차서 몸이 식어가니까 덜덜 떨리고 두려움 때문에 정신이 혼미해 지는 것 같고 숨이 차오르고 소리도 제대로 나오지도 않았고 소리를 질러야 한다는 생각조차 할 수가 없었다.

이런 두려움과 절망 속에서 시간이 20~30여분 지난 것 같았다. 이제 살 소망이 없고

"이러다가 죽는구나!"라고 생각하며 눈물이 흘렀다.

이때 하나님은 나를 살리시기 위한 천사를 보내신 것이다.

여자도 아닌 건장한 50대의 남자가 저수지 둑 위를 지나가다가 나를 보고 달려 온 것이다. 그런데 기적의

"여호와 이래"의 하나님께서 2~3m나 되는 대나무를 저수지가에 준비해 놓으신 것이다.

고마운 남자가 대나무 장대를 들어서 나에게 뻗치며

"이 녀석 깊은 수렁에 빠졌구나 하마터면 죽을 뻔하였다. 장대 끝을 단단히 잡아야 한다."고 말해서 나는 살기 위하여 있는 힘을 다하여 대나무 장대의 끝을 두 손으로 꽉 잡았고 그 아저씨는 힘껏 끌어내니 내 몸이 수렁에서 빠져 나와서 저수지 바닥에 엎드리게 되었고 그 아저씨가 일어서

지 말라고 하여 엎드린 채 저수지 끝까지 나와서야 일어섰다.

그리고 나를 그 깊은 수렁에서 건져내어 살려준 아저씨께 감사하다고 애쓰셨다고 인사했다. 그 아저씨는

"여기에 그렇게 깊은 수렁이 있는 줄을 몰랐느냐?. 앞으로 조심 하거라. 너 나를 만난 것이 다행이었다."라고 말하고 바쁘게 가버렸다.

"죽는다는 것" 하나님께서 쓰실 일이 있는 사람은 이런 기적을 만나서 구해 주시는 것을 또 한 번 체험하고 쓸 일이 있고 하나님께서 하실 일이 있는 "하나님의 사람"은 죽는다고 하는 것이 산다고 하는 것 보다 더 어렵다고 하는 사실을 간증하는 것이고 정말 무자격한 죄인을 불러서 "주의 종" 삼으시어 40년 4개월간 다섯 교회를 섬기며 예배당 건물을 다섯 번이나 건축과 개축하게 하셨고 세계 해외 선교에 50여 나라를 찾아 선교사들을 지원하고 세미나로 원주민 신학생과 원주민 목회자를 훈련시켜 교회를 200여 처소에 개척하여 건축하게 하시고 한국 교회와 목회자와 장로 집사 권사 교사 평신도와 선교 현지의 선교사와 현지 목회자를 지원하여 주님의 나라 확장하라고 분부하신 우리 주님의 유언적인 분부를 받들어 행케 하시려고 감당할 수 없는 하나님의 크신 사랑을 감사 찬송하며 간증하는 것이다.

은총의 여로(恩寵의 旅路)

제17화
한강변의 시내버스 전복사고에서 품어주신 하나님

그날은 유행성 독감으로 며칠째 고생하는 중에 내가 소속한 대한 예수교 장로회 총회가 서울에서 모이는 중인데 노회 고시를 거쳐서 노회의 추천을 받아서 총회 신학교에서 공부하는 병아리 전도사들이 당연히 찾아서 어른 목사님들께 인사드리자고 약속하고 저녁식사 후에 총회가 모이는 교회를 찾아가서 예정된 일정이 끝나기를 기다렸다가 회의를 마치고 나오는 총대 목사들을 하나하나 만나서 인사하고 나니 밤이 꽤 깊어서 신학교 주위에서 자취하는 신학생들이 신학교 방면으로 가는 남성동행 시내버스를 타고 보니 남성동행 버스가 한가득 만 원이어서 53여 명이 콩나물시루에 담긴 콩나물 신세가 되어서 목적지를 향하여 가고 있는 것이다.

그런데 초만 원의 승객을 태운 시내버스가 굉장히 빠른 속도로 "씽씽~~" 달려서 안에 탄 승객들이 이리 몰리고 저리 몰리는 현상이 일어나서 사방에서 "아이 구! 아이 구!" 소리가 들리고 버스기사에게 "운전 좀 잘하라!"라는 항의가 터져 나왔으나 운전기사는 아랑곳없이 계속 빠른 속도로 운전하여 달리고 있었다.

나중에 확인된 사실인데 그 버스를 운전한 기사가 하루의 피곤하고 지친 운전에 밤 시간 마지막 버스 편이고 보니 얼른 다녀와서 집에 가서 쉬려고 출발 전에 살짝 술을 마시고 운전대를 잡고 출발한 사고가 예고되었던 버스였던 것이다.

동작동에서 남성동으로 가는 커브의 내리막길을 53명을 태운 무거운 중량의 버스가 속도를 줄이지 못하고 내려오다가 핸들조작의 실수로 지금의 방배동(그때는 빈 농로가 펼쳐진 곳이었음) 지역으로 흐르던 한강지류의 언덕길을 직진하여 지류 천으로 직행하여 엄청난 인명피해를 낼 위기 상황이었는데 다행히 언덕위에 난 아카시아 나무를 정면으로 들이받고 직진을 멈추고 버스가 옆으로 들어 누우면서 "덜컹 덜컹" 소리를 내면서 두 바퀴 반을 구르고 간신히 머무르게 막아주신 하나님의 특별한 은혜가 따랐던 것이다.

만약에 언덕 중간에 2m정도의 턱이 없었다면 계속 다섯 바퀴정도 구를 수 있는 높은 강 언덕이었다.

나는 독감으로 머리가 아프고 어지럽고 몸이 아파서 의자에 앉아서 졸고 있는데 사람들이 내게로 쏠리며 덮치고 있어서 "왜? 이러느냐?"고 짜증을 내는데 "덜컹 덜컹" 소리가 두 번 계속 나는 것 같았는데 그냥 정신을 잃고 만 것이다.

53명이 탄 초만 원 버스가 옆으로 두 바퀴 반을 구르는 사이에 버스 안에서는 완전히 인간 믹사를 이루게 된 것이니 그 버스에 탄 승객들의 부상 상태를 짐작할 수 있을 것이다.

한참 후에 눈을 떠 보니 버스 안은 아우성치고 두 바퀴를 구르고 옆으로 반 바퀴 구르며 멈춰 누운 버스 위에서 어느 청년이 버스의 유리창을 깨고서 버스 안에 갇힌 승객을 꺼내고 있었다.

나도 그 청년이 꺼내 주어서 버스 밖으로 나와서 서서 보니 버스는 완전히 찌그러져서 정상규모에서 거의 납작하게 된 보기에 참혹한 모습으로 누워 있었다.

버스 안에서 승객을 꺼내느라고 힘에 지친 청년이 내가 구경하고 서 있는 것을 보고서 내게 도움을 구하는 것이다.

"아저씨! 아저씨는 다치지 않았군요! 사람이 죽어가고 있어요! 어서 버스 위로 올라와서 사람 좀 꺼내요!"라고 다급하게 요청하여 "그

은총의 여로(恩寵의 旅路)

러자"고 누워있는 사고 버스에 올라가서 아비규환을 이룬 버스 안에서 같이 사람을 꺼내어 다 꺼낸 후 사고 버스에서 내려와서도 내 정신이 돌아오지 않아서

"왜? 버스가 들어 누워 있고 사람들을 그 속에서 꺼내고 있는 거지?" 라고 생각해도 이유를 모를 뿐이다. 버스가 아카시아 나무를 들이받고 두 바퀴 반을 구르며 버스 안에 가득히 탄 53명의 승객이 믹서 되는 중에 완전히 정신을 잃고 만 것이다.

그런데 버스 안에서 나온 승객들이 팔이 부러지고 다리가 부러지고 얼굴이 피 범벅이 되고 허리가 부러지고 내 앞에 섰던 젊은 여자의 얼굴은 찢어지고 패이고 피가 범벅이 된 것을 보고서야

"아! 내가 탄 버스가 사고가 났구나!"라는 것을 판단하게 된 것이다.

그런데 문제는 나도 그 참혹한 사고 버스에 탔으니 나도 다쳤을 것이 아닌가? 라는 생각이 들어서 머리에서부터 발끝까지 다친 곳을 찾아 더듬었으나 한 곳도 아픈 곳이 없고 피 한 방울도 난 곳이 없는 것이다.

나는

"하나님! 진심으로 감사합니다. 또 지켜 주시고 구해주시고 살려 주셨군요!"라고 감사드리며 눈물을 흘렸다.

이 버스 사고로 운전기사가 죽고 승객 중에도 사망자가 나왔고 중상자들도 여럿이 있었다고 하는 말을 들었다.

버스 회사에서 환자 후송버스와 부상을 입지 않은 승객을 위한 버스를 보내와서 중상자는 별도 수송한 것 같고 중 경상자는 후송버스로 수송했는데 병원으로 후송한 사고 버스의 승객이 50여 명이 넘었다니 회사 관계자가 나에게도 병원으로 후송하는 버스에 타라고 말해서

"나는 부상을 당하지 않았으니 후송버스에 타지 않겠다"고 했더니

"나중에 후회하지 말고 타라"고 해서

"다친 데가 없는데 병원에 갈일이 있겠느냐?"고 했더니 별도의 버스에 타라고 하여 타고 보니 총 5명이 타고 남성동 방면으로 가게 되었는데 일행 중 3명은 구경하다가 차에 탄 일행으로

"이러쿵저러쿵" 이야기를 하고 있었다.

그런데 내가 앉은자리 맞은편에 고등학교 1~2학년쯤 되어 보이는 남학생이 앉아서 나를 보고 앉았더니 차가 출발하니까 내게로 와서 내게 앉기면서 하는 말이

"선생님도 예수 믿으시는 분이시지요?"라고 감격한 어조로 묻는 것이다. 나는

"애야! 너도 예수 믿는 사람이니? 다친 곳은 없니?" 물었더니

"선생님도 다친 곳이 없으시지요? 저도 아무데도 다친 곳이 없어요!"라고 대답한다.

나는 그 아이를 꼭 껴 앉고

"애야! 하나님께서 우리를 살려 주셨으니 하나님께 귀하게 쓰임 받는 일꾼이 되자!"라고 격려했다.

그 아이는 남성동 종점까지 가는 아이였고 나는 오는 중간에서 내려서 신학교 아랫마을의 자취방이 있는 마을로 왔다.

오면서 그 아이가 주님의 훌륭한 일꾼이 되게 해 주시라고 기도했다.

하나님께서 특별히 사랑으로 감싸 살려주신 그 아이를 훌륭한 목회자로 세워서 귀하게 쓰임 받는 일꾼으로 쓰시리라고 확신한다.

그 사고버스에 우리 신학교 학생(전도사)들이 나 외에 5명이 타고 있었는데 모두다 경상이어서 병원에서 3~6일 정도의 외상을 치료 받았다.

나는 그 후로 아무런 후유증도 없었고 사고가 있은 날부터 3~4일간 누웠다가 바로 일어나지 못하고 돌아 누워서 일어나는 일 외에 아무런 후유증 없이 살아왔다.

나 같은 쓸모없는 죄인을 향하신 하나님의 그 거룩하신 뜻은 늘 그 "생명 싸게 속에 감추시고 지켜 주셔서 세계선교사역에 들어 쓰셨고 나는 그 무엇으로도 갚을 길 없는 그 크신 은혜의 크신 사랑에 이끌리어서 최선을 다하여 그 힘든 해외선교사역 해외선교대회 세미나사역(선교지의 원주민 신학생. 목회자)을 마치게 하신 것이다.

사경의 위기에 특별히 준비해 주신 영양 보약

내가 1961년 1월 1일 주일에 익산 부송교회에서 거리상 멀리 떨어져 있던 팔봉지역의 신자들이 분립해 나와서(장년 약 40여 명)시작된 교회에 초임 목회자로 부임하여 목회가 무엇인지도 잘 모르면서 열정을 불태우고 시멘트 벽돌을 찍어서 30여 평 예배당을 짓기 위하여 군산 조광제약사에서 만든 가정상비약 상자를 매고 나는 교회를 찾아서 판매하고 교우들은 친척과 친지를 방문하여 판매하여 건축하고 완공도 못하고 신학교 신학문제에 부딪쳐서 강하게 반대하여 80명으로 성장한 교우들이 모이는 교회를 전남에서 목회하던 고 강대언 목사에게 인계하고 세광교회 (익산 삼기면)로 부임하여 교회당 증개축공사를 진행하고 완성한 후 서울 총신 3년을 졸업하고 40여 명이 모이던 교회가 90여 명으로 성장한 교회를 떠나서 만석교회로 부임하여 3개면에 사는 교우들의 갈등 속에서 평생 잊을 수 없는 상처를 안고 네 번째 교회인 완주군 구이면 중인리에 소재한 중인교회에 부임하여 힘들면서도 보람된 교회의 성장을 이루어 주신 하나님의 특별하신 은총과 사랑과 축복을 받으면서도 이를 간직하지 못하고 또 다시 잊을 수 없는 상처와 아픔을 앓고 떠나오기까지 70년 된 교회 역사에 60여 명이 모인 산골교회를 시무한지 9년 여 만에 새 성전 50여 평의 붉은 벽돌로 잘 건축하고 176명까지 부흥시켜주신 우리 주님의 크신 은혜를 지키지 못하고 교단 분열과정을 이용하여 노회 행정상 법인 서류를 위조하여 이권을 누리려던 대선배의 범죄 건을 지적한데 앙심을 품고 나를 모략, 중상, 모함으로 교인들을 속여 분립을 이루었고 이를 법적으로 완벽하게 해결해놓고 떠나려던 것이 재산권 문제에 관해서는 분립해나간 총회에는 재산권이 없다고 하는 대법원 판례 때문에 너무도 떳떳한 교회 재산을 합의명 등기로 된 것을 교회명 (총유명)으로 등기해서 재산분규로 인하여 교회분열과 목회자에게 상처를 주지 못하게 하려는 선한 의도가 "각하"로 패소판결을 받아서 교회는 둘로 갈라지고 이 문제로 엄청난 정신적 건강적 명예와 재정문제에 엄청난 피해를 입고 떠나오기까지의 하나님의 그 특별한 은혜와 도우시는 사랑을 간증하고자 한다.

내가 3년간 시무했던 익산 만석교회는 이리 시에서 7~8km 떨어진 전형적인 벼농사로 생활을 꾸려가는 들녘이지만 지난날의 바닷물에 젖은 갯벌을 둑을 쌓았고 농수로를 잘 조성하여 비옥한 들녘 마을이어서 그런대로 생활은 안정이 되어서 비록 날이 궂거나 겨울에 길이 얼었다가 풀어지면 길이 온통 뻘흙 그대로 시궁창 길을 걸어야 했지만 생활수준은 이리 지역의 도시권의 영향을 받아서 옷가지가 깨끗하고 도시 풍토를 따라서 촌스럽지 않은 모습이었다.

그런데 만석교회에서 이삿짐을 삼륜트럭에 싣고 차에 타고 도착한 중인지역은 생활환경이 완전히 구별될 만큼 시골의 모습이 풍겼다. 이삿짐을 실은 삼륜트럭이 교회까지 들어갈 수 없을 만큼 도로 사정이 좋지 않아서 조금 큰길에 이삿짐 차를 세우고 짐을 내려서 나르기 위하여 교회에서 기다리다가 나오는 교인들이 입고 있는 옷 모습과 사람들의 모습이 전형적인 산골마을의 사람들의 모습이었다.

옷들이 일하러 나온 사람들이었지만 때 국 묻은 옷을 입고 있는 모습을 보고 만석교회 교인들과 완전히 대조가 되는 모습이었다. 그들과 함께 도착한 교회당은 산 밑에 터를 닦아 지은 25평가량의 단층 목조 건물인데 예배당 안으로 들어가니 겨울철에 옛 무쇠난로에 장작과 생소나무를 끊어서 불을 지핀 관계로 천정과 서까래가 새카맣게 그을린 모습에 깜깜한 그대로였다.

　네 번째 교회에 부임하면서 처음 보는 초라한 시골 교회의 모습이었다. 교회역사는 70년 역사에 교인 수는 60여 명이 모인다고. 예배당 안에 들어가서 무릎을 꿇고 기도하면서

　"정말 힘든 교회에 보내 주셔서 할 일이 참으로 많은 교회여서 기도가 필요하고 진정한 충성 없이는 목회하기가 힘들 것을 발견하고 우리 주님의 능력의 도우심을 간절히 기도하고 이곳에서의 목회를 시작케 되었다. 목회자 사택은 그런대로 블록으로 짓고 기와를 이은 20여 평 정도로 새로 잘 지어져 있었다.

　나는 교회 성장 부흥을 이루고 새 출발하기 위하여 부임 심방 일정을 정하고 주일예배 시간에 광고하면서

　"우리 교회가 부흥 발전 하여야 하나님의 기뻐하시는 큰일을 할 수 있으니 제가 부임한 일로 이 지역을 복음화할 수 있도록 여러분이 금년에 전도할 대상을 꼭 적어 내어서 같이 기도하자"고 말하고 예정된 일정에 따라서 심방대원들과 구역별로 교인가정을 심방하게 되었다.

　교인들 가정마다 한 두 사람씩 전도 대상자를 정하고 이름을 적어냈다. 심방중 이 교회를 설립한 후손의 가정이며 이 교회의 중심점이 되어 교회에 막강한 힘을 과시하는 권사의 가정을 심방하였다. 이 가정에서는 그 자손 가운데 목회자가 둘씩이나 배출한 가정이다. 심방절차에 따라서 그 집 신앙의 대표되는 권사에게 물었다.

　"권사님! 우리 교회의 부흥 성장을 원하시지요?"라고 물었더니

　"교회는 부흥되면 좋겠지만 그게 마음대로 되는 것인가요?"
라고 대답한다.

　나는 다시 물었다.

　"그래서 금년에 두 사람이상 전도하기 위하여 전도 대상자를 정하고 그 이름을 써 내라고 제가 광고하지 않았습니까?"라고 말했더니 성질을 내면서 하는 말이

　"목사님! 전도하라고 하는 말은 두 번 다시 하지 마시요! 우리 동네

에는 예수 믿을 사람은 하나도 없소! 다 마귀새끼들만 살고 있어서 전도 할 사람은 한 사람도 없으니 그리 아시요!"라고 단호하게 자르는 것이다. 나는 다시 물었다.

"그러면 우리 교회는 앞으로 어떻게 되겠습니까?" 그랬더니 대답하는 말이

"그걸 우리가 어떻게 하겠소, 우리나 믿다가 끝내야지요!"

나는 이 교회를 설립한 설립자의 며느리가 되고 두 목회자의 어머니요 권사의 사상이 이렇고 말이 그 내용이니 교회의 부흥을 가로 막아서 교회가 성장하지 못했음을 짐작하게 되었다.

정말 목회하기에 힘든 교회임을 알았다.

그래서 새벽 기도회를 마치고 개인기도 시간에 이처럼 전도와 교회 성장을 가로 막고 있는 잘못된 생각과 행위가 교회의 성장 발전을 가로 막고 있음을 알고 먼저 믿는 사람들의 잘못된 사상과 사고방식을 고쳐 주시고 이 지역의 영혼 구원으로 교회의 성장 부흥 발전을 이루어 주시라고 간절히 기도 드렸다.

교회가 세워진 마을의 입구에 시내버스 정류장 겸 종점이 있고 또 중인리 일대의 종합 노인정이 있고 여기 노인정의 회원이 50여 명이고 매일 이곳에 나와서 화투치고 윷놀이 하면서 술사다 마시고 종일 이야기하며놀다가 해가지면 집으로 돌아가는데 노인들이 모이면 교회 악평 신자들에 대한 비난으로 하루해가 저문 다고 하는 말을 전해 들었다.

그러니 그 노인들의 자녀들을 교회에 가도록 그냥 둘 일이 아니었다. 그리고 내가 전주 시내에 신학교와 성경학교 강의 차 다녀오거나 볼일이 있어 다녀오느라고 시내버스를 타고 와서 종점에서 내려서 교회 구역 안에 있는 사택으로 오는 길에 청년들이 3~4명이 이야기를 나누고 있다가 내가 그들 곁으로 가까이 가면 일제히 외면하고 돌아섰다가 내가 지나고 나면 내 뒤에 대고 고래고래 소리 지르는 말이

"그 예수 믿는 새끼들 후레아들 놈의 새끼들 때려죽일 놈의 새끼들" 이라고 악을 쓰면서 욕을 해대는 것이다. 그래서 내가 가던 길을 멈추

고 뒤돌아보면 일제히 몸을 돌려서 딴 곳을 보고 내가 돌아서서 걸어가면 이유 없이 험한 욕을 퍼붓는 것이다. 완전히 교회와 지역사회와 원수를 맺고 두껍고도 높은 담 벽을 쌓고 교인들은 지역주민을 저주하고 지역 주민들은 교회와 교인들을 욕하고 미워하는 속에서 교회가 부흥되고 성장하고 발전할 방법이 없는 것이다.

교회와 교인들이 나서서 저들을 끌어안아야 할 일인데 교인들의 생각에는 교인들은 잘못이 없고 저들이 회개하고 교회로 돌아오기만 기다리며 저주 하고 있는 것이다.

이런 심각한 문제를 해결 하지 않고서는 목회도 힘들고 교회 부흥은 기대할 수가 없음을 바로 알고서 주일 예배 후에 제직회를 열고서 이런 문제들을 이야기 하고 이들을 전도하기 위하여 예산을 세워서 잘 이끌어 보자고 제안했더니 교회에서 주동이 되는 제직들의 하는 말이

"목사님! 왜? 그런 정신없는 소리를 하시오. 그런 돈이 있으면 고기 사다가 교인끼리 잔치나 합시다. 왜? 소중한 헌금을 그런 마귀새끼들을 위하여 쓰자고 말합니까? 우리는 그런 일은 못합니다."라고 단호하게 잘라 말하는 것이다.

교인들의 정신이 이렇게 생겼으니 지역사회의 비난과 욕을 받아 마땅하고 교회의 부흥 발전을 이루지 못하는 이유를 발견하고 다시는 이런 문제를 이야기 하지 않기로 하고 이 일을 지혜롭게 잘 처리할 수 있게 해 주시라고 기도 드렸다.

내 개인의 경제적인 여유가 없어서 내가 개인의 힘으로 교회와 지역사회에 쌓아진 두꺼운 오랜 장벽을 헐어내는 데는 많은 고민과 망설임의 시간이 필요했다.

그러나 언제라도 실천해야 할 문제여서 부끄러움을 무릎 쓰고 먼저 노인정을 선정하여 지역에 가장 영향력을 가진 노인들을 설득하기로 했다.

저들이 날마다 노인정에 모여서 무료함을 달래기 위하여 화투도 치고 윷놀이를 해서 막걸리 내기를 하고 있음을 확인했기 때문에 작은 돈

이지만 간식거리로 과자류를 사가지고 방문하려고 노인정 건너편에 있는 내가 섬기는 교회의 집사가 운영하는 가게에 가서 과자류를 샀다. 가게주인 집사가

"무엇하려고 과자를 많이 사느냐!"고 묻고 주일학생들에게 주려고 사는 줄 알았다. 그런데 생각 외에 노인정에 간식으로 넣어 주려고 한다고 말하니까 깜짝 놀라며

"그래봐야 소용없을 거라"고 말한다.

나는 "저들을 감동 시켜서 교회와 교인들에 대한 비방과 나쁜 감정을 무너뜨리기 위해서는 이런 사랑의 투자가 절실하다"고 말하고 간식거리를 사가지고 노인정의 문을 열고 들어섰다.

실내에는 몇 군데에 둘러앉아 화투놀이와 윷놀이를 하고 있는 노인들이 20여 명 가량은 더 되는 것 같았다.

담배 연기로 가득한 방에 들어서서 먼저 인사를 했다.

"이렇게 즐겁게 쉬시는데 찾아뵈어서 죄송합니다. 저는 금번에 이곳의 중인교회에 부임한 김봉철 목사라고 합니다. 부족한 사람이 여러 어르신들의 마을에 이사 와서 이 마을의 주민이 되었으니 여러 어르신들께서 부족한 사람을 많은 지도를 해주시기를 부탁드립니다."라고 말하고 큰절을 올렸다.

그런데 반응은 싸늘했다.

"응! 우리들에게 예수 믿고 교회에 나오라고? 그 쓸데없는 생각은 아예 하지 마시요! 우리는 그 싸가지 없는 놈들이 다니는 예배당은 절대 가지 않을 테니 그리 알고 가시요!"
라고 좋지 않은 눈빛으로 바라본다.

나는 허리 굽혀 다시 인사하고 말했다.

"잘 알겠습니다. 여러 어르신들께 교회에 나오시라고는 말씀 드리지 않겠습니다. 저는 이 마을에 이사 온 주민으로서 여러 어르신들을 시간이 나는 대로 섬기려고 하는 것뿐입니다. 다른 의도는 없음을 분명히 말씀 드립니다. 그리고 여기 무료함을 달래실 때 드시라고 작은 정성을

은총의 여로(恩寵의 旅路)

준비했습니다. 제가 가진 것이 없어서 좋은 것으로 준비하지 못한 것을 이해하시고 맛있게 드시면 감사하겠습니다."라고 말하고 나오는데 뒤에서 하는 말이

"이렇게 한다고 우리가 당신에게 넘어갈 사람들이 아니니까 그리 알고 기대하지 마시오. 오래 살다보니 별 사람을 다 보겠네!"라고 말하는 것이다. 나는 뒤 돌아보며

"안녕히 계세요, 잘 쉬고 가세요! 다음에 또 뵙겠습니다."라고 인사하고 노인정에서 나왔다.

예상했던 일을 확인하는 시간이어서 실망하거나 마음 상하지는 않았다. 그리고 시간을 내어서 이런 일을 계속했다.

겨울에는 과자류를 사서 돌아보았고 여름에는 하드를 한 쟁반 사가지고 찾아서 인사했다. 갈 때마다 저들의 표정이 달라졌다.

"우리 영감들은 교회에 나갈 사람이 없소!

그런데 이렇게 하면 부담이 되니 그만 하면 좋겠소!"라고 말하고 또

"교회 목사 가운데 이런 일을 한 사람이 없었는데 당신은 조금 다른 사람인 것 같소! 하여간 고맙소!"라고 말하는 것이다.

나는 계속해서

"여러 어르신들께서 교회에 나오시는 것은 여러 어른들께서 생각하실 일이고 저는 여러 어르신들을 교회에 나오라고 말하지 않겠으니 아무런 부담감을 갖지 마시고 우리 마을에 이사 온 젊은이가 어르신들을 잘 섬기려고 애쓰는 구나!라고만 생각하시고 기쁜 마음으로 작은 정성을 받으시기 바랍니다."라고 말했다.

그리고 어버이 주일에 내 개인이 교회의 이름으로 타-월을 샀다. 돈이 여유가 없어서 좋은 수건으로 준비하지 못하고 값싼 타-월을 산 것이 마음이 아팠다. 타-월 끝단에

"부모에게 효도. 자녀들의 도리"라고 새기고 다른 면에 교회 이름을 새겼다.

그런데 반응은 그간 섬겨온 작은 사랑의 정성에 누그러진 처지에서

보잘 것 없는 타-월에 새겨진 글귀가 저들을 감동시켰다. 그 이후로 노인정의 노인들의 반응은 완전히 달라졌다.

"교회는 부모도 모르고 조상 봉양도 모르는 불효막심한 놈들만 다니는 줄 알았는데 이번에 온 목사 같은 사람도 있는 것 보니 교인들을 잘 가르칠 것 같다."

"그간 교회에 대한 판단을 잘 못한 것 같다. 교회에도 우리가 생각 못했던 좋은 예의 갖춘 사람도 다닌다는 것을 몰랐다."는 반성과 함께 교회에 대한 비난과 비방이 사라져 가고 있음을 교인들이 확인하게 되었고 노인들이 내가 만나서 인사하면 아주 부드럽고 친절하게 인사를 받을 뿐만 아니라 돌아서서 서로 하는 말이

"이번에 온 목사는 정말 다른 사람이야! 저렇게 예의 바르고 친절하고 인상 좋게 인사하는 사람은 없었어! 우리가 교회를 다시 생각해야 할 것 같다."고 서로 이야기 하고 마을의 분위기를 변화 시키는 것이다. 그런데 문제는 또 있었다.

젊은 층을 어떻게 변화 시키느냐?는 숙제 거리였다.

이 문제를 해결하기 위하여 기도 하던 중 하나님께서는 방법을 알려주셨다. 그것은 중인리 일대에서 1년에 한번 8월 15일 광복절에 마을 대항 청년들의 체육대회가 개최되는 것이다.

바로 이 부락대항 행사에 효과적인 방법은 저들에게 음료수를 사 가지고 가서 나누어 주며 격려하는 일인 것이다.

물론 이 일에도 교회의 지원을 바랄 수는 없었다.

시골 사람들의 사고방식을 일시적으로 바꾸어 놓을 수는 없는 일이고 언젠가 부인할 수 없는 효과적인 결실을 보여주기 전에는 교회에는 그 비용을 이야기 하지 않기로 생각하고 8월 15일 아침에 집사가 경영하는 버스 종점의 가게에서 콜라 2상자를 사서 자전거에 싣고 체육대회장소인 중인 초등학교로 가서 교회가 소재한 부락민들이 모인 마을 청년들에게 콜라 1상자를 지원했다.

그런데 예상했던 대로 청년대표가 하는 말이

은총의 여로(恩寵의 旅路)

"뭘 이런 것을 사왔어요? 우리가 먹을 것은 다 있어요. 어서 가져 가요. 이런 것 사다주고 우리보고 교회에 나오라고 할려고요?"

"그런 수법은 버려요. 우리들은 어떤 수단을 다해도 교회는 안가요! 그런 싸가지 없는 놈들이 다니는 교회를 우리가 무엇하러가요?"라고 강한 어조로 거부하는 것이다. 나는 억지로 웃으며 말했다.

"내가 여러분들을 교회에 나오라고 음료수를 사 온 것이 아닙니다. 모처럼 모이는 마을 대항 체육대회에 같은 부락민의 한 사람으로서 협력하고 격려하고 응원하기 위하여 사 온 것뿐이고 다른 의도는 전혀 없으니 목마를 때 잘 마시기 바랍니다."라고 말하고 콜라를 내려놓았더니

"참 별일도 다 있네요. 사 온 것이니까 먹겠습니다. 그러나 앞으로도 교회에 나오라고는 하지 마시요!"라고 말하며 태도가 조금 풀어지는 것 같았다.

나는 그런 염려는 안 해도 된다고 말하고 이웃 부락에는 다른 한 박스를 9병도 주고 8병도 주고 7병도 주고 나누었는데 이웃 마을 청년들은 교회가 소재한 마을 청년과는 달리 이상한 눈초리는 보였어도 강하게 반발하지 않고 고맙다고 인사하면서

"우리는 교회에 나가지 않는데도 이렇게 생각해 주어서 고맙다"고 인사까지 했다. 나는 아직 교회 재정 사정이 어려워서 좋은 것으로 풍성히 대접을 못해서 미안 하다고 인사하고

"즐거운 하루가 되라"고 인사하고 돌아왔다. 교회가 있는 마을의 여인 몇이 나를 보고 "식사나 하고 가세요!"라고 말하는 것을 바쁜 일이 있다고 둘러대고 돌아왔다.

그리고 오면서 생각했다. 그간 다녀간 목회자들이 왜? 이런 문제 하나를 해결 못했고 교인들이 지역사회에 빛이 되지 못하고 원수같이 대했기에 긴 역사 속에서 전도해서 교회를 채워야할 교인들이 초대 교회의 중심적인 인물이라는 권사의 말과 같이 "우리 동네에는 마귀들만 살아서 예수 믿을 사람은 한 사람도 없소!"라고 말한 내용은 교회에 나오는 사람들은 천당에 갈 착한 사람들이고 지역주민은 모두다 지옥에나 갈

마귀새끼들 뿐이라고 역설적인 생각을 하고 살고 있으니 70년 역사에 60여 명이 모여서 저들만 천당에 가고 지역주민들은 다 지옥 갈 악한 사람들이라고 증오하는 사고방식 속에서 한 사람인들 전도 할 수가 있었겠는가! 라고 탄식하며 집으로 왔다.

나는 이들을 변화 시키려면 교회가 당신들이 실망해온 그런 곳이 아닌 것을 보여주어야만 하는 것임을 확인하고 3년 동안 냉대에도 이 일을 교회의 지원없이 내 주머니를 털어서 계속했다. 결과 저들의 태도는 달라지기 시작했다. 3년째가 되는 해는 체육대회장에 콜라(이때는 처음으로 냉 콜라를 사가지고 갔다)를 사가지고 갔더니 마을 아주머니들이 고맙다고 인사하고 다른 마을에 콜라를 나누어 주고 오는 길에 꼭 붙잡고

"소찬이지만 우리들이 성의껏 준비했으니 점심 드시고 가라!"고 하여 앉았더니 정성껏 음식을 차려놓고 앉으라고 권하고

"목사님이 해마다 잊지 않고 음료수를 사다 주셔서 잘 먹고 우리 마을이 종합우승을 했습니다. 감사합니다. 술은 안 드실 줄 알고 안 드리려고 하는데 혹시 한잔만 드시겠느냐?"고 말하여 웃으면서

"술은 못 먹으니 수고하여 준비한 음식을 맛있게 먹겠습니다."라고 인사하고 밥을 다 먹고 나서

"더 잡수시라!"고 권하여

"배가 너무 불러서 더는 못 먹겠습니다. 감사히 잘 먹었습니다."라고 인사하고 일어섰다. 저들의 따뜻한 전송을 받으며 돌아오면서

"이렇게 쉽게 무너지는 장벽을 무너뜨리지 못하고 원수 관계의 벽두께만 더 했던 잘못된 처세를 탄식했다. 그리고 그 일주일후의 주일예배를 마쳤는데 교회 회계집사가 내게 오더니

"목사님! 부락대항 체육대회 때 목사님이 음료수를 해마다 사다 주어서 고맙다고 나한테 인사하는데 목사님이 교회에 청구도 않고 무슨 돈이 있다고 3년씩이나 마을 사람들을 지원하였습니까? 비용이 얼마나 들었는지 청구 하세요!"라고 말한다.

그래도 교회의 몇몇 집사들은 노인정의 변화와 청년들의 변화를 보

은총의 여로(恩寵의 旅路)

고서야 내가 하는 일이 쓸데없는 일이 아니고 보람 있는 일인 것을 판단한 것 같다.

나는 그것 얼마나 된다고 교회에 청구 하겠느냐?고 거절했다.

그 후로 청년들의 교회에나 목사에게나 교인들을 욕하는 일이 거의 사라졌다.

나는 더욱 교회의 위상을 살리는 일을 계속해서 연구했다.

이제 목사가 별다른 사람이 아니고 마을의 한 주민이라는 사실을 심어주는 일에 깊이 파고 들어가기로 작정하고 교인들에게 상을 당한 가정이 발생하면 연락하라고 광고했다. 그리고 그 상가를 찾아서 조문할 일을 계획 세웠다.

불신 가정에서 내게 부고를 보낼 사람은 없는 것이다.

그렇기 때문에 소문 소문해서 상당한 집을 확인하고 조문객들이 다 돌아간 깊은 밤 시간대에 맞추어서 내 개인의 주머니를 털어서 넉넉한 부의금은 못되어도 작은 정성을 봉투에 담아서 찾아가면 슬픔에 쌓이고 적적한 중에 부고도 보내지도 않은 교회 목사가 찾아와서 심심한 위로를 하고 적은 정성이지만 부의금을 전하면 모두 같은 반응을 보였다.

"아이고 목사님께 부고도 못 드렸는데 깊은 야밤중에 찾아오시어 위로의 말씀을 주심도 감사한데 어떻게 이렇게 부의금까지가지고 오셔서 저희로서는 몸 둘 바를 모르겠습니다. 감사합니다."라고 인사 한다. 나는

"제게까지 부고를 보내실 마음의 여유가 있겠습니까?

다만 슬픔을 당한 상주님들을 찾아 위로의 말씀을 드리는 것은 같은 지역에 사는 주민의 한 사람으로서 당연한 예의이기 때문에 찾아뵌 것뿐입니다. 슬픔 중에도 많은 위로가 있으시기 바랍니다. 라고 인사하고 나왔다. 그런데 며칠 후에 들려오는 소식을 들으니 그 집 상주되는 사람이 교회와 신자들을 가장 많이 헐뜯고 욕한 사람이라는 사실이다.

그 상주되는 사람이 교회 집사 하나를 만나서 하는 말이

"이번에 온 목사는 참 무서운 사람이야! 내가 교회와 목사와 교인들을 가장 많이 헐뜯고 욕한 사람이라고 하는 사실을 알았을 텐데 (사실 나는

이 사람에 대한 정보는 하나도 모르고 있었다.) 글쎄 깊은 밤 적적한 시간에 부고도 안 보냈는데도 찾아와서 심심한 위로를 하고 글쎄 부의금도 적지 않게 넣어 왔더라고 나는 이제 무슨 양심으로 교회와 목사와 교인들을 헐뜯고 욕 하겠는가? 그 목사가 내 험한 입을 막아 버린 거야!"

나는 이 말을 전해 듣고 하나님께서 교회와 지역사회 문제를 하나하나 해결해 주심을 진심으로 감사 드렸다.

내가 중인교회에 부임한지 3년 여 만에 그 토록 살벌했던 지역사회와 교회와 상태는 놀라우리만큼 달라졌다.

정확하게 말해서 교회가 지역사회에 대하여 달라진 것은 거의 없으나 약간의 변화의 가능성이 보이기 시작한 징조는 보이고 있고 오히려 지역사회에서 교회에 대한 변화가 내가 3년 동안 하나님께서 주시는 지혜를 활용하여 기도하면서 지역사회에 뛰어들어 저들의 냉소와 냉대를 참아가며 꾸준히 계속하여 저들을 이해하고 교회와 지역사회와의 70년 동안 얽힌 문제들을 하나하나 풀어가다 보니 힘들고 어려웠지만 예상보다는 아주 쉽게 단순하게 풀어진 것이다.

내가 시내에 다녀오면서 시내버스를 탈 때부터 마을에 사는 노인들이 반겨주고 시내버스에서 내려서 교회로 가는 길에서 만나는 노인들이나 주민들이 전에는 찾아 볼 수 없었던 따뜻하게 웃으며 인사하고 인사를 받아 주는 것이다.

그러나 아직도 교회에 대한 감정이 풀리지 않은 사람이 몇 사람이 있다는 말을 들었다. 나는 그 사람이 누구인가?

를 확인하고 그 사람들을 변화시킬 방법을 주시라고 하나님께 간절히 기도 드렸다.

그러던 어느 날 시내버스를 타고 집에 오는데 교회와 감정이 아주 좋지 않은 50대쯤 되는 남자가 버스에 타고 있음을 보았다. 그때는 시내버스 차장이 일일이 승객들에게 요금을 받던 때였다. 차장이 뒤에서 버스 요금을 받아 오고 있었다.

버스 차장이 내 앞에 와서 내 요금과 문제의 인물의 요금을 내 주었다.

은총의 여로(恩寵의 旅路)

버스 차장이 문제의 인물 남자 곁에 가니까 버스 요금을 내주는 것이다. 버스 차장이

"아저씨 요금은 뒤에 계신 분이 냈어요!"라고 말하니

"어떤 사람이냐?"고 묻는다. 버스 차장이 나를 지목하니 그가 내게로 와서 하는 말이

"나 돈이 있는데 왜? 요금을 냈어요! 자 요금 낸 것 받아요!"라고 말하며 돈을 주는 것이다. 나는

"내게 잔돈이 여유가 있어서 모처럼 냈으니 어서 넣어요!"라고 웃으며 거절하니 못 이기는 체 하며

"다시는 그런 일 하지 마시요! 나 버스요금 낼 만큼은 돈이 있는 사람이요!"라고 말하며 섰던 자리로 돌아갔다.

이런 일로 선한 실랑이를 또 한 차례 있었다.

그 이후 이 문제의 마을 주민이 마을에 소문을 냈는데 너무나 재미있고 기분 좋은 말이었다.

"이번에 온 목사는 사람이 좀 다른 사람이어서 내가 교회를 헐뜯고 욕하는 것을 어떻게 알고 글쎄 시내버스를 탈 때마다 버스요금을 내주어서 내 입을 막아 버렸네! 내가 목사에게 빚을 많이 지게 되었네!"라고 좋은 말만 하고 다니는 것이다.

그리고 더 재미있는 일은 버스에 탈 때마다 서로 경쟁적으로 살펴보고 요금을 내게 되어 아주 친하여지게 되어 내가 그곳 교회를 떠나오기까지 이런 재미있는 경쟁이 계속되었고 그 사람이 교회 비방대신 교회 선전원이 된 것이다.

이렇게 하여 교회와 나쁜 감정을 가진 사람이었던 주민이 교회를 그리고 목사를 칭찬하고 다니게 되었으니 사실상 이로써 그 단단히 굳어진 견고한 마음 밭에 사랑의 비가 내리게 되어 파종의 터전을 이루어 주셨고 그 결과가 6년 후에 70년 교회 역사에 60여 명 밖에 모이지 못했던 교회가 176명이라는 3배가 운동의 기적을 이루는 발판이 된 것이다.

지역사회가 교회에 대한 비방과 비난을 멈추게 되고나니 교인들도

이상하게 생각하면서 지역사회를 향한

"지옥자식, 마귀 자식들"이라는 악감정과 비난의 소리가 멈추게 된 것은 하나님께서 하신 일이고 초대신자임을 자랑하는 권사의 조카 벌 되는 목사가 이런 현상을 보고 하는 말이

"이런 일이 중인교회에서 일어나게 된 것은 기적 중에 기적이고 신문에 나야할 특종 기사감이라"

고까지 과찬한 소리를 듣게 된 것이다.

내가 이곳 교회에 부임한지 4년째 되던 해의 어느 주일에 정기제직회로 모였는데

"우리 교회의 시급한 과제는 예배당을 신축해야 한다!"

는 의제를 제직들이 꺼낸 것이다. 나는 속으로 생각했다.

"그러면 그렇지! 가는 교회마다 예배당을 건축케 하셨는데 이곳이라고 이런 일거리가 있어서 보낸 것이구나!"라고 생각하고 제직들에게 물었다.

"교회 예배당이 너무 초라해서 신축교회의 공사가 시급함을 알았습니다. 그런데 건축 규모는 몇 평이 계획되었고 예산은 얼마나 세워졌고 기금은 지금까지 얼마를 준비했습니까?" 물었다. 제직들의 대답은

"건평은 50평은 되어야겠고 예산은 아직 정확히 정하지 못했고 지금까지 힘들여 모은 기금은 200만 원이 모여 졌는데 교인들의 사정이 어려워서 많은 액수의 건축은 어렵겠으니 목사님이 이 돈으로 한번 시작해 보세요!"라고 한다.

나는 벌써 목회를 시작한 이 후에 세 번째 새 예배당을 건축했고 이번이 네 번째의 교회당 건축이니 대략 예산은 산정할 수 있는데 건축공정은 건설회사에 맡길 형편은 못되고 교회 직영으로 시작해야 하는데 아무리 싸게 시작해도 평당 10만 원으로 계산해서 도합 500만 원이 나오는데 예배당 건축에 경험이 없는 사람들이라 200만 원 가지고 예배당을 건축하려고 하는 사람들에게 500만 원이 넘는다고 하면 놀라 넘어질 것 같아서 "300만 원을 가져야 건축할 것 같다"고 수정하여서

은총의 여로(恩寵의 旅路)

제안했더니 한참 생각하고 토론을 거쳐서

"이왕 시작하는 것 그 까짓 100만 원을 힘써 모아서 새 예배당 건축을 시작하자"라고 합의하고 모든 과정은 당회장에게 위임하고 시작하자!라고 결정했다.

나는 그 자리에서 모자라는 건축비용을 충당하고 온 교인들의 동참을 위하여 건축 중에는 아시바(건축공정의 임시기둥)로 쓰고 나중에 마루바닥을 조성하기 위하여 울타리에 서있는 가죽나무(속명. 깨죽나무)를 있는 대로 베어오도록 하라고 말했더니 모든 제직이 즐거운 마음으로 허락하여 베어 오기로 하였다.

나는 또 힘들면서도 보람된 사역이며 목회자에게 막중한 희생과 짐이 되는 새 성전 공사를 위하여 하나님의 도우 심을 위하여 간절히 기도 하게 되었다.

성전건축 결의가 있은 주일이 지나서부터 교회의 남 집사들과 청년들이 동원되어 건축재로 쓸 가죽나무를 베어서 소구로마를 빌려서 실어오는데 건축공정과 외부공사를 마친 후에 바닥에 송판을 깔기 위하여 받침과 고임재로 쓰기에 충분하여 필요하면 후에 더 베어오기로 하고 가죽나무 베어오는일은 중단해야 할 만큼 새 성전 건축하는데 열성이 뜨거웠다.(몇 십 년 자란 나무들이었다)

새 성전이 세워질 위치는 현재 예배드리고 있는 목조건물을 빈터에 옮겨서 교육관으로 쓰기로 했다.

나는 서 있는 현재의 건물을 해체하여 다시 조립 하는 줄 알았는데 기와집인 건물을 있는 그대로 옮긴다고 하는 데에 놀랐다. 이전공사 전문 업자들이 4~5인이 와서 튼튼한 목재로 안전하게 묶기 위하여 벽을 쌓고 일부 창틀 아래까지 설치했던 벽을 헐고 단단히 묶고 튼튼한 쇠파이프를 넣기 위하여 하단 부까지 목재로 묶고 거멀못으로 튼튼히 박은 후 작기로 기둥 부분을 들고 쇠파이프를 여러 개를 넣어서 작기 몇 대를 이용하여 이동하고자 하는 위치에 정확히 옮겨서 주초위에 정확히 정착 시키는 데에 하루도 걸리지 않고 힘은 교인들과 함께 애를 써서 안전하게 잘 공사를 마치여 감사 드렸다.

나에게 모든 책임을 맡겼기 때문에 먼저 설계 문제는 지난 만석교회에서 비용을 아끼기 위하여 나의 처남에게 맡기어 아주 싸게 설계를 냈어도 사탄의 역사로 시련을 겪은 경험 때문에 교회 설계 전문설계사를 수소문하여 어느 교회 장로가 운영하는 설계사무소를 찾아가서 상의했더니 몇 평 규모의 성전이냐?고 묻기에 50평 규모이고 시골교회여서 조금 싸게 할 수 없느냐?고 물었더니 조금 생각하다가

"목사님 잘 되었습니다." 교회 재정사정도 어려운 것 같으니 여기 50평 규모의 옛 고딕 건물로 아주 아담하게 설계하여 새 성전을 아름답게 건축한 설계가 있으니 맘에 드시면 싸게 구어 드리겠다고 한다.

나는 설계도면을 살펴보았다.

내용면도 잘 되었고 일층 뒤편에 1/4정도의 이층이 설계되어 있어 유아실로 쓰기에 좋았고 외부의 설계는 내가 좋아하는 전형적인 한편에는 찬란하게 종탑(뾰족탑)이 세련되게 솟아있고 전체의 설계에 잘 짜여 져서 마음에 들었다.

그래서 이 설계로 짓겠다고 했다.

설계사 장로는 "이 설계도면이 싸게 받아도 5만 원은 받아야 하는데 교회가 농촌교회이고 재정상 어려움이 많은 것 같아서 그 반값으로 2만 5천 원에 드리겠습니다. 잘 구어 놓을 테니 내일 와서 가져가세요!"라고 말한다.

나는 고맙다고 인사하고 내일 오겠다고 약속하고 나왔다.

나는 붉은 벽돌 조 건물이 맘에 들었다.

목수는 내가 잘 아는 김 집사에게 맡기고 벽돌 조 쌓는 일과 벽 바르기는 지난번 만석교회에서 충성 다하는 진실한 최 집사에게 맡겼다. 그리고 붉은 벽돌은 질이 좋기로 소문난 정읍 벽돌공장에서 사 오기로 했다.

성전건축의 설계도면을 찾아오고 목수 김 집사와 그 아들이 와서 기초 팔 곳을 측정하여 교인들이 동원되어 작업을 시작하고 자갈을 넣고 다져놓고 철근 작업 준비를 하고 있는데 문제가 터졌다.

그것은 중인리 일대가 "그린벨트" 지역이어서 성전건축신청서류를 제출한 것이 반려된 것이다.

그리고 그린벨트 감시원이 와서 공사를 시작하면 고발하겠다고 지키고 있었다.

건축 허가 면적은 구 건물의 건축면적인 25.5평밖에 못한다는 것이다.

나는 너무 너무 낙심이 되었고 교인들도 실망하여 성전건축의 부푼 꿈이 무너지는 것 같았다.

나는 여러 방면으로 뛰어 다녀 보았으나 경찰서장이

"목사님! 시작하시오! 만일 문제가 터지면 우리 서로 넘어 올 것이니 내가 알아서 할 것이니 시작하라! 목사님과 내가 책임집시다."라고 위로의 말을 한다. 그러나 박정희 대통령의 "그린벨트"에 대한 유별난 애착심을 나는 알고 있기 때문에 교회 건축문제가 법을 어겨가며 시작했다가 나는 처벌 받아도 되지만 나를 극진히 아끼는 경찰서장에게까지 피해를 준다는 것은 있을 수 없는 일이다.

그래서 우리 부부는 이 위기는 나의 하나님만이 해결해 주실 것이니 우리 부부가 기도원에 가서 단식으로 물도 먹지 말고 3일간 기도하자.고 상의하고 그 이튿날 수양산 기도원에 가서 식음을 전폐한 기도를 사흘간 몸부림치며 기도했다.

물도 한 모금 먹지 않고 기도하기는 처음이었다.

정말 힘들었다.

목회문제와 성전건축문제로 심신이 지쳐있는 상황에서 단식기도는 정말 생명을 걸어놓은 기도였다.

예정된 사흘간의 기도를 힘겹게 마치고 기도원에서 집사가 타고 온 택시에 타고 집으로 돌아왔다.

그리고 정오 뉴스를 들으려고 라디오를 켰다.

그랬더니 우리의 기도를 들으시고 하나님께서 박정희 대통령이 특별 담화를 하는 것이다.

"그린벨트 지역이라도 이미 시작한 공사는 추인하여 공사를 재개하게 한다."는 것이다.

힘도 하나도 없는 처지에서 어디서 그런 힘이 났던지 뛰며 기뻐하며 감사를 드렸다.

그 이튿날부터 차질 없이 성전건축공사가 계속되었다.

"그린벨트 감시원이 건축공사 진행하는 것을 보고 있었다.

내가 보란 듯이 감시원 곁에 가서

"그것 보시요! 하나님의 거룩한 성전공사를 하는데 못하게 그냥 두실 것 같아요?"라고 말했더니 며칠 전에 떵떵거리고 위협하던 감시원이 술을 먹은 체 풀이 죽어 하는 말이

"추인이요! 추인"이라고 중얼거리며 간 후에 다시는 성전건축이 마쳐지기까지 현장에 나타나지 않았다.

순조롭게 진행되던 성전건축공사가 공사비가 다 되어서 중단하게 되는 위기를 맞았다. 사실 교인들이 성전공사를 위한 건축헌금은 한 번도 하지 않았던 것이다.

나는 긴급 제직회를 모이게 하여 건축 상황과 건축 자금문제를 말하고 교인들이 성전 건축헌금은 한 번도 안 했으니 성전 건축공사를 차질 없이 진행하기 위하여 교인들에게 건축헌금을 하기로 광고하고 내가 심방하면서 기도해 주고 헌금 작정하기로 결정하고 이를 실시하면서 내가 먼저 내 한 달 생활비에 5천 원을 보태어 2만 원을 헌금하기로 작정하고 명단 맨 위에 썼다.

이렇게 하여 성전건축헌금을 작정하였는데 빠듯이 건축자금의 모자라는 분량이 채워졌고 헌당식 때 장로 장립식을 하기로 했는데 교인들이 앉을 의자는 장로 피택자 한 사람이 담당하기로 하고 유리 창문은 다른 장로 피택자가 담당하기로 했고 높고 찬란한 종탑공사는 그 위험한 공사를 나의 작은형님이 공사비를 담당하여 시골 푸른 산 밑에 붉은 벽돌조의 예쁜 건물에 찬란한 뾰족탑인 종탑이 세워지고 옅은 하늘색 페인트로 칠하여 온 마을의 명품을 이루었다.

이는 지역과 함께 새롭게 출발하게 된 교회에 내리신 하나님의 크신

은혜였고 축복이었다.

하나님의 영광을 위한 기적의 역사였다.

성전건축헌금을 200만 원으로 짓겠다고 계획했던 시골교회의 그 순박한 신자들이 성전공사를 완공하고 공사비를 산정해 보니 550만 원이 넘게 들어갔음을 확인한 교인들은

"어떻게 우리교회같이 약한 교회에서 이처럼 많은 돈이 나왔는지 모르겠다고 말하며 우리 하나님은 부자시라 이 모든 것을 이 같이 이루셨다고 하나님께 영광을 돌렸다.

나는 중인교회에 부임하여 힘들고 어려운 농촌교회에 얽히고 설 킨 문제들을 해결해 가면서 농촌교회에서의 목회 성공비결을 제시하고 그 실천적인 사례를 이루겠다고 하는 의지를 가지고 모든 외적인 문제든 내적인 문제든 차분하게 펼쳐가려고 최선을 다 했고 이에 대한 방법을 강구하는데 마음을 쏟았다.

앞에서 쓴 내용에서 이 교회에서 우선적으로 해열해야할 급선무인 교회와 지역사회와의 70년 동안의 갈등과 비방과 갈등문제는 하나님의 특별한 도우 심으로 거의 완전하리만큼 완화의 경지에 이르게 되어 복음전도의 기반을 놓았으나 대외적 이면에서는 너무 무시당할 만큼 교회의 위상이 추락해 있었다.

이처럼 중요한 문제를 회복하기 위하여 지역 내의 기관과의 관계조성을 위한 문제에 대한 방법을 찾았다.

그 첫째가 경찰관서의 선교사역에 동참하여 이 지역 관활인 북 전주 경찰서에서 지역교회 목회자들과의 민관협의체인 북 전주 교경협의회에 가입하여 활동하게 되어 2년 만에 총무직을 맡았고 3년째 되던 해에 회장으로 추대되어 활발하게 활동하게 되었고 경찰서 서장 등 부서장을 교회로 초청하여 식사 관계로 대접하는 일까지 있게 되었다.

이 일로 인하여 관내 지서장은 이 지역에 출장하게 되면 내가 시무하는 교회를 찾았고 이런 일로 면내의 유지 아닌 유지가 되어 같이 모이다 보니 면사무소와도 연관을 갖게 되어 면내 행사 때는 같이 모여

회의도 하고 행사에 동참하여 면내의 유지 대우를 받게 되었고 향목으로 임명되어 지역사단의 신앙장병들을 교회로 초청하는 등 관내 기관과의 긴밀한 관계를 이룬 일로 인하여 누구도 감히 교회를 무시하지 못하도록 교회의 위상을 확립시킨 것이다.

이제는 농촌교회 교인들의 생활의 향상을 위한 연구를 하기 위한 방법을 찾았다. 내가 시무하는 교회에 마침 철쭉, 영산홍, 자산홍 등 이제 한창 붐을 이루고 있는 묘목사업을 크게 하는 교인이 있었다.

내가 꽃을 좋아하기 때문에 시간이 나는 대로 자주 그 묘목사업을 하는 교인 집에 가서 구경도 하고 이야기도 하였다.

그런데 수익성이 아주 좋은 사업이었다.

그래서 내가 시범적으로 재배하여 보기로 하고 교회 안에 빈터와 사택 앞 화단에다가 26종의 각종 철쭉 류 묘목을 심어 재배 하여 예쁜 꽃도 보고 기술도 시험하게 되었다.

그리고 농촌에서 할 수 있는 사업 모델로 먼저 야생 꿩의 알을 구할 수가 쉽기 때문에 초여름에 밀 보리밭에 꿩들이 많이 산란하고 있음을 알고 아이들에게 꿩알 1개에 닭의 계란 값 2개 값을 준다고 말했더니 꿩알을 주어 오는데 어떤 아이는 5개 어떤 아이는 3개, 7개, 9개, 어떤 아이는 13개까지 주어 왔다.

실험용 사육이기 때문에 이제 더 필요치 않아서 중단했는데 그 일을 모르고 주어 온 아이들의 것 만 사고 안 산다고 이야기를 했더니 그 후에는 중지 되었다.

꿩알 40~50여개를 부화장에 맡겼더니 야생이어서인지 40여 마리의 꿩 병아리가 나와서 기르는데 아주 잘 먹고 잘 컸다.

그런데 자라면서 죽어가서 살펴보니 닭이 같은 해충에 시달려서 죽어 갔다. 아직 전문 지식도 없고 자금도 없어서 시설을 설치하지 못하여 2~3마리가 끝까지 해충에 시달리면서도 살았었다.

여러 가지 문제 상 꿩 사육의 가능성만 확인하고 꿩 사육 문제는 접게 되었다.

은총의 여로(恩寵의 旅路)

농촌의 흔한 풀을 이용한 토끼 사육은 아내의 건강 문제로 아주 좋은 육류를 제공하기 때문에 조금 힘은 들어도 사육할 수 있고 예쁘고 강하고 증식이 잘 되고 육질이 맛있기 때문에 농촌에서는 권장할 만한 동물이었다.

그리고 칠면조 사육은 농촌에서는 정말 권장할 만한 동물이다.

건강하여 병이 없고 아무거나 잘 먹고 특히 음식물 쓰레기를 칼로 잘게 부셔서 사료에 버무려 먹이면 그렇게 잘 먹고 잘 크고 살이 쪄서 다 자란 수컷 한 마리를 잡으면 개 한 마리쯤은 될 만큼 살이 많고 연하고 맛있어서 한 가족이 실컷 먹고도 남을 만큼 많은 고기를 제공하여 주어 지금도 사육할 마음이 생긴다.

그리고 오골계, 호로조도 사육하고 싶을 만큼 강하고 잘 자라고 고기 맛이 아주 우수한 육종이다.

가장 아깝고 아쉬웠던 것은 공작의 습성을 몰라서 습한데 두면 병이 나서 죽는다는 것을 몰라서 다 자란 한 쌍의 공작을 죽게 한 것은 지금까지도 아깝고도 아쉬웠다.

메추리 사육은 아무나 할 수 있는 사육인데 엄청나게 먹고 알도 잘 낳고 고기 맛도 좋은데 우는 소리가 너무 시끄러워서 사육하다가 중단했다.

교회 위치가 산 밑이어서 야조를 구할 수가 있어서 사람들이 양조사육을 하다가 싫증이 나면 야조 사육에 눈을 돌릴 수 있을 것이라고 생각하고 그 당시에는 새 그물을 구할 수가 있어서 몇 장을 사서 야조 생포작전을 벌려서 18종까지 생포하여 사육해 보았다.

그러나 여기에는 새들의 식성에 따른 사료를 구하기도 힘들지만 값이 비싸서 사육하며 연구하다가 중단했다. 한 가지 솔새(솔 씨를 까먹고 주어먹는 새, 딱새)는 2년간 사육해 보았고 집에서 기를 수 있는 방울새 비슷하고 소리도 예쁘게 노래하며 정들었는데 3년째 될 때에 같은 산새들이 떼 지어 날아오면 그냥 따라가고 싶어서 애타는 것을 보고 새장 문을 열어주었더니 2년 동안 새장에 갇혀서 살았으므로 그냥 한없이 공중으로 나르더니 조금 있으니까 다시 새장으로 돌아와서 쫓았더니 저녁이 되니까 또 돌아와서 새장위에 앉았기에 날려 보냈더니 다시는 돌아오지 않았다. 지금도 다시 사육하고 싶은 새였다. 사료는 매조와 들깨면 된다.

야조 사육을 연구하면서 얻은 경험은 이른 아침부터 나무위에 수십 마리의 참새의 그 약은꾀의 근본적인 심리연구에 성공하여 한해 겨울이면 40여 마리의 참새를 잡아서 가끔 그 무엇에 비할 수 없는 참새만의 특별한 참새 탕을 먹은 것이다.

내 성격의 결점을 너무도 잘 아는 나는 지금껏 고치지 못한 부분이 너무나도 많다.

그것은 막내둥이여서 남에게 받는 것만 알뿐 남을 배려하지 못하고 살아온 것과 성격이 외골수여서 하나에 치우치면 둘은 잊고 사는 생활이어서 내 가족에게나 내 개인에게는 너무 무신경으로 살면서 잘 못 살아와서 특별히 나의 아내를 너무 살펴 주지 못해서 지금껏 고질적인 "산후병"에 시달리게 한 일에 돌이킬 수 없는 잘못을 나의 주님께 회개하면서 아내가 "산후병"에 고통당하는 것을 보면 한없는 죄책감에 시달리고 있는 것이다.

결혼 후 그냥 사는 것이 사는 것 인줄만 알고 한 번도 아내를 위하여 살펴준 일이 없는 것 같다.

그것은 중인교회에 부임하여 막내딸을 추운 겨울에 낳았었다.

교회사택을 블록조로 새로 짓고 벽에 단열재를 쓰지 않아서 아침에 일어나면 벽의 내면에 얼음이 두껍게 얼을 정도로 추운 방에 연탄난로라도 설치했으면 덜 추웠을 텐데 잔소리 많은 교인들의 눈치를 보느라고 설치해 달라고 말도 못했고 아내의 그 깔끔하고 부지런한 성격 때문에 막내를 낳고 일주일 겨우 넘기고 음력설을 맞게 되어 아이들 목욕시키고 그 많은 아이들의 옷을 펌프 샘물을 길어서 빨래를 하는데 멍청하고 인정머리 없는 남편인 나는 말리면서도 그렇게 하는 일인 줄 알고 도와주지 못한 잘못이 사랑하는 아내를 평생 고치지 못하는 "산후병"으로

162   은총의 여로(恩寵의 旅路)

시달리게 해서 죽을 고비를 몇 번이나 넘기는 위기를 겪게 한 것이다.

첨단 과학문명이 발달한 첨단 의학의 시대에도 양방에서나 한방에서도 정확한 병명을 찾지 못하여 양방에서는 영양결핍증, 각기병, 근육 이완 증이라는 말만하고 이러 저러한 치료법을 써서 치료해 주어도 별로 효과를 본 일이 없고 한방에서는 산후 혈풍 이라고 진단명을 내리고 한약을 한 제, 두 제를 지어주어서 먹어보면 약을 먹을 때는 증상이 조금 완화되는 것 같았다가 약을 먹지 않으면 또다시 그 증세로 고통을 받아 치료약이 없는 병인 것이다.

나는 지금도 아내의 고통스러운 모습을 보면 아내를 건강한 체질에 병들게 해놓고 곁에서 아무런 도울 수 있는 방법을 찾지 못하고 도울 힘도 도움도 되지 못하는 무익한 못난 남편을 만나서 저렇게 고생한다고 하는 죄책감에 괴로워 할뿐이다.

아내와 아이들이 자는 방에서 아들이 초등학교에 다닐 때 인데 아침에 일어나면 머리가 아프다고 울면 진통제나 감기약을 먹여 보내곤 했는데 1년이 다 가도록 증상이 같아서 아무래도 연탄가스 문제가 아닌가! 생각하고 연탄화로를 꺼내고 생솔가지를 불붙여서 아궁이에 넣고 방에 들어와 보니 연기가 방을 뺑 둘러 바닥에서 치솟고 있음을 보고 일찍이 그것을 발견하지 못하고 아들을 고생시키고 하마터면 하나뿐인 아들을 죽일 뻔했던 미련한 부모의 책임을 이제 회갑이 가까운 아들을 볼 때마다 연탄가스 중독으로 죽지 않도록 지켜주신 하나님의 그 크신 은혜를 감사 하면서도 아들을 제대로 돌보지 못한 부모의 미련과 불성실함에 한없이 미안할 뿐이다.

그 영향으로 60명 한 반에서 꼭 1~2등을 다투던 아들이 기억력이 떨어져서 깜박 깜박 건망증 증세를 가끔 보이곤 한다.

내가 생각해 보아도 나의 가족과 내게도 무심하면서도 목회도 남다르게 잘 하지도 못하면서 그렇게 살아 왔음을 되돌아보곤 한다.

성전 건축문제로 시달리고 이리 뛰고 저리 뛰면서 교회의 유익을 도모하다가 과로와 영양실조로 쓰러지게 되었다.

힘이 없어 종일 누워 있다가 일어나면 눈에서 번쩍 번쩍 불이 튀고 걸을 힘도 없게 되었다.

그러나 나의 아내나 나도 치료의 방법도 찾지 못하고 그냥 걱정만 할 뿐이었다. 약 사먹을 돈도 없고 어떻게 해야 좋을지 생각도 못했다. 활동을 거의 못하고 있었다. 그런데 이 미련한 인간을 아주 특별히 사랑하시고 관리하시는 하나님께서 그냥 두시지 않으셨다.

하루는 나의 아내가

"여보! 교육관 지붕위에 엄청나게 큰 뱀이 용마루에 걸쳐있어!"라고 하여도 일어날 힘이 없어 그런가 보다. 생각하고 있는데 아내가 밖에 나갔다가 오더니

"여보! 그 큰 뱀이 어디로 가고 없어! 안 보여!"라고 말해도 일어날 힘이 없어서 "그런가 보다"고 생각하고 누워 있었다.

그 후 며칠이 지나서 봄에 부화한 꿩이 네 마리가 자라고 있는데 사료에 개구리를 잡아다가 삶아서 삶은 물과 개구리를 사료에 버무려 주면 그렇게 맛있게 잘 먹기 때문에 할 수 없이 일어나서 해가 질 무렵이 되면 야행성 벌레를 잡아먹으려고 개구리들이 많이 나와서 힘 안 들이고도 20~30마리는 넉넉히 잡게 되어서 꿩들을 배불리 먹일 수가 있기 때문에 한 손에 잡은 개구리를 담을 깡통을 들고 한 손에는 개구리를 잡을 대나무 긴 토막을 들고 밖으로 나가서 작은 개울이 교회 앞에서 흘러서 개울을 따라서 내려가는데 기온이 떨어져서 좀 쌀쌀함을 느꼈다. 교회로 들어오는 길가에 자란 포풀라 잎이 철쭉 밭에 수북이 떨어져 있었다. 늦은 가을이었다. 그래서인지 개구리를 겨우 13마리 정도 잡고 교회 앞에 흐르는 개울 위의 다리를 건너서 양편에는 화단과 철쭉 꽃밭 위로 난 길을 걷고 있는데 해가 지고 있어서 조금 어두운 가운데 철쭉 밭에서 무슨 움직임을 느끼고 자세히 보니 큰 구렁이가 천천히 사택 쪽으로 기어 가는 것이다.

나는 뱀을 보면 그냥 가지 않고 죽여야 시원하기 때문에 가까이 보았다. 아마 저녁이 되니까 구 예배당의 지붕이 기와여서 그 많은 참새

은총의 여로(恩寵의 旅路)

들의 보금자리를 이루고 살기 때문에 그 참새를 잡아먹고 살았던 것 같다. 그래서 며칠 전 내 아내가 기와지붕의 용마루에 걸치고 선보였던 그 구렁이였다.

나는 깜짝 놀랐다.

지금껏 이처럼 큰 구렁이는 처음 보았기 때문이다.

구렁이는 동작이 독사나 화사와 같이 빠르지 않고 느려서 "능구렁이"라고 했나 보다.

나는 겁이 나면서도 내가 목회하는 교회의 나이 많으신 선비 같은 정말 존경스러운 권 장로님의 막둥이가 결핵을 앓아서 건강회복을 위하여 뱀이라면 종류를 가리지 않고 다려서 먹이는 줄을 알기 때문에 권 장로님 댁에 주려고 잡으려고 했다.

약에 쓰는 뱀은 죽으면 약효가 떨어진다는 말을 들었으므로 산채로 잡으려고 애를 써서 철쭉 밭에서 길 위로 힘겹게 들어 올렸다. 그리고 달아나려고 그 큰 구렁이가 도망가려고 꿈틀거리는 것을 들고 있는 대나무 토막에 겨우 걸어서 교회 마당까지 가지고 왔다.

이때 부엌에서 저녁을 준비하던 아내가 장독에 가서 옹기단지를 들고 와서

"여기에 담아라!"고 말하며 하는 말이

"뱀을 보는 순간 무섭다는 생각은 없고 내 귀에 큰 음성으로

"하나님이 주신 약이다. 하나님이 주신 약이다."라고 말씀하시더니 무서운 마음 대신 장독에 가서 단지를 들고 오게 하시어 담게까지 하신 것이다.

나와 아내는 그 큰 구렁이를 달여서 보약으로 먹으리라고는 전혀 상상도 못했고 생각해 본 일도 없었다.

하나님의 인도가 아니었으면 그 큰 뱀을 보는 순간 기겁을 하면서

"그런 큰 뱀을 무엇 하려고 가지고 오는 거야? 빨리 내버려!"라고 달아났을 일인데 하나님께서 나 같은 것을 너무 사랑하셔서 죽음의 위기에서 살리시려고 역사하신 어디서도 듣지 못한 크신 사랑과 은혜를 베

우리 주님의 생명싸개 속의 은총

풀어 주신 것이다.

첫째는 나 같은 죄인을 향하신 하나님의 사랑이다. 꼼짝없이 그냥 대책도 없이 과로와 영양실조로 죽게 된 몸을 위하여 몇 십년 동안 나를 위하여 기르신 엄청난 값을 받을 수 있는 영양덩어리 치료약을 주신 것이다.

둘째는 다른 여인이라면 내가 구렁이를 잡아 가지고 오는 것을 보면 질겁을 해서 갖다 내버리라고 할 것인데 어떻게 하나님께서 아내의 눈을 열고 귀를 여시어 "하나님이 당신을 위하여 주신 약이라고 들려주셨고 겁도 없이 빈 항아리를 들고 와서 깨끗이 씻었으니 여기에 담아라고 했을까 하는 것이고

셋째는 나는 그때까지 뱀을 먹을 것이라고는 생각지도 못한 사람이다. 우선 항아리에 구렁이를 담고 뚜껑을 덮고는 뚫고 나와서 해칠까 봐서 단지 위에 블록 두 장을 올려놓고 아내는 건너 마을의 교인 집에 가서 이 사실을 말하고 어떻게 먹는 것이냐?고 물었더니 그냥 단지에 물을 붓고 푹 다려서 그 끓인 물을 마시라고 말하고 한 번에 많이 먹으면 설사를 하게 되면 소용없으니 조금씩 여러 번 마시라고 일러주어서 돌아와서 블록을 내려놓고 나는 뚜껑을 조심스럽게 뱀이 나오지 못할 정도 열어서 누르고 내 아내는 그 틈으로 조심스럽게 물을 부어서 뚜껑을 덮고 아궁이에서 빼내온 연탄화로 위에 올려놓고 내려놓았던 블록 두 장을 뚜껑위에 올려놓고도 힘센 구렁이가 밀고 뛰쳐나올 것만 같아서 그 위를 누르고 있었다.

옹기 단지가 뜨거워지고 물이 더워지기 시작하니 뱀이 옹기단지 안에서 펄펄뛰어 더 힘주어 누르고 있으니 뱀은 찬피 동물이어서 60~70도 되면 죽는 것이다. 조용해져서 그냥 놓아두었다가 다 다려진 것 같아서 옹기 단지를 내려놓고 뚜껑을 열었더니 아주 잘 다려져 있었다. 아내가 겁도 없이 소쿠리를 놓고 국물만 따라내고 끓여진 삶은 뱀은 버리려다가 아까워서 병이 나서 밥도 먹지 않고 죽어가는 개에게 주었더니 어떻게나 맛있게 잘 먹는지 다 먹어 치우고는 그 이후에 병도 나았고 살찌

은총의 여로(恩寵의 旅路)

게 회복된 것을 그해 겨울에 잡아서 아내가 나에게 약으로 먹였다.

이 말을 들은 사람들이 말하기를

"약 개까지 잡수셨으니 오래 사시겠네요!"라고 부러워했다.

내 생전 처음으로 구렁이 달인 물을 종발에 반쯤 따라서 마시고 잠 잤다. 그 이튿날 약효를 시험하려고 높지 않은 뒷산을 올라갔다. 전에 는 숨이 차고 기운이 빠져서 작은 언덕도 오르지 못했는데 어제 저녁과 다음날 아침 식사 전에 또 한 번 먹은 것뿐인데 그냥 거뜬히 뒷산을 올 라갔다가 내려오면서 하나님께 감사 찬송을 부르면서 왔다.

그런데 어릴 때 어른들에게 들은 말은 뱀은 한 쌍이 살다가 그 중 한 마리가 사람에게 잡혀 죽게 되면 살아남은 한 마리가 그 집에 가서 원수 를 갚으려고 장독대에도 걸쳐있고 그 집 마루에 올라가기도 하고 방으 로도 들어오고 방 안의 들보에 걸쳐 있기도 한다고 이야기 하던 일을 들었기 때문에 조금은 불안한 마음이 들어서 목요일에 그 큰 구렁이를 잡았으니 금요일 하루 동안 조심스럽게 살아남아있는 구렁이의 모습 을 찾았으나 찾지 못했다.

그리고 토요일 아침을 맞았는데 아침식사를 마치고 나니 아내가 나 에게 교회로 들어오는 작은 냇가를 건너는 작은 다리 밑에 내가 만든 시멘트 빨래터에 풀이 많이 나서 풀을 쳐 주어야 빨래를 할 수 있겠다 고 하여 점심때쯤 되어서 뱀 달인 즙을 마시고 힘이 나서 삽과 낫을 들 고 교회 문 앞의 냇가 다리 위를 건너려고 하는데 동네 마을 쪽 길에서 목요일에 잡은 구렁이 보다 작은(약 1.8m) 구렁이가 구렁이답지 않게 내가 서 있는 다리를 향하여 눈에 불을 쓰고 달려오고 있는 것을 보고 놀랍기도 하고 욕심도 났다.

뱀은 암컷이 크고 수컷은 조금 작은 편이어서 목요일에 잡은 큰 구렁 이가 암컷이고 지금 달려오고 있는 것이 수컷임을 알 수 있었다. 수컷 구렁이가 쏜살같이 다리를 건너려고 돌아서더니 내가 서있는 발 곁으 로 빠르게 지나가는 것이다.

나는 수컷까지 잡아서 약을 해먹고 싶은 욕심에 잡긴 잡아야 하겠는데 잡을 만한 도구가 없어서 엉겁결에 삽날 끝으로 수컷구렁이의 꼬리 부분을 눌렀는데 어떻게 빠져 나와서 바로 다리 밑으로 기어가는 것이다.

나는 아까운 마음과 아쉬운 마음에 다리 밑으로 내려가 보니 이럴 수가 있을까?

바로 다리 아래의 교회 쪽으로 들어가는 벽에 구렁이의 집이 있었다. 수컷 구렁이가 그 뱀 구멍 속으로 들어가더니 꼬리 부분의 한 뼘 정도를 남겨놓고 머물러 있는 것이다.

그래서 나는 얼른 뱀 구멍 밖의 한 뼘 정도의 꼬리 부분을 손으로 꼭 잡아서 빼내려고 당겼는데 삽으로 눌렀던 부분의 뼈가 부서져서 아파서 다 들어가지 못하고 한 뼘 정도가 뱀 구멍 밖에 남아서 까딱 까딱 하고 있었던 것이다.

"하나님께서는 나 같은 것을 얼마나 사랑하셨는가?"를 구구절절히 느낄 수 있었다.

뱀 구멍에 들어간 뱀은 뱀 구멍 안에서는 비늘을 세우기 때문에 몸뚱이가 끊어져도 나오지 않는다는 말을 들은 일이 생각이 났다. 이럴 때는 뱀 구멍에 입을 대고 사람의 입김을 불어넣으면 빠져 나올 수가 있다고 하는 말이 생각이 나서 수컷마저 하나님이 예비하신 나를 위한 약이니 어떠하던지 잡겠다고 하는 마음뿐이어서 한 손으로는 뱀의 꼬리를 잡고 한 손으로는 뱀 구멍이 있는 교회 쪽 언덕을 밀고서 뱀 구멍에 입을 대고서 있는 힘을 다 해서 입김을 불어 넣었다. 그랬더니 수뱀의 몸이 절반쯤 쑥 빠져 나오고는 또 버티고 있는 것이다.

나는 이제 자신감을 가지고 뱀의 몸을 두 손으로 잡고 잡아 당겼으나 요지부동이었다. 그래서 뱀 구멍에 입을 대고 계속 입김을 불어 넣었더니 쑥~ 전체의 수뱀의 몸이 빠져 나왔다.

그리고는 눈에 불을 쓰고 입을 벌리고 물려고 몸을 들어 공격하는 것이다. 나는 꼬리 부분을 꼭 잡고 아내에게

"뱀을 또 잡았으니 빨리 막대기 하나 가지고 오라!"

고 소리쳤다. 이 소리를 들은 아내도 기쁜 마음에 흥분이 되어 너무 급

은총의 여로(恩寵의 旅路)

하니까 프라타나스를 베어서 윗부분의 여러 가지를 끊고 버린 쓸모없는 것을 들고 왔다.

나는 뱀을 놓치지 않고 물리지 않으려고 한 손으로는 뱀의 꼬리 부분을 꼭 잡고 한 손으로는 쓸모없는 프라타나스 둥지를 이용하여 겨우 뱀의 머리 부분을 누르고서 얼른 뱀의 목 부분을 꼭 잡고 집으로 왔다.

아내는 너무 기쁘고 좋아서 목요일에 암컷 구렁이를 달인 단지를 아직 씻지도 않은 채 가지고 와서 물을 적당히 붓고 뱀을 넣고 뚜껑을 덮고 연탄화로를 꺼내다가 올려놓고 이번에는 블록 한 장만을 올려놓고 달였다. 물이 뜨거워지니까 뛰쳐나오려고 격하게 발광을 하더니 조용해지고 잘 달여서 이번에는 수뱀을 달인 국물이 거의 두 대접 정도가 되었고 삶아진 뱀을 막대기로 휘 저어서 더 진하고 뿌연 국물을 먼저 달인 암컷 구렁이의 남은 국물과 섞어서 아주 귀한 구하기 힘든 특제 영양보양식 치료약을 잘 마셨다. 그리고 그 찌꺼기는 병들었던 개에게 먹이니 어찌나 잘 먹는지 나도 죽음의 위기에서 살려 주셨고 개도 병들어 죽게 된데서 살려 주셨다.

구렁이의 달인 국물의 맛은 꼭 닭 삶은 국물처럼 구수하고 뱀 중에 가장 맛이 좋은 맛을 내는 것이다.

이런 이야기를 전해들은 뱀에 대하여 전문지식이 있는 사람이 하는 말을 들으니 "등은 검고 배 쪽이 하얀 뱀을 흑질 백질이라고 하고 2m가 넘는 뱀은 20~30년간을 자란 것이어서 그런 명품을 구하기란 쉽지 않고 부르는 게 값인데 통상적인 가격을 치자면 1970년대 값으로 한 마리에 30만 원을 주어도 구할 수 없는 진품"이라고 감격하는 모습을 보았다.

나 같은 부족한 죄인을 향하여 그 영양실조와 교회를 위한 고뇌와 활동으로 지쳐서 죽어갈 때 쓰려고 나의 하나님께서 바로 길가 교회로 들어오는 다리 밑에 집을 짓게 하여(사실 뱀은 뱀 구멍을 파는 데는 무리다 거의 쥐구멍을 이용하여 집을 이루고 사는 것이다) 살게 기르셨고 그것도 큰 암컷 구렁이를 주시고 이어서 암컷을 찾아 헤매던 수컷 구렁이까지 한꺼번에 다 주신 것이다.

더욱 감사한 것은 30여 년 동안 그 뱀 집이 있는 앞에 길이 있어서 수많은 사람들이 다녔어도 어느 누구의 눈에도 뜨이지 않게 감추어두신 것이다. 하나님께서 주신 명품 보약을 먹고 아스피린 한 개도 안 먹었는데 건강이 완전히 회복되어서 강단에서 설교하는 내 얼굴에서 광채가 난다고 하는 말을 여러 교인들에게서 들었다.

이 후로 어떠한 건강의 이상 증상 없이 목회를 수행할 수 있도록 최상의 보약으로 관리하여 주신 나의 사랑의 하나님의 크신 은혜를 어찌 잊을 수 있었겠는가?

그래서 주께서 내게 맡기신 목회와 선교 사역에 최선을 다 하고 사는 것이다.

목회가 힘들고 어려울 때보다 승승장구 잘 되고 있을 때가 가장 조심할 때임을 많은 사람들은 잊고 살기 때문에 잘 이루어 나가다가 실패하고 시련에 빠지게 되는 일이 많다. 이것이 영적인 사역 장에서의 사탄에게 침투할 기회를 주는 일이 안일한 중에 일어나는 것이다.

나는 40일 장기 금식기도는 해 본 일이 없다.

가장 많은 장기 금식 기도는 20일 금식 기도를 두 번 하였고 1주일 금식 기도는 여러 번 하였다. 그래서 대 선배 목사가 나에게 하는 말이

"김 목사님은 금식기도의 은사를 받은 목사님입니다. 나는 지금껏 한 번도 금식기도를 못 해 봤습니다."라고 말하는 것을 듣고 하도 기가 막혀서

"은사 중에 금식기도 은사란 말이 성경에 어디 있는지 알려 주세요! 사람이 얼마나 못 났으면 남들은 한 번도 안 하고도 목회만 잘 하는데 금식 기도할 만큼 어려운 일이 얼마나 많이 있어서 그 고생을 하는 것 아닙니까?"라고 대답했더니

"나는 금식 체질이 못돼서 금식하면 못 견디고 죽을 것입니다"라고 말하여 내가 다시

"아직 숨을 쉴 만큼 여유가 있으니까 그런 말씀을 하는데 살다가 숨을 쉴 수 없을 만큼 힘든 어려운 일을 만나게 되면 금식하며 엎드릴 수

밖에 없기 때문에 금식을 하는 것입니다."라고 말을 마쳤다.

그런데 어려움을 당하게 되면 급하게 해결 방법을 인간을 찾아가서 도움을 구하고 해결 하려고 하는 데 영적인 문제인 목회에 관한 문제는 시간 낭비의 헛된 일일뿐 아무런 도움을 받아 본 일이 없다.

그러나 목회자는 어려운 문제 앞에 언제나 해결의 열쇠가 준비되어 있는데 그것은 하나님을 붙잡고 매달리는 기도의 길 뿐이고 문제가 심각하면 금식 기도를 하게 되는데 정말 힘들고 어려운 일이지만 생명을 내 걸고 금식 기도한 후에는 언제나 하나님께서 문제 해결의 열쇠를 주시고 그 열쇠만 받으면 절망의 문에 채워진 견고한 열쇠 통은 너무나도 쉽게 열리는 기쁨을 맛 볼 수 있기 때문에 그처럼 힘들고 고통스러운 금식기도를 하게 되는 것이다.

그런데 마귀는 그처럼 중요한 금식기도를 못하게 하여 실패와 고통을 안겨 주는데 거기에는 합리적인 이치로 유혹하고 방해하는 것이다.

그것은 사탄의 속삭임은

(1) 금식한다고 해결될 일이 아니다.

(2) 이처럼 중요한 시간에 금식할 여유가 없다.

(3) 건강 문제를 생각하라! 네가 금식 하다가 쓰러지면 해결될 일이 무엇이 있겠느냐?

(4) 차라리 전문가나 경험 있는 사람을 찾아가서 해결책을 찾아라!.

(5) 시간이 지나면 해결 된다.

(6) 교인들과 가족들은 금식기도 기간에 누가 돌 볼 수 있겠느냐?

(7) 중대한 문제 앞에 정신을 못 차리도록 혼미하게 만들어서 금식기도를 못하게 하고 시험에 빠지게 만드는 것이 사탄의 수법이다.

내가 시무하는 교회에서 이런 변화와 부흥이 일어나리라고는 그 누구도 예측하지 못했고 교인들 자신들도

"이 지역 주민들은 무지하고 완악한 사람들만 살기 때문에 교회가 부흥되고 발전하는 일은 다른 교회의 일일뿐 우리교회는 교인들이 떨어지지 않도록 관리하다가 예수님 재림하면 우리만 천국가면 되는 것

이지 더 애쓸 것이 없다."고 하는 아주 잘못된 비 신앙적인 생각뿐이었
고 그렇게 살아온 것이다.

그런데 내가 부임하고 9년 동안 하나님께서 내게 주신 지혜와 재능
을 총동원 하셔서 교인들과 중인교회와 관련된 모든 사람들의 그런 잘
못된 비 신앙적이고도 비 성경적인 사고방식이 얼마나 잘못되었고 죄
된 것이었던가? 를 확실히 보여 주셨다.

교회의 주동적 인물인 두 목사의 어머니 되는 권사가 선언한

"우리 마을은 다 마귀들만 살고 지옥 갈 사람들만 사는 동네여서 교회
에 나올 사람은 한 사람도 없소!" 하는 말 속에서 그런 사상이 바로 그렇
게 만든 잘 못되게 빛이 되게 살아온 죄된 고백임이 드러나게 된 것이다.

중인지역에 그처럼 찬란한 예배당이 새로 세워지리라고는 그 누구
도 상상도 못했던 붉은 벽돌 조 홍예문으로 이루어진 고딕 건물에 드높
이 솟은 찬란한 연한 하늘색으로 아름답게 솟아서 중인리 일대의 명품
건물로 불신자들도 칭찬하고 부러워했다.

9년 이전까지 주일예배 출석교인이 70명에서 100여 명으로 불어
나더니 9년째 되면서 전도 부흥회도 하지 않았는데 매 주일에 2명
~5명씩 예배 출석 인원이 불어나더니 9년째 말(1982년)에는 부임할 때
60여 명이었던 주일 낮 예배 출석률이 176명까지 3배가의 결실을 이
루어 성전 새 의자에 가득히 앉게 하신 것이다.

이런 하나님께서 이루어진 사실을 보고 불가능을 가능케 하시는 하
나님의 크신 능력을 보고 이 지역에 사는 신 불신을 막론하고 이 경이
로운 역사를 이루신 하나님께 영광을 돌리고 감사하고 기뻐하는데 반
대로 이 놀라운 현실 앞에서 불안해하고 분개하는 있을 수 없는 무리가
있었다.

그것은 두 목사의 어머니 권사를 중심으로 교회의 주도권을 쥐고 좌
지우지 하던 비 신앙적인 행사를 일삼는 무리들이었다.

이들이 울분하는 이유는 교회가 잘못되어야 그 책임을 지고 나를 쫓
아낼 수 있겠는데 교회의 부흥 발전을 바라기 보다는 목사를 손아귀에

쥐고 맘대로 할 수 있는 분위기를 바라는 무리이고 이들의 하나님을 노엽게 한 행위는 목사나 전도사가 와서 교회를 부흥 발전시키는 것은 안중에 없는 사람들이어서 목회자는 한 교회에서 3년을 넘겨서는 안 된다고 노골적으로 내 앞에서 선언한 사람들이다.

그 이유는 목사나 전도사는 3년이 지나면 쓴 설교 또 하고 한 말 또 하여 들어야할 말이 없다는 것이다.

무식한 소리로 3년이면 목사나 전도사의 단맛을 다 빼먹어서 그 후에는 설교가 재미가 없다고 하여 아예 한 교회에서 3년을 채우면 떠나야 한다는 것이 저들의 정론이다.

두 목사의 어머니라는 권사가 내가 이 교회에 부임한지 3년이 되는 해의 아침에 손자를 엎고 사택에 와서 하는 말이

"목사들은 한 교회에서 3년만 있었으면 좋겠다. 나도 아들들이 목사지만 한 교회에 가면 3년씩만 있다가 나오라고 한다"고 노골적으로 3년째 되었으니 슬슬 떠날 준비하고 살아가라고 선언하러 온 것이다. 그런데 그 아들 목사들이 3년씩만 시무하지는 않았다. 큰아들은 외모도 훌륭하고 말도 잘 하는데 정치와 이권을 너무 좋아하는 사람이고 인간적으로 너무나 잘못된 사람들이어서 시골 교회에서 십수 년을 시무하고 전남의 어느 중소도시의 큰 교회에 청빙을 받고 대 성공했다고 으스대고 잘 난체 하더니 3년도 시무하지 못하고 갈 곳도 없이 나가게 되어 생활대책도 없이 지긋 지긋하게 고생하다가 60대에 질병으로 세상을 떠났다.

그러나 한 배 속에서 나왔으나 작은 아들 목사는 내가 만난 목사 가운데 정말 존경할 수 있는 신앙인격과 품위가 비교할 사람이 없을 정도로 올바른 신앙과 생활이 직결된 아주 훌륭한 목사로서 서울에 가서 성실하게 목회를 잘 한 목사인데 너무 힘든 교인 몇 때문에 병을 얻어서 고생했고 크게 성공을 이루어서 쓰실 일꾼인데 그 어머니가 복 받을 신앙의 생활을 하지 못해서 힘들게 목회를 은퇴한 것이다.

제19화

개야도 바다 가운데서 겪은 위기

하나님께서 나 같은 부족한 사람을 주님의 종으로 부르시고 쓰신 곳이 농촌교회에서 첫 목회를 하게 하시어 24년 동안 4교회를 시무하게 하셨다. 어쩌면 내가 농촌에서 자라서 그런지 농촌이 좋았고 청년시절의 꿈은 농촌의 상록수로서 농촌 계몽 운동가로서 일하고 싶었고 대전에서 군복무를 하면서 그 당시 오정리에서 "농촌이 살아야 나라가 산다"고 외치고 부부가 함께 농촌 계몽의 상록수를 훈련하여 양성에 총력을 기울였던 "대전 기독교" 농민학원을 이끌어 가셨던 지금은 하늘나라에 계신 배민수 박사님을 만나서 내가 나의 꿈을 이야기했더니 그렇게 반가워하고 기뻐하시면서 두 손을 꼭 잡고 하시는 말씀이 "김 선생! 미루지 말고 군 제대 후에 곧바로 와서 훈련을 받고 우리나라를 살리는 훌륭한 일꾼이 되어야해! 알았지?"라고 격려 하시며 보내 주셨는데 나에게는 한갓 꿈이었다고 이런 아름다운 꿈을 이룰 수 있도록 뒤에서 지원할 능력이 없어서

"빨리 올라와서 훈련에 참가하라!"는 배 박사님의 서신을 두 번이나 받았으면서도 그 사랑의 부름에 응하지 못하고 말았다.

그리고 나의 생애에 전혀 예측치 못했던 하나님의 종으로 부름 받아서 농촌 상록수 대신 농촌 목회자로 부르시어 쓰시는 중에 내가 농촌 목회자가 되어서 생활해 보니 목회자에게 꼭 필요한 설교 준비에 있어야 할 성경 주석과 설교에 필요한 참고서적 한 권을 사 볼 경제적인 여

유가 없어서 할 수 없이 월간지나 신앙 참고 홍보지에 게재된 설교를 베끼거나 자기 것으로 가필하여 설교를 할 수밖에 없는 딱한 사정을 알고서는 어떻게 하면 농어촌 교회를 시무하는 농촌교회 목회자를 도울 수 있을까? 고민하며 기도하다가 생각한 것이

"농어촌교회 목회자도서 성경주석 후원선교회"를 만들어서 후원회원을 모집하여 회비를 수납하여 좋은 성경주석을 공급하기로 하고 회원 모집을 위한 협조 공문 엽서를 100장을 인쇄하고 농어촌교회 목회자에게 보낼 신청서 (주석 공급 수급)를 인쇄하고 먼저 친분 있는 후원 가능한 교회 목회자를 만나서 협조를 요청해 보니 그 반응은 예상대로 신통치 않았다.

기쁨으로 동참하겠다고 하는 사람은 없고

(1) 뜻은 좋으나 어려운 일이다.

(2) 내 사정이 어려워서 책을 한 권도 못 사보니까 나 좀 지원 해 달라.

(3) 우리 교회 부 교역자 좀 지원해 달라. 는 엉뚱한 소리들 만 나왔다. 나는 회원 모집 계획을 포기했다.

남에게 주는 일은 쉽고 잘하는 사람이 남을 돕기 위하여 도와 달라는 말은 힘들어 할 수 없는 무능한 사람이어서 꼭 하여야 할 사역인데 할 수 있는 방법이 없어서 낙망이 되어 고심하다가 나의 하나밖에 없는 친구인 김여선 장로의 약방에 가서 이야기 하다가 농촌교회 목회자 도서 지원 선교의 이야기를 하고 지원 방법 때문에 고심하고 있다는 이야기를 했다.

이야기를 듣던 김 장로는 대뜸 하는 말이

"그런 좋은 일은 꼭 해야지! 걱정 하지 마! 내가 도울 게!"

이 한 마디에 눈물이 나올 뻔하였다.

"너무 걱정 하지 마! 내가 만들어 볼 게!"

이 견고한 기쁜 약속을 받고 하나님께 감사하며 돌아왔다. 그 후에 몇 날이 지났는데 언제 저녁 시간에 약방에 나오라고 전화가 왔다.

기쁜 마음으로 약속된 시간에 나 갔더니 같은 교회의 장로 한 사람

과 여 집사 3인이 기다리고 있었다. 하나님께서 선한 사업을 이루시려고 나 혼자서는 그토록 힘들어서 포기하려고 했던 소중한 사역을 사랑하는 친구인 김 장로를 통하여 생각지 못한 귀한 결실을 맺어서 오늘 그 첫 아름다운 하나님께서 기뻐하시는 복된 열매를 맺게 된 것이다.

농어촌 교회 목회자 주석 지원 선교회의 명칭은 시23:의 말씀을 중심으로 농어촌교회를 하나님의 푸른 복장으로 이룬다는 뜻으로 "靑牧園 宣敎會"라고 이름 했고 한 달에 한 번씩 모이고 회비는 1인당 월 5만 원으로 지원대상은 10명으로 시작하여 확장해 가기로 했다. 그리고 지원 대상자들에게 신청서류를 제출하게 하여 심사하여 10명에게 매월 성경주석 1권씩을 사서 발송하게 되었다.

그 중에 한 사람이 옥구군 옥구면 개야 도리에 있는 개야도교회에서 성실하게 목회를 잘 하는 고병윤 전도사를 특별히 관심 있게 지원했다. 그리고 1년에 한 번 정도는 방문하여 살피고 모처럼 아름다운 섬에서 며칠간 쉬면서 썰물의 시간에 맞춰서 찜통을 메고 랜턴을 들고 가서 바닷물이 빠지는 뒤를 따라 가노라면 물 따라 내려가는 돌 개가 많아서 재미있게 잡아서 찜통에 담다보면 바다 깊은 곳으로 내려가는데 거기에는 뻘이 조성되어서 소라, 해삼, 낙지 등 생각지 못한 것들을 잡는 재미가 쏠쏠했다.

다른 때는 고 전도사와 같이 가서 안심하고 잡아 오는데 그날은 고 전도사가 볼 일이 있어서 군산에 나가고 나 혼자서 찜통과 랜턴을 들고 바다로 갔다.

그날은 다른 날 보다도 더 재미있게 돌게와 소라와 낙지 등을 많이 잡고 가는 데 바다 속으로 깊이 들어 온 것을 미처 생각지 못했다. 한참 재미있게 잡고 있는데 내려가던 바닷물이 멈추더니 잔잔하게 잠시 머물고 있는 것이다.

나는 재미있게 잡느라고 정신이 없는데 잔잔히 머물러 있던 바닷물이 올라가기를 시작하는 것을 발견하고 깜짝 놀랐다.

내려 갈 때 보다고 조금 빠르게 올라가고 있는 것이다.

나는 육지 쪽을 향하여 찜통을 어깨에 메고 랜턴으로 밝히면서 힘을 다하여 바닷물보다 앞서서 달렸다. 얼마나 달렸는지 뒤돌아보니 바닷물이 바로 내 발밑에 따라 오고 있었다. 숨이 찾지만 잘 못하면 죽을 지도 모른다고 하는 위기감을 느끼며 달렸는데 드디어 처음 들어간 언덕 밑에까지 달려왔다.

나는 어깨에서 찜통을 내려서 언덕위에 올려놓고 바다를 바라보니 내가 깊이 들어갔을 때에 소라를 줍던 제법 높은 바위 밑에서 달려 나왔는데 그 높이가 2m 가 넘었을 바위가 끝이 보일 듯 말 듯 물에 잠기고 있음을 보았다.

바다에서 조개를 줍던 여인들이 바닷물에 잠겨 죽는 사고의 소식을 들었는데 그렇게 되어서 사고가 나는 것을 바로 알았다.

줍는 재미에 조금만 더 잡으려는 욕심이 올라오는 밀물에 갇혀서 죽는 것이다. 나는 쉬었다가 숨을 고르고 그처럼 바다 속 깊이 들어가서 죽음의 위기에 처했는데 하나님께서 밀물을 빨리 발견케 하시고 그 많은 주울 것에서 눈을 돌려 육지를 보게 하시고 뛰어 나오게 하시어 내 생명을 또 살려주신 크신 은혜를 감사 드렸다.

개화도(부안) 물문 위에서의 위기에서 구해주신 하나님

나의 성품은 도시보다 하나님이 지으신 자연 속에서의 생활을 즐겨 한다. 그래서 봄에는 산에 올라가 산나물을 채취하여 신선한 봄의 하나님의 선물을 즐겨 먹고 여름에는 물가에 가서 낚시하여 맛있는 요리를 해서 먹고 가을에는 산에 가서 상수리와 밤을 주어다가 즐겁고 맛있게 상수리 묵을 쑤어서 먹고 알밤을 찌든지 구어서 하나님께서 우리를 위하여 마련해 주신 사랑의 선물을 즐겨 먹고 바다에 가서 돌게, 해삼, 낙지, 소라, 깔따구(우조기), 망둥이, 바지락, 쌀조개 등 하나님께서 우리를 위하여 준비하신 풍성한 먹을거리를 먹으며 감사 하며 살아 왔다.

나는 하나님께서 주의 종으로 불러 쓰신 40년 4개월의 목회를 마치고 총회에서 정한 만 70세 정년을 5년 9개월을 단축하여 조기 자원 은퇴하기까지 한 번도 안식년이나 안식 월을 가져 본 일은 없다. 다만 몇 번인가 1주일간 여름휴가를 다녀왔다.

그 중에 부안군 보안면 개화도에 몇 번 다녀 온 일이 추억에 남으면서 하마터면 생명을 잃을 번했던 위기에서 하나님께서 건져주신 은총을 늘 잊지 못하고 살아가고 있다.

내 아들이 초등학교 4학년 때의 일이다.

그 해의 8월의 어느 주간에 아들과 함께 개화도에 가서 내수면 물가에 가지고 간 2인용 군인 텐트를 염색하고 한편에는 "산으로" 한편에

은총의 여로(恩寵의 旅路)

는 "바다로"라고 내가 페인트로 쓴 텐트를 치고 한주간의 여름휴가에 들어갔다.

내수면의 물(지금은 완전히 바다물의 유입을 차단하여 완전한 담수호로서 농사용으로만 쓰고 있음)이지만 바닷물이 밀물 때 물 문을 통하여 들어오기 때문에 짠 물이어서 망둥이가 아주 재미있게 잡혔다. 미끼는 아무거나 바다에서 사는 생물을 잘라서 끼면 잘 물고 잘 잡혔다. 원래는 바다 지렁이를 사서 끼지만 값이 비싸서 나는 물 밑에 흔한 바지락을 처음에는 사서 끼었으나 나중에는 물밑의 뻘 흙에 많은 양의 바지락과 쌀 조개가 살고 있음을 알고 직접 잡아서 깨면 속살이 탐진데 그것을 낚시에 꿰어서 던지면 아주 잘 물었다.

아침식사하고 나와 아들이 잡은 망둥이가 20cm 되는 큰 것으로 점심때까지 40여 마리를 잡으면 한 보따리다. 이것을 배를 째서 창자를 빼서 짠물에 씻어서 말리면 해질 때 되면 아주 잘 말라서 자루에 담고 오후에 30여 마리를 잡아서 또 그렇게 하면 하루에 70~80여 마리를 잡게 되어 화요일~금요일까지 잡으면 거의 300여 마리를 잡아서 말려오면 시골밥상에 망둥이 조림과 구이로 한참 잘 먹었고 즐겁게 잘 쉬면서 짧은 1주간을 즐겁게 보내곤 하였다.

보통 월요일에 출발하여 토요일 오전까지 쉬었다가 오후에 집에 왔다. 그런데 바다만 좋아했을 뿐 물때를 몰라서 밀물과 썰물의 시간과 위험은 몰랐다. 금요일 아침에 일어나 보니 바닷물이 내수면에 가득 들어와서 차있는 것을 보았다. 아침 식사를 마치고 아들과 함께 물에 들어가니 상당히 깊어서 위험을 느꼈다. 그래서 깊이는 못 들어가고 무릎 정도에서 낚시를 던졌으나 물이 너무 많이 들어와서 몇 마리만 겨우 잡고 물지 않아서 이날 낚시는 포기할까 생각하고 있는데 아들이 목에까지 깊이 들어가서 위험하니 나오라고 하니까 괜찮다고 이리 저리 돌아다녔더니 아들이 수영을 좋아해서 물이 좀 깊은 데에 들어가니 좋은 모양이었고 나는 계속해서 위험하니 나오라고 재촉했다. 그런데 아들이 갑자기

"아빠! 잡았어!"라고 하면서 낚싯대를 들어 올리는데 이 지방에서는 "깔따구"라고 하는데 "우조기"로 참조기는 아니지만 조기 맛이 나는 맛이 있는 20~25cm나 되는 고기다. 나는 너무 좋아서 아들이 잡은 깔따구를 고기 망에 넣고 나도 그 깊이에서 낚시를 던졌더니 조금 큰 깔따구가 물어 걸려 나왔다. 너무나 좋았다. 그런데 아들이 목에 닿는 물 깊이에서 겁도 없이 돌아다니며

"아빠! 잡았어!"라고 계속 외친다.

그래서 그날 둘이서 잡은 깔따구가 아들이 9마리 잡고 내가 8마리 잡아서 합계 17마리나 잡았다. 그리고는 잡히지 않고 물이 빠져서 망둥이 15마리 정도 잡고 낚시를 마쳤다. 이 깔따구는 집단적으로 이동하고 어떤 곳에 가서는 원을 그리며 한참 뱅뱅 도는 것을 보면 신기하고도 아름다웠을 뿐 그것을 낚시로 잡으리라고는 생각도 못했고 그저 망둥이 잡으러 왔으니 망둥이만 잡으면 된다고 하는 생각뿐이었는데 이런 귀한 깔따구를 17마리나 잡고 보니 토요일 아침에 가려던 계획을 수정해서 이처럼 싱싱한 바닷고기를 가족들에게 먹이고 싶어서 금요일 오후 시간에 출발 준비를 하면서 욕심 많은 성격이 이왕이면 그처럼 크고 맛있는 바지락도 주어 가고 싶은 마음이 생겼다.

그래서 바지락 담을 그물망과 한 손에 무엇 하려고 들고 갔는지 모를 내가 쓰는 낚싯대를 들고 굵은 바지락이 쫙 깔린 물 문 가까이에 가서 바지락을 잡는데 어찌나 많이 박혔는지 그냥 바닥에 주저앉아서 정신없이 주어 담았다. 거의 한 말이 넘을 것 같았다. 그런데 물 문 다리 위를 지나던 주민이 나를 향하여

"거기 위험한 곳이니 조심 하시요!"라고 말하며 지나간다.

나는 그 말이 무엇을 뜻하는지 잘 몰랐다. 이제 그만 나오라고 일어서려고 하는데 그간 천천히 물 문 쪽으로 흘러가던 내수면 물이 갑자기 쫙 밀려오면서 일어서려는 나를 물 문 쪽으로 밀고 가는 것이다. 나는 위기를 느끼고 낚싯대를 바닥에 꽂고 겨우 일어났다. 물 문 쪽과의 거리는 겨우 1m 사이 위기일발의 순간이었다. 물 문 아래까지는 거의

10m 정도 이며 그 밑은 바다 물이다.

하나님께서 내게 바지락과는 상관없는 낚싯대를 들고 가게 하신 그 엄청난 은총을 깨닫고 감사했다.

낚싯대가 아니었다면 내수면의 갑작스런 썰물에 쓸려서 물 문 밑의 10m 아래에 떨어지면서 몸은 박살났겠고 바닷물에 쓸려서 시체도 찾을 수 없는 그 급박한 위기를 낚싯대를 바닥에 꽂고 겨우 일어서서 조심조심 바지락 자루를 움켜쥐고 밖으로 나와 보니 내수면에 가득 채웠던 바닷물이 썰물 때를 따라 엄청난 위력으로 빠져 나가고 있었다. 밖에서 기다리는 아들은 영문도 모르고 기다리는 모습을 보면서 하나님께서 나 같은 것을 이 같이 사랑하시는 그 특별한 관리와 사랑에 눈물이 흘렀다.

제21화
자취방 뒷산에서 독사를 잠재우신 하나님

나는 뱀을 무서워하지 않고 어떤 뱀이라도 만나면 기어이 죽이고 가야 했다. 그러나 독사만은 경계심을 가지고 처리했다.

그것은 독사에게는 사람을 해치는 치명적인 독을 가지고 있기 때문이다. 독사 한 마리에는 건강한 말 25마리를 한꺼번에 죽일 수 있는 강력한 독성이 있기 때문이다.

독사는 주로 폐결핵 환자의 치료에 도움을 준다고 하여 민간요법에 의하여 쓰여 지고 있다. 나의 경험으로는 청년 시절 감기에 걸렸었는데 오랫동안 기침이 그치지 않아서 고생하는데 시장에 나갔더니 사람들이 둘러서서 구경하여 가 보았더니 뱀으로 치료제를 만들어서 판매하는 사람이었다. 뱀술(독사)도 있고 뱀을 말려서 가루를 내어 환으로 만든 뱀 환과 몇 가지 민간요법에 쓰는 건강식품을 선전하고 판매하고 있었고 허약체질 폐질환등 여러 면에서 효과 있다고 홍보 하고 있었다.

나는 상당기간 감기에 걸려서 기침이 그치지 않아서 고생하고 있는 터라 기침이 멎을 수 있는지를 물어 보았다. 약 장사는 뱀 환이든 작은 유리병을 보여주며 이 뱀 환을 한 병 먹으면 기침이 완전히 낫게 된다고 자신 있게 권했다. 가격도 비싸지 않았다. 그런데도 내 꺼칠한 모습이 딱했던지 가격을 깎아 주며 확실히 나을 것이니 잘 챙겨 먹으라고 권한다.

은총의 여로(恩寵의 旅路)

나는 고맙다고 말하고 샀다. 그리고 몇 알씩 먹으라는 말대로 열심히 잘 먹었다. 그런데 3일이 지났을까 그 지긋 지긋하던 기침이 잦아들더니 그 후 깨끗이 나았던 경험을 했다.

뱀 가운데 가장 동작이 빠른 뱀은 화사이며 그다음 빠른 뱀이 독사인데 독사는 자기가 가지고 있는 독을 무기로 성질이 급하고 사납고 공격력이 강하고 뱀 중에 유일하게 동작을 멈추면 공격자세로 똬리를 틀고 고개를 번쩍 들고 공격자나 대상을 향하여 머리를 꼭 높이 들고 달달 떨고 흔들고 있다. 이것은 꼬리부분에 있는 맹독성 독주머니에서 독을 입안에 1cm 넘는 구멍 뚫린 독아로 맹독을 공급하고 있다고 하는 표시다.

공격대상이 독사에게로 가까이 오면 재빠르게 머리를 들어 공격대상을 물때면 평소에는 독아 주머니에 넣었던 독아를 공격대상에 꽂고 꼬리를 달달 떨면 독아로 공급된다. 독아 끝에는 아주 작은 구멍이 있어서 이 독아 구멍으로 독을 공급한다.

독사에 물린 사람이나 동물의 혈관을 통하여 독사의 독(누런 액체)이 온몸에 퍼지게 되고 이로 인하여 재빠르게 독사에 물린 부위의 혈관을 눌러 독사의 독이 퍼지지 못하게 최대한 차단하고 옷가지를 찢어서 단단히 묶고 긴급히 병원으로 이송하여 응급처치 하지 않으면 생명에 치명적인 결과로 사망하게 된다.

독사에는 몇 가지 종류가 있는데 한국에서 볼 수 있는 흙갈색 보호색으로 무장한 일반 독사가 있어서 산에 갈 때 조심스럽게 살피지 않으면 흙 갈색이어서 잘 구별할 수 없으므로 아주 위험하므로 군화나 장화 등 등산화를 신으면 안전하다.

까치 독사는 배는 하얗고 등은 검은색이어서 눈에 잘 띄는 독사로 독성이 강하다. 가장 강한 독사는 살모사인데 몸이 일반 독사에 비하여 조금 가늘고 몸길이가 길고 색은 검은색이다.

얼마나 독성이 강한지 다른 뱀은 알로 낳아서 부화되어 나오는데 살모사는 바로 새끼 뱀을 낳는데 잘못하면 새끼 뱀을 출산하다가 어미 뱀이 새끼 뱀에게 물리면 죽기 때문에 출산할 때는 나무를 감고 올라가서 몸을 나무에 감은채로 한 마리씩 출산한다고 하여 "殺母蛇"라고 부른다고 한다.

내가 총회 신학교 3학년 1학기말 시험을 준비하기 위하여 자취방이 있는 뒷산에 같은 방에서 자취하는 세 학생이 새벽에 올라가서 손바닥이 들어갈 수 있는 틈이 깊게 갈라진 바위위에 올라가서 시험공부하며 찬송 부르고 기도하고 휘파람을 불면서 8시 30분경에 내려오려고 앉았던 바위에서 일어나 보니 갈라진 바위 사이에 커다란 까치 독사가 바로 내가 다리를 뻗고 앉아있는 다리 밑에서 공격 자세를 취하고 있는 것이다.

뱀을 가장 긴장 시키는 것은 사람들의 휘파람소리인데 까치독사를 다리아래 두고 휘파람을 불어 버렸으니 까치 독사가 신경이 날카로워져서 자기를 공격하려는 대상이 온 줄로 알고 만약의 경우에 공격하려고 준비 태세를 취한 것이다. 지금도 그 때를 생각하면 정신이 아찔해지는 것 같다.

바위 위로 올라갔을 때는 새벽 시간이어서 어둑어둑해서 바위틈 사이의 뱀을 발견치 못했던 것이다. 강한 독을 가진 까치 독사를 다리 아래 두고 두 시간 정도 있었는데도 처음에는 뱀을 잠재워주신 하나님, 그래서 바위를 치며 기도하고 찬송하고 휘파람으로 찬송할 때 뱀이 잠에서 깨어나서 제 머리위의 공격대상을 공격하려고 머리를 들고 준비한 그 시간에 제 빨리 일어나서 바위 위에서 내려오게 하시어 상함이 없이 지켜주신 하나님의 크신 사랑과 보호를 잊을 수가 없고 감사드리고 있다. 독사뱀과 일반뱀과를 구분할 수 있는 일반적인 방법은 일반뱀은 몸의 길이가 길고 몸통이 그렇게 굵지 않고 날씬한 편이다. 그리고 머리통이 길고 뭉텅하지 않다. 그러나 독사는 까치독사나 일반 독사의 몸길이가 짧으면서 통통하고 꼬리가 길지 않다. 가장 구분하기 쉬운 점은 머리통이 뭉뚝하여 짧으면서 세모꼴 형이고 다른 뱀은 달아날 때에 머리를 앞으로 하고 달려가지만 독사나 푸른 풀색에 빨간 꽃무늬로

화려하게 옷 입은 화사는 달아나면서도 목을 들고 어느 때나 공격할 수 있는 만반의 자세를 하고 움직인다.

특히 독사는 겁이 없다. 제 몸에 상대방을 해칠 수 있는 맹독을 가지고 있다는 사실을 잘 알고 있기 때문에 그렇게 빨리 달아나려고 하지 않는다. 화사의 경우에는 공격도 잘하고 잘 무는 성격이 있지만 위험할 만큼 독은 없다.

그러므로 봄부터 가을까지 위험한 독사의 활동기간에는 꼭 등산용 스틱이나 아니면 나무막대기라도 꼭 휴대하고 언제나 길이나 발밑을 경계하고 가급적 풀밭으로는 가지 않는 것이 안전함을 알아야 한다.

제22화

카누 같은 작은 배로 4시간 반 동안
필리핀 바다를 건넌 일

　하나님께서 부족한 사람을 주님의 종으로 부르신 것만도 감당할 수 없는 은혜와 사랑인데 더욱더 크신 사랑을 베풀어 세계 선교에 들어 쓰신지 29년간 선교 현지의 원주민 신학교의 신학생들과 원주민 목회자들의 훈련사역을 맡기셔서 131회의 전문사역의 세미나 사역을 맡기신 후 필리핀에만 60여회 가서 세미나 사역을 감당케 하신 것이다.

　세미나를 실시한 곳은 원주민 목회자 훈련원이 많았고 원주민 신학교 바울 선교사 훈련원 따가이 따이 청소년 수련회 등 다양하게 활동했다.

　북으로 바귀오 아가페 신학교, 불길 신학교, 산 페르난도 사역원, 다구판 산 페르난도 목회자 훈련원, 딸락 목회자 훈련원, 민드로 목회자 훈련원, 퀴즌시티 바울선교사 훈련원, 마닐라 국제 성결대학교, 귀마란스 열방 신학교, 일루일루 목회자 훈련원, 룸블론 중앙 신학교, 바탕가스 세계 열방 신학교, 두마게티 필리핀 장로회 신학교, 다바오 목회자 훈련원, 민다나오 신학교, 바공실랑 교회 유치원 5곳 지원, 따가이 따이 교회 청소년 수련회, 등 다양한 지역을 돌아보았다.

　여러 나라의 선교지중에 필리핀 선교지를 이렇게 여러 번 돌아보게 된 것은 가장 가까운 나라라고 하는 점과 영어권이고 물가가 싸고 비용이 적게 들기 때문이었다.

　이 필리핀에 처음 발을 들여놓은 것은 바울선교회 임원회에서 홍콩 필리핀 태국 3개국 순회 세미나에 참여케 되어 다구판 임마누엘신학교 (산 페르난도)에서 첫 세미나에 참여한 것이 계기가 되어서 그 다음해에는 내가 처음으로 독립해서 해외 선교대회 제1회 세미나를 시작했던 것이다.

세미나에 참여한 국내 동역자는 1회에 18명으로 제일 많은 동역자가 동행하여 성황리에 시작한 감격스러운 세미나였던 것이다. 이 후로 다양한 사역지에서 세미나 훈련 사역으로 보람된 사역을 이끌었다.

이 세미나 사역에 동참한 인원의 직급은 목사, 전도사, 장로, 집사, 권사, 교사, 평신도, 주일학생까지 동참하여 다양하게 한국교회를 소개하는 계기가 되었고 저들이 궁금해 하는 한국교회의 부흥 성장의 비결을 강의하여 저들에게 신선한 영향을 끼친 것이다. 선교지에 갈 때마다 많은 선교용품을 담은 20kg 이상 되는 박스를 가장 많을 때는 18박스까지 날라다 주었다. 그러면서도 가지고 가서 헌옷 가지와 생활용품과 학용품등을 나누어 주면서 저들이 기뻐하는 것을 보면 수집~ 포장~ 운반 ~ 공항탁송 등 힘겹게 가지고 간 보람을 누리고 더욱 잊을 수 없는 감동은 그들이 사랑의 선물을 받고 기뻐하는 그 너머로 나의 주님의 기뻐 웃으시는 모습을 보며 이제 너무 힘든 일을 그만 하리라 생각했던 잘못된 생각은 사라지게 되는 것이다.

우리 주님께서 내게 맡겨주신 선교세미나 사역을 처음 시작했던 곳은 필리핀 다구판 산 페르난도 임마누엘 신학교인데 이곳에서 2회째를 마친 후 이 지역에서 사역하던 선교사의 사역지 이동으로 더 가지 못하고 바울선교회 1호 선교사인 한도수 선교사가 사역한 필리핀 중부지방의 크지 않은 아름다운섬인 "룸불론 섬"에 있는 필리핀 중앙 신학교로 옮겨서 4회 정도 세미나 사역을 했었고 이 신학교를 마닐라 가까이 있는 민드로 섬으로 이전하게 되어 민드로 사역을 2번 정도 진행했었다.

내가 룸불론 섬에 처음 가게 된 것은 룸불론에 있는 규모가 상당히 큰 교회가 분립이 되어 예배당 건축문제가 시급한 처지에 있었는데 안디옥 교회의 지원을 받아서 건축하게 되어 새 성전 기공식 예배를 드리려고 바울 선교회 임원들이 다른 일반참여자들과 함께 동참하였고 필리핀 중앙 신학교에서 세미나를 갖게 된 것이 룸불론 신학교와의 인연이 되었던 것이다.

나와 나의 후배 목사와 신학교 제자와 가족 3인과 민드로 목회자 훈련원에서 1박2일의 집회를 마치고 룸불론 필리핀 중앙 신학교에 가서 3박4일의 세미나를 진행하기로 되었었다.

그런데 여러 교통편의 시간상 연결이 늦어서 민드로 목회자 훈련원에 도착해 보니 예정된 시간에 목회자들이 30여 명 가량 모여서 기다리다가 오지 않으니까 한국 팀이 못 오는 줄 생각하고 다 돌아간 것이다.

우리 선교 팀이 도착하니까 이런 상황이었고 늦었어도 한 번이라도 집회를 가져야 한다고 하니까 가까운데 사는 목회자만 연락하여 15명 정도가 모였다. 그래서 늦었어도 저녁 집회와 다음날 새벽 집회를 마치고 룸불론 섬으로 출발 하려는데 룸불론 섬까지 가기로 했던 좀 큰 어선이 어제 우리가 늦게 도착하여 예정된 세미나 집회가 취소된 줄 알고 새벽 일찍이 고기 잡으러 나갔다고 한다.

정기적인 연락선편이 없는 곳이어서 애타다가 겨우 10명이 탈 수 있는 작은 카누 같은 소형 어선을 구해서 타고서 조금 항해하는 일이 위험한 것을 느끼면서도 짜여진 일정 때문에 그 작은 배로 망망대해의 항로를 하나님께 맡기고 출발했다.

출발할 때는 날씨도 좋고 풍랑도 일지 않아서 순풍에 돛 단 것처럼 안심하고 출항 했던 것이다.

그런데 한 시간쯤 바다 가운데로 나갔을 때 풍랑이 일기 시작하는데 하늘은 금방 폭풍우가 쏟아질 것 같은 험한 날씨로 변했다. 파도가 거세게 일어서 그 작은 쪽배를 금방이라도 삼킬 것처럼 달려 들었다. 파도 높이가 1.5m~2m 가까이 되는 것 같았다. 선원이 선장을 포함하여 3명인데 높은 파도가 밀려오면 배의 시동을 끄면 배가 나뭇잎처럼 파도를 넘어서고 높은 파도가 지나가면 다시 시동을 걸면 다시 "탕, 탕, 탕, 탕" 하고 앞으로 나아가는 것이다. 그 높은 파도가 치면 바닷물을 배 위로

은총의 여로(恩寵의 旅路)

퍼부어서 온몸을 흠뻑 적시곤 하였다.

처음에는 시원하여 좋았으나 나중에는 몸의 체온이 떨어져서 달달 달 떨리고 춥기까지 했다.

이런 과정에서 신비한 광경을 보았다. 그것은 망망한 바다에 제비가 낮게 날아가는 것이다. 이상하다고 쳐다보다가 그것이 제비가 아닌 날치라는 고기임을 알았다. 그것은 높은 파도에 위험을 예측하면서 그 작은 배가 전복될 위기 속에서 항로를 잃지 않고 흔들거리고 가는 뱃머리 앞에서 3~4마리의 날치가 갑자기 바다 속에서 날아올라서 50~100m 정도 날아가다가 바다 속으로 사라지는 환상적인 모습인 것이다.

그리고 하늘에서 금방이라도 폭풍우가 쏟아질 것같이 먹구름이 끼어서 캄캄한 시간이 상당히 지난 후 반짝 햇빛이 나서 30여 분간 그 바닷물 위에서의 햇빛은 얼마나 뜨거운지 몰랐다.

그런데 이것이 하나님의 사랑이었다. 계속 햇빛이 비쳤다면 그늘막도 없는 쪽배 위에서 얇은 옷을 입은 온몸을 구워서 익었을 것이고 화상을 깊게 입었을 것이다. 뱃머리 앞쪽에는 이 지역에서 사역하는 김태현 선교사가 앉아서 내내 안전 항해를 위하여 간절히 기도하고 있고 그 뒤에서는 내가 서서 기관실을 붙잡고 마음속에는 기도하면서 계속 찬양하면서 항해했다.

사실 이처럼 위기의 항해 중에서 인간의 능력은 한계에 다 달았고 오직 전능하신 하나님의 도우심만을 구하는 방법밖에 없으므로 무섭거나 겁나지는 않았다. 모든 것을 하나님께 맡기고 우리의 일행을 하나님께 그 생명을 맡기고 기도했고 후배 목사는 말없이 기도하며 서 있고 그 뒤에는 신학교 제자가 배 기둥을 붙잡고 겁에 질린 모습으로 서 있고 그의 딸들은 무서워서 안절부절못하면서 어쩔 줄 몰라했다.

나중에 알게 된 일이지만 김 선교사가 그렇게 긴장하는 데는 그럴 이유가 있었던 것이다. 한 달 전에 우리가 탄 배와 똑같은 배에 일본인 7사람이 타고 가다가 파도에 휩쓸려 전원이 사망했기 때문이었다. 나는 환경은 좋지 않았지만, 하나님의 일 중에 가장 큰 일인 선교를 위해

가는 길에서 배가 전복되리라고는 생각지 않았기 때문에 마음속에는 안정된 평안이 깃들여 있어서 두렵지 않았다.

넓은 필리핀 해협에서 2m 정도의 높은 파도의 중앙에 조각배에 우리 일행 7명과 선장과 사공 3명 도합 10명의 생명을 싣고 사투를 계속하며 4시간 반의 시간을 보내는 가운데 선원들의 얼굴은 사색이었다. 드디어 저 멀리 룸불론 섬이 보이면서 바람이 약해지며 파도가 잔잔해지니까 선장이 모터의 속력을 높여서 빠르게 룸불론 섬 해안 모래밭에 배가 닿으니까 선원들이 재빨리 배에서 뛰어 내려서 배를 고정시키고 우리 일행을 도와서 안전하게 하선 시키고 모래 언덕에 앉았는데 몸을 사시나무 떨 듯 한다는 말처럼 불쌍할 정도로 떨고 앉아있는 것이다.

바다 속에서 차가운 바닷물을 4시간 반 동안 끼얹어서 추어서도 그렇겠지만 죽음의 두려움과 우리 일행 때문에 얼마나 긴장하고 두려웠던지 목적지에 안전하게 도착하게 되니 긴장이 풀려서 검은 피부들이 창백하게 떨고 있는 것이 불쌍할 정도였다.

우리 일행이 고맙다고 인사하고 짐을 내리고 나니까 그 두려운 바다를 향하여 다시 떠나는 것이다. 참으로 죽음의 풍랑 속에서 주님의 능력의 품에 안아 건너게 하신 은총의 사건이었다.

드넓은 바다에서 사투의 4시간 반에 시달린 정신적인 긴장과 육체적 피로가 겹쳐서 저녁식사를 일찍 먹고 휴식과 함께 잠자리에 들었다. 그런데 온 몸이 불덩이 같이 뜨거웠다.

나는 생각하기를 4시간 반 동안 찬물을 끼얹어서 몸이 춥더니 감기에 걸린다는 것은 너무도 당연한 순서라고 생각했다. 그런데 기침은 한 번도 안하는 것이 이상했다.

밤중까지도 뜨거웠던 몸이 새벽녘이 되니까 몸의 그처럼 뜨거웠던 열기가 서서히 걷히더니 정상을 회복하여 남은 3박 4일간의 룸불론 중앙 신학교의 세미나를 어느 세미나보다도 은혜롭게 잘 마치고 모처럼 필리핀의 유명한 해수욕장 겸 관광지인 보라카이 섬으로 배로 30여분 거리를 달려서 도착했다.

은총의 여로(恩寵의 旅路)

듣던 말대로 세계 해수욕장 콘서트에서 1등을 할 만큼 야자나무 밑의 새하얀 산호 가루가 떡가루 같이 가늘고 고운 데다가 찰싹 거리는 바닷물에 뜬 초록빛 머리카락 같이 가는 해초(매생이 같은)가 넘실거리는 모습은 참으로 꿈결처럼 보이는 것이 참으로 환상적이었다.

이곳에서 몸을 담그고 긴 해안의 야자수 아래의 그 깨끗한 모랫길을 걸으며 감상했던 기억은 잊혀지지 않는 추억이었다.

아침 식사 후 마닐라로 이동하여 귀국 하려고 소형비행장이 있는 곳으로 15분 정도를 가서 마닐라 행 50인승 소형여객기가 있는 곳에 도착하니 배시간이 연발한 관계로 출발 5분전 이어서 항공기의 문이 닫히고 탑승이 끝났다고 막아서 어쩔 수 없이 타고 가려던 항공기를 보내고 이제 하루를 자고 내일 출발해야 하는데 예약된 귀국길의 항공기 예약 관계로 무슨 수라도 써서 마닐라로 떠나야 했다.

백방으로 뛰어 다닌 결과 10인승 세스나 비행기를 60만 원이면 전세낼 수 있다고 하여 이 세스나를 전세 내어서 처음 최소형 항공기를 탔다. 그런데 기장과 부기장이 아니라 기장과 조수 두 사람이 탔는데 준비를 마치고 이 작은 프로펠러 비행기의 작은 프로펠러가 작동하더니 안전하게 이륙하여 정상 고도에 오르더니 기장과 조수가 좌석을 바꾸고서 기기를 조작하고 가는데 기장이 일일이 기기의 조작법을 지시하며 가는 것이다.

항공기의 기기를 살펴보니 낡은 비행기인데 나사못이 빠진 곳에는 가는 철사로 동여 매여 있었다.

불안하기 짝이 없는데 조수의 기기 조작 미숙으로 비행기가 뚝 떨어졌다가 올라가는 곡예비행을 하여 가슴이 뚝 떨어지는 정말 위험한 비행을 하고 있는 것이다. 꼭 토끼가 깡충깡충 뛰어가는 기분이어서 "어~~" 비명이 연속 들리고 머리가 아프고 이가 솟아오르는 등 고통스런 30분의 비행을 마치고 마닐라 공항의 한쪽 작은 활주로에 무사히 착륙하여 안도의 숨을 내 쉬며 하나님께 감사했다.

한 달 후에 이 비행기 인지는 몰라도 비행 중 추락하여 탑승객 10명 전원이 사망했다.

제23화
여호와 이래의 하나님,
에벤에셀의 하나님

   중인교회에 1972년 10월에 부임하여 1984년 2월 17일에 쫓기듯 고독하게 떠나온 11년 4개월의 기간은 한마디로 말해서 영광과 수욕의 기간이었고 나의 목회 40년 4개월 기간 중에 최상의 성공적인 목회를 이루고서도 최악의 실패적인 목회로 마쳤다. 그 책임은 전적으로 내게 있다고 하겠다.

   하나님께서 이루신 기적적인 교회 부흥과 지역사회의 지탄 속에서 지역사회와 교인들 간의 잘못된 신앙적인 판단으로 70여 년간의 원수 관계를 기적적으로 해결해 주셔서 70년 역사를 이어 오면서 60여 명이 겨우 모이고 교회의 부흥과 발전을 포기하고 지역사회와 담을 쌓고 저주와 증오만을 쌓던 교인들과의 관계를 완전히 무너뜨리고 하나가 되어 부임한지 9년 만에 176명(주일 낮 예배)이 모였고 농촌교회의 성공적인 모델로 부러워하고 칭찬받는 교회를 이루어 주셨는데 그토록 금식기도를 많이 했던 내가 기도시간이 줄어들고 금식기도를 멀리하게 되는 중에 사탄이 틈타서 공문서 위조(노회록 위조문서로 문공부에 제출하여 전북노회 유지재단 이사장직을 연임한 사건) 사건을 지적한 일로 원한을 사서 원수 갚을 기회를 노리다가 총회 분열을 타서 나를 반대하는 대표급 인사를 만나서 순전한 모략중상과 거짓으로 모함하여 교회를 갈라놓고 하나님의 영광을 가리우고 전도의 길을 막아버린 악랄한 대 선배 목사라는 인간을 막아내지 못하여 시험에 든 사건을 많은 회개의 기도로 그 견딜 수 없는 수욕과 명예의 추락의 씻을 수 없는 아픔을 겪었고 2년 4개월간 견디기 어려운 시련과 고통을 겪고야 마친 것이다. 어쩌면 나의 중인교회 목회기간은 천국생활과 지옥의 고통을 체험한 기간이라고 하겠다.

떠나오는 날 나를 따르던 교인들의 여전도회 임원 몇이 와서 식량 미불분 7가마니 중에 교회에 남아있는 식량을 다 털어서 2가마니와 당장 식사해 먹을 주방용 기구들을 나누어 주어서 그나마 어려운 중에 고맙게 받아 가지고 나오게 되었다.

1984년 2월초 수요일 밤 처량하리만큼 서글픈 송별예배를 마치고 다음날 아침 픽업 용달차 5대에 이삿짐을 싣고 완산동에 손위 동서의 도움으로 전세비 일부를 빌리고 아내가 자녀들 학자금을 위하여 저축한 돈으로 겨우 마련한 방 3개와 부엌이 있는 생활하기에 불편하지 않는 단층 기와집으로 이사하게 되었는데 박인규 집사 한분이 전별 인사하러 와서 고맙게 2만 원을 주고 갔는데 그 돈이 이사비용으로 유용하게 쓰였다.

감사했던 일은 전주고등성경학교에서 내가 지도하는 남학생들이 일찍이 5~6명이 와서 이삿짐을 날라준 일이다. 중인교회 학생 몇이 나왔다가 전주고등성경학교 학생들이 와서 일하는 것을 보고는 집으로 돌아갔다.

중인 노인정의 50여 명의 대표가 되는 세분이 출발하는 5번째 픽업 용달차에 타고 가는 나를 만났다. 내가 내려서

"죄송합니다. 그간 너무 아껴 주시고 사랑해 주셨는데 그 고마운 사랑을 간직하지 못하고 떠나가게 되었습니다. 부족한 사람을 그토록 위해주신 은혜를 잊지 못하겠습니다."라고 인사했더니 노인정 대표가 큰 소리로 격앙된 모습으로 외치다시피 말하는 것이다.

"목사님! 가지 마시요! 우리가 있지 않소? 우리가 지켜 줄 것이니 가지 마시요! 우리도 교회에 나오려고 준비하고 있는데 목사님이 가면 우리가 누구를 보고 교회에 나오겠소! 가지 마시요!"라고 울분해 하는

노인정 대표들에게 "죄송합니다"라는 짧은 인사를 뒤로하고 이삿짐 픽업 차에 올라 눈물을 뿌리며 떠난 것이 중인교회에서의 마지막 이별이었고 지금은 모두 다 이 세상을 떠난 분들이지만 그들의 절규에 가까운 나를 향한 외침은 지금도 민망한 마음을 간직한 채 내 귀에 채무자를 향한 채권자의 외침같이 지울 수 없는 산울림같이 울려오는 것이다. 막상 떠나야만 할 처지에서 중인교회를 떠나서 기이하게 마련한 전셋집에 와보니 음력 섣달그믐께여서 15일 이후에야 집을 비워준다고 하여 막막한 중에 손위의 동서가 서둘러서 15일간 미룰 수 있는 방 한 칸짜리 집을 구해 주어서 고등성경학생들의 수고를 빌려서 임시 처소에서 쓸 수 있는 짐은 임시 거처로 옮겨놓고 다른 짐은 전셋집 한쪽이 슬래브로 지붕이 만들어져서 그곳에 쌓아놓고 천막으로 덮어 놓았다. 다시 한 번 그때 이 삿짐을 옮기느라고 애쓰고 수고한 전주고등성경학교의 학생이었던 권학도 학생과 5~6명의 학생들의 수고와 고마움을 잊을 수가 없다.

우리 가족이 15일 동안 머물렀던 임시 거처의 주인되는 분은 마음씨가 고마운 사람이어서 그곳에 머물렀던 15일 동안에 할 수 있는 대로 편의를 보아주려고 애쓰는 것을 보면서 감사했었다. 방이 한 칸이어서 우리 6식구가 잠자기에는 여간 불편한 것이 아니었다. 자다가 화장실에 다녀오면 다시 누울 곳이 없어서 애를 먹었다. 이 사실을 알고 집주인이 내 아들을 자기 아들의 방에서 자기 아들과 함께 생활 하도록 자진해서 보살펴 준일은 잊을 수가 없다.

하나님께서는 나를 특별훈련 시켜서 귀한 일에 들어 쓰시려고 그 어려운 2년 4개월간의 고난의 풀무 속에서 연단하시고 완전히 인간의 힘으로는 어떻게 할 수 없는 코~너에 넣으시고 인간의 힘을 의지하지 못하게 하시고 오직 하나님만 의지하도록 이끄시는 것이다.

중인교회에 있을 때 내가 겪은 농촌목회의 어려움을 체험했기 때문에 농촌교회 목회자에게 성경주석과 설교를 위한 자료를 공급하기 위한 "청목원 선교회"를 조직하여 5년여 동안 지원했던 회원은 장로2인 집사3인 합5명으로 잘 이루어서 활발하게 농어촌 목회자들을 지원했

은총의 여로(恩寵의 旅路)

고 회원들의 재력은 든든했다.

선교회 회원들이 상의하기를

"김 목사님이 언제까지나 농촌교회에서 계실 수 없으니 우리들이 적당한 장소를 구하여 교회를 개척하도록 도와드리자!"고 상의하는 것을 보고 속으로 기뻐했고 기대한 바도 있었다.

선교회원 다섯이 힘을 모아 도와주면 교회개척은 거뜬하게 할 수 있을 만큼 여력이 있는 사람들이고 그들이 교회의 설립 멤버로서 든든한 기초를 이룰 수 있었을 것이었다.

그러나 내가 중인교회에서 떠나게 되니까 내 형님 같고 친구 같은 장로가 아닌 다른 장로(사실은 나의 작은 형의 친구)가 적극 반대하고 자기들에게 부담이 될 것이라 생각하고 "청목원 선교회"까지 해체 하자고 주장하여 한 번 모이자고 하여 갔더니 오늘 우리의 선교회를 해체한다고 이야기 하면서 나의 집 얻는데 쓰라고 100만 원을 전해 주어서 눈물을 머금고 받아서 전세방 얻는 데에 쓰기는 잘 쓰고 허무하게 끝나고 말았던 것이다. 그 후에 여러 가지 오해와 모함까지 받는 아픔까지 겪었다. 이 사건으로 인하여 인간과의 관계의 허무함과 허탈감을 느꼈고 오직 하나님만 더욱 의지하게 되었다.

임시 거처에서 머무는 중 앞이 보이지 않는 많은 난관에 봉착하게 되었다. 그것은 이렇게 힘든 때에 나의 아들은 대학에 입학하게 되었고 큰 딸아이는 고등학교에 입학하게 되었는데 학자금은 아예 준비한 것이 전혀 없었다. 아내가 아들 대학교 학자금으로 적금 들어놓았던 것은 집 전세 얻는데 다 썼기 때문에 임시 거처에 온지 며칠이 되었을 때 큰 딸아이가 고등학교 입학등록일이 3일 남은 날 아침에 철이든 아이여서 나에게 상처를 주지 않으려고 그 얼굴에 잔뜩 걱정스런 표정으로 나에게 이야기를 하는 것이다.

"아빠! 내 고등학교 입학 등록금을 하나님께서 주시겠지?"라고 나에게 아무런 준비한 돈이 없음을 너무도 잘 알고 있기 때문에 걱정이 되어서 하는 말이다.

나는 딸아이에게 아버지된 책임감과 나의 무능력이 합쳐져서 심한 죄책감까지 느껴지면서도 막연하게 믿음이 있는 것같이 대답했다.

"그래! 하나님께서 너의 등록금을 꼭 주실 거야! 우리 간절히 기도드리자!"라고 대답은 했지만 믿음 없는 나는 입술만 바짝 빠짝 타들어 갈 뿐이었다. 길고도 고달픈 하루가 지나는데도 아무런 기별이 없이 지나갔다. 그 다음날 일찍이 또 내게 걱정되어 이야기 하는 것이다.

"아빠! 오늘은 꼭 우리의 기도 들으시고 내 등록금을 주시겠지?" 딸아이의 그 애타는 말을 듣는 나는 울고 싶을 정도로 무능하고 자격없는 내 자신을 자책할 뿐이었다.

그래도 실 낫 같은 믿음으로 딸아이를 안심시켰다.

"그래! 기도 외에는 우리에게 다른 길이 없으니 하나님께 특별히 도와주시라고 기도드리자!" 눈물의 기도를 드리며 하루를 보냈지만 어떠한 대책이 없었다. 정말 무능력하고 더욱 돈 관계에 있어서는 진짜 무능한 내 자신이다. 어려서부터 그렇게 돈 관계에서 가난하게 서럽게 살아온 것이다. 마음속에 견딜 수 없는 죄책감에 휩싸인 체 무거운 밤이 찾아 온 것이다.

다음날 아침에는 딸아이가 학교 등록금 때문에 밤에 걱정이 되어 잠을 못 잔 것 같은 모습으로 아주 간절한 말투로 내게 말했다.

"아빠! 내일이 등록금 마감일이야! 내일까지 학교에 등록금을 못 내면 합격이 무효 된단 말이야! 오늘까지 어떤 일이 있어도 등록금을 마련해야 해! 하나님께서 오늘은 꼭 내 등록금을 주시라고 아빠 좀 더 간절히 기도해야 돼! 꼭 오늘까지 주셔야 해!"라고 절박하게 부탁하는 어린 딸의 눈에는 눈물이 맺혔고 입술은 바짝 탄 모습을 보면서 내 마음은 정말 무너지는 것 같은 아픔을 느끼면서 대답했다.

"애야! 오늘까지 은혜로 인도하신 하나님께서 너의 등록금을 주시지 않겠느냐? 오늘은 더욱 간절히 기도하자!"라고 대답할 뿐 다른 길이 보이지 않았다. 하나님께서는 어려울 때 인간을 의지하지 못하도록 막으시고 오직 한 길 하나님만 의지하도록 인도하셨고 그리고 그 절박한 골

은총의 여로(恩寵의 旅路)

목에서 은총의 길을 열어 인도하셨으므로 또 그 크신 긍휼의 길만 바랄 뿐이었다.

그런데 한나절이 지났는데도 소식이 없었다. 당연한 일이다.

누구와 약속한 일도 없었기 때문이다. 때가 되어 점심식사 시간이어서 식사가 나왔다. 그러나 밥이 입에 들어갈 리가 없었다. 밥상을 물리치고 나서 조금 시간이 지났는데 갑자기 나를 찾는 두 손님이 찾아왔다.

한사람은 전주 한국 집 비빔밥 식당을 운영하는 주순옥 권사의 도움을 받아 신학교 공부를 한 성삼교회에 시무하는 이목사이고 한 사람은 내가 시무했던 중인교회의 학생이면서 전주고등성경학교의 제자여서 내가 사는 집을 알기 때문에 중인교회에 내가 시무하는 줄 알았다가 떠났다고 하니까 물색하여 그 학생의 안내를 받아서 찾아온 것이다. 내가 깜짝 반가워서

"아이! 목사님이 어떻게 오셨습니까?"라고 물으니

"김 목사님이 이렇게 된 줄을 몰랐습니다. 한국 집 주순옥 권사가 김 목사님이 중인교회를 떠나신 줄은 모르고 김 목사님이 자녀들의 교육 문제로 고생한다는 말을 들었다고 말하면서 이것을 전해주라고 부탁해서 가지고 중인교회까지 찾아갔다가 중인교회를 떠나셨다고 해서 애를 타는데 이 학생이 김 목사님 이사하신 집을 안다고 안내하여 이곳까지 찾아왔습니다."라고 말하면서 노란 봉투를 전해주고는 방에 들어가서 음료수라도 들고 가라고 권하니까 바쁜 일이 있다고 나의 사는 모습에 마음이 아팠던지 그냥 뒤돌아 인사하고 떠났다.

이 목사를 배웅하고 돌아와서 주순옥 권사가 전해준 노란 봉투를 만져보니 만 원짜리 지폐 10장 같아서 봉투를 열어보니 예상대로 꼭 10만 원이 들어있었다.

나는 봉투를 두 손에 잡고 감사와 축복기도를 드리며 울었다. 이것이 하나님의 지금까지 나 같은 부족한 사람을 인도하신 사랑의 손길이고 방법이었다. 나는 아내를 불러서 이야기하고

"하나님께서 10만 원은 주셨으니 2만3천 원은 당신이 알아서 해결

하고 내일 학교에 등록해요!"라고 말했더니 딸아이와 함께 눈물지으며 걱정 말라고 하고 그 이튿날 딸아이와 함께 학교에 가서 은혜를 감사하며 입학 수속을 마치고 "여호와 이래의 하나님"을 찬송하며 돌아왔다. 어쩌면 하나님께서는 나 같은 부족한 사람을 그토록 사랑하시고 특별 관리하시고 시간을 정확히 맞추셔서 예비하신 은혜로 채워주시는지! 내 하나님 아버지의 그 놀라우신 사랑 속에서 오늘에 이르도록 때를 따라 도우시는 은혜 속에서 불완전하고 의지할 수 없는 사람을 의지하고 도움을 구하지 않고서도 오늘도 나의 사정을 잘 아시고 도우시는 내 하나님의 은혜로 살아가고 있음을 고백하고 있는 것이다.

보람된 목회를 이루고도 이 은혜를 지키지 못하고 간직하지 못한 채 시련의 2년4개월간의 시련의 불도가니 속에서 주신 축복을 유지하지 못하고 떠나왔지만 정말 잊을 수 없는 한 사람, 그 고마운 순수한 어린 아이와 같은 김점순 집사의 이름이 언제나 머릿속에서 떠나지 않고 마음 속으로 축복하고 있다. 지금은 고인이 되어 하늘나라에 계시지만 변함없는 사랑으로 주의 종이라고 존경하고 여러모로 사랑해 준분이었다.

사과와 배 과수원을 운영하였고 남편은 신앙생활을 하지 않아서 자유롭지 못한 중에서도 열심히 먹을 것을 날라다 공궤한 그 사랑을 잊을 수 없다. 하나님의 은혜의 도우심으로 구한 전셋집을 두고도 음력 연말이 되어서 전주고등학교 옆에 있는 집을 동서의 배려로 15일 동안 살면서 집 주인이 참으로 인간미가 있는 사람이어서 나의 딱한 사정을 미리 알았기에 할 수만 있으면 편히 살다 가게 하려고 마음 써 주고 배려해 준 데에 대한 고마움을 잊을 수 없다.

15일이 지나서 전셋집으로 이사 오는 데에도 전주고등성경학교 학생들이 자원하여 동원되어서 수고하여 이사를 마치고 겨우 스승으로서 그 고마운 제자들에게 겨우 점심식사를 짜장면 한 그릇씩 사 먹이고 차비 한 푼도 주지 못한 것이 마음이 아팠다.

이사를 마치고 우연히 호주머니에 손을 넣어보니 1,000원짜리 지폐 한 장과 100원짜리 주화 7개가 전부였다. 참으로 암담했다. 내일 당장

2,000원이 필요한 일이 생긴다면 300원이 모자라는 것이 무능한 나의 긴박한 처지가 된 것이다.

더욱 참담한 일은 시간은 지나서 우리나라 고유의 명절인 구정 설날 이틀 남았는데 그렇지 않아도 씻을 수 없는 상처를 남기고 떠나온 빈손의 신세에 남들은 기대하며 준비하는 설 명절인데 찾아 올 사람도 없고 당장 고깃국을 끓이기 위하여 고기 한 근 살 돈도 없는 처량한 처지에 눈물만 흐를 뿐이었다.

어른들은 그래도 이런 처지가 되었으니 아픈 가슴을 쓸어내리며 참을 수 있겠지만 철없는 아이들의 마음에 상처를 줄 것을 생각하니 잠이 오지 않고 무능하고 무자격한 가장의 신세를 서러워 할 수밖에 없었다.

그런데 하나님의 긍휼하신 사랑의 "여호와 이래"의 기적이 생긴 것이다. 그것은 서문교회에 시무하는 서은선 목사(현재는 고인) 사모가 우리 가정의 딱한 사정에 마음이 아파서 가래떡 1/2말과 소고기 두 근과 감귤 한 상자를 사서 내가 완산동으로 이사 왔다고 하여 애타게 찾다가 찾지 못하고 같은 교회 교인이 운영하는 중앙극장 옆의 약국에 맡겨 놓았다는 연락을 받은 것이다. 이 소식을 듣고 너무나 하나님의 크신 은혜와 고 사모님의 그 사랑에 눈물이 쏟아졌다.

아내와 같이 설 명절 음식을 맡겨놓은 약국에 갔더니 고 사모님이 애타게 찾았다는 이야기를 하며 귤1상자와 소고기 두 근과 가래떡을 쌓은 보자기를 내 주어서 고맙다고 인사하고 고깃국 한 그릇도 준비 못하고 서럽게 보냈을 설 명절을 가래떡을 썰어서 고기를 넣어서 떡국을 끓이고 귤을 맛있게 먹으며 "여호와 이래"의 하나님을 찬송하며 설 명절을 풍성한 사랑 속에 보냈다.

그리고 이틀이 지났다. 큰 딸아이의 고등학교 입학 등록금을 주셔서 수속을 마쳤는데 이제 아들의 대학입학 등록금이 53만 원을 준비해야 하는데 아내가 그 어려운 중에도 애타게 마련한

20만 원이 전부였다. 그 외 나머지는 어떻게 해야 할지 답이 나오지 않는다. 그 뿐만이 아니라 월말이 되었는데도 사례비나 다른 어떠한 곳

에서 지원하겠다고 약속한 곳이 없었다.

아침 식사를 마치고 막연한 앞날의 문제를 앉고서 기도하겠다고 전셋집에 방이 셋이고 넓은 부엌이 있어 살기 편리한 집이었는데 제일 끝에 있는 방이 작았다. 나는 그 작은 방으로 기도 하려고 가서 엎드렸는데 기도는 나오지 않고 인간적인 생각과 판단으로 판단해 보니 정말 암담할 뿐이었다. 나는 돈에 관한 문제는 지금껏 누구에게 빌려본 일이 없다.

내가 지금껏 누구의 돈을 꾸고 갚지 않은 일이 없는 사람이었고 아니 남의 돈을 꾸어본 일이 없는 사람인데 목회를 하면서 교회 문제로 돈이 급해서 몇 번 꾸어 보려고 내게 꾸어줄 만한 사람에게 부탁했으나 한 번도 꾸어본 일이 없어서 돈을 꾸는 일은 포기하고 살아온 사람이다.

우리 가정에 형님이 두 분이 있지만 나를 도울 만큼 여유 있는 분들이 아니어서 이런 문제에 대하여서는 아예 꿈도 꾸어 본 일이 없었다.

앞으로 교회를 시작해야 하지만 아무런 대책이 없었고 우선은 중인교회에서 가져 온 쌀 두 가마와 연탄 100장은 떼어 놓았으니 우선은 지낼 수 있겠지만 그 이후에는 어떻게 할 방안이 나오지 않는 것이다. 이런 일 저런 일을 깊이 생각하니 무능한 내 자신을 너무나 잘 알기 때문에 결론은 캄캄한 절망뿐이었다. 나는 이때 내가 세상 적으로도 무능한 존재이지만 이처럼 믿음이 없는 사람인가? 라고 생각하며 한숨만 지을 뿐이었다.

끝없는 어둠의 절망의 늪에 빠져서 헤어 나오지 못하고 있는데 내 아내가 와서 점심식사나 하고 기도하라고 한다. 나는 마음속으로 "기도는 무슨 기도, 기도가 나오지도 않는데 무슨 기도 ~~~"라고 생각하며 방향 없는 분노가 치솟아서 이유 없는 신경질을 내어 아내에게 분출하며 소리쳤다.

"이런 처지에 있는데 밥이 들어가? 당신이나 먹어!"라고 버럭 소리질렀다. 그래도 아내는

"여보! 시장하면 기도 못해! 식사하고 기도해!"라고 재차 권한다. 나는 더욱 나를 향한 울분이 치솟아서

"안 먹는다면 안 먹어! 당신이나 처먹어!"라고 과격하게 소리치니까 아내는 돌아서서 가면서도

"그래도 식사나 하고 기도 하지 신경질은 왜 부려!"라고 불평하며 갔다.

나는 내가 신경질을 부리며 울분을 터트려야만 했던 내 자신이 그토록 얄밉고도 못난 모습에 이르게 된 불행한 처지가 되었는가? 라고 생각하니 그 토록 힘없고 능력 없는 못난 내 자신이 한심스러울 뿐이었다. 그러나 인간적으로 내 자신이 이처럼 막연한 처지에 이른 내 가정의 문제와 대책도 없으면서 어디서 목회지가 있으니 오라고 하는 곳도 없고 갈 곳도 없으나 앞으로 할 일은 목회뿐이니 어떻게 교회를 개척하고 이끌어 가야 하는 문제는 더욱 암담할 뿐이고 이런 못나고 남편되기에 자격이 없는 가난한 총각에게 부잣집에서 자란 고생을 모르고 살아온 착하고 성실한 아내와 그를 통하여 낳은 1남3녀의 대책없는 앞날을 생각하니 더욱 마음이 아프고 가장된 무력한 무자격한 내 모습이 한없이 처량할 뿐인 것이다. 헤어 나올 수 없는 심연의 못 속에서 홀로 울부짖으며 헤메이고 있는 중에 해가 지는지 어둠이 작은 방에 차오르고 있었다.

하나님께서 나를 부르시는 애칭어가 셋이 있다. 나의 생애 속에서 아주 중요한 때만 친히 음성으로 내 귀에 뚜렷이 들려주셨던 것이다. 그런데 시간으로도 내 마음의 영적 상태로도 인간의 경험적인 판단으로도 캄캄한 어둠이 짙게 깔리고 있는데 내 하나님의 나를 사랑하사 못난 불쌍한 처지에서 해매이며 울부짖고 있는 나를 향하여 부르시는 음성이 들려왔다.

"이 녀석아! 지금까지 너를 누가 먹여 살렸지?" 이 음성에 나도 모르는 분노가 치솟아서

"하나님이시죠!"라고 제법 똑똑하게 대답했다. 이 못난 녀석의 말을 들으신 하나님의 두 번째 음성이 들려왔다.

"그래! 내가 너를 오늘까지 먹여 살렸다. 그러면 앞으로 너를 누가 책임지고 먹여 살리겠니?" 나는 제법 현명한 대답으로 대꾸했다.

"하나님이시죠!" 하나님의 세 번째 음성이 들려왔다.

"그래! 너를 지금까지 내가 먹여 살렸고 앞으로도 너를 내가 책임질 거야! 너는 나만 바라보고 의지 하거라!"

하나님의 미련하고 믿음 없고 못나빠진 나 같은 죄인을 사랑하시어 찾으시고 책망해 주시고 일깨워 주시는 음성을 마치셨다.

나는 이 못난 죄인을 버리지 않으시고 내 영을 열어주신 말씀을 듣고서 내 자신을 보니 정말 하나님의 사랑과 은혜를 받을 수 없는 천박한 죄인, 버림받아 마땅한 이 죄인을 이토록 특별히 관리해 주시고 사랑하시고 은혜를 베풀어 주심에 너무나 죄스럽고 민망스럽고 나를 이토록 사랑하시는 하나님께서 내 곁에 계셔서 내 사정을 다 아시는 하나님께서 나를 이끌어 주심을 잊어버리고 미련하게 내 힘으로 살아온 줄로 착각하고 절망하고 낙심하고 불평하고 실망하고 깊은 어둠속에서 하루를 보낸 것이 너무나 분하고 억울하고 이런 내가 그토록 못나고 얄미운 못난 죄인임을 바로 발견하는 시간이었다.

하나님께서 나를 부르실 때 "이 녀석아! 라고 부르실 때는 내 상태가 영적으로 잘못되었을 때 부르시는 애칭어이고 내가 사랑스럽고 안타까운 처지에 있을 때는 나를 감싸 안으시는 듯이

"애야!"라고 부드럽게 부르시고 중대한 문제 앞에서는 내 이름을 그대로 부르시어 "봉철아!"라고 부르시는데 오늘의 나의 모습의 꼬락서니는 목사로서 믿음은 다 팔아먹고 못난 인간으로 돌아가서 헤메이고 있었기 때문에 강한 어조로

"이 녀석아!"라고 부르신 것이다.

나는 하루 종일 하나님을 잃어버리고 순수한 인간 이성으로 돌아가서 인간 그대로의 무기력 속에서 몸부림치다가 나의 사랑의 하나님께서 찾아오셔서 붙잡아 하나님 앞으로 일으켜 세워주신 후에 비로소 전셋집의 작은방으로 왜? 들어와서 엎드렸는가! 를 비로소 깨닫게 되어 방바닥을 치면서 통곡하면서 참회의 기도를 드렸다. 얼마나 울었는지 눈물 콧물이 바닥에 흥건히 고였다. 진정한 기도다운 기도를 드리고 실패의 늪에서 뛰

쳐나오니 그 얼마나 기쁘고 감사하고 힘이 나는지!를 확인했다. 이런 환경 속에서 하나님 없이 살아가는 사람들은 해결의 방법이 없는 절벽에 다다라서 절벽 밑의 그 암담함을 향하여 몸을 던지는 것이다.

가족들이 기다리는 방에 오니 아내와 아이들이 늦은 저녁시간인데도 걱정스런 얼굴을 하고 밥상에 둘러앉아서 나를 기다리다가 내가 들어오니까 반가워하면서도 울어 눈이 붓고 붉어있는 모습을 보고 아내는 손등으로 눈물을 닦으니 아이들도 훌쩍거리며 우는 것이다. 나는 앉으면서 입을 열었다.

"오늘 어두운 시간에 하나님께서 나를 찾아오셔서 절망 속에 빠진 나를 일으켜 세우시고 지금까지 우리를 인도하신 하나님께서 앞으로도 그 크신 사랑으로 인도하신다고 일깨우셨다. 사람의 생각으로는 걱정 안 할 수 없지만 사람의 걱정이 사람 문제를 해결할 수 없고 우리를 지으신 하나님께서 우리의 모든 문제를 해결해 주실 때만이 우리는 은혜 속에 살아갈 수 있으니 이제 우리는 모든 문제를 하나님께 맡기고 오직 믿음 안에서만 살아가자!"라고 말하고 눈물 젖은 식사 기도를 드리고 모처럼 웃으면서 지난 몇 년 동안 환란과 시련 속에서 느껴보지 못한 가벼운 마음으로 즐겁게 식사를 맛있게 마쳤다.

다음날 아침 10시쯤 되었는데 생각지도 않은 손님 셋이서 전셋집을 찾았다. 전주 서문교회 권사회 대표들이다.

"어떻게 찾아 왔느냐?"고 물었더니 "물어 물어서 찾아왔다"고 하였다. 지혜로운 사람들이어서 전화도 없고 우리가 사는 전셋집을 아는 사람도 없으나 꼭 찾아야 하기 때문에 내가 사는 집 근처에 있는 부동산 영업점을 찾아 물어 보았는데 마침 내가 사는 집을 소개한 부동산이어서 쉽게 찾았단다.

반가이 맞아들여 음료수를 대접하며

"어떤 일로 찾아오셨느냐?"고 궁금해서 물었더니 전주 서문교회의 권사회에서 처음으로 신년 사업계획으로 어려운 교회 하나를 선택하여 1년간 한 달에 5만 원씩 지원하기로 결정했는데 전주 기독서회 김

대전 장로(현재는 고인임) 부인되는 김수경 권사(현재는 고인)가 권사회의 임원이어서 나를 추천하여 내 사정을 소개했더니 모두가 동의하여 결정하고 작은 후원비지만 1년 동안 어려운 생활에 보태 쓰라고 말한다.

하나님께서는 믿음 없는 정말 못난 인간이지만 이토록 완벽하신 계획 속에서 돌보시는 "여호와 이래"의 하나님의 크신 사랑과 은혜를 확인하며 죄송하고 감사하여 한없는 감사를 드리며 눈물겨웠다. 고인이 된 김대전 장로나 그 부인인 김수경 권사는 나를 따뜻이 보살펴 준분들이었다.

김대전 장로는 전북노회 역사상 처음으로 장로가 노회장으로 피선되었을 때 내가 노회 서기로 3회 연임하여 같이 노회의 일을 의논하며 지내는 동안 가깝게 지낸 인연과 내가 책을 좋아해서 자주 찾았고 (전주 기독서회 운영) 청목원 선교회를 조직하여 농어촌교회 목회자들에게 성경주석을 지원하는 일을 맡았기 때문에 가까이 지낸 것이 인연이 되어 많은 편의를 제공한 분들이었다.

고마운 전주 서문교회 권사회 대표들이 다녀간 후에 하나님께 감사드리고 "주님! 1년 동안은 식량 걱정 않게 해 주시는 은혜를 감사드립니다."라고 기도 드렸다. 그리고 하룻밤을 지난 후에 이튿날 아침에 전북노회 산하의 전주시 교역자회의 대표 셋이 찾아 나는 전주시 교역자회 대표들의 방문을 받고 이들이 하나님께서 나를 도우라고 파송한 "여호와 이래"의 사절단임을 직감하고 눈시울이 젖어왔다. 이들은 나의 처지를 듣고 긴급모임을 갖고서 나의 생활대책이 전혀 갖추지 못한데다가 아이들 교육문제에 대하여 염려하고 1년간 회원 중 12사람이 지원하여 한 달에 2만 원씩을 지원하면 통일벼 쌀 60kg은 살 수 있으니 우리 가족의 한 달 치 식량을 사서 힘들지만 굶지 말라고 부탁하고 떠났다.

전주 교역자회의에서 이런 일은 전무후무한 지원 사업이었고 교회 지원이 아니고 개인 지원으로 꼭 1년간 지원 받아서 유용하게 잘 사용하였다. 통일벼 쌀이 일반 벼 쌀보다 그 값이 월등히 싸지만 자라는 네 아이들과 우리 부부의 식량으로는 부족하여 1만 원으로는 통일벼 쌀을

은총의 여로(恩寵의 旅路)

사고 1만 원으로는 밀가루와 국수를 사서 아침식사는 밥을 해서 아이들 도시락 싸고 식사하고 점심때는 국수를 삶아서 먹고 저녁에는 밀가루로 수제비를 떠서 먹으면서 1년 동안 한 끼도 굶지는 않고 살았다.

그런데 문제는 이제 가족끼리라도 예배를 드려야겠는데 우리 개인 집에서 드리기는 그렇고 당장 장소를 구할 힘은 없고 고민 중이었는데 하루는 지금은 고인이 된 김대전 장로가 운영하는 기독서회에 가서 책을 보고 있는데 김대전 장로께서 내게 묻는다.

"김 목사님! 이제 예배는 드려야 하지 않겠습니까?"라고 말한다. 나는 "그래야 하는데 아직은 아무런 대책이 없다."고 말했더니 김 장로께서 내게 제안한다.

"우리 서점 지하실이 전에는 성구사업을 하면서 성구용품 창고로 썼는데 지금은 성구사업을 안하고 있어서 성구사업을 하면서 판매할 수 없는 성구들도 있으니 집세는 받지 않겠으니 예배장소를 구할 때까지 사용하세요! 라고 말하고 나를 데리고 지하실로 들어갔다.

지하실이어서 습기 때문에 성구를 보관할 수 없고 작은 강대상과 강대의자 2개가 습기에 부풀어서 폐기해야할 물건들이고 장의자도 3개를 정리하여 우선 임시 예배처소로 사용하기에는 넉넉한 장소였다. 나는 감사하다고 인사하고 이번 주일부터 예배드리겠노라고 말하고 헤어졌다. 이 또한 나의 하나님께서 예비하신 "여호와 이레"의 은혜임을 깨닫고 하나님께 감사 드렸다.

그리고 주일이 되어서 김 장로의 지하실에 갔다. 예배 참석자는 우리 가족 5인과 중인교회에서 나를 끝까지 따르던 여 집사 4사람이 참석하고 김 장로 부인인 김수경 권사가 참석했다.

얼마 전까지만 해도 180여 명의 교인들을 앞에 놓고 설교했던 일을 생각하며 한없이 초라한 예배 현장에서 첫 예배를 인도하면서 정말 내 자신 목회를 실패한 실패자의 가련한 모습 앞에서 하나님께서 이룩하신 엄청난 축복의 부흥된 교회를 영적으로 해이해져서 지키지 못하여 시련과 고통 속에서 헤매다가 실패하고 떠나온 못난 인간의 모습 앞에 또다시 회개의 눈물이 흘렀다.

　예배 중 대표기도를 김수경 권사를 시켰더니 기도를 마치기까지 내내 울면서 기도하고 우리 모두도 같이 울었다. 그 초라한 예배 모습을 보면서 참을 수 없는 눈물을 쏟은 것이다.

　예배를 마치고 지하실 예배처소에서 나와서 길거리를 멍하니 바라보았다. 많은 신자들이 예배를 마치고 성경책을 끼고 가는 모습이 어쩌면 그렇게도 부러운지 나는 한 번도 그런 신자들과 예배를 드린 일이 없었던 것만 같았다.

　전셋집에 돌아와서 중인리에서 온 4인의 여 집사들과 국수를 끓여서 점심을 먹었다. 그리고 네 여 집사에게 간곡히 이야기했다. "나는 어쩔 수 없이 떠나왔지만 여러분들까지 고생 시킬 수는 없으니 이곳까지 주일에 예배에 참석한다고 하는 일이 얼마나 힘이 들겠는가? 같은 신앙이니 가까운 교회에서 열심히 충성하라고 간곡히 권했더니 그 다음 주일부터는 예배에 나오지 않아서 서운하기는 했어도 마음은 가벼웠다. 주일예배에는 김 장로께서 우리와 같이 예배를 드렸고 그 다음 주일부터는 우리가족 5인을 앉혀놓고 쓸쓸하게 예배를 드렸다.

　한 번은 수요일 밤 예배를 드리는데 막내딸은 집 본다고 않나오고 아들은 첼로 연습하느라고 학교에서 오지 않았고 내 아내와 두 딸을 앉혀놓고 예배를 드리는데 내 아내가 피곤했던지 자꾸만 졸고 앉아있었다. 그 때마다 강대상을 주먹으로 치면 잠깐 눈을 떴다가 또 졸기를 계속하고 있는 것이다.

　그렇지 않아도 설교할 기분이 아니고 힘이 나지 않아 울고 싶은 심정인데 더 이상 설교할 힘이 없어서

　"오늘은 예배 못 드리겠으니 집에 가자!"고 강단에서 내려오는데 내 아내가 눈을 뜨고 하는 말이

　"주기도문이나 암송하고 마치자"라고 말한다.

　나는 속이 상해서

　"당신이나 그렇게 하라"고 말하고 집으로 돌아왔다.

언제까지 이런 막연한 분위기 속에서 진행해야 할지? 한심스러웠다. 그런데 한 달이 지났는데 들리는 소문에 중인리에서 따라왔던 여 집사 중에 한 사람인 이 집사는 내가 우리 예배에 오지 말라고 했으니 다른 교회는 나가기가 싫고 김 목사님이 나오지 말라고 했으니 나는 예수를 안 믿겠다고 말하면서 어떤 예배도 나가지 않는다고 하는 말을 듣고 내가 연락의 말을 전했다. 이 집사가 예수를 믿지 않으면 지옥에 가게 되니 그냥 우리 예배에 나오라고 전했더니 그 다음 주일부터 기쁨으로 가장 일찍이 그 멀리서 나와서 도울 수 있는 일은 다했고 중인리에서 고등학생 둘이 예배에 참석하여 예배 참석자가 우리식구 6인과 중인리에서 오는 3인 합쳐서 9인이 예배를 드리게 되었고 나는 매일 대책도 없으면서 적당한 예배처소가 어디 없는가? 하고 찾기에 애썼고 남은 시간은 내 형님 같은 친구인 김여선 장로가 운영하는 한약방에서 내가 도울 수 있는 일을 도우며 무료한 시간을 달랬고 김 장로가 종종 2~3만 원씩 주어서 어려운 생계에 많은 도움이 되었다.

그러던 어느 날 서부시장 근처에 있는 송원 부동산을 우연히 들어가서 우리에게 적당한 예배처소가 있는가? 를 문의하게 되었다. 송원 부동산은 젊고 친절한 사장이 운영하고 있었다.

내게 대하여 궁금한 모든 문제들을 자세히 물었다.

"내가 농촌목회를 24년 동안하고서 교회에 어려운 일이 있어서 빈손으로 떠나왔고 친척의 도움으로 돈을 빌려서 완산동에 전셋집을 구해서 살고 있는데 아무래도 교회를 개척하여 목회를 계속해야 하기 때문에 예배처소를 구하는 중이라"고 이야기를 했다. 그랬더니 부동산 사장이 내 이야기를 듣고 깜짝 놀란다. 시골에서 목회하는 목사도 이곳에 APT(16~18평 짜리로 효자동 처음 지은 효자동1단지APT) 2~3채씩 마련한 분들이 많이 있는데 24년간 목회 하고도 집 한 채 준비 못하였다니 이해가 안 된다"고 놀란다. 나는 사람이 좀 모자라서 그랬노라고 웃으며 이야기 했다. 부동산 사장은 잠간 생각에 잠겨있더니

"목사님! 목사님이 찾는 규모에 맞는 아주 좋은 장소가 있습니다. 지

금 APT단지 바로 아래서 피아노학원을 하는 사람이 계약하려고 준비하고 있는데 목사님의 이야기를 듣다 보니 목사님께 소개해 주고 싶습니다. 바로 이 위에 새로 지은 거성 APT앞에 있는 상가인데 새로 지어서 한 번도 쓰지 않은 새 건물 2층 40평짜리입니다. 가격은 2,000만 원 받아 달라고 했는데 목사님의 형편을 듣고 보니 재정사정이 어려운 중에 있음을 듣고 건설회사 사장에게 잘 부탁하여 꼭 사신다면 1,900만 원에 사 드리겠습니다. 한 번 장소를 가서 보시지요!"라고 말하면서 친절하게 안내한다.

부동산 사장을 따라가 보니 효자동1단지 APT 와 그 곁의 예그린 APT에서 내려오는 길가에 있고 새로 지은 2동 짜리 고급APT에 속하는 35평의 거성 APT 입구에 지어진 상가 건물이었고 벌써 1층은 슈퍼로 사업을 시작하였는데 그 건물을 보는 순간 바로 내가 찾던 예배처소라고 여겨져서

"내가 사겠노라"고 말했다. 어찌나 마음이 설레고 좋은지 몰랐다. 그리고 부동산 사무실로 돌아왔다. 부동산 사장이 나에게 묻는다. "목사님! 지금 바로 거성건설 사무실에 가서 계약하십시다. 오늘 계약금은 얼마나 준비할 수 있겠습니까?"라고 묻는다. 나는 사실 준비된 돈은 하나도 없었다. 있을 수가 없었다. 그냥 막연히 좋아서 대답은 해놓고도 대책은 없었다. 그래서 "조금만 기다리라고 말하고 한 가닥 희망인 전주 기독서점으로 전화를 해서 김수경 권사와 연결해서 예배를 드릴 좋은 장소가 있어서 지금 계약하러 가자고 하는데 준비된 것이 없으니 전주 서문교회 권사회에서 보조해 주는 보조금을 지금 두달치는 지금 받았으니 나머지 10개월분을 한꺼번에 줄 수 없겠느냐고 물었다. 그랬더니 "목사님 생활은 무엇으로 하려고 그러느냐?"고 해서 "하나님께서 먹여 살리실 것이다"고 이야기 했더니 회장에게 연락하고 전화 준다고 기다리라고 하더니 바로 전화가 왔다. "와서 가져가라"고 한다. 나는 자전거로 달려가서 준비한 돈 50만 원을 찾아왔다. 그리고 부동산 사장에게 "갑자기 준비하려니 우선 50만 원밖에 준비 못했다."고 말했더니

부동산 사장이 웃으면서 이야기 한다.

"목사님! 1,900 만 원짜리 건물 계약을 50만 원 가지고 어떻게 하겠습니까?" 제가 목사님을 믿고 50만 원을 빌려 줄 테니 1주일 안에만 돌려주세요! 라고 말한다. 나는 너무도 감사했고 있을 수 없는 하나님의 특별한 도우심을 체험했다. 그래서 부동산 사장과 함께 거성건설회사 사무실에 가서 조찬백 사장을 직접 만나서 부동산 사장이 자세한 이야기를 하고 "자기가 책임 질테니 그리 아시라"고 말하고 예배처소 매매 계약을 기적적인 하나님의 은혜 속에 마쳤다.

정말 잊지 못할 하나님의 크신 은혜 속에 나를 처음 만난 송원 부동산 젊은 사장의 고마운 도움이다. 부동산 영업을 하는 사람들은 대략 자기들의 이익을 추구하는 일에 목적을 두기 때문에 찾아오는 상담객에게 이토록 최선을 다하여 도와주려고 마음을 써주는 사람을 찾아볼 수 없는 세상에서 끝까지 나를 그토록 신임하고 편의를 보아줄 사람이 또 있을까? 생각해 본다.

하나님의 크신 은혜 속에서 마음에 꼭 들고 위치가 아주 좋은 예배처소를 허락하신 하나님의 크신 은혜를 감사하며 이제 고마운 송원부동산 사장이 빌려준 계약금 50만 원을 갚아야 하고 건물 값을 준비하기 위하여 동분서주하며 기도하고 뛰어다녔다.

하나님께서 도우시는 은혜가운데 새 건물 새 예배처소를 계약한지 3일 만에 백만 원을 구하여 50만 원을 가지고 송원부동산을 찾아가서 젊은 사장에게 감사하다고 인사하고 음료수박스를 전하고 꾼 돈을 주었더니

"아니 어떻게 빨리 구하셨네요! 나는 얼마나 애타실까 염려했습니다."라고 위로해 준다. 나는

"하나님께서 생각지 않게 사장님의 그 고마운 마음에 누를 끼치지 않도록 준비해 주셨습니다. 참으로 감사했습니다. 사장님의 그 은혜는 정말 잊지 않겠습니다. 고맙습니다. 그리고 수고비는 얼마나 드려야 하겠습니까?"라고 물었더니

"목사님의 사정을 생각하면 거저 해 드려야겠는데 영업하는 처지여

서 조금만 주세요! 십오 만 원은 받아야 하는데 그냥 오만 원만 주세요!"라고 생각지도 못할 만큼 적은액수를 말하여 내가 "사장님! 그렇게 마음 써서 수고해 주시고 그렇게 작은 액수를 원하시면 어떻게 해요! 그냥 더 드려야 하는데 그렇지 않아도 15만 원만 받으시라고 사정하려고 15만 원을 준비했으니 받으세요! 더 드리는 것이 도리인줄 알지만 제 사정이 어려워서 이것밖에 준비 못해서 미안한 마음 금할 수 없습니다."라고 말하고 15만 원이든 봉투를 주었더니 봉투를 받더니 5만 원만 가져가고 남은 10만 원이든 봉투를 기어이 내 손에 쥐어 주면서 "목사님! 제가 목사님의 정성으로 주시는 돈을 다 받았다고 생각하세요! 나머지 10만 원은 목사님의 어려운 형편을 조금이나마 돕는다는 마음으로 드리는 것이니 기쁜 마음으로 받으세요!"라고 하고 내 손에 꼭 쥐어준다. 나는 눈시울을 적시며 받으면서 "감사합니다. 정말 감사합니다. 하나님께 복 많이 받으세요!"라고 인사하고 감사의 눈물을 흘리며 부동산 사무실을 나왔다. 그 후 정신없이 건물대금을 위해 뛰어다니다가 살펴보니 우리 예배처소를 위하여 그토록 마음 써준 고마운 "송원부동산"의 간판이 보이지 않아서 가서 보았더니 다른 곳으로 이전한 것을 알았다. 너무나 서운하고 허망한 마음이 들면서 빈 사무실 앞에서 멍~하니 서서 "송원부동산"이 어디로 이전한지 알 수 없으나 어디에 있든지 하나님께서 그토록 상처 입은 처지에서 예배처소를 구하느라고 애타고 있을 때 우리 하나님께서 나를 위하여 예비하신 고맙고 잊을 수 없는 일을 이루게 하고 떠난 것은 "송원부동산"은 나로 하여금 상처와 아픔을 딛고 새롭게 출발할 수 있도록 예비하신 선한 사마리아인과 같은 고맙고도 잊을 수 없는 은혜를 베풀고 떠나게 하신 것이다.

참으로 감사하고 놀라운 일이었다.

이제 예배처소가 계약을 끝냈으니 한 달 남짓 살아온 전셋집의 전세금을 찾아야 했다. 그래서 부동산(우리가 계약할 수 있도록 도와준)에 가서 집주인집 전화번호를 알려 달라고 하여 전화로 우리의 사정을 알리고 전세금을 반환해 주면 고맙겠다고 이야기 했더니 쾌히 "그렇게 하세요!

지금 전세금이 많이 올라서 나를 도와주는 일이 되어서 고맙다"고 말하면서 "전세금은 오늘 마련하여 줄 테니 오후에 오라."고 하여 부동산에 오후에 갔더니 준비된 전세금을 돌려주면서 "이사 준비를 해야 할 것이니 5일간의 기회를 주겠다"고 너무도 고맙고 친절하게 이야기 하여 "진심으로 감사하다"고 인사했더니

"갑자기 좋은 새집을 마련하게 되어 잘했습니다. 축하합니다."라고 축하해 주는 것이다. 나는 부동산 사무실에서 전셋집 주인과 헤어진 후 바로 "거성건설" 사무실에 가서 조찬백 사장을 만나서 돌려받은 전세금 750만 원을 중도금으로 처리해 주시라고 말했더니 조 사장이 "어떻게 어려운 중에 있다고 하는 말을 들었는데 이렇게 중도금을 빨리 가져왔습니까?"라고 묻는 것이다. 나는 "전셋집 주인이 너무 좋은 분이라서 한 달밖에 살지 않았는데도 나의 사정 이야기를 했더니 오히려 좋은 집을 준비해서 잘 했다고 축하하면서 바로 오후에 오라고 하여 갔더니 준비해 주어서 가지고 왔습니다."라고 말했다. 그랬더니 조 사장은 감동해 하면서 "전셋집 주인이 정말 고마운 분이군요! 그러면 앞으로 예배처소가 시급하니 내가 상가의 열쇠를 내주라고 하겠으니 내일부터 바로 공사를 시작해서 예배를 드리도록 하세요!"라고 말하더니 사무직원을 부르더니

"목사님께 서부시장 APT 상가건물 2층 열쇠를 내어주라"고 말한다. 나는 정말 고마워서 감사하다고 인사하고

"남은 잔금은 최선을 다하여 준비 하겠다"고 말했더니 조 사장은 "내가 목사님 사정을 대강 부동산 사장에게서 들었으니 잘 알겠습니다. 잔금은 얼마가 되든지 준비 되는대로 가져다주시고 너무 염려는 말라고 오히려 격려해 주는 것이다. 나는

"감사합니다. 그 은혜를 잊지 않겠습니다."라고 인사하고 그 소중한 건물 열쇠를 손에 꼭 쥐고 나오면서 생각했다.

하나님께서 나 같은 부족하고 충성치 못한 종을 위하여 이토록 선한 역사를 이루어 주시고 마음착한 많은 사람들을 만나게 하시어 하나님

의 새로운 교회를 이루기 위하여 역사하심을 감사 드리고 이토록 하나님의 선한 역사를 이루기 위하여 들어 쓰신 "선한 사마리아 사람" 같은 귀한 사람들에게 축복하여 주시라고 기도드렸다.

이제 상가 2층 40평 홀은 우리가 쓰기에는 딱 적당한 규모의 건물이었다. 장소도 조용하고 예배드려도 이웃에게 큰 피해를 주지 않을 깨끗한 새 건물을 잔금도 건네지도 않은 형편에 예배드릴 수 있도록 허락한 조 사장의 배려는 하나님께서 그 마음을 감동시켜 주시지 않으셨으면 불가능한 일이었다.

하나님께서 역사 하지 않으셨으면 중도금은 어디에서 마련하겠으며 전세금을 돌려받아서 중도금을 지불했더라도 언제 잔금을 완전히 끝냈을지 몰랐을 일을 그간 우리 가족이 어디에서 생활할 수 있었겠는가! 이처럼 암담한 현실을 하나님께서 이같이 하나님만이 하실 수 있는 방법으로 이루신 것이다.

시간이 짧기 때문에 이제 홀 40평을 한쪽 25평은 예배실로 만들고 남은 15평으로 방2개를 만들고 부엌을 설치하는 일이었다. 나는 한 번도 이런 일을 해본일이 없어서 고민 중이었는데 삼례에 사는 내 아내의 형부인 차순칠 장로의 헌신적(지금은 하나님의 부르심을 입어 주님의 나라에 먼저 갔지만)인 그는 삼부토건 APT 건설현장 직원으로 건설현장에서 여러 해 근무한 경력이 있고 예산 엽연초건조장 건설현장에서 자재관리 책임자로 근무한 경력이 있어서 발 벗고 나서서 일해 주어서 가능했던 것이다. 바로 상가 건물 2층의 칸막이 공사에 쓸 자재를 사오고 수도관 연결 사업자에게 연락하여 수도관을 연결하여 시공하고 그 힘든 칸막이공사를 3일간 나와함께 애써서 완공했다. 바닥 보일러 공사는 비용도 없고 시간도 없어서 두껍고 튼튼한 스치로폼으로 깔고 비닐 장판을 깔았다. 이곳에서 첫 예배와 생활을 시작한 것이다.

아무런 준비를 하지 못하고 개척교회를 시작했고 특별한 도움의 손길도 없이 막연하게 개척교회를 시작했기 때문에 교회개척 1년 동안은 교회에서 사례비나 생활비를 받을 형편이 없는 상태였다. 이때에 삼례에 살면서 농촌교회인 인수교회의 기초석 같이 충성을 다하여 섬기던 내 아내의 언니인 김정숙 권사의 그 따뜻한 섬김의 보살핌은 평생을 통하여 잊을 수 없는 사랑의 헌신적인 보살핌이었다.

개척교회를 시작 하는 데에 그 딱 막힌 경제적 어려움을 당했을 때 필요한 재정을 대가 없이 빌려주어서 해결했고 교회 개척 후 2년여 동안 배추농사를 특별히 우리 가정몫으로 농사지어서 소금에 절여서 부수적인 양념과 함께 그 무거운 절임배추 비료부대 2개의 비닐에 담아서 버스를 타고 가져다주어서 김장을 해주고 이모저모로 생활을 지원하여 준 그 큰 은혜와 사랑을 그 누구에게서 받아 본 일이 없는 있을 수 없는 고마운 은혜였다.

이래저래 바쁘게 공사를 마치고 예정된 이삿짐을 옮겨야 할 5일이 되는 날 또 전주 고등성경학교 남학생들이 동원되어서 이삿짐을 날라주었다. 그래서 교회예배당으로 쓰일 건물의 새 터전에서 첫 밤을 지새우면서 하나님께 감사를 드렸다. 방 한 칸은 조금 크게 만들어서 안방 겸 우리 부부가 살았고 그 윗방은 반으로 막아서 작은방은 아들의 거처로 쓰고 조금 큰 방에는 같이 생활 하게 된 아이들의 외할머니 (후에 오셔서 거하셨음)와 딸아이 셋이서 거했고 부엌은 구석진 곳의 공간을 이용하여 그저 식사할 수 있는 임시처소로 쓰여 졌고 한편 구석에 마련한 화장실과 세면실은 그런대로 쓸 수가 있었다. 취사는 석유곤로를 사서 불편하지만 사용할 수 있었다.

이제 교회 명칭인데 너무도 흔한 이름은 피하기로 해서 몇 가지 이름을 생각하다가 중인교회에 있을 때 농어촌교회 목회자를 돕기 위한 "청목원 선교회"의 "청목원교회"로 하려 했더니 그 당시 통일교에 이와 비슷한 이름으로 일컫는 기관이 있어서 "청"자를 뺀 "목원교회"로 하기로 정했다. 이 이름은 바로 내가 가장 즐거이 암송하고 찬송하는 시23편을 이름한 다윗의 "목장의시"의 아름다운 우리 주님의 사랑의 목장을 이루어 보려는 기도요 찬송을 내용으로 담고 있는 이름이다. 하나님께 기도하고 최종 정하고 간판사에 가서 교회 이름을 새겨다가 2층 계단 바깥 입구에 걸었고 십자가 철탑은 아이들의 외할머니께서 대금을 헌금해 주셔서 잘 세웠다. 그리고 교회 설립을 알리는 전도지를 찍어다가 교회 앞에서 효자 제일 APT 예그린 APT에 사는 주민들의 내려오고 올라가는 길목에서 전도지를 주며 "전주 목원교회가 설립되었습니다. 교회 나오세요!" 이렇게 말하면서 난생처음으로 노방전도를 해서 그런지 나나 아내나 잔뜩 어색해 보였다. 그리고 3월 셋째 주일이었다. 우리 목원교회에서 처음 엉성한 예배실에서 급히 마련한 강대상과 임시로 앉을 수 있는 판자로 만든 장의자 몇 개를 놓고서 감격어린 예배를 드렸다. 전주 기독서회 지하실에서 예배드리던 우리 가족 6인과 이소영 집사(여)와 백인호, 권대호 학생 등 9인에 더하여 새롭게 참석한 7인이 합하여 16명이 예배를 드렸는데 이제 예배드리는 기분이 새롭고 감동적이고 눈물이 나도록 감사한 첫 예배를 마치고 헤어졌고 밤 예배는 12명이 드렸다.

그 다음 주일에는 24명이 드렸고 그 다음에는 32명으로 은혜 중에 성장해 갔고 전주 서문교회 여전도회에서 목원교회 설립 기념으로 장의자(6자) 10개를 사서 보내주어서 예배실의 분위기와 조건을 갖추었고 그간 중인교회에서 대 예배시에 반주했던 큰 딸아이가 피아노반주를 했으므로 예배의 격식을 갖추게 되었다. (피아노는 중인교회 시무할 때 나와 아내가 양봉을 16통까지 치게 되어 아이들의 학비를 충당하고 큰 딸아이를 위하여 어렵게 피아노를 구입한 것을 요긴하게 주님의 몸 된 교회의 예배의 반주용으로 쓰이게 된 것을 생각하면 모든 것이 하나님의 크신 은혜의 인도였고 축복하심이었다.

나는 건물의 잔금 마련을 위하여 뛰어다녔고 아내는 그 어려운 농촌교회를 섬기면서 친가의 도움으로 쌀 계를 들어서 마련한(삼례 언니가 헌신적으로 지원하여 주었기에 가능했다) 논 1,300평을 팔아서 아들의 첼로를 사는데 일부를 쓰고 전액을 다 건물 잔금으로 지불했고 나는 총회 농어촌 개척교회에 보조 신청을 했더니 한 달 후에 5만 원이 후원되었고 총신 동창회원 중 도와줄 수 있는 몇 사람에게 편지 했더니 세 사람에게서 2명이 2만 원씩 하고 1명이 일 만 원으로 하여 합해서 5만 원이 지원 되었다.

거성건설 사장인 조찬백씨는 정말 고마운 선한 사람이었다. 내가 가진 금 십자가 3개와 2돈짜리 금반지를 금은방에 가서 팔았더니 금값이 많이 내렸다고 말하면서 5,300원을 주어서 허망해 하며 왔다.

이제 교인들이 40명이 가깝게 모여서 봄 노회에 교회설립신청서를 내고 허락 받아서 교회 설립 예배를 4월 26일에 드리게 되었다 그때 설립 예배에 참석자가 70~80명이 모였다. 예상외 였다. 그리고 예배를 마치고 (오후)상가 옥상에서 빵과 약간의 과일과 음료수로 간단히 간식을 대접하고 헤어졌는데 이날 들어온 교회설립예배에서 나온 헌금이 76만 원이었다. 이날 경비가 7만 원정도가 나와서 썼고 건물 잔금으로 70만 원을 가지고 거성건설 사무실에 가서 사무직원에게 주었더니 사무직원의 말이 "목사님! 잔금이 꼭 70만 원이 남았었는데 오늘까지 완납하셨습니다. 수고 하셨습니다."라고 말하면서 끊어준 영수증 번호가 18번째였다. 영수증을 18장을 받은 것이다. 5만 원이 준비되어 가져다주면 아무 말 없이 영수증을 끊어주고 10만 원이 준비되면 말없이 웃으며 받아서 영수증을 끊어준 그 고마움, 한 번도 짜증낸 일이 없고 기분 나쁘게 대한 일도 없었다. 이렇게 해서 건물 대금 2,000만 원짜리 좋은 자리의 상가건물 2층을 100만 원을 깎아주어서 계약했고 중도금 750만 원을 건넌 후 남은 1,050만 원(계약금 100만 원)을 돈이 준비되는 대로 16차례에 다 지불하기까지 편의를 보아준 조찬백 사장(지금은 고인이 되었음)의 그 너그러운 배려와 은혜는 잊을 수가 없다.

우리 주님의 명하심을 따라서 생각해 본 일도 없는 교회설립을 위한 경영 속에서 우리 주님의 그 강권적인 역사 속에서 다시 떠 올리기도 힘든 고난과 역경을 거쳐서 잊을 수 없는 감동적인 하나님께서 우리 주님의 피 값으로 세우신 교회가 우리 주님의 목원교회인 것이다. 비록 작은 수의 교인이 모이는 작은 교회였지만 처음 예배장소로 사게 하셔서 예배드린 2년 동안 첫 예배 출석이 16명으로 시작했지만 23~42명 50여 명이 모여서 예배드린 기간이 목원교회에서 17년간 시무하고 총회에서 정한 목회정년인 만 70세에서 5년 8개월을 반납하고 조기 자원 은퇴하기까지 기간에서 가장 행복하고도 보람 있고 즐거운 기간이었다.

그것은 김제 연정교회를 섬기던 이종님 집사(지금은 고인)의 제대로 배우고 실천한 참 신앙의 터전위에서 볼 수 있는 모범적인 신앙과 교회와 목회자를 위한 마음속 깊은 곳에서 우러나온 사랑의 섬김이 바탕을 이루었기 때문이다. 착하고 성실하여 그 어머니처럼 신앙과 교회 봉사를 잘하던 막내딸이 기전여자 고등학교를 졸업하기까지 주로 여전도회와 교인들에 앞장서서 말이 아닌 생활로 실천하면서 교인들과 여전도 회원들을 독려하며 교인들을 지도했기 때문이다.

명절에는 그 당시 수준으로 값진 선물인 소고기 한 근을 사서 목회자 가정을 섬겼고 교인들에게

"우리 교회 목사님을 우리가 섬기지 않으면 누가 섬기겠는가? 목사님은 별도의 수입 없이 그 적은 사례비로 살아가기에 얼마나 고생하시겠는가? 목사님을 대접하는 길은 복 받는 길이니 우리들이 힘써 섬기고 우리 주님의 주시는 축복을 받읍시다."라고 독려하고 목사 가정을 위하여 고추장, 간장, 된장, 김치 담그기를 독려하였고 이 영향을 받아 우리교회에 새벽예배만 참석하던 타 교회 교인들까지도 명절이면 소고기 가래떡 등 선물들로 공궤하였고 어느 추석에는 여전도 회원들이 모직코트를 선물하여 감사하게 잘 입었다. 이런 일은 전무후무한 사랑의 섬김이었다.

하나뿐인 아들의 대학등록금 때문에 애탈 때 이제 갓 신앙생활을 시작한 어느 여 집사가 등록금 50만 원을 지원할 형편은 못되고 이자 없이 꾸어줄 것이니 돈이 마련되면 돌려주시면 될 테니 땅을 사려고 준비한 여유 있는 돈이니 빨리 가져다가 아들의 대학등록금을 내고 등록하도록 하라고 간곡히 이야기 하는 고마운 교인도 있었으나 나는 나의 금전적인 문제라면 아예 능력이 없음을 잘 알기 때문에 정중히 사양하고 기도하며 애타다가 이런 처지를 눈치 챈 나의 형님 같은 친구인 제민당 약방의 김여선 장로께서 지원해 주어서 어려움을 면하고 아들의 대학 등록을 마친 잊지 못할 고마운 일도 이때에 있었다.

은총의 여로(恩寵의 旅路)

또한 잊지 못 할 감동적인 일은 그처럼 교회 설립한 1년 동안은 목사 사례비는 받을 수 없는 형편에서 교회의 전화를 어려운 생활 중에서도 설치해 준 김지숙 집사다. 그는 전주 서문교회를 섬기면서 우리가 전화를 설치할 능력이 없음을 알고 그 당시 설치비가 상당히 많이 들었는데도 기쁨으로 설치해 주었고 나의 외가로 동생뻘인 이학기 선생은 교인수의 증가로 의자가 부족한 것을 알고 장의자 10개를 제작할 헌금을 드려서 마련한 감동적인 일들은 결코 잊을 수가 없다. 강단 휘장은 처남 되는 유관상 집사가 와서 보고 좋은 천으로 아름답게 설치하였고 창문 커튼은 아내의 친정어머니 조재구 권사님께서 하시어 완벽하게 다 준비 되었다.

교회가 설립 된 지 2년여에 하나님께서 교인들을 보내 주시어 50~60여 명이 모인 가운데 시내 어느 교회를 섬기던 김성진 집사(현 서울국악연주단 음악감독)가 그 교회에 문제가 있어서 성가대 지휘를 사임하고 무보수로 우리교회에 부임하여 1년 동안 성가대를 조직 지휘하는 감동적인 일도 있었다. 그가 미국으로 유학 가면서 사임하고 떠나게 되었다.

교인들의 증가로 예배 처소가 비좁아서 복잡하였고 지역적으로 발전에 한계를 느껴져서 새로 개발되는 APT단지로 이전할 계획을 세우게 되었고 자금 마련을 위하여 여전도회를 중심으로 설 명절을 앞두고 떡국용 떡가래를 쌀3가마 반까지 빼다가 그 어린 신자들이 떡을 썰어서 교인 친척, 친구, 아는 사람들에게 전화로 연락하여 팔았고 주위에 있는 APT입구에서 큰 고무다라에 가득 담아서 팔기에 힘을 다한 일과 시내에 있는 다방을 세내어 1일 다방을 개설하여 새 예배처소를 위한 기금 모금 활동을 한 그 열심과 봉사의 땀방울은 잊을 수가 없는 감동적인 역사이다. 그런 중에 한창 새APT가 건설되어 개발되고 넓은 과수원 지역에 주택단지가 들어서고 있고 도로변에 줄지어 상가 건물을 짓기 위한 공사가 시작된 것이다. 지금은 3류 아파트로 전락되었지만 그 당시만 해도 고급 APT에 속하여 입주하는 사람들을 부러워할 만큼 잘 지었다고 칭찬하는 "목화 APT" 단지 건너편 도로변에 3층짜리 상가건물을 짓기 위한 기초공사를 하는 사람이 있었다. 박 사장 이라고 부르는 사람이 하는 공사인데 효자3단지 APT 관리인을 하면서 친구가 그를 위하여 물려준 "민영 부동산"을 운영하고 그 부인은 효자3단지 상가 1칸을 임대 받아서 문구점을 하고 있었다. 그런데 박 사장이 효자3단지 APT를 신축하여 분양 할 때에 열심히 활동하여 그 부부가 상당한 재산을 모아서 상가건물을 지을 수 있는 대지를 매입했고 상가 건축비는 입주자를 모집하여 계약금을 받아서 상가 건물 건축 계약금을 지불하고 입주자에게서 중도금을 받아서 상가 건축을 위한 중도금을 지불하고 잔금을 받아서 상가건물을 완공하여 잔금을 지불하고도 입주자들에게서 받은 입주금이 남을 만큼 상가건물의 위치와 입지조건이 좋아서 입주경쟁자가 많았던 곳이고 3층은 교회 건물로 예정이 되어 몇 사람의 경쟁자가 있었는데 다 거절하고 우리는 생각도 못하고 있었고 우리가 갈 수 있는 경제적 여건이 되지 않아서 욕심은 나지만 아예 생각 밖에 있던 건물인데 박 사장이 나에게 전화가 왔다. "몇 사람이 계약하자고 왔었는데 마음에 들지 않아서 허락을 하지 않았는데 김 목사님은 신청도 하지 않았는데 어쩐지 김 목사님께 계약하고 싶은 마음이 들어서 연락하니 뜻이 있으면 와서 계약하도록 하세요!"라고 하는 것이다.

나는 아무런 대책도 없지만, 현재 예배드리는 건물이 있기 때문에 믿을 곳이 있어서 단숨에 전화를 끝내고 달려갔다. 박 사장은 나를 반가이 맞아주며 대화했다. 전체 임대료는 2,500만 원이고 우선 계약금은 300만 원이고 중도금은 500만 원이고 잔금 1,700만 원은 입주 시에 지불하면 된다고 말했다. 나는 우선 구두 계약을 했고 1주일 안에 계약금을 납부하기로 약속하고 헤어졌다. 그 신축 상가 건물 3층에 교회로 들어오려고 애타던 목회자들이 여러 사람이 있었음을 확인할 수 있었다. 그런데 왜? 계약신청도 하지 않은 나를 불러서 계약하자고 제안했을까?라고 생각해 보니 교회를 설립하고 사례비를 받을 형편이 되지 못하면서도 전주 교도소 장기수 신앙교화사역과 소년소녀 가장 지원사업과 편모(미망인)지원 사역했고 특히 효자 2단지 내에 있는 "삼성 노인정"에 간식을 사가지고 가서 돌보는 일을 하였는데 그곳 노인정의 노

은총의 여로(恩寵의 旅路)

인 회원들이 "새로 시작한 목원교회는 경제적인 어려움 속에서도 노인들을 공경하고 돌보는 훌륭한 일을 하는 좋은 교회이고 훌륭한 목사가 일하는 교회"라고 아주 좋은 소문을 내게 되었고 "누구든지 교회에 나가려면 목원교회로 나가라"고 간접적인 전도를 하여 짧은 기간에 좋은 교회로 소문이 났기 때문이라고 생각된다. 후에 이 "삼성 노인정" 회장의 이름으로 정성들인 감사패까지 받게 된 것이다. 그런데 그 좋은 조건의 자리에 하나님께서 허락하신 예배장소로 이전하기 위한 첫 단계의 계약금을 마련하는 일에 교인들이 협력할 만한 사람도 없고 모든 문제는 내가 해결해야 하기 때문에 힘들었다. 이 일로 고심하다가 할 수 없이 나의 형님 같은 친구인 제민당 한약방의 김여선 장로를 찾아가서 걱정되는 일을 이야기했다. 김 장로님은 나의 이야기를 듣더니 잠간 생각하고 "언제까지 마련하면 되느냐?" 묻기에 3일 남았다고 대답하니 3일 되는 날 오후에 오라고 허락하여 약속한 날에 가서 준비해둔 300만 원을 감사하다고 인사하고 받아다가 새 발전적인 좋은 위치의 건물3층을 계약하게 되었다.

또 기억할 일은 우리 교회에 출석하는 아까운 실패자로 지금은 고인이 된 김 장로의 처세를 말하면 그 당시 신흥고등학교를 졸업하고 장로회 신학교를 2년 수료하고 자기는 목사가 적합하지 않다고 신학교를 중간에 중단하고 부모의 유산으로 사업한다고 해 보았으나 다 실패하고 빈 털털이로 성공한 동창들을 찾아가서 용돈을 얻어 쓰고 사는 사람이었다. 동창 중에 건축업에 성공한 사장이 발전지역에 APT 건설공사를 하게 되어서 그곳 상가를 부탁하여 예배처소를 마련하도록 하라고 부탁했더니 "걱정 말라"고 내 말이면 다 들어주는 사람이니 마음 놓고 새 예배처소로 이사할 준비나 하라고 큰소리쳐서 설마 자기가 출석하는 교회의 일이니 믿어 보려고 단단히 부탁하고 중간에 몇 번 재촉했더니 내게 약속한 일이니 아무런 걱정을 하지 말라고 큰소리 쳐서 기다렸더니 나중에 APT 건설공사가 거의 완공상태가 되었는데 우리가 필요로 하는 건물이 보이지 않아서 "어찌된 일이냐?"라고 따졌더니 그제야 하는 말이 "나의 동창 사장에게 알아보았더니 건축설계 변경으로 내가 부탁한 예배실을 만들지 못했다"고 말하는 것이다. 이 사람의 근성을 파악해 보았더니 어떤 일에도 수고비를 주지 않으면 일을 하지 않는 사람으로 아예 처음부터 이야기조차 하지 않고 수고비를 주기만 기다리다가 끝낸 사람이었다. 나는 그래도 내가 목회하는 교회의 협동 장로이기 때문에 믿고 기다렸던 것이 내 실망을 안겨 주게 된 것이 너무 허탈해서

"내가 당신 같은 사람을 우리 교회의 협동장로라고 믿고 맡긴 것이 당신 같은 사람보다도 더 못난 짓을 했으니 할 말이 없으니 다시는 당신을 믿고 어떤 일도 부탁하지 않겠다"고 선언하고 주일예배를 마치고 월요일에 전주 근교의 "수양산 기도원"으로 20일간 장기 금식기간으로 정하고 금식기도에 들어갔고 오직 주님만 붙들고 기도했던 열매로 생각지도 못한 박 사장의 마음을 감동시킨 결정적인 결과를 이루게 된 것이다.

이제 첫 예배장소를 매각하여 박 사장의 신축 상가 3층에 입주하기 위하여 여러 부동산에 매매의뢰를 했으나 새로운 APT 단지가 조성되는 중이어서 관심을 가지고 찾는 사람이 없어서 애를 태웠다. 중도금은 나의 아내가 백방으로 애를 써서 지불했으나 상가건물의 신축공사가 마무리되어서 잔금을 지불하고 입주해야 하고 잔금 정리 기한이 다가오는데도 현 예배처소의 구매자가 나타나지 않아서 애를 태웠다. 한 구매 희망자가 나타나서 PC 방으로 쓰겠다고 계약했다가 지역 환경이 적합하지 않다고 해약해서 계약금을 돌려주고 애를 타다가 지금 예배드리는 상가 건물을 담보로 1,500만 원을 대출받기로 했는데 은행 측에서 보증인 셋을 세우되 보증인으로 세울 사람은 공무원이어야 한다는 까다로운 조건을 제시하는 것이다. 그래 우리 교인 중에 공무원은 경찰관 1, 교사 2인이 있어서 건물을 담보로 하고 더 안전하게 하기 위하여 공무원의 보증으로 보증인을 요구하니 만일의 경우라도 건물을 담보로 하는 대출이고 신용을 담보로 하는 것이 아니기 때문에 염려할 것 없으니 보증을 서 달라고 부탁했더니 대답하지 않고 그 세 사람의 부인 집사들이 이리 모이고 저리 모여서 내놓은 결론은

"우리는 교회문제로 보증을 서주고는 못 다니겠다"고 보고하고 뿔뿔이 헤어져서 두 가정은 다른 교회로 교회를 옮겨가고 한 가정은 신앙을 버리고 세상으로 돌아가고 만 것이다.

나는 너무도 허탈감에 빠져서 실의에 빠지게 되고 말았다. 이 일에 대하여 그 누구도 힘이 되어줄 사람이 나타나지 않았고 그럴 사람도 없었다. 나는 이제 하나님의 선하심과 도우시는 은혜를 바라고 1주일간 이 문제를 위하여 금식기도를 드리기로 하고 교회의 문제가 있을 때마다 금식기도를 드리러 가는 소양면 소재 수양기도원으로 가서 일주일간 몸부림치며 이 문제를 해결해 주시라고 간절하게 부르짖었다. 1주일 금식기도를 하는 중반에 들어갔는데도 아무런 응답이 없었다.

토요일이 되었다. 이제 산에서 내려가야 하는데 아무런 응답을 받지 못하고 내려가게 되어 인간의 심정으로는 죽고 싶을 정도로 힘이 빠져서 어떻게 해야 좋을지 방법이 없었다. 새벽 시간에 기도원 예배당에 가서 울부짖으며 혼자니까 예배당 마룻바닥을 뒹굴어 다니면서 울부짖었다.

"하나님! 오늘 하산해야 하는데 응답해 주시지 않으면 어떻게 내려가겠습니까? 주님의 교회 일이니 주께서 해결해 주셔야지 힘없는 죄인의 방법으로는 어찌할 수 없습니다. 주님! 주님! 주님, 도와주세요!"라고 소리쳐 울며 부르짖었다. 이때 주님의 음성이 들려왔다.

"이 녀석아! 목원교회는 누구의 교회냐?" 나는 지친 몸에 원망 섞인 소리로 대답했다.

"하나님의 교회죠!" 주님의 두 번째 음성이 들려왔다.

"그래! 목원교회는 내 교회다. 그러면 내 교회는 누가 책임지겠니?" 나는 아직도 짜증 섞인 소리로 대답했다.

"하나님이 책임지시지요!" 주님의 세 번째 음성이 들려왔다.

"그래! 목원교회는 내가 책임지는 교회다. 네가 책임지는 교회가 아니다. 내게 맡기고 내려가거라!"

나는 감사하고 믿음 없는 내 모습이 죄송스러워서 울면서 회개하고 감사드리고 나를 데리러 온 이영란 집사 남편인 강구원(지금은 고인이 됨)

선생의 차로 집에 와서 내 아내가 끓여주는 흰죽을 먹고 마음이 답답해서 교도소 선교를 같이했던 전성교회 신자인 동아출판사 전주 지사장을 맡아서 사업하는 유옥현 권사 사무실에 무심히 들러서 한 주간 금식했기 때문에 얼굴이 초췌한 모습으로 소파에 앉았다. 유 권사는 바쁘게 사무 처리를 하다가 나를 보더니

"아니 목사님! 어디 편찮으세요?"라고 묻는다. 나는

"기도원에 가서 한 주간 금식기도 하고 왔다."고 말했다.

유 권사는 걱정스러운 눈빛으로 내게 묻는다.

"목사님! 한 주간이나 금식하고 기도하실 중대한 문제가 있습니까?"라고 묻는다. 나는 발전지역으로 예배처소를 옮기기 위한 과정에서 발생한 여러 문제들을 자세히 이야기해 주었다.

그랬더니 화를 내면서

"아니! 건물을 담보로 대출을 받는 일에 보증을 서는 일이 무슨 문제가 있어서 교회를 떠날 수가 있습니까?

목사님! 아무런 걱정 하지 마세요! 내가 사업상 거래하는 고려신용금고에 가서 내가 보증서고 대출 받아 주겠습니다. 얼마나 필요 하십니까?"라고 묻는다. 나는

"1,500만 원만 있으면 되겠습니다."라고 대답했더니

"1,900만 원 가치의 건물인데 1,500만 원은 걱정되지 않습니다. 지금 토요일이니 얼른 가서 수속을 밟읍시다."라고 말하고 내가 타고 온 자전거를 유 권사 회사 소유의 봉고차에 싣고 고려 신용금고 사무실에 가서 유 권사가 금고회사의 전무를 불러서 나와 인사 시키고 찾아 온 사유를 이야기 하고

"김 목사님의 대출 문제는 내가 책임질 것이니 염려 말고 대출해 주라!"고 부탁한다. 전무가 대출 책임 직원을 불러서 이 대출건을 조건이 맞는지 검토해 보라고 하니까 대출 책임 직원이 이리저리 전화로 연락하더니 전무 자리로 돌아와서 1,600만 원까지 대출이 가능하다고 말한다. 이 말을 들은 전무가 유 권사에게 오늘은 토요일이라 조금 있으

은총의 여로(恩寵의 旅路)

면 업무가 끝나니까 월요일까지 서류를 완비하겠으니 화요일에 주민등록증과 인장을 가지고 와서 대출금을 수령해 가라!고 말한다.

나는 과연 목원교회는 하나님의 교회이고 하나님께서 이렇게도 완벽하게 우리 교인들은 이 일 때문에 든든하게 의지했던 세 집사 가정이 우리 교회를 떠나기까지 했는데 우리 교인도 아닌 타 교회의 권사가 선교사역 관계로 인연이 되어 문제를 해결해 주시는 하나님의 그 선하신 경영하심을 찬송할 뿐이었다. 집에 왔더니 나의 아내가 이 예상외의 기쁜 소식을 듣고 감사 찬송하면서 우선 1,000만 원만 대출받으면 나머지 500만 원은 어떻게 해결 하겠다고 하여 화요일에 신용금고에 가서 1,000만 원만 수속을 마치고 수령하여 박 사장을 찾아가서 지불하고 곧 500만 원도 준비하고 있으니 입주하게 하여 주라고 부탁하여 허락받고 조금 불편한 문제가 있었고 내 아내가 준비 하려고 했던 500만 원이 늦어져서 내 아내의 아우인 서울에 사는 유순희 집사에게 긴급 도움을 청하여 송금해 주어서 열쇠를 받아서 하나님께서 예비하시고 선하신 인도로 이끄시어 새로운 개발지역의 요충지에 세운 박 사장의 새 상가건물 3층에 입주하였다. 70여 평 건물 내부를 우리 가정의 생활공간과 예배실로 분리하여 예배실은 45평 정도로 꾸몄고 주방과 거실 그리고 방 2칸으로 꾸며서 새로운 교회와 사택을 이루게 되었다.

새 예배실 주변에는 전면에 새로 지어 입주한 목화 APT 그 위로 쌍용1차 APT 그 밑으로 쌍용2차 APT 건물 뒤로 300여 채의 단독주택 단지로 건축이 완료되어 입주하여 이곳으로 옮기면서 3년 사이에 주일예배 인원이 105명까지 급성장하여 효자동 삼천동 일대에서 급성장하는 좋은 교회로 소문이 나고 재정적으로도 안정적인 교회로 성장했고 주일학교 학생도 120~130여 명으로 불어났고 중고등학생들도 70여 명이나 모이는 모범교회로 성장하게 되었다.

이 새로운 예배처소로 예배실을 옮긴 후에도 건물이 매각이 되지 않아서 매각이 될 때까지 비워놓을 수가 없어서 생활은 옛 건물에서 해야 했었다.

위기에서 건지신 하나님

    박 사장의 새로운 건물로 예배처소를 옮기고도 구 건물에서 생활하면서 모든 예배는 새로 입주한 건물에서 드리는 과정에서 발생했던 아주 위험한 상황에서 지켜주시고 생명을 건져 주신 은혜의 상황을 기록하고자 한다.

    1986년 9월의 어느 새벽의 일이다. 새벽예배를 인도하려고 4시에 일어나서 세수를 하고서 자전거를 타고 옛 건물에서 출발했다. 예그린 APT와 효자1단지에서 내려오는 길로 급경사의 길에다 한성여관 뒷길로 내려오면 서부시장에서 쌍용 APT 4거리를 건너서면 우리교회가 입주한 새 건물이 나온다. 내리막길을 내려와서 좌편 길로 가면 새 건물로 가는 길인데 내리막길이어서 항상 조심하지 않으면 위기 상황이 발생할 수 있는 위험한 길이다. 조심스럽게 자전거의 브레이크 손잡이에 힘을 넣어서 저속으로 내려오고 있는데 서부시장 쪽에서 승용차가 라이트를 켜고 빠르게 올라오고 있었다. 나는 자전거의 브레이크 손잡이를 힘껏 눌러 잡고 자전거를 세우려고 하는 순간 브레이크선의 핀이 툭 끊어지면서 자전거가 자동차를 향하여 빠른 속도로 달려가는데 앞서가는 승용차 바로 뒤에 또 다른 승용차가 빠른 속도로 달려오는 것이다. 자가용차들은 내가 내리막길에서 내려오고 있다고 하는 사실은 생각할 여유가 없이 달려가고 있었다. 이처럼 위기의 순간이 발생하여 급경사 길의 내리막길을 내려오는 자전거가 예측하지 못한 브레이크 핀이 떨어져 나갔으니 내가 탄 자전거의 브레이크가 파괴된 순간 쌍용 사거리로 올라가는 두 대의 승용차에 치여서 생명을 잃게 될 상황이었다.

어떻게 피한다고 하는 생각할 시간, 판단할 시간이 없는 위기의 순간 누가 내가 탄 자전거를 내리막길 곁의 약국 층계가 있는 곳으로 "확" 밀어 던지는 것 같았다. 물론 내 주위에는 새벽 4시 20분경이어서 아무 사람도 없었다. 내가 탄 브레이크가 고장 난 자전거는 약국 층계에 쓰러져 있었고 내 무릎은 약국 층계에 밀리면서 찢어졌는데도 다친 데가 없었다.

나는 "휴" 긴 한숨을 내쉬면서 꼭 승용차 두 대중 한 대에 치여서 죽었을 위기에서 살려주신 하나님의 능력의 손길에 감사드리면서 새 예배실 입구에 고장 난 자전거를 세워두고 무사히 새벽예배를 드리고 특별 감사기도를 드리고 나왔더니 고장 난 자전거를 누가 가져가고 없었다.

그래서 자전거를 가져간 사람이 얼마나 자전거가 필요하면 가져갔을까? 생각하면서도 그 고장 난 자전거를 타고 가다가 사고를 당하지 않게 지켜 주시라고 기도 드렸다.

부족한 기도가 가져온 잊을 수 없는 사람들

목회 생활 중에 큰 시련 없이 원만하게 목회를 마치는 행복한 사람들이 있고 목회 사역 상 큰 문제성이 없는데도 끊임없는 시험과 어려움 속에서 목회를 마치는 사람들이 있고 목회하는 중에 아주 신앙인격이 훌륭한 직분자 들을 만나서 상처 없이 순조롭게 목회를 마치는 이도 있고 세상에서도 만날 수 없는 아주 인간성이 좋지 못한 사람들을 만나서 시달리다가 목회자나 그 사모가 질병으로 고생하다가 일찍 세상을 떠나는 목회자도 있다. 평생 목회하면서도 예배당 건축을 한 번도 하지 못하고 목회를 마치는 목회자도 있고 가는 교회마다 예배당 건축을 하느라고 고생하고 시련도 당하고 재정적으로 어려움 중에서 힘들게 목회하다가 마치는 나 같은 사람도 있다. (5교회 시무, 다섯 교회 예배당 건축) 목회 중에 금식기도를 한 번도 안하고도 목회를 순조롭게 잘 마치는 사람이 있고, 고인이 된 전주 서문교회를 섬기고 은퇴한 서 목사의 말처럼

"김 목사님은 금식에 은사를 받아서 금식기도를 잘 하는데 나 같은 사람은 체질상 하루도 굶지를 못해서 지금껏 하루도 금식을 못 해보았습니다. 김 목사님이 어떻게 보면 부럽습니다."라고 말하는 것을 보고 하도 기가 막혀서 서 목사에게 이렇게 말했다.

"성경 어디를 읽어 보아도 금식기도가 은사에 속한다고 하는 곳을

은총의 여로(恩寵의 旅路)

못 읽어 보았습니다. 오죽 못나서 목회를 제대로 하지 못했으면 남들은 금식의 고통 없이도 목회만 잘 하는데 나 같은 얼마나 모자라는 사람이면 금식기도 없이는 목회의 어려움을 헤쳐 나갈 수가 없어서 그 참기 어려운 금식기도를 해야만 하겠습니까? 나는 목회 문제로 금식기도 없이도 목회를 훌륭하게 하시는 목사님이 부럽습니다."라고 말하고 말을 마쳤다.

나는 앞에서 말한바와 같이 목회를 하고자 하는 소원을 품을 만한 자격을 갖추지 못하여 한 번도 나를 목회자로 써 주시라고 기도 하거나 마음을 먹어 본 일이 없었다. 순전히 하나님께서 주님의 종으로 쓰시려고 이 땅에 보내셨으므로 나의 주님의 강권적인 손에 이끌리어 주님의 종이 되고 선교의 특수 사명으로 써 주셔서 지역사회 복음화와 특히 소외계층을 주님께 내가 받은 사랑으로 감싸 주는 일과 십자가 복음 세계 선교에까지 들어 쓰시는 것이다.

그러니까 내가 남보다 목회 할 수 있는 재주도 없고 다른 사람들처럼 배운 것도 많지 않고 말 재주도 없고 요령도 없는 사람이어서 목회 상에 어려운 일을 당하면 그냥 하나님께서 해결 해 주시라고 기도원에 가거나 내 교회 강단 밑에 엎드려서 금식하며 매달리는 길 밖에 없는 것이다.

나는 목회 상에 어려운 일을 당했을 때는 그 문제들을 금식 기도로 해결했다. 목적을 위해 금식기도를 하면 몸은 힘들고 고통스러워도 반드시 그 응답을 받았던 것이다.

그래서 급한 일은 3일, 금식 기도해야 해결 될 일은 1주간, 더 중요한 일은 10일, 정말 힘들고 어려운 일을 당하면 20일을 금식하며 기도하고 해결 받았다. 그래서 금식 기도 잘하는 목사로 알려졌다. 그 만큼 부족하고 부끄러운 목회를 해 왔고 그렇기 때문에 하나님만 의지하고 살며 목회 한 것이다.

그런데 시험을 당하려면 사탄이 금식을 못하게 막는 것을 체험 했다. 이 사탄의 그물에 걸리게 되면 엄청난 시련을 당하게 되는 것이다. 기도 못하게 바쁘게 만들고, 나태하고 안일하게 만들고, 인간의 힘과 방법으로 해결하게 하려다가 엉키고 설켜서 큰 고통과 상처를 입게 하고, 하나님 대신에 사람을 믿고 의지 하려다가 큰 시련의 구덩이에 빠지고 마는 것이다.

더욱 교회가 어려울 때는 힘은 들지만 큰 시련은 거의 없고 기도하며 이겨내지만 교회가 부흥하고 성장하고 일이 잘 될 때는 안일과 나태에 빠져서 해이해진 틈을 타서 사탄의 공격을 당하게 되고 이로 인하여 당하지 않아도 될 큰 시련과 아픔과 실패의 쓴 맛을 보게 된다.

내가 목회한 40년 4개월 기간에 중인교회에서 엄청난 성공적인 목회를 이루고도 쓰라린 돌이킬 수 없는 실패의 아픔을 당한 것이 이런 일 때문에 당했고 목원교회를 개척한지 5년 만에 105명의 성장과 재정적 안정을 이룬 중에 금식하며 하나님의 도우심을 구하여 시험 당하지 않고 안정된 성장을 이루어 주시라고 기도 했어야할 상황에서 사람이 그리워서 사람을 의지하고 기도 없이 교회의 더 나은 성장을 이루려고 정신없이 뛰어 다니다가 사탄이 쳐놓은 그물에 걸려서 자살하면 지옥 가는 줄 뻔히 알면서도 사탄의 공격에 몰려서 목매여 자살 하려는 강한 충동을 두 번이나 당했던 것이다.

그러나 그때마다 하나님의 엄한 책망을 받고 실천에 옮기지 못하게 막아주신 하나님의 사랑에 감사할 뿐이다.

1) 잊을 수 없는 사람들

이제 그 아픈 잊지 못할 시련의 내용을 기술하기 전에 목원교회 시무 17년 동안에 만났던 두 부류의 인물들을 이야기 하고 본 사연을 기술하고자 한다.

먼저 지금까지 나의 곁을 떠나지 못하고 함께 하고 있는 백준기 집사다. 백집사와 나와의 인연은 만석교회에서 목회할 때부터였다. 그때 그는 고등학생으로 학생회원의 한 사람으로서 별스런 사이를 이루고

은총의 여로(恩寵의 旅路)

지내지도 않았다. 그가 사는 집은 교회에서 멀리 떨어져 있었고 성격이 과묵한 편이어서 나와 별다른 이야기도 한 일이 없었다. 학생 예배를 마치고 밖에 나와 보면 학생인 백군은 그의 집을 향하여 농수로 둑으로 벌써 상당히 뛰어가고 있는 것이 보일 뿐이었다.

예배를 마치고 축도하기 전까지는 앉아 있었는데 축도를 마쳤다하면 그냥 집을 향하여 뛰어 가는 것이다. 이런 상황이 백군과의 상황이다. 그러다가 그가 고등학교를 졸업하고 대학 진학을 위하여 서울 중앙대학에 원서를 내고 시험을 치렀는데 영광스런 영예의 합격으로 시골 구석에서 서울 명문대에 진학하게 되었다는 소식을 들었다. 나는 이 소식을 듣고 내가 합격한 것 같은 착각을 일으킬 만큼 뛸 듯이 기뻤다. 이것은 내가 국란의 6.25동란으로 젊음의 모든 꿈을 접게 된 한스러움이 백군의 서울의 중앙대학이라는 명문대학에 합격한 기쁨을 나의 기쁨으로 공유하게 된 것이다.

이처럼 꿈만 같은 기쁜 소식을 듣고 그냥 있을 수가 없어서 작은 선물이라도 사주고 축하해 주어야겠는데 내게는 그럴만한 경제적인 여유가 없었다. 생각 같아서는 서울 중앙대학교 합격 기념으로 만년필을 사주고 싶었으나 힘이 닿지 않아서 생각하다 못하여 대학에 가면 대학 노트가 필요하겠다고 생각하고 시내 문구점에 가서 대학노트 5권을 사다가 포장하여 대학진학을 축하해주고 선물이 좀 서운한 마음이 있었으나 전해 주었고 백군은 감사하다고 기뻐하며 받았다.

나중에 안 일이지만 대학 진학을 축하하며 선물을 준 사람은 나를 포함해서 두 사람 뿐이었단다. 인격적으로 바로 되고 의리가 굳은 백군은 그 별 것 없는 대학노트 5권을 지금껏 그 고마움을 잊지 못하고 변함없이 의리를 지키는 것이다.

목회하기에 힘들었던 만석 교회에서의 목회를 마감하고 전주 중인 교회로 떠나왔고 백군은 서울로 떠나게 되어 헤어졌다. 그리고 몇 년이 흘렀다. 그러던 어느 날 백군은 대학교를 졸업하고 농업협동조합에 직장을 갖게 되었고 결혼을 앞둔 배우자 처녀인 손정님 양과 같이 중인리까지 나를 찾아와서 반갑게 만났고 우리 집에서 이틀 밤을 자면서 몇 일전에 하루 밤에 300mm의 집중호우로 엄청난 피해를 입은 교회 마을 뒷산인 모악산 자락의 피해의 상처를 낸 산사태현장을 돌아보고 돌아간 일이 있었다.

(이처럼 엄청난 집중호우로 인한 산사태로 모악산 중턱에 흙벽돌로 세운 기도원이 완전히 붕괴되어서 기도원에 여름 수양회로 왔던 군산 신실교회는 개척교회로 교회 신축을 위한 기초공사를 마치고 학생들의 여름 수련회로 왔다가 마치는 날 밤에 집중홍수의 산사태 피해를 입어 목회자인 이영범 전도사 부부와 어린애기 등 19명이 매몰되어 희생되었고 기도원 관리인 부부와 정읍지방에서 수련회 왔다가 남았던 2인의 학생이 희생되어 총23명의 희생자를 냈고 중인리 하봉 마을의 냇가에 가까이 집을 짓고 살던 주민의 집 8동이 유실 되는 등 엄청난 피해를 입었었다.)

다행히 내가 시무했던 중인교회나 교인 가정의 피해는 없었고 새벽 예배 후에 멀리 산위의 기도원 모습이 이상하게 보여서 문제가 발생했음을 직감하고 위험을 무릅쓰고 범람한 산골짜기의 냇물을 건너서 처음 산사태 피해를 알리게 된 일이 있었다.

그리고 몇 년이 지나서 내가 중인 교회에서 공문서 위조 사건을 책망해준 못된 정치 목사요 자격 없는 대 선배의 모략중상과 거짓 선동으로 견디기 힘든 아픔과 상처를 입고 중인교회를 떠나와서 목원교회를 개척하여 정말 백군과 같은 진실하고 든든한 사람이 꼭 필요할 때 백선생이 내가 만석교회에 시무할 때 백선생과 함께 학생회에서 지도했던 손정님 선생과 함께 주일 예배에 참석한 것이다.

예배 후에 반갑게 인사하고 이야기를 나누었는데 내가 중인교회를 떠나왔다는 소식을 듣고 나를 찾으려고 백방으로 애타게 찾다가 찾아온 것이다. 몇 년 전에 결혼하여 아들 둘을 낳아서 기르고 있고 직장은 전주시 지역에 있는 농업인 연수원에서 근무한다고 말하고 교회는 그간 정하지 않고 이곳저곳의 교회에서 예배 드렸는데 다음 주일부터 내가 시무하는 목원교회에 등록하고 신앙생활을 할 것이라고 이야기 하고 갔고 나는 알려 준 주소로 아내와 같이 심방하고 그 주간의 주일에 예배 시에 등록과 동시에 환영해 주고 곧바로 백 선생 부부를 서리 집사로 임명하여 안정되게 교회를 섬기게 하였다.

백집사 부부는 그 이후 교회의 재정부장과 회계로 교회를 충성스럽게 섬겼고 교회에 사탄의 준동으로 혼란을 겪은 두 번의 사건 중에도 조금도 요동치 않았고 대학노트 5권으로 맺은 인연의 굳은 의지와 건전한 판단으로 오늘에 이르도록 2대에 걸쳐서 주님의 몸된 교회를 충직하고도 충성스럽게 섬기고 있는 정말 잊지 못할 믿음직스런 귀한 주님의 그릇으로 쓰임 받고 있는 것이다.

그 다음에 내게 있어서 잊지 못할 고마운 사람은 지금은 특별한 사정으로 우리 교회를 떠났지만 내게 있어서는 목원교회에서 신앙을 출발하여 충성스럽게 교회를 진심으로 아끼면서도 누구보다도 충성에 앞장서서 행동으로 본을 보이며 나를 믿음의 아버지로 삼고 정성 다하여 섬겼고 특히 내가 이끄는 해외 선교대회에 처음 어린 신앙으로 출발하여 필리핀 다구판에 있는 산페로난도 임마누엘 신학교에서 모인 원주민 신학생 훈련 세미나에 참가하여 그의 직무적인 자동차 정비 기술로 신학교용 찌프니차를 수리 해 주느라 많은 애를 쓰면서도 그저 선교에 동참하는 것이 기쁘고 자기가 선교지에서 자기가 가지고 있는 자동차 정비 기술로 섬긴다고 하는 일에 보람 있는 헌신으로 알고 그 지저분한 자동차 찌프니를 기쁨으로 수리하는 모습을 보고 얼마나 감동을 받았는지 모른다.

그 다음해에도 신앙의 연조가 어린 상태에도 정비공장에 휴가를 내서 필리핀 일로 목회자 훈련원에서 모인 목회자(원주민) 훈련 세미나에 동참하여 털털거리는 정비가 시급히 요청되는 찌프니와 선교사용 찝차를 수리하느라고 새벽 1시까지 차 밑에 들어가서 애쓰면서 수리를 하느라고 갖은 고생을 다하면서도 그저 기쁨으로 차량 정비 수리를 마치는 것을 보고 머리 숙여 하나님께 축복해 주시라고 간절히 기도 드렸다. 하나님께서는 집사 직분을 받은 유종두 집사에게 축복하시어서 근무하던 정비공장에서 독립하여 나와서 "쌍용자동차 전주 정비사업소"를 세워서 개업하여 바쁘게 일 하느라고 해외선교대회세미나에 책임자의 중직이어서 동참하지 못했으나 그 이후 해외 선교세미나에 갈 때마다 정성어린 지원금으로 도왔고 본사에서 고객에게 주라고 내려 보내는 선물도 한국 사람들은 별로 반기지 않기 때문에 필요한 만큼만 나누어 주고 나머지는 무조건 선교지 선물로 선교용품으로 가져왔고 고객들이 가져오는 선물들도 모았다가 선교용품으로 가져오는 것을 보람으로 알고 섬겼고 나의 해외 선교대회 세미나를 가장 잘 이해하고 지원했다.

쌍용 정비공장에서 수리할 수 있는 교회 봉고차(이스타나)의 수리는 무상으로 자기가 회사에 적정 수리비를 지불하고 수리하며 섬긴 것이다. 내 승용차가 교체해야할 기간이 되어 가니까 자기 정비 공장에서 수리할 것을 서비스 해주고 그 수리비의 적정 비용은 자기가 부담하여 보살펴 주려고 쌍용 회사제품의 중고차를 사게 하려고 애쓰다가 "체어맨"차가 3년 탔는데 사고가 발생하여 저렴하게 구매할 수 있는 기회를 타서 나의 자녀들이 결혼 50주년 기념으로 사 주어서 3주간에 걸쳐서 완벽하게 새 차처럼 수리하고 도색하여 새 차와 다름없는 아름다운 차로 만들어서 인계하여 주었고 늘 공장에 와서 점검 받으라고 하여 8년을 타고 고령의 나이와 건강문제로 폐차 처분할 때까지 큰 사고와 작은 고장과 사고에 정성 다하여 수리해 주었고 큰 사고로 폐차처분 상태에서도 수리비도 안 되는 보험료로 수리하여 4년 타기까지 그렇게 편하게 탔고 승용차 받데리 교체 때에도 엔진오일 교환 때에도 비용을 받은 일없이 자기 비용을 들여 보살펴 주었고 그렇게 아버지에게 효성을 다하듯 섬겨준 사랑과 고마움은 평생을 잊을 수가 없다.

세 번째 목원교회에서 나의 목회 기간 중 잊을 수 없는 고맙고도 분명한 목회자를 잘 이해하고 변명하며 담임목사인 나를 지켜준 야무지고도 정말 똑똑한 유종두 장로의 처제가 되는 사랑스런 믿음의 딸인 양

은총의 여로(恩寵의 旅路)

현숙 집사의 이야기를 쓰고자 한다.

양현숙 집사는 그 언니 되는 양명숙 집사와 같이 우리 목원교회에 등록하고 열심히 유년주일학교를 섬겼다. 낮에는 그 형부가 일하는 쌍용자동차 정비공장에서 사무직원으로 일하면서 밤에는 어린이 선교 신학원에서 어린이 선교 사역과 유년주일학교사역과 어린이 선교원(어린이 집 사역)사역을 공부하며 유년주일학교 교사직을 맡아서 열심히 충성스럽게 섬겼다.

성격은 곧고 똑똑하고 야무졌다. 그런데 그가 공부하는 어린이 선교 신학원 원장인 L목사는 교회를 설립하고 교회를 잘 성장 시키다가 윤리 문제로 그 교회를 다른 목사에게 넘겨주고 내가 설립한 교회부근으로 장소를 옮겨서 다시 교회를 시작하고 어린이 선교 신학원을 확장하여 교회도 성장시키고 선교원은 졸업하고 학교에서 실시하는 자격증을 취득하면 어린이집 개설허가증 (비공인)을 발부하여 취직을 보장한다고 말하여 많은 지원자가 몰렸고 많은 수익을 내게 되어 부동산(땅을 주로)도 상당히 확보하여 재정적으로 상당히 기반을 잡게 되었고 농촌 교회 무료 부흥회도 많이 다닌 사람이지만 평소에 즐기던 주벽 때문에 명예롭지 못하게 생을 마감했다.

한 번은 내가 개척한 주변에 작은 교회를 개척한 목사와 이야기 하다가 L목사 이야기가 나와서 내가 그 목사에게 L목사가 지난번 교회에서 윤리적인 문제가 발생하여 이곳으로 옮겼다는 말이 있더라! 고 이야기 하니까 그 목사도 "나도 들었다"고 말하는 것이다. 이 사실은 그 당시 상당하게 퍼진 소문이었다.

그런데 나와 이야기 했던 K목사가 L목사와 가까이 지내는 것을 나는 몰랐다. K목사가 L목사를 만나서 이야기 하던 중 내가 L목사의 불륜사실을 흉보더라고 과장해서 이야기한 것이다. 이 일로 인하여 내가 집에 없는 사이에 L목사가 내 아내에게 이 일로 인하여 강하게 항변하고 협박까지 하는 전화를 받는 중에 내가 들어와 보니 내 아내가 심각한 모습으로 변명하는 전화를 상당히 오래 하기에 내가 누구한테서 온 전화냐?라고 물으니 손을 저으며 말하지 말라고 신호를 보내면서 한참 전화하고 전화를 끊는 것이다.

내가 어떤 전화냐?라고 물었더니 L목사에게서 온 항변 협박성 전화길래 잘 처리했노라고 한다. 나는 그 K목사(얼마 후에 목회상 문제가 발생하여 목회를 끝낸 사람이다)가 괘씸하게 여겨졌다. 그런데 L목사가 양현숙 선생을 교무실로 불러서 내게 대한 문제를 제시하며 확인하는 것이다.

우리 교회 여 집사도 선교신학원에 다니는데 내 아내와 이야기 하는 중에 L목사 이야기가 나와서 내 아내가 말하기를 "L목사에 대한 소문이 안 좋더라"고 한말을 같이 공부하는 다른 교회 집사에게 이야기했다. 그것은 L목사 부인인 신학원 강사로 강의하는 중 "자기도 남편이 불미한 일을 저질러서 큰 충격을 받은 일이 있었노라"는 말을 하였었다. 이 일로 우리 교회 집사가 다른 교회 집사에게 "나도 우리교회 사모님에게 L목사에 대한 이야기를 들었노라"고 한 말이 같이 공부하는 집사가 L목사와 친한 사이여서 또 들어가게 되었고 그래서 내 아내에게 강한 협박성 항변을 했던 것이다.

L목사가 양현숙 선생에게 말하기를 "당신의 교회 김 목사가 내게 대한 불명예스런 이야기를 설교하면서 수백 번 이야기해서 내게 대한 명예훼손에 해당하는 말을 온 교인들이 다 알고 있는 것 같은데 당신은 몇 번이나 들었는지 사실대로 말하라고 원장의 권위로 배우는 학생에게 위협적으로 질문을 한 것이다.

이런 상황에서 판단 능력이 모자라거나 자기 목회자에 대한 확실한 신뢰가 없는 사람이었다면

"저는 잘 모르겠는데요! 우리 목사님이 그런 말을 설교하면서 했다면 잘못한 것이지요."라고 말했을 것이다. 그런데 양선생은 L목사를 똑바로 보면서 항변했다.

"L목사님이 사람을 잘 못 보셨네요! 우리 목사님이 어떤 분이라고 그런 말을 설교석상에서 하셨다고 생각하세요! 우리 목사님은 그런 저질의 목사님으로 보신 것은 목사님의 착각이에요! 나는 지금껏 한 번도

L목사님의 이야기나 어떤 목사님의 잘못을 설교 하시면서 비난 하는 소리는 못 들어 보았습니다. 목사님도 다시 생각하시면 좋겠습니다."라고 따끔하게 혼내주고 다시 말 못하게 한 것이다. 나도 한 번도 설교석 상에서 L목사 이야기를 해 본 일이 없고 같이 공감하며 이야기한 푼수 같은 K목사와 이야기 한 것뿐이다.

목원교회에서 목회하면서 올바른 판단력으로 담임목사를 사랑하고 신뢰하고 변명한 양현숙 집사 같은 훌륭한 신앙과 올바른 판단을 가진 고마운 믿음의 자녀 된 사람이 있었음은 나에게 보람된 자랑이고 믿음의 보배라고 말하고 싶다.

끝으로 "여호와 증인" 이단에 잘못 발을 들여 놓았다가 나를 만나게 하시고 확실한 증거를 보여 주어서 바른 진리의 신앙에 확실히 서서 지금은 서울 어느 교회에서 충성스럽게 권사직을 맡아 섬기는 이영란 권사의 이야기를 하려고 한다.

이영란 권사(후에 타 교회에서 권사 취임)는 앞에서 잠깐 이야기한 성가대 지휘를 맡아서 1년간 수고하면서 우리 교회의 행정 체제 중 재정체제를 바로 세워서 교회 설립 후 1년 동안은 목회자 사례비를 줄 수도 없지만 교회에서 목회자의 생활비 체제를 세운 고마운 집사다. "교회 재정 사정이 어렵지만 금년부터 목사님께 작고 생활하기에 모자라시겠지만 월 15만 원씩은 지급해 드려야 합니다."라고 제안하여 어린 신자들이 그러자고 합의한 것을 나는 아무리 생각해도 무리인 것 같아서 사정사정하여 10만 원으로 낮추어서 목원교회에서 공식적인 생활비는 월 10만 원×12개월로 책정하게 되었었다.

김성진 집사의 처숙모인 이영란 씨는 어쩌다가 "여호와 증인" 이단에 잘못 발을 들여놓고 열심히 섬긴 것이다. 이제 2인1조 전도대에 편성되어서 방문 전도하기 위하여 가방까지 사다놓고 준비하고 있는 상황이었다. 그 남편은 인간성이 너무 훌륭한 사람으로 지금은 사업을 접은 "삼일 제약회사 전주 지사장직"을 맡아 열심히 사업하는 사람이다.

김 집사 부인인 박금자 집사는 아주 안정된 신앙으로 성가대원과 주일학교 교사로 충성스럽게 섬겼는데 자기의 숙모가 이단에 빠진 것을 가슴 아프게 여기며 그를 위하여 나에게 기도와 지도를 부탁하였다. 나는 특별히 어린 시절(학생)부터 이단에 관심을 가지고 뛰어다니고 어려서부터 성경을 많이 읽었고 계절성경학교를 5년 공부했고 이래저래 이단문제에 대한 대처에 대해서는 조금 알고 있는 터였다.

박금자 집사가 자기 숙모를 이단에서 건져내려고 내게 보낼 것이니 잘 가르쳐 깨우쳐 이단에서 빠져 나오게 해 달라고 간곡히 부탁하고 숙모와 같이 나를 찾아와서 이야기를 해보니 골수분자는 아니고 열심분자임을 알고 세세하게 여호와의 증인이 아주 잘못된 이단임을 성경적으로 설명하여 주었다. 그는 나의 이야기를 들으며 강하게 대결할 만큼의 수준은 아니어서 내 말에 수긍하면서도 많은 부분에서 차이점을 발견하고 회의를 나타내면서 돌아갔다. 그리고 "증인회"의 전주 지역 책임자를 찾아가서 내가 한 말을 전하면서

"어떤 말이 옳으냐?"고 물었고 그 책임자는 나의 말에 대한 반박의 이론을 펴면서 내가 한 말이 아주 잘못된 말이라고 반박하는 것이다.

이영란 씨는 혼란에 빠졌다. 내 말을 들으면 그 말이 옳은 것 같고 증인회의 책임자의 말을 들으면 그 말이 옳은 것 같아서 분별하기가 힘들었다고 했다. 몇 번을 이렇게 반복하다가 고민에 빠져서 하나님께 간절히 기도했다.

"하나님! 두 사람의 말 중에 어느 말이 옳은 길이어서 내가 갈 길인지 증거를 보여 주옵소서!"라고 기도하고 잠을 잤는데 신기하게 꿈에 하얀 십자가가 자기 앞에 내려와서 든든하게 서있는 것이다. 이 꿈을 깨고 그는 김 목사의 말이 바른 길임을 확신하고 갈 길을 확정한 것이다. 그것은 "여호와의 증인" 이단에서는 십자가를 우상시하고 거부하기 때문이다. 그의 성품은 어린아이와 같은 그 순수하고도 꾸밈없는 진실한 고운 성품의 소유자였고 분명한 판단의 기준과 분별력을 가진 사람이어서 그 이후에는 여호와의 증인의 교리가 성경과 맞지 않다고 하

는 사실을 알고는 저들과의 관계를 단절하고 전화와 방문을 통하여 돌이켜 보려고 애쓰는 "여호와의 증인들"의 설득에도 흔들림 없이 바른 신앙생활에 전념하면서 교회 봉사에도 자기가 할 수 있는 일을 찾아서 충성했고 특별히 경제적으로 여유가 있는 사람이어서 금전적인 면에서 도움을 주었다.

특히 목사의 지도를 잘 따라 주었고 목사 가정의 생활이 어려움을 알고 교회를 개척하느라고 경제적인 여유가 없을 때 명절에는 그 당시 소고기 한 근만 사와도 큰 선물이었는데 꼭 두 근을 사오고 가래떡을 빼와서 떡국을 맛있게 끓여 먹게 하였고 여러 면에서 살펴 주었다.

내가 교회 문제로 광주 무등산 기도원에 금식 기도하러 갔을 때 금식기도를 한 번도 안 해 본 사람이 나와함께 가서 견고한 믿음 더욱 확실한 믿음을 주셔서 교회 봉사와 신앙생활에 충성할 수 있게 해 주시라고 1주일간 금식까지 했다.

남편이 삼일제약 전주지사를 철수하게 되어 서울 본사 근무로 발령이 나서 서울로 이사 갈 때까지 교회를 잘 섬겼고 목회자의 가정을 힘써 돌보았고 특별히 나의 해외 선교 세미나에 나갈 때마다 정성껏 선교비를 도왔다. 하마터면 이단 "여호와의 증인"에 빠져서 구원의 길에서 멀어졌을 그를 나의 하나님의 도우시는 은혜로 건져 주셨고 하나님의 몸 된 교회의 충성자로 이끌어 주셨고 교회 개척하느라고 그 힘들고 어려운 환경에서 목회자 가정에 사랑을 베풀어서 힘이 되어 주었고 서울로 이사한 후에 안정된 교회에서 권사 직분을 받아서 충성을 다한 일꾼으로 성장한 그를 지금껏 잊지 못하고 있는 것이다.

김선자 집사의 헌신

김선자 집사(당시 45세 정도)는 우리 목원교회의 교인이 아닌 전주 서문교회에 적을 두고 섬기는 집사였다. 그는 초등학교 교사였고 나의 친구이고 한때 우리교회에서 부교역자로 시무했던 전영일 목사의 처제 되는 사람이었다. 정규예배에는 참석 못했어도 새벽예배는 가끔 참석했고 내 아내 유숙자 사모와 친하게 지냈었다. 교회가 부흥하여 예배처소를 옮기게 되었을 때 교회 예배 시 교인들이 앉을 의자가 모자랄 것 같다고 염려하는 내아내의 이야기를 듣고 자진해서 장의자 10개 값을 헌금하여 예배처소를 옮긴 후에 교인들이 넉넉하게 앉아서 예배드린 것이다. 그는 그 후 서울로 학교를 옮기고 이사하였다. 고맙고 잊을 수 없는 믿음의 형제였다.

하나님의 교회에 아낌없이 헌신한 김영옥 권사 (당시 처녀 집사)

김영옥 권사는 성품이 착하고 성실한 모범적인 헌신 자였다. 그는 39세에 결혼하여 아주 신실한 남편을 하나님께서 만나게 하셔서 남매를 두었고 안정되게 복된 가정을 이루어 살고 있고 쉼 없는 주님을 위한 충성으로 교회를 섬기고 있다. 그의 대표적인 충성의 헌신은 우리 목원교회가 개척하여 5~6년 된 시점이었다. APT에서 어린이 집을 아주 잘 운영하였다. 처음에 어린이 집을 시작하면서 개업예배를 드리는 중에 "어린이 5명만 보내 주시면 감사 하겠어요! 열심히 잘 지도하여 십일조도 잘 드리겠어요! 이를 위하여 기도해 주세요!"라고 말하는 것이다. 나는

"5명이 무슨 말인가! 50명도 더 모일 것이니 기도하며 열심히 잘 하라."고 말했더니

"그렇게 하나님께서 많이 보내 주실까요?"라고 놀라워했다. 나는 틀림없이 성공할 것이니 기도하라!"고 말했는데 아주 성실하게 열심히 잘 한다고 소문이 나서 그 후 오래가지 않아서 30여 명의 어린이가 모였고 힘의 한계 때문에 인원을 제한하고 선별해서 운영하게 되는 축복을 받았다. 그리고 교회 봉사도 더욱 충성했고 약속한대로 십일조도 잘 드려 개척교회 재정 운영에 많은 도움이 되었다. 한 번은 심방을 갔더니 김집사가 하는 말이

"목사님! 저희 집에 있는 그랜드 피아노를 저희 집에 두는 것보다 교회 예배용으로 드리는 것이 좋겠어요! 기도 했어요. 교회에 드리겠습니

다."라고 말하고 교회로 옮겨와서 개척교회에 유용하게 쓰여 졌고 하나님께 영광을 돌리게 된 것이다.

한 번은 김 집사가 나의 아내에게 말하기를 "하나님의 축복의 은혜 중에 어린이 집으로 이렇게 운영을 잘 되게 하시는데 그 은혜가 감사하여 제가 주일마다 강대상에 꽃꽂이를 하고 싶어요!"라고 말하는 것이다. 나의 아내가 김 집사의 말을 듣고 아주 기뻐하면서

"집사님! 그렇게 정성을 다하여 강단 꽃꽂이로 봉사하면 하나님께서 기뻐하시고 큰 축복을 하실 것입니다."라고 말했다.

김 집사는 그 후로 그처럼 바쁘고 피곤한 중에도 열심히 꽃꽂이 재료를 사다가 정성껏 강단 꽃꽂이로 봉사하기를 3년을 하는 중에 아주 키도 크고 성품도 좋고 성실한 남편감을 만나게 하여 주서서 결혼하고 아주 알뜰한 복된 가정을 이루게 된 것이다. 교회가 성장하여 성전 신축을 위하여 준비할 때 순수 새 신자들이 많아서 건축헌금에 어려움이 예상되는 중에 김 집사는 결혼 폐물 일체를 건축헌금으로 드리는 모범을 보였다.

얼굴도 예쁘고 성품도 고운 김 집사의 하나님께 향한 복스러운 충성된 마음씨는 그 누구도 따를 수 없을 만큼 마음 다한 헌신으로 섬겼다.

그리고 앞에 기록한 H씨의 교회 난동 중 서둘러서 준비 없는 재정에 새 성전을 건축해야 한다고 서두르는데 대지 계약금 때문에 애탈 때 말없이 예치해둔 500만 원을 아낌없이 바쳐서 계약을 했는데 추후 중도금과 잔금에 대한 대책이 없어서 계약금을 포기하게 되어 눈물겹게 하나님께 드린 500만 원의 건축헌금이 소멸되게 된 것은 지금 생각해도 가슴이 저려 옴을 느끼게 하고 있다.

그 후 김 집사는 친오빠가 가까이서 목회하게 되어 우리 교회를 떠나서 충성스럽게 그곳 교회를 섬기다가 오빠가 은퇴하게 되어 다시 본교회인 목원교회로 돌아와서 비록 내가 목회를 은퇴한지 26년이 되었지만 나의 후임인 권 목사를 도와서 다시 충성 하게 되어 기쁜 마음을 헤아릴 수 없게 된 것이다.

말없이 충성으로 주님의 교회를 섬긴 이소영 집사

이소영 집사는 내가 중인 교회를 섬길 때 처음 교회를 출석한 사람이다. 생활은 농촌에 살면서도 땅 한 평 가진 것이 없어서 남의 집을 지키고 살면서 부부가 땀 흘리며 남의 일을 하여 어렵게 5남매를 기르며 사는 신자이다.

중인 교회에서 시련을 겪고 떠나왔을 때 지금은 하늘나라에 계신 전주 기독서회를 운영하면서 나와는 아주 친밀한 교제를 가지고 지냈던 김대전 장로 김수경 권사의 여러 면으로 배려하여 내가 목원교회를 설립하기 전 도움을 준 분 들의 배려로 기독서회지하실을 임시 예배처소로 쓸 수 있도록 자진해서 허락 하였고 판매할 수 없는 흠이 있어 방치했던 성구들 (강대상, 장의자)를 준비하여 예배드릴 수 있게 준비해서 예배드릴 때 중인 교회에서 이소영 집사 사는 마을의 신자 여 집사 4인이 첫 예배에 참석하였다. 예배를 마치고 우리가 살고있는 전셋집에서 밀가루 수제비로 점심을 대접하고 이소영 집사와 같이 온 세 집사에게 간곡히 부탁했다.

"나는 고생하려고 떠나 온 처지인데 여러분까지 고생시킬 수는 없다. 앞으로 어떤 어려움이 있을지도 모르니 섬기던 교회에서 열심히 충성하라."고 말하고 돌려보냈다.

그 다음 주일부터 중인리에서는 한 사람도 나오지 않아서 잘 되었다고 눈물을 삼키며 잊으려 했다. 그런데 들리는 소문이 다들 그들이 섬기던 교회로 돌아가서 신앙생활을 하는데 이소영 집사만은

"나는 김 목사님이 그 곳으로 나오지 말라고 하면 나는 예수를 그만 믿겠다."고 교회를 나가지 않는다고 하는 말을 들었다.

나는 그가 신앙생활을 그만두면 내 책임이 크다고 생각하고 나오라고 소식을 전했다. 그랬더니 기쁨으로 나와서 그처럼 먼거리에서 언제나 가장 먼저 나와서 예배드리고 주일학교 끝날 때까지 기다리고 있다가 오후에 교회 청소를 혼자서 깨끗이 매주일 기쁨으로 하는 것, 그리고 목회자 가정을 살피고 도와주는 집사였다. 봉제공장에 나가서 일하면

은총의 여로(恩寵의 旅路)

서 십일조 헌금과 선교헌금을 기쁨으로 드리며 한 마디의 불평 없이 자기가 할 수 있는 일을 찾아서 충성 스럽게 섬긴 정말 잊을 수 없는 신자이다.

2) 다시 만나고 싶지 않는 사람들.

이 세상에는 세 가지의 사람이 살고 있다고 하겠다.

첫 번째는 꼭 있어야 할 사람이다. 이 사람은 자신을 희생하고서라도 남을 돕는 사람이다. 우리가 사는 사회와 가족과 이웃과 국가에 있어서도 꼭 필요한 사람이고 잊을 수 없는 고마운 사람이다.

두 번째는 있어도 그만 없어도 그만인 자신만을 위하여 사는 사람이다. 사회의 구성원으로서 공동체 구성에는 있어야 하지만 남을 위한 배려는 하지 못하는 사람이다.

세 번째는 다시 기억하기 싫은 사람이다.

자신의 유익을 위하여 타인의 어떤 사정도 돌아보지 않고 오직 자신의 목표와 판단만이 옳다고 생각하여 그것을 이루기 위하여 타인들의 그 어떤 희생도 당연한 것으로 알고 살아가는 사람이다. 이로 인하여 타인이 어떠한 손실과 상처와 고통과 아픔과 슬픔 따위는 마땅히 자신의 욕망과 목적 달성을 위한 너무나도 당연한 과정으로 알고 실천하며 이런 일을 통하여 무한한 희열과 보람과 자신의 성취 과정을 위한 희생물이고 한 과정으로 여기면서 살아가는 것이다.

사탄 마귀는 부흥과 발전이 안 되는 교회는 손대지 않는다. 교회가 한창 부흥과 발전되고 사랑이 넘치는 교회가 되면 이처럼 부흥 발전하면 저들의 영역이 좁아지기 때문에 기이하고도 교묘한 방법과 수단을 총 동원하여 공격해 오는 것이다.

전주 지방에서는 금식기도를 가장 많이 한다고 알려진 사람이지만 시험에 빠지려면 가지가지 기도를 방해하는 요소를 투입하여 기도를 못하게 차단을 하는 것이다. 지난번의 중인교회에서 70년 역사에 교회와 지역사회와의 관계에서 두껍고도 높은 벽을 쌓아서 차단해 놓고 원수관계로 서로 증오와 미움과 갈등으로 60여 명밖에 모이지 않던 교회를 이처럼 높고 두꺼운 장벽을 무너뜨리는데 9년의 세월이 걸려서 제거하고 나니 그 후에 둑이 터지듯이 지역주민들이 교회에 나오는데 3배가 인원인 176명이 넘어서고 있을 때 사탄은 저들의 영역이 좁아지고 있음에 놀라서 그럴 수 없는 선배 목사라고 하는 인간을 통하여 지난날 노회공문서(문공부에 제출할) 위조사건을 밝혀 낸 데에 대한 복수심의 보복으로 산산히 허물어서 교회를 둘로 나누게 되고 전도의 길을 가로막고 나에게 회복이 불가능하도록 명예를 짓밟고 죽음 직전의 고통으로 몰아가면서 승리의 개가를 부르는 모습을 경험 했음에도 불구하고 목원교회를 기적적인 설립으로 5년간의 단기간에 우리가족6명을 포함하여 9명으로 시작된 교회가 설립 5년 만에 105명으로 급성장하여 주위의 약체 교회와 개척교회들의 부러움을 사게 되었던 것이다.

이때가 영적으로 아주 중요한 때였는데 하나님께 금식기도하며 교회 성장을 이끌어 주신 하나님만 의지했어야 했는데 그토록 아쉽게 기다리던 교회 일꾼들이 들어오는데 최고 학문을 이수하고 견고한 직장에 근무하고 교회 일에 열심하며 충성하는데 더할 나위 없는 기쁨과 만족을 누리면서 내가 그토록 하나님만 의지하고 사람을 의지하지 않고 살아온 길에서 그처럼 든든한 일꾼들로 채워지는데서 저들을 의지하고 기뻐하고 든든해서 만족하고 금식기도를 소홀히 했던 것이다.

후일에 내가 의지했던 "일꾼"이라고 믿었던 저들의 배신으로 고통과 괴로움에 눌려서 자살하고 싶은 충동까지 일어나게 했고 우리 주님이 지금껏 얼마나 아끼시고 사랑하시고 은혜주시고 축복하셨는데 자살하여 지옥가면 하나님께서 나 같은 것을 통하여 쓰시고자 하시는 해외 선교사역에 주신 사명이 계셔서 그처럼 고통 속에서 좌절하고 자살을 계획할 때마다 준엄한 책망으로 막아 주셔서 오늘까지 그 크신 은혜를 간증하고 있는 것이다.

이제 인간의 본심은 아닌 줄 알고 있으나 저들이 나를 그토록 괴롭

은총의 여로(恩寵의 旅路)

힐 일을 나는 저지른 일이 없음을 하나님 앞에서 당당히 간증하고 있는 것이다.

인간의 장기적인 사적인 욕망과 계획을 위하여 수단과 방법을 동원했는데 사탄 마귀에게 이끌리지 않았다면 결코 그런 하나님의 진노를 살 죄 된 짓을 하지 않았으리라 생각한다.

평화롭고 사랑의 따뜻한 초대 목원교회에 사탄의 흉계에 끌려서 평지풍파를 일으켜서 성장 부흥하던 교회의 부흥 발전을 멈추게 하고 목회자를 그토록 괴롭힌 사람들의 면모를 대략 살펴보면서 명예에 관계되는 문제이기 때문에 본명은 일체 사용치 않고 가명 내지 영문의 일부를 쓰기로 한다.

지난 번 섬겼던 중인 교회에서 농촌 교회의 부흥 성장의 모델이었고 열악한 조건 속에서 우리 주님의 특별한 능력의 도우심으로 교회 부흥 성장이 전혀 불가능한 교회라고 자타가 인정했던 교회 70년 역사에 60여 명이 겨우 모였던 교회를 9년 만에 3배가의 기적적인 부흥과 성장으로 하나님께 영광을 돌리고 지역사회를 감동시켜 예상을 추월하는 성장을 예견하는 중에 사탄의 공격을 막아내지 못하고 엄청난 실패로 무너뜨린 일은 부흥 성장 뒤에 오는 사탄의 공격을 막아내는 길은 기도 외에는 다른 길이 없는데 기도 하지 못한 나의 과오 때문이었다.

이런 뼈저린 아픔을 경험하고서도 기도보다 모여드는 교인들과 일꾼들을 보면서 지난날의 아픔에 대한 위로로만 생각하고 그들을 의지하는 마음으로 기쁨을 누리며 기도를 소홀히 했던 데서 사탄의 공격에 휘말려 예측치 못한 간악한 시련의 화살에 찔리게 되었고 간절한 금식 기도가 있었으면 능히 막아낼 수 있었던 시련의 아픔을 겪게 된 것이다.

든든한 일꾼들이 모여드는 중에 정읍의 대형교회에서 신앙생활을 하다가 내가 시무하는 목원교회에서 아주 가까운 곳에 있는 중형 APT로 이사 와서 몇 주일 동안 몇 교회를 탐방하다가 우리교회에 등록한 H집사와 E집사 부부였다.

H집사는 정읍에 소재한 공직기관에서 계장급 공무원의 신분이었고

자녀들의 교육문제로 전주에 이사했다고 했다. 개척한 짧은 역사를 가진 교회에 이런 꼭 필요하고 든든한 한 가정이 이사 왔다고 하는 일은 개척교회를 사역하는 목회자만이 느낄 수 있는 엄청난 기쁨이고 보람임을 말해 둔다.

저들은 내가 예견한 대로 아주 열심히 교회를 섬기는 것이다. 그들 부부가 주일학교 교사와 성가대를 섬긴 사람들이어서 자원하여 주일학교 교사직과 성가대원의 직무를 어느 누구 보다도 성실하고 충실하게 섬겼고 남녀 전도회에도 열심히 일했고 공직에 근무하기 때문에 재정적으로도 여유가 있는 사람들이어서 가끔씩 개인적으로 출자하여 주교교사와 성가대원들을 대접하고 간식도 사서 나누고 목사의 양복도 한 벌 맞추어 주고 모자라는 교회의 장의자도 5개나 제작하여 그 대금을 지불해 주고 후에 교회당 건축을 위하여 대지를 구입하는데도 열심히 서둘러서 계약금중 1,200만 원을 헌금하였다.

(후에 중도금을 마련하지 못하여 계약상 그 계약이 무효 되어 총 계약금 9,500만 원 중 계약금으로 지불한 1,700만 원이 손실되고 말았다.)

이 모든 면에서 H집사 부부의 열성과 헌신이 정말 고마우면서도 한편 그 어떤 의문의 목적이 있지 않을까? 의심이 들었지만 교회 사역에 열심하는 일에 개척 교회를 하는 목회자로서는 어떤 명목으로 제제할 방법이 없는 것이다. 이들의 교회 봉사의 모습을 보고서 교인들은 저들을 신뢰했고 일 잘하는 집사들이 왔다고 다들 좋아했고 그들을 따랐다.

그리고 얼마 안 있을 즈음 H집사의 아내인 E집사는 내가 강의하는 성서 전문 학원(여전도사 양성기관)에 우리 교회의 신실하고 목회자를 잘 섬기는 여 집사와 같이 입학을 하여 공부하는 것이다. 그리고 H집사는 공직에 근무하면서 지방의 야간 신학교(전주)에 입학하여 공부하는 것이다.

그런데 E집사는 얼굴도 특별한데가 없는 여인이고 언변도 능하지 않는데도 사람들을 설득하고 포섭하는 데는 특별한 능력이 있는 사람이었다. 성격도 여성답지 못하고 남성의 성격을 닮아서 친밀감을 주지 못하는 사람인데 사람을 끌어 모으는데 남다른 재주가 있는 사람이었다.

　E집사가 우리 교회에 온 이후에 교회의 분위기가 완전히 달라지고 변해지는 것이다. 우리 교회를 충성스럽게 섬기면서 특별히 목회자를 복 받게 섬기도록 잘 지도하여 이루어 놓은 아름다운 분위기를 깡그리 뭉개 버리는 것이다. 여전도회에서 목회자 가정의 간장, 된장, 고추장, 김치 담그는 것부터 폐지시켰다. 목사는 교회에서 사례비를 주는데 거기에 목회자의 생활 전부가 포함되는 것이니 성미를 모아서 목사 가정의 식량을 보태주는 것까지도 못하게 막았고 교인들이 목사의 생일이나 명절에 선물을 주는 것조차도 교회에서 대표로 지급하면 되고 교인들은 열심히 헌금 하면 되고 여전도회는 목사 가정을 섬기라고 만든 기관이 아니고 교회 사업과 전도 사업을 하기 위한 기관이고 목사 때문에 있는 것이 아니라고 역설하여 목사 가정을 섬기는 일을 폐지시켰다.

　H집사와 E집사 가정이 우리 교회를 선택한데는 장기적인 목적으로 우리 목원교회를 완전히 교인들을 포섭하여 자기 사람들로 만들고 그렇게 해서 목원교회 교인들이 완전히 자기들의 손에 들어오게 되면 나를 추방하고 H집사가 야간 신학교에 재학 중이고 E집사가 전주성서전문 학원을 졸업하면 전도사가 되니까 완전히 목원교회를 자기 개인 가정이 대대로 목회 할 터전을 이루려는 검은 목적을 세우고 진행하였기에 나를 축출하기 위해서 갖은 계략을 세워서 진행하고 투자했던 것이다.

　그 실증을 하나하나 기록 하고자 한다.

　H집사가 하나님이 치신 징계로 (세 번째 징계) 뇌종양이 발생하여 위기 상황에서 그를 불쌍히 여겨서 서울 삼성병원 암쎈타까지 두 번이나 찾아가서 하나님께 눈물로 간구했고 하나님의 긍휼하심을 힘입어서 생명을 살려 주셔서 거의 1년 가까이 치료와 요양을 했고 이 과정에서 저들 부부가 거의 회복기에 들어섰을 때 나를 찾아와서 무릎을 꿇고 용서를 구하여 주님의 말씀대로 한 마디 책망도 없이 저들을 용서하고 새롭게 주를 위하여 충성하라고 부탁하고 돌려보냈다.

그 후에 상당한 시간이 지난 후에 가까운 등산코스인 완산 칠봉을 등산 하면서 만났는데 H집사가 나에게 하는 말이

"하나님께서 살려 주셨으니 이제 주님을 위하여 살겠습니다. 나의 건강문제도 있고 정년퇴직도 가까우니가 퇴직금을 받으면 7,500만 원 정도 될 것이니 이 퇴직금 전부를 교회 건축헌금으로 드리려고 합니다."라고 말하는 것이다.

나는 이 말을 듣는 순간 반갑거나 감동적인 느낌보다 섬뜩한 느낌이 들었다. 이 일이 실천 되었으면 나는 꼼짝없이 교인들에 의하여 대책 없이 축출되고 말았을 것이다. 내가 감격해서 "아! 그러냐? 참 귀한 결정을 내렸네요! 그렇게 하세요!"라고 할 줄 알았다가 "아! 그렇게 생각했습니까? 잘했습니다."라고 별로 신통치 않게 대답하니까 자기의 의중을 파악한 줄 알고 그것으로 끝났고 어떤 방법으로 시도해도 내가 포기하지 않을 것을 확인하고는 그 후로는 목원교회를 자기 개인 가정의 교회로 접수 하려는 꿈을 접고 신학교를 졸업하고 직장을 퇴직하고 자기 아내가 전도사로 있는 전주 모 교회로 옮겨갔고 후에 하필 내가 사는 마을에 교회를 설립하라고 하는 기도의 응답을 받았다고 어느 건물 지하에 교회를 설립했다가 1년도 채우지 못하고 교인 한명을 전도하여 얻어서 자기가 사는 APT곁의 상가 2층으로 옮겼다가 서신동의 상가 2층 건물로 옮겨서 20여 명 정도 모인다고 하는 말을 들었는데 그 와중에 몇 년 전에 발병된 뇌종양이 재발하여 의식불명의 식물인간으로 병원에서 1년 넘도록 입원해 있다가 세상을 떠났다. 그의 아내는 손이 심하게 떨리는 파킨스 병에 걸려서 고생중이다.

H목사가 세상을 떠나기 전 그의 아내가 죽기 전에 한 번 와서 기도해 주기를 간청하여 찾아가 보니 완전히 의식을 잃은 채 누워있고 그의 아내와 두 아들이 병상을 지키고 있는 것을 보니 눈물이 났다. 목사를 그렇게 괴롭혀서 목사가 자살을 하면 지옥 간다고 가르쳤으면서도 극한의 고통스런 영적, 심적, 정신적인 고통을 당하다 보니 이렇게 견딜 수 없는 고통을 당할 바에야 H씨 APT 현관문(바깥)에 "H야! E야! 지옥

은총의 여로(恩寵의 旅路)

에서 만나자!"고 써서 풀로 단단히 붙이고 APT 층계 난간에 목매여 죽으려고 시도한 일이 두 번이나 있었으나 그때 마다 나를 사랑하시는 주님이

"이 녀석아! 네 생명이 네 것 인줄 아느냐? 나의 십자가 위에서 흘린 값비싼 피값으로 산 나의 소유니라."라고 책망하시는 음성을 듣고 죽지 못하고 살아있는데 나는 그들이 찾아와서 무릎을 꿇고 용서를 빌 때에 아픈 마음을 달래며 기꺼이 용서하여 주었는데 하나님께서는 용서치 않으시고 그의 지은 죄가 심히 커서 이렇게 생을 마쳐 가고 있구나! 라고 생각할 때 하나님 앞에 잘못 살아온 죄된 생활을 이렇게 징벌하시는 구나!라고 사실 현장을 보여 주시고 마지막 가는 길에 한 번 더 용서를 명하시는 것을 깨닫고 그 머리에 손을 얹고서 눈물지으며 간곡히 용서해 주시고 그 영혼을 구원하여 주시라고 기도하고 나왔는데 그 후 얼마가 지난 후에 세상을 떠났고 그가 세웠던 교회는 문을 닫았다고 하는 소식을 들었다.

지난날의 앓았던 종양이 악성으로 재발하여 세상을 떠났고 교회도 문 닫고 그들의 사역이 마무리 된 것이다.

한편 1989년까지 은혜롭게 부흥하던 우리 교회가 105명을 정점을 이루고 H씨 부부가 온 후부터 사탄의 난동으로 성장을 멈추고 두 학생의 익사 사고까지 겪으면서 105명의 교인이 빠져 나가기를 시작하는데 1년 사이에 주일 낮 예배 출석 인원이 50여 명 선으로 급속히 내려 갔고 남은 교인들도 다 떠나고 싶다고 말하는 것이다. 나는 낙심이 되어 목회를 중단하고 싶어서 몸부림치며 기도하다가 기이한 우리 주님의 응답을 받고 나의 주님의 긍휼하신 은총과 선교하기 위하여 세운 교회이기 때문에 이런 중에도 축소되기는 했어도 해외 선교 사역은 중단됨이 없이 진행했고 우리 주님의 은혜로 다시 떠났던 교인들을 돌려보내 주셔서 80~90명의 주일 예배 참석수가 회복이 되었고 하나님께서 하나님의 교회에 손해 끼친 사람들은 제 발로 우리 교회를 떠나게 하신 것이다.

너무 목회가 힘들어서 하나님께 울면서 간절히 기도 드렸는데 그때의 응답이

　"너는 너무 애쓰지 말고 너의 할 일만 힘쓰면 네 다음에 세우는 일꾼이 너의 꿈을 이루어 놓을 것이다."라는 음성을 듣고 바로 하나님께 약속을 드렸다.

　"주님! 감사합니다. 주님의 뜻대로 이루어 주실 줄 믿습니다. 주님! 총회 목회 정년이 만 70세인데 5년 8개월을 단축하여 2001년 4월 26일 우리교회를 세우신 설립기념일에 저는 조기 자원 은퇴로 세계 선교와 지역사회의 소외계층을 위한 특수 선교의 사명을 확장 시켜 나가도록 하겠습니다."라고 기도했고 하나님과의 약속은 어김없이 꼭 약속한 그날에 목회 사역 40주년 기념과 함께 은퇴식을 하고 원로목사는 한 교회에서 20년을 시무해야 하도록 정했으나 나는 목회 시무하는데 어떠한 결격사유가 없이 교회의 조기 성장을 위하여 잔여기간을 교회를 위하여 돌려주고 은퇴하는 것이어서 교회의 결의로 잔여기간을 시무기간으로 인정하여 교인들의 만장일치로 결의하여 원로목사로 추대한 것을 노회에서 인정하여 원로목사 추대패를 증정하여 후임을 나의 사위되는 목사를 교인들이 추천하여 만장일치로 청빙하여 이어받아 귀중한 선교사역을 이어가게 되었고 오늘에 이르는 부흥을 이루게 된 것이다.

잊을 수 없는 사연들
(문제 해결의 열쇠를 가지신 하나님)

나의 목회 생활 40년 4개월 중 사탄의 공격을 막아내지 못하여 애지중지 눈물겹게 기른 고3학생과 중1학생의 여름 학생회 수련회중 익사 사고를 낸 것은 내 평생 잊혀질 수 없는 목회상 대 실패작이었고 가슴 아픈 사건이었다. 사고의 원인을 제공한 사람은 따로 있었지만 총체적인 관리 감독상 책임이 목회자에게 있기 때문에 사고 처리에 있어서 민사상 고발조치를 당할 수 있는 사건이었고 사건의 여건을 제공한 사람들에게 1차적 책임이 있고 목회자는 책임소재의 도의적인 책임이 돌아오지만 사고 배상금 청구 성격상 목회자를 걸어서 손해배상을 청구할 수 있어서 일이 복잡하고 단 시일에 해결되지 않는 것이 민사소송이기 때문에 큰 문제가 되는 것이다.

우리 교회 아이들의 익사 사고가 일어나기 전에 전주 서문교회에서 학생회 여름수련회중 서문교회 안수집사의 아들이 냇물에 뛰어 들었다가 심장마비로 익사했는데 이 사고의 문제 해결에 대하여 담임 목사의 소홀한 처세가 문제를 키워서 아이의 시신을 교회 강단에 가져다 뉘이고 강렬한 항의를 했고 설교하러 가는 목사의 멱살을 잡고

"이 새끼야! 내 자식 살려내라."고 목사의 뺨을 때리며 난동을 부렸고 이 사고 문제로 민사소송을 걸어서 3년이나 끌면서 난동을 부려서 담임 목사가 견디기 힘든 수욕과 고통을 당했고 결국에 배상금 5천만

우리 주님의 생명싸개 속의 은총

원을 주고 화해하고 끝냈던 사실을 나는 너무나 잘 알기 때문에 목회를 하고 못하는 것이 문제가 아니고 교회 재정 문제나 내 개인이 도울 수 있는 방법이 없었다.

더욱 문제가 되는 것은 전주 서문 교회는 재정적인 문제는 걱정되지 않는 교회이고 피해자가 그 교회의 안수집사의 아들인데도 3년여의 긴 세월 간 하나님의 영광 가리우고 교회의 명예에 많은 손실을 입혔고 교인들에게 많은 좋지 않은 영향을 끼쳤는데 우리교회의 사건은 하나도 아닌 두 아이나 되고 그 부모들이 신앙인 아니고 교회는 개척한지 겨우 6여년이고 보니 보상금 문제에 대책이 없는 것이다.

이런 사실을 너무나 잘 알고 있는 나는 가슴이 답답해 오고 숨이 끊어질 것 같은 고통이 오고 아예 앞이 캄캄하여 보이지 않는 것이다. 마을의 젊은이들의 희생적인 수고로 두 아이의 익사체를 거의 40~50분 후에야 건져내어 담요로 싸놓고 나니까 가까이 있는 지서에서 연락을 했던지 바로 장의차 한 대가 도착하여 시신중 하나는 영구차의 시신 안치실에 누이고 한 아이의 시신은 영구차 안에 담요로 싸서 뉘었다.

지서에서 경찰이 와서 확인하고는 나를 지서로 연행하여 지서로 가서 의자에 앉았다. 시골의 작은 지서이어서 지서장과 순경 하나만 있었다. 지서장은 나를 피의자 신분으로 정식으로 거칠게 심문을 시작했다. 먼저 나의 신상문제 교회 소재지 교회 이름 교세 문제를 다루고 학생들의 교육상의 내용과 수련회 목적 사고경위를 다루는데 말 그대로 죄인 취급하는 것이다.

곁에 있는 순경은 자석식 전화기로 열심히 심문 내용을 전송하고 있었다. 아마 본서로 연락하는 것 같았는데 집에 돌아와서 내가 구독하는 "전북 도민 일보"를 보니까 큼지막한 활자로 제목하여

"전주시 효자동 목원교회 학생회 수련회중 익사사고로 학생 2명 사망사고 발생"이라고 쓰고 그 아래 자세한 기사가 실려져 있어서 더욱이 가슴이 아팠다.

나를 험한 눈으로 바라보며 함부로 대했다. 나는 지서장에게 전화

기 좀 빌리자고 하니까 허락하여 집으로 사고소식을 전하고 유족들에게 알려서 같이 올 수 있도록 부탁하고 이제 영구차에 두 아이의 시신을 실었지만 의료기관에서 와서 시신에 대한 검사를 실시하고 검사결과를 사법기관에 보고하여 시신 출고 허가가 나야 전주로 옮길 수 있고 장례식장 영안실에 안치하고 장례절차를 거쳐서 매장이나 화장으로 처리하는 것이다.

그런데 지서에서는 아무런 조치도 없이 그냥 대기하고 있으라고 한다. 한 번 사고가 나면 사후 처리가 참 복잡했다. 나는 지서장에게 전화 사용을 부탁하여 말도 안 되는 일이지만 지서에서 나를 죄인 취급하며 함부로 하는데 잘 못하면 해가 기울어 가는데 하룻밤을 지세우고 시일이 길어질 것 같아서 나도 한 수를 써서 대결했다. 내가 전주 교도소에서 장기수 교화 사역을 십 수년째 하고 있는데 이 사역의 소관 부처가 법무부 교정국 소속이고 지방에서는 지방 검찰청의 지휘를 받기 때문에 이 어려운 일을 해결 하는데 힘 좀 빌릴 생각으로 같이 사역하는 목사에게 전화하여

우리교회 아이들의 사고 소식을 전하고 속히 시신을 전주 대학병원 영안실로 옮겨야 하는데 검시 결과가 이루어지고 사망확인과 이유를 사법기관에 보고하는 일이 급하니 수고스럽지만 급히 법원에 가서 검사장 문○○ 검사나 1호 검사를 면회하여 사고내용을 전하고 시신 검안과 처리보고를 품신하여 속히 출발할 수 있게 해 달라고 부탁하여 주기를 전화하는 것을 본 지서장과 순경의 태도가 돌변하여

"지금껏 함부로 한 것은 목사님을 몰라 뵙고 그랬다."고 이해해 주시라고 말하고 좀 나은 의자를 내주며 앉으라고 권하고 전화기를 들더니 지역 보건소에 연락하고 빨리 와서 검시를 끝내어 영구차가 출발할 수 있게 하라고 전화 하는 것이다.

조금 후에 보건소에서 두 남자가 오니까 지서장이 사고경위와 나의 신분을 이야기하고 검시를 부탁했다. 보건소 직원들이 두 시신을 자세히 살펴보더니

"익사 사실이 확실하고 다른 소견은 없다."고 말한 후에 서류를 작성하여 1부는 지서장에게 주고 1부는 가져갔다. 서류를 받은 지서장은

"이제 시신 출고 수속은 끝났으니 영구차가 출발해도 되지만 규정상 유족들이 도착하여 시신인수 절차를 확인하고 출발하라."고 한다. 얼마 있으니까 수련회 장소에서 보낸 봉고차와 또 한 대의 봉고차에 유가족과 교인들을 태우고 도착하고 차에서 유족들이 먼저 내리고 교인들은 뒤따라 내렸다. 그런데 유족 중에 한 사람도 시신이 있는 영구차로는 가지 않고 내가 있는 지서로 몰려오고 있는 것이 아닌가? 정말 놀랐다. 누구라도 때려죽일 수 있는 울분과 슬픔을 앉고 두 주먹을 불끈 쥐고 뛰어 오는 것이다.

특별히 고3생인 "훈"이의 아버지는 교도소에서 오랫동안 근무해서 그런지 인상이 무섭게 생겼고 성질도 급하게 생긴 사람이다. 교도소에서 몇 번 마주쳤지만 그는 교도소 내에서 자재를 총괄하는 자재과장이고 나는 교무과 (지금은 사회 적응 담당과) 소속으로 사역하기 때문에 인사도 없이 지내는 관계였고 중1학생 "호"군의 부모는 좋지 않은 일을 당한 장소에서 처음 만나는 사람들이다.

나는 분노한 유족들에게 맞아죽을 각오를 하고 지서에서 나와서 유족들을 향하여 걸어가는데 마음은 떨리지 않고 어떤 일이라도 달게 받을 각오로 무장하니까 오히려 안정을 찾아지는 것이다.

나는 그들이 오는 앞에 무릎을 (돌 짝 밭에) 꿇고 두 손을 모으고 머리를 숙이고

"죽을죄를 졌습니다. 용서해 주세요! 제가 아이들을 잘 관리를 하지 못해서 아까운 아이들을 죽게 했습니다. 어떠한 처벌이라도 달게 받겠습니다."라고 울면서 용서를 구했다. 지서에서는 어떠한 돌발 사고가 벌어질까 염려하여 지서 문 앞에 지서장과 순경이 긴장한 모습으로 지켜보고 있었다. 험한 형상을 하고 두 주먹을 불끈 쥐고 금방이라도 나를 때려 눕혀 사랑하는 아들이 죽게 된 분풀이라도 하려고 달려왔는데 내 얼굴을 보니 같은 전주 교도소에서 일하며 제대로 된 재소자 교화

은총의 여로(恩寵의 旅路)

사역을 잘 하는 김 목사임을 확인하고 돌짝 밭에 책임자로서 저렇게 용서를 빌며 사죄하는 모습을 보는 순간 내게 분풀이라도 하려던 마음에 힘이 확 풀린 것 같았다. 그리고는

"목사님! 어떻게 해서 죽였소! 내 아들을 죽이라고 맡겼소? 내 아들 살려 내시요! 아이고! 아이고!" 하고 운다. 그러니 뒤따라 오던 "호"군의 아버지도 "훈"군의 아버지와 똑같은 말을 하며 우는 것이다.

"내 아까운 아들을 살려 내시요!"라고 운다. 이 두 아이들은 똑같이 두 집안의 장남들이어서 더욱 가슴이 아팠던 것이다. 나는 일어나서 두 아이의 아버지의 손을 잡고

"용서 하세요! 이 모든 책임이 제게 있습니다. 제가 좀 더 아이들을 잘 관리했더라면 이런 가슴 아픈 슬픔을 안겨드리지 않았을 텐데 죄송합니다. 정말 죄송합니다. 용서해 주세요!"라고 말하며 같이 울었다. 두 아이의 아버지들은 내 손을 뿌리치고 다시 한 번

"목사님! 내 아들을 살려 내시요! 살려 내시요!"라고 소리치고는 죽은 아들의 시신은 아예 외면한 채 타고 온 봉고차를 타고 떠났다.

지서장과 순경은 돌발적인 사태를 대비하려고 서 있다가 저들이 문제를 일으키지 않고 떠나는 것을 보고 내게 가까이 와서 하는 말이

"목사님! 참 애쓰셨습니다. 얼마나 힘드셨습니까? 우리는 어떤 문제가 발생할 것 같아서 긴장했습니다. 무사히 마무리 지어져서 다행입니다. 조금 쉬었다가 날이 좀 어두워지면 출발하세요! 지서에 들어오셔서 좀 쉬세요!"라고 부드럽게 위로해 준다. 나는 지서에 갈 필요는 없을 것 같아서 영구차에 올라가서 아이들과 함께 있겠다고 말하고 아이들 장례를 치르고 안정이 되면 다시 찾아뵙겠다고 약속하고 영구차에 O집사와 둘이서 앉아 있다가 날이 어두워지기 시작해서 지치고 아픈 마음의 고통을 앉고 흔들거리는 "호"군의 시신을 담요로 잘 싸서 뉘인 옆에 앉아 시신이 밀려가지 않도록 붙들고 전북대 병원 영안실에 시신을 안치시키고 영안실 곁의 화단가에 앉아서 무더운 밤 모기 때의 공격을 받으며 울면서 지새웠다.

그런데 나와 O집사가 영안실위의 화단가에 앉아 있음을 알고 "호" 군의 아버지가 밤새껏 왔다 갔다 하면서 욕을 하는 것이다. "이 쌍놈의 인간들이 사람을 죽여 놓았으면 뭐라도 먹을 것이라도 갖다 주어야 앓 아있지!. 아무것도 갖다 주지 않으면 어떻게 하라고 그냥 두는 거여! 이 때려죽일 놈의 인간들이 제 놈들은 편히 자빠져 자고 우리는 어떻게 하 라는 거야! 이런 죽일 놈들이 이디 있어!"라고 밤새껏 두 사람의 앞을 왔다 갔다 한다. 말인즉 옳은 말이다. 그러나 갑작스런 사고를 당한 일 이어서 아직 역사가 짧은 교회의 조직력이나 일꾼이 여의치 않아서 그 욕을 밤새껏 들어 마땅한 것이었다. 어제 점심을 먹고 저녁도 안 먹고 물 한 모금 먹지 않고 뜬 눈으로 날을 밝힌 나와 O집사는 곧 쓸어 질 것 같은 탈진 상태였다.

그런데 아침 9시쯤 되니까 교인들이 상가에서 쓸 식품재료들을 사 서 차로 모여 오는 것이다. 나와 O집사는 눈물이 날 정도로 반갑고 고 마웠다. 양 상가의 조객들을 받고 식사를 준비해서 대접했다. 집사들이 나에게 여기 있으면 봉변을 당할 수 있으니 안전한 곳에 가서 있으라고 하여 좀 떨어진 어떤 연구실 현관에 앉아 있었다. 어제 익사 사고가 있 고 시신을 인양하는 중에 남 집사들이 나에게 피하라고 간곡히 권하는 것이다. 그때 나는 단호하게 거절했다.

"절대 그건 안 된다. 유족들이 와서는 나를 찾을 것이고 이 책임을 내게 지울 것인데 내가 없으면 일은 걷잡을 수 없이 확대 될 것이니 안 된다."고 말하여 물리치고 맞아 죽을 각오로 태도를 굳혀서 유족을 맞 았는데 우리 하나님의 특별하신 은혜로 뺨 한 대 맞지 않고 떠난 것이 다. 집사들이 와서 식사하고 가서 계시라고 하는데 지금 이 상태에서 밥 먹으면 큰일 난다."고 돌려보냈다.

유족의 친척들이 모여서 사망 보상금 청구 문제를 상의하면서 아이 들 하나에 5,000만 원은 받아 내야 한다고 여론이 돌았던 것이다. 그런 데 하나님의 선하신 손길이 임하셔서 "훈"이의 큰 아버지가 경원동 동 장으로 수고하고 있었는데 참으로 인격적인 사람이었고 인자하게 생

은총의 여로(恩寵의 旅路)

긴 분인데 이분이 유족들을 모아놓고 설득을 했다.

"교회가 개척교회여서 교인도 많지 않고 돈도 없는 교회다. 아무리 억울한 일을 당했지만 5,000만 원을 낼 수 없는 처지에 무리한 요구를 하면 못 받는 것이고 억지로 죽인 것도 아니고 아이들이 실족하여 물에 빠져 죽은 것이니 내 말대로 한 가정에 액수가 너무 작지만 받아낼 수 있는 범위 내에서 한 가정에 1,000만 원씩 보상 하는 것으로 그렇게 하자고 하는데 O집사가 교회 재정 회계를 보기 때문에 "교회에 재정이 없다."고 반대하는 것을

"아무 말 말고 내 말대로 하라."고 하여 우선 있는 재정에 O집사가 200만 원을 보태고 한 아이의 보상금은 1주일 내에 지불 하겠다는 약정서를 써주고 화장하여 운암 저수지에 골분을 뿌리기까지 교회에서 책임지기로 하고 모든 문제를 하루 만에 해결해 주시는 은혜를 입어 끝냈다.

승화원에 가서 화장하는 시간에 길가에 힘없이 앉아 있는데 책임자로서 끝까지 현장을 떠나지 않고 곧 쓰러질듯 한 모습으로 앉아 있는 곳에 두 아이의 아버지가 찾아와서 내손을 꼭 잡고서 "훈"이의 아버지가 나를 극진히 위로해 주었다.

"목사님! 얼마나 상심 하십니까? 목사님께서 죽으라고 해서 내 아이들이 죽었겠습니까? 저들의 명이 다하여 간 것이지요! 목사님! 이러다가 목사님이 쓰러지겠습니다. 어서 집에 가서 쉬세요! 우리가 정신이 안정되면 목사님을 찾아 인사드리겠습니다."

나는 눈물을 감당치 못하고 울면서 감사하다고 인사하고 집으로 돌아왔다. 우리 주님이 요소마다 잠긴 문을 여시고 은혜로 해결해 주신 것이다. 화장을 마치고 청년들이 차로 운암호에 가서 유골 분을 다 뿌리고 며칠 후에 시신을 건지느라고 수고한 사람들과 대유리 지서 순경들과 두 가정을 교회 대표들과 함께 가서 위로의 선물을 전하고 심심한 위로를 전하고 그 힘든 일을 은혜 중에 완료했다.

이 글을 쓰면서 이렇게 혼란하고 어려운 사탄 마귀의 난동 중에도

참으로 인격적이고도 정직한 성품으로 흔들리지 않고 내게 격려와 위로로 붙잡아 주어 쓰러지지 않게 지탱할 수 있게 해 준 정말 고마운 두 사람 그 잊을 수 없는 귀한 신자를 소개하고 내 사역의 사연을 마치고자 한다.

H씨와 E씨의 사탄적인 매력과 열심은 교인 70~80%를 설득하여 내게서 떠나게 했고 교회를 파탄으로 몰아가서 105명까지 급성장했던 교회를 그들이 우리 교회에 온 후에 한 사람도 증가하지 않고 떨어지기를 1년 사이에 5년간 성장한 인원을 반 토막으로 내려가게 되었고 남은 사람들도 다 떠나간다고 하는 소리만 들렸다. 정말 이런 상황이 되고 보니 좌절과 낙심하지 않을 수 없었다. 교회를 개척할 계획으로 중인교회를 떠나 온 것이 아니고 불가능한 여건에서 기적의 성장을 이루고 신 불신 간에 존경과 사랑을 한 몸에 받던 내가 기도로 이런 축복을 지키지 못한 잘못으로 사탄의 공격을 받아서 2년 4개월 동안 견딜 수 없는 수모와 고통 속에서 견딜 수 없는 아픔과 상처와 손실을 입고 빈손으로 떠나와서 빈손으로 시작한 목원교회가 5년여에 돕는 은혜로 급성장을 이루어 주셨는데 하나님만 의지하고 기도로 지켜내지 못하고 일꾼이 아쉬워서 사람을 너무 의지했다가 그 의지했던 인간의 간계와 난동으로 또 교회를 시작해야 하는 처지가 되어서 모든 의욕을 상실하고 방황하고 있을 때였다.

믿음은 깊지 못했지만 철저하게 바로 판단하고 나를 믿고 따르던 그 의리를 견고히 지키고 행동하는

1) 백준기 집사와 정○○ 집사다

(정 집사는 이 사건을 거치면서 그 부부가 교회와 회의를 느끼면서 아예 신앙생활을 접은 아까운 백집사의 친구다)

밤이 어두울수록 빛은 빛나고 멀리 비치는 것이다. 내가 목회에 대한 회의에 빠질 정도로 힘들었을 때 하루는 백집사가 직장에 나갔다가

퇴근하고 오면서 우리 집에 들러서 이야기 하면서 교인들을 걱정하였다. 나는 백집사에게 의도 하지 않았던 말이 나왔다.

"이 사람 이렇게 찾아주고 나를 염려해 주어서 고맙네! 교회가 이렇게 힘들게 되었고 내가 이런 어려운 시련 속에 빠지게 된 것은 우리 교회를 시작할 때 함께한 개척 맴버가 없기 때문일세!"라고 힘없이 이야기 했더니 백집사가 하는 말이

"목사님! 너무 상심하지 마세요! 제가 개척 맴버가 되어 드리면 되지 않겠어요?"

나는 이 짧은 한마디의 말에 눈물이 날만큼 감동이 되고 위로가 되었다. 요한복음6:68 말씀에서 "예수께서 열두 제자에게 이르시되 너희도 가려느냐.! 시몬 베드로가 대답하되

"주여! 영생의 말씀이 주께 있사오니 우리가 뉘게로 가오리까?"라고 대답한 말이 떠올랐다.

모두가 나를 떠나고 나 혼자만 남은 줄 알았는데 이런 진실한 의리의 사람이 내 곁에 있어 나를 지켜주고 있다고 하는 사실에 얼마나 큰 힘과 위로가 되었는지 모른다. 어쩌면 앞부분에서 만석 교회에서 시무할 때 사돈이 아니라 원수 마귀같이 나를 괴롭혀서 그토록 어려울 때 백집사의 처제인

2) 손공임(고2생)이

학교에 다녀오면서 공부와 상당한 거리를 걸어오느라고 지친 모습인데도 내가 사는 사택마루에 털썩 앉아서 한숨을 쉬고있어서 내가 나가서

"학교에 다녀오나?"고 인사하면 긴 한숨을 내쉬고 걱정스럽게 나를 바라보면서 하는 말이

"목사님! 너무 힘드시죠? 교회 문제를 어떻게 하면 좋아요? 이럴 때 내가 목사님을 어떻게 도와 드리면 되겠어요?"라고 진심으로 걱정해

주는 것이다. 이런 마음 착한 학생이 낚시 하러간 남동생이 낚시 하는 곳에 가서 찾다가 다리위에서 자전거로 돌이키다가 사고로 익사하여 일찍 하늘나라에 갔는데 지금도 잊지 못하고 마음 아파하는데 백집사의 위로하는 자리에서 공임이의 그 고마운 모습을 보면서 감동을 받고 얼마나 큰 위로가 되었는지 정말 잊을 수가 없다.

내가 목회를 마친지 20년이 지나고 있지만 내가 목원교회를 개척하여 이룩한 교인들이 다 떠나가고 겨우 5가정이 남아서 후임의 곁을 지켜주는 중에 백집사는 많은 유혹을 물리치고 지금까지 내 곁을 지키고 있는 내 평생 잊을 수 없는 보배로운 고마운 사람이다.

어느 날 백집사의 친구인 전주대학교의 교수로 재직하는 정○○교수(집사)가 찾아와서 어려운 교회문제를 이야기 하다가 나에게 하는 말이

"목사님! 교회가 어려워서 많이 힘드시는 줄 알고 있습니다. 교인수도 절반이나 줄어들어서 얼마나 마음이 괴로우십니까? 그렇지만 낙심 마시고 힘내세요! 저희가 목사님 곁에 있지 않습니까? 비록 힘은 없어도 잘 보필해 드리겠습니다. 힘내세요!"라고 손을 꼭 잡고 위로, 격려해 주고 간 잊지 못할 고마운 사람이다.

이 외에도 여럿이 있었으리라고 생각되지만 나를 찾아와서 그 힘들고 어려울 때 내 곁에 있어 지켜 주겠다고 위로 격려해준 사람은 이 두 사람이고 지금은 내 곁을 떠나갔지만 유종두 장로의 아내인 양명숙 집사(지금은 권사)가 한 번은 교회에서 만나서 하는 말이

"목사님! 교회가 어려워서 힘드시겠지만 힘내세요! 우리(젊은 몇 사람의 힘) 는 목사님의 팬입니다. 곁에서 기도하겠습니다. 낙심 마시고 힘내세요!" 이 몇 사람의 위로와 격려가 있었기에 그 견디기 힘든 시련을 견디고 일어난 것 같다. 참 고마운 이들이고 잊을 수 없는 동역자 들이라고 하겠다. 자살충동을 H씨 부부와 똑같이 행동한 Y씨로 인하여 일으켰으니만큼 힘들 때에 하나님께서 이처럼 고마운 사랑스런 신자들을 세워 붙들어 재기 할 수 있게 하셨음을 감사할 뿐이다.

3). 나의 주님의 견고한 격려

중인교회에서의 그처럼 쓰라린 아픈 상처를 입고 빈곤 상태에서 하나님의 은혜의 도우심으로 애타게 목원교회를 세우고 우리주님의 은혜의 긍휼하심을 입어서 교회 설립 5년의 짧은 시간 속에서 급성장하게 되어 너무너무 감동적인 심정으로 목회하다가 H씨의 난동으로 교회가 무너지는데 빠른 성장을 뒤로하고 빠르게 쇠퇴하였다.

70여 평의 상가 3층을 우리 가족이 거처할 공간을 만들고 (방3, 거실 겸 부엌) 나머지 45평 정도에 105명이 앉으니까 예배실이 가득 차고 훈김이 나고 재정도 풍성하게 운영되고 한 달에 해외 선교 지원비가 300여만 원이나 지출될 만큼 든든히 성장 하다가 H씨 가족이 와서 그들의 사욕을 채우기 위하여 교회가 부서지는 것을 두려워 아니하고 오히려 교회가 운영이 힘들어서 목사가 떠나기를 기다렸으니 이런 환경 중에 영적인 전쟁으로 사탄이 공격하여 괴롭히니 기도가 막히고 설교가 힘을 잃게 되었고 거의 주일마다 새 신자 등록이 이루어졌었는데 반대로 주일마다 빈자리가 늘어 가니까 몇 달 만에 거의 반 수 정도가 우리 교회를 떠나갔고 주일 설교를 하려고 강단에서 교인들의 눈을 보면 은혜를 사모하는 모습은 보이지 않고 오늘은 무슨 말을 하는가 보자!~~~라고 하는 것 같이 차가운 눈으로 나를 바라보고 앉아 있는 것이다.

나는 목회에 완전히 힘을 잃었고 회의에 빠지고 말았다. 새벽 예배를 마치고 기도 하려고 강단에서 강단 의자에 엎드려 있으면 기도는 나오지 않고 하나님께 원망과 불평만 쏟아내고 있는 것이다.

"하나님! 내가 언제 한 번 이라도 목사가 되어서 목회하게 해 주시라고 기도했습니까?"

내가 목사 될 자격이 어디에 있기에 목사로 만드시더니 이토록 힘들고 고통 속에 살게 하십니까?

"하나님! 목회를 하게 하시려면 교회를 안정시키고 회복시켜 주세요! 죄인이 목회할 자격이 너무나 부족하여 목회자의 자격을 상실했거든 아예 목회를 못하게 거두어 주세요!

너무도 미운 짓을 하여 버리시려거든 아예 나의 생명을 거두어 주세요!"라고 울면서 목매인 소리로 기도문처럼 계속 반복하는 것이다. 이 때가 그해 12월 중순이었다. 그해 말까지 하나님의 응답이 없으면 목회를 그만 두려고 마음먹고 있었다.

다른 말로는 드릴 기도가 나오지 않아서 계속 기도도 아닌 하나님을 향하여 원망과 불평을 계속 뇌까리고 엎드려 있는데 번뜩 환상의 한 장면이 눈앞에 영화필름이 돌아가듯이 스스로 전개 되었다. 나의 목회상 가장 중요한 일이 있을 때 몇 번 보여주시고 음성을 들려주시는 것이다. 환상의 장면은 갈릴리 호수에 빠져서 허우적거리며

"주여! 나를 구원 하소서!"

이때 주님께서 베드로의 손을 잡아 건져내시며 하신 말씀

"믿음이 작은 자여! 왜? 의심하였느냐?"고 하신 환상이 지난 후에 직접 우리 주님께서 내게 말씀하셨다.

주님께서 내게 말씀하실 때는 세 가지 유형으로 말씀하신다고 앞에서 이야기 했다. 환상을 보여주시고 나를 부르시고 말씀하셨다.

"얘야! 너는 왜? 갈릴리 호수의 바람과 파도를 보고 두려워하느냐? 나만 보고 걸어라! 나만 보고 걸어라!" 말씀 하시고 환상도 음성도 사라졌다. 나는

"왜? 이런 환상을 보여 주시는 거지?"라고 생각하며 기도를 마치고 방으로 들어왔다.

이튿날에도 미련한 나는 똑 같은 기도가 아닌 불평불만 섞인 푸념을 늘어놓았고 나의 주님은 어제 새벽에 보여 주신 환상과 음성을 들려주셨다. 그러나 나는 무슨 뜻인지 깨닫지 못했다. 이상하다. 주님께서 왜? 이틀째 똑 같은 장면과 똑 같은 음성으로 들려주시는지? 아직도 깨닫지 못하고 3일째 새벽을 맞았다. 셋째 날에도 미련한 나는 우리 주님께 똑 같은 푸념을 늘어놓고 있었다. 3일째 새벽에도 나의 주님은 똑 같은 환상과 똑 같은 음성을 들려주시면서 미련하고 깨닫지 못하는 마음을

은총의 여로(恩寵의 旅路)

열어 주셨다. 주님의 세 번째 보여 주시고 들려주신 갈릴리 호수에 빠져 허우적거리며 살려 달라고 아우성치는 모습은 바로 우리 주님만 바라보고 나를 부르신 사명의 목적지로 힘들고 어려워도 노 저어가면 나의 주께서 문제를 해결해 주시려고 찾아오시고 건져 주실 텐데 주님을 바라보고 출발했다가 주님 아닌 인간을 의지하고 바라보고 가다가 의지했던 인간들에게 죽고 싶도록 견디기 어려운 강풍이 몰아치고 파도가 쳐서 보잘 것 없는 내 인생의 배를 파선의 위기에 처하게 하여 좌절과 절망에 빠지게 되었고 갈릴리의 깊은 호수에 빠지게 되어 허우적거리는 나의 미련하고 믿음 없는 모습 그대로를 보여주시고 들려주신 것이다. 나는 우리 주님이 베드로를 책망하신 말씀대로

"믿음이 작은 자여! 왜? 의심하였느냐?"고 책망하신 말씀과 같이 교회를 시작하고 발전지역으로 이전 하면서 어려움에 처했을 때 이 문제를 해결하여 주시라고 1주간을 금식하고 토요일까지 응답 받지 못하여 이제 내려가야 하겠는데 응답해 주지 않으셔서 몸부림치며 기도원 예배실을 굴러다니며 통곡할 때 주께서 내게 준비하신 해결책을 말씀하신

"이 녀석아! 목원교회는 뉘 교회냐?"고 물으셨고 미련하고 멍청하고 못난 나는 주님께 원망 섞인 소리로

"하나님의 교회이지요!"라고 대꾸했을 때 나의 주님께서 말씀하신

"그래! 목원교회는 내 교회다. 그러면 목원교회는 누가 책임지는 거냐?" 말씀하실 때 그때까지도 원망조로

"하나님이시지요."

참 믿음도 없는 주제에 원망 섞인 투로 항변했을 때

"그래! 목원교회는 내 교회이고 내가 책임 질 거야! 너는 나만 의지하고 가라!"고 응답하셨는데 기도원에서 내려와서 교회로 돌아오니 목원 교인들은 건물을 담보로 하고 보증 좀 서달라고 하니까 다 목원교회를 떠났는데 목원 교인도 아닌 전주 성암교회 여 집사가 보증서서 은혜로 해결 받은 은총의 사실을 까맣게 잊고 인간의 생각으로 인간의 방법으로 해결 하려다 실패하고 좌절하고 시련의 갈릴리호수에서 허우적

거리는 못나고 미련한 내 모습임을 깨닫고 울며 깊이 있게 많은 시간을 회개하고 일어나면서 나의 주님께 드린 한마디

"주님! 이제 두려움 없이 한 사람만 남아도 목원교회를 지키고 목회 하겠습니다."라고 고백하고 일어서는데 갈릴리 호수의 그 거친 바람과 풍랑이 잔잔함같이 내 마음에 처음 경험하는 그 고요함과 잔잔한 갈릴리의 유리 바다와 같은 진정한 평화가 넘치는 것이다.

모처럼 찾아온 주님이 내 마음에 주신 평화는 찬송으로 흘러 나왔다.

"내 영혼의 그윽히 깊은데서 맑은 가락이 울려나네,
하늘 곡조가 언제나 흘러나와 내 영혼을 고이 싸네.
평화 평화로다 하늘위에서 내려오네.
그 사랑의 물결이 영원토록 내 영혼을 덮으소서!"

어찌나 몸과 마음이 가벼운지 날아갈 것만 같았다. 내 방으로 들어가면서도 찬송을 계속하니까 나의 아내가 깜짝 놀라면서 하는 말이

"여보! 오늘 아침에 어떤 일이 있었기에 그토록 우렁찬 찬송을 부르고 얼굴이 모처럼 밝은 모습을 하고 오는 거야?"라고 묻기에 내가 3일 동안 경험했던 은혜의 체험 이야기를 들려주었더니 눈물을 흘리면서 같이 찬송을 불렀다.

이 후의 주일 예배나 여러 예배에 새 힘이 생겼다. 지금까지는 모이는 교인의 숫자를 보고 실망하고 낙심하고 좌절했던 어리석음을 범했는데 이제는 예배 참석자가 보이지 않고 주님의 피 값으로 사신 우리 주님의 양무리만 보였다. 그 견디기 어려운 사탄 마귀의 공격으로 혼란한 상처를 입은 어려운 환경에서도 오늘까지 남아준 교인들이 고맙고 사랑스럽기 이를 데가 없는 것이다.

그런데 우리 주님께서 보여주신 환상과

"애야! 너는 왜? 갈릴리 호수의 바람과 파도를 보고 무서워하느냐? 나만 보고 걸어라!"라고 세심하게 이 믿음 없고 미련하고 못난 죄인을

은총의 여로(恩寵의 旅路)

그토록 사랑과 격려로 붙들어 주시고 이끌어 주시고 건져주시는 그 놀라운 은혜와 사랑을 다시 한 번 바로 깨닫게 하시고 바로 세워주신 크신 은혜를 진심으로 감사드리며 새 출발의 기회로 삼은 것이다.

신실하신 우리주님의 약속은 눈에 보이는 현실로 이루어 주셨다. 이런 환경 속에서 심방을 한다고 하는 일은 목회자나 교인 간에 어색한 일이기에 우리 주님께서 환경을 변화시켜 주실 때까지 교인가정을 심방 하는 일은 잠정적으로 유보하기로 하였다. 그런데 주일마다 떠나갔던 교인들이 하나둘씩 돌아오고 있는 것이다. 그 후 3개월여에 교회를 떠나가는 교인은 없고 돌아오는 교인과 그 사이사이에 새 신자도 더러 있어서 80여 명으로 불어나더니 100여 명으로 집회가 회복이 된 것이다. 여기에는 전적으로 하나님의 회복의 역사이셨고 또한 나의 주님께서 내게 주신 은사가운데 교인 가정에 대한 효율적인 심방사역의 은사의 영향이 컸던 것으로 생각한다. 하나님은 나에게 목회심방에 대한 연구를 할 수 있게 하신 은사를 주셔서 한국의 신학교에서 처음으로 "목회 심방 연구"라는 과목을 지방 신학교에서 강의 할 수 있게 하셨고 이후에 여러 사람이 "심방학"을 연구하고 "심방학"에 대한 교재와 목회자용으로 출간하여 각 저자들의 경험과 신학적인 참고자료를 연구하여 좋은 저서들을 출간하였음을 보았다.

전국 목회자가운데 나처럼 많은 분야에서 목회심방이 중심을 이루도록 다양하게 심방한 목회자는 드물 것이라 할 수 있다.

나는 1년에 대 심방을 신년, 춘기, 추기, 연말 대 심방으로 실시했고 그 다음 구역심방을 구역으로 나누어서 1년 내내 심방했다. 목회를 은퇴한지 20년이 된 지금까지 가끔 꿈에 구역심방의 이모저모의 모습을 꾸고 있다.

그 외에 특별 심방, 환자심방과 함께 나만이 실시했던 "식사심방"도 어느 해에 실시했다. 교인들의 요청에 의하여 주로 저녁식사시간 전 가족이 모인 자리에서 목회자와 교인 간에 참된 교제가 이루어지고 그 가정에 대한 복 받을 신앙생활을 지도해 주고 축복기도한 후에 정성어린 준비로 모처럼 목회자 부부만을 모신 그 기쁨과 목회자를 사랑으로 대접한다고 하는 그 흐뭇한 만족감과 보람을 맛볼 수가 있었다. 그런데 목회자를 대접할 마음이 없는 교인과 어려운 사정이 있는 가정의 교인들에게서 불평과 불만이 있어서 그만 두었다.

그러나 나의 목회생활 속에서 이런 "심방학"의 철학을 실천하기 위해서는 목회자는 피곤하고 여유 있는 시간이 거의 없어서 힘은 들어도 처음에는 김 목사가 다른 목사는 하지 않는 특별한 심방으로 귀찮게 한다는 여론도 있었지만 "우리 목사님은 그 힘든 심방을 하면서 교인들의 생활을 살펴서 기도하여주고 지도하여 준다고 하는 사실을 알게 되면

"왜? 우리 김 목사님이 우리 집에 안 오시지?"라고 목사를 기다리고 있는 것을 볼 수 있었다. 그리고 목회자와 교인 사이에 "목회심방"을 통하여 엮어진 끈끈한 관계는 뗄 수가 없어서 목회자를 괴롭히는 사람조차도 내가 목회하는 교회를 떠나지 않고 지키는 것이다. 다른 곳으로 이사하기 전에는 내가 목회하는 교회를 떠나지 않아서 교인 이동상황은 거의 없었다.

그러기 때문에 사탄 마귀가 흩어놓아 여러 교회로 떠났던 교우들이 돌아와 주어서 2001년 4월 26일에 목회 40년 4개월의 목회로 총회에서 정한 목회정년 만 70세를 5년 8개월을 교회에 조기 반납하고 성장부흥 발전을 위하여 10년 전 기도하면서 하나님과의 약속하고 교인들 앞에 선언한 그해 그 날짜에 은퇴하고 이를 인정하고 교회에서 원로목사로 추대하기로 만장일치로 결의하여 노회에 청원하여 허락받고 인정하여 시련과 역경과 환란 중에도 쓰러지지 않도록 붙들어 주신 우리 주님의 은총 보호하심 속에서 돌아와서 우리 목원교회를 지켜준 90여 명 중에 사탄마귀의 난동의 영향으로 70여 명이 분립해 나가서 2019년도 주님께서 세우신 우리 목원교회를 지키는 축복에 참여하지 못함을 마음 아프게 생각한다.

우리 주님의 강권적인 부르심으로 한없이 부족하고 모자라는 죄인을 그 많은 목회생활 속에서 겪은 수많은 파란을 겪게 하시고 이기게

은총의 여로(恩寵의 旅路)

하시고 명예롭게 조기은퇴(자원)케 하신 나의 하나님! 나의 주님께 감사와 찬송과 영광을 돌려 드린다. 목회사역을 마친 후 특별히 맡겨주신 해외선교사역과 소외계층 주님사랑선교사역에 계속 들어 쓰심을 한없이 감사드린다.

4) 구룡리 마을에 우리 목원교회를 예비하신 영광의 하나님

우리 하나님께서 우리 牧園敎會를 세우시려고 예비하신 지방을 대표하는 九龍里 마을은 사람의 생각과 판단으로 보아서는 교회의 예배당 건물이 세워질 수 없는 마을의 환경이었다. 그것은 영적으로 말하는 "龍"은 사탄 마귀를 말한다. 그런데 구룡리 마을은 사탄마귀가 아홉이나 되는 마을이다. 마을 입구에 있는 저수지의 역사가 500년이나 되는 오랜 역사를 가진 구습에 찌들린 마을로 생각이나 사상이 교회를 용납할 수 없는 마을이다.

두 번째는 1970년대에 이 마을에 동암고등학교가 세워진 후에 아직 기숙사 건물이 세워지기 이전이어서 타 지역에서 이곳의 학교에서 공부하는 학생들의 자취 내지 하숙으로 생계를 이어가는 주민들이 많기 때문에 학생들의 공부에 교회는 아무런 도움은 안 되고 예배 시에 발생하는 소음 때문에 저들의 공부에 방해와 피해를 주기 때문에 상당한 역사를 가진 교회를 쫓아낸 마을이다. 그들은 교회라면 머리를 흔들며 배격하는 지역이기 때문이다.

나는 이러한 지역의 여건과 교회와의 심한 갈등의 장벽이 가려져있는 사실을 모르고 우리 주님의 인도하심을 따라서 우리 주님이 선교하기 위하여 예비하신 너무나도 훌륭한 교회의 터전 이였기에 이곳에 세계 선교 사역과 지역사회 복음화와 소외계층에 우리 주님의 사랑이 필요한 곳에 우리 주님의 사랑으로 구원의 복음을 전하기 위한 선교사역 중심의 선교센타 로서의 우리 주님의 피 값으로 사신 목원교회를 세워서 오늘에 이르게 된 것이다.

목원교회가 세워지고 여러 어려움과 시련을 겪으면서도 100여 명의 교인들이 모여서 예배를 드리고 있지만 특별히 믿음이 있어 보이는 교인은 보이지 않았다. 그냥 그 사탄의 장난과 선교하는 교회를 가장 싫어하고 대적하는 공격으로 많은 상처를 입었으나 오늘에 이르도록 견디고 남아있는 것만으로도 감사할 뿐이고 교인 대부분이 초신자들이 많아서 목원교회를 떠나지 않고 남아있지만 주인 의식을 가지고 교회를 위하여 헌신 봉사하고 물질을 드려 예배당 신축에 힘을 쏟을 만한 교인은 보이지 않았다. 그런데 교인 사이에

"이제 우리 교회도 성전을 지어야 할 것 아니냐?"고 하는 여론이 일어나기 시작했다. 물론 이 여론을 일으킨 주요 인물은 앞서 말한 H씨였다. 교인들은 교회당 건축에 대한 열망을 가지고 있었으나 아직은 교인의 숫자로 보아서는 믿음 있는 사람들 이라면 문제없이 100여 평의 예배당 건물을 짓고도 남음이 있겠으나 막상 예배당 부지를 사서 예배당을 신축하려고 시작했다가 중간에 중단되면 그 후의 문제는 누가 어떻게 감당 하겠는가? 모든 문제는 목회자에게 돌아가게 되고 만약의 경우에는 목회자는 빈손으로 눈물과 피땀으로 세운 교회에서 아무런 대책도 없이 빈손으로 떠나야 하는 최악의 경우를 맞게 되는 일은 가능한 일인 것이다.

나는 지나온 목회 과정에서 4개처 교회를 섬기면서 3교회를 신축하고 한 교회는 증 개축하여 신축과 같은 힘든 과정을 거쳐 왔기 때문에 무모하게 준비도 되지 않은 "믿음건축"은 얼마나 위험하고 하나님의 영광을 가리우고 교인들 떨어지고 교회가 운영조차도 힘들어 시험에 드는 일을 너무나 잘 아는 경험자 이고 교회건축의 철학을 전공한 사람이다.

이런 경험이 없는 사람이라면 교인들이 교회당을 신축하자고 하면 기뻐하고 바로 착수 하겠지만 교회당 건축에 관한한 일은 너무도 잘 아는 사람이기 때문에 한동안 주저하고 있었다. 그런데 이상하게 H씨가 앞장서서 서두르는 것이다. 그는 말하기를

"목사님! 교인들의 예배당 건축 열기가 식으면 교회 건축을 못합니다. 목사님! 하나님만 의지하고 믿음으로 시작하십시다."라고 계속 독촉하며 자기가 사논 논이 있는데 팔면 1,200만 원이 되겠는데 급히 써야 할 곳이 있어서 그중 1,000만 원을 신축 예배당 건축비로 헌금하겠다고까지 이야기 한다. 그런데 마침 그때 개발지역인 모퉁이 지구 신개발 지역에 종교부지가 나왔는데 1억9천만 원인데 목원교회에서 산다면 1억7천까지 깎아서 팔겠다고 우리교회에 출석하는 교인의 아들이 중개업자인데 자기가 사둔 땅이어서 깎아서 팔겠다고 교섭이 왔다. 이 말을 들은 H씨는

"빨리 건축위원회를 만들어서 그 땅을 꼭 사야 한다."고 숨도 못 쉬게 서두르는 것이다. 문제는 땅값만 1억7,000이라면 그 돈 마련하기도 쉽지 않을 것인데 성전 건축비는 그 몇 배가 될 것인데 어떻게 진행할 것인가? 대책도 없이 서두르는데 내가 제지해도 말을 듣지 않아서 H씨를 건축위원장으로 임명하여 그에게 맡겼다. 그리고 서둘러서 교회 신축용 부지에 대한 계약을 체결하고 잔금은 계약 후 1개월 후에 지불하고 잔금도 1개월 후에 완납하기로 약정하였다.

교회건축은 서둘러서 시작하는 것이 아닌데 예배당 신축에 대한 아무런 대책도 세우지 못한 채 H씨의 1,000만 원과 젊은 믿음 좋은 여집사가 힘을 다해 드린 500만 원으로 계약은 체결했는데 그 후 1달을 두고 교회 신축부지 중도금 문제로 제직회와 건축위원회를 모아서 중도금 5천만 원을 마련할 대책을 의논했지만 아무도 별다른 대책을 내놓지 못하고 내 얼굴만 쳐다 보고 있는 것이다.

내가 무슨 힘이 있겠는가! 교회를 개척할 때 교인도 없었고 믿음도 없어서 나의 아내가 눈물겹게 모은 돈과 친정언니 도움으로 사 놓은 논까지 팔고 나는 돈을 구하는 데는 무능인 이어서 금반지와 십자가 배지까지 팔아서 시작했고 건축기금을 위한 재원조달방법은 전혀 없는 사람이어서 목회를 중단할지언정 건축기금 조달문제에 대하여는 방법이 없는 사람이었다.

중도금 지급일을 앞두고 최종으로 중도금 마련을 위한 회의를 모였으나 누구하나 백만 원 이라도 마련해 보겠다고 나서는 사람은 없고 말 없이 내 얼굴만 바라보고 앉아있었다. 나는 일어서서 결연히 선언했다.

"내일까지 예배당 신축부지 구입에 대한 중도금 지급 날짜인데 계약금 지급 이후에 단돈 100만 원도 마련하지 못했습니다. 내일까지 5천만 원을 준비해야 중도금을 지불하게 되는데 우리에게는 아무런 방법이 없어서 눈물 겹 게 마련하여 계약한 계약금이 계약조건으로 인하여 상실 되게 되었습니다. 나는 교회 개척하느라고 사모가 친정집에서 애타게 준비해 준 돈과 눈물겹게 모은 돈과 제민당 한약방 김여선 장로가 어려울 때마다 일부를 도와주어서 교회를 개척하게 되었었고 나는 형들에게 도움 받을 수 있는 형편이 못 되어서 한 푼도 보태지 못했고 경제적인 면에 있어서는 완전히 무능력한 사람이기 때문에 아무런 힘이 없어서 교회 건물은 꼭 세워야 하지만 우리 교회의 재정 능력을 너무나 잘 알고 있기 때문에 서둘지 못했습니다.

중도금 5천만 원도 마련 못하는데 한 달 후에 지불할 1억 500만 원은 어떻게 준비 하겠으며 그 후 교회 건물 건축기금은 어떻게 준비 할 수 있겠습니까? 중도금을 빚이라도 얻어서 지불한다고 해도 잔금을 기일에 준비 못하면 그 돈마저 손실을 입는 막대한 피해를 입게 되어서 교회재정에 파탄을 입게 되어 큰 문제가 될 것이니 아예 계약금 손실로 가슴 아픈 일이지만 끝낼 수밖에 없습니다. 여러분의 의견은 어떻습니까?"라고 물었더니 모두 긴 한숨만 쉬고 있는데 H씨가 일어나서

"나는 교회 건축문제가 너무나 우리에게 있어서 시급한 문제여서 시작하면 될 줄 알았는데 제가 논을 팔아서 계약금을 낸 것과 여 집사님의 정성 다하여 보탠 것이 너무 성급한 결정이었던 것 같습니다. 목사님의 말씀을 듣고 보니 그 말씀이 옳은 것 같습니다. 대책도 없이 시작했다가 더 큰 손실을 입기 전에 가슴이 아프지만 여기서 손해가 적을 때 끝내는 것이 좋을 것 같습니다. 여러분의 의견은 어떻습니까?"라고 묻는다.

은총의 여로(恩寵의 旅路)

몇 여 집사는 자신들의 무능을 탓하며 울먹이고 앉았다. 나는

"여러분! 이 번 경험을 토대로 하여 기도 없이 행동한 우리 모두의 잘못을 회개하고 더욱 기도로 준비하여 우리 주님의 예비하신 때를 기다립시다."라고 말하고 계약해지를 통보하고 1,500만 원의 계약금을 손해보고 신축대지 문제는 일단락 지었다.

나는 여기에서 모든 조건이 우리 목원교회가 세워질 터전이 아니어서 우리 주님께서 허락 하시지 않았음을 느낄 수 있었다. H씨의 말대로 기도보다 열정이 앞선 손실이었고 이 종교부지가 있는 개발용도는 단독주택과 상가로 계획이 되어서 새 예배당이 들어서도 교회가 크게 발전할 수 있는 곳은 아니어서 선교하는 교회로서의 입지가 좁기 때문이다.

이 일이 있은 후에 2~3년이 지나면서 첫 번째 성전건축 시도가 실패로 끝난 후 교인들의 성전건축에 대한 갈망과 이를 위한 기도를 하게 되었고 이를 이루기 위하여 전 교인들이 참여하는 건축헌금을 하게 되었는데 교인 전체의 건축헌금이 8천여만 원이었고 우리 가정에서 지금은 하늘나라에 계신 내 아내의 친정어머니께서 금패물을 드리었고 결혼한 딸, 자녀들, 그리고 자녀들이 운영하는 피아노학원에서 드린 건축헌금과 내가 다른 방법으로는 건축헌금을 드릴 수 없어서 5년간의 목회자 특별사례금 (보너스) 전액을 드렸다. 그간 예배 드렸던 건물의 전세금을 찾아서 신축교회 건축기금의 기초가 되었고 우리 가족과 함께 드린 건축헌금이 8천여만 원을 드려져서 도합 1억 6천여만 원의 헌금이 드려지고 작정하여 넉넉하지는 않았지만 이제 새 성전 건축의 기틀을 마련하게 되어 교회당을 건축할 부지를 물색하는 일을 착수 하게 되었다.

예배당의 터는 우리 교회 재정형편상 무리하게 할 수 없기 때문에 300평으로 제한하고 그 부지에 100평 규모의 새 예배당을 건축하여 하나님께 드리기로 결의하고 가능한 한 발전지역에 세워야 하기 때문에 효자동과 삼천동에서 물색하도록 하고 특별한 경우에는 평화동도 가능지역으로 하기로 했다.

이를 위하여 많은 기도를 드리면서 찾았다. 우리 주님께서 기도하면

서 찾는 일에 강권적으로 역사하심을 보며 최종의 결정에 이르게 하심도 우리 주님께서 이루셨음을 보면서 우리 주님의 선하신 손길의 인도하심에 영광을 돌리는 바이다.

우리 목원교회가 세워질 당시의 (1984년 기준) 땅값은 한 평당 2만 원 (논 기준) 이였고 단독주택단지의 주택지 한 필지 가격이 1천2백~1천5백만 원 정도였다. 이 지역이 개발되기 전에는 땅을 살만 했던 것이다.

그런데 10년 사이에 논밭을 가릴 것 없이 한 평에 평균 이십오만 원으로 올랐다. 전주 지역의 개발 가능한 곳의 땅은 거의 서울 사람들이 소유한 땅 이였다. 첫 번째 건축부지가 나왔다고 연락이 왔다. 논 가운데 마을에 세워졌다가 발전지역으로 이사한 옛날 교회건물이 있는 땅이였다. 규모는 300평이고 가격은 평당 25만 원 이였다. 우선 건물이 있어서 교회가 이사와도 예배를 드릴 수 있는 보잘 것 없는 옛 건물이지만 아쉬운 대로 사려고 했다. 옛 교회가 이사를 간 이유는 발전성이 없었기 때문 이였다. 땅 주인이 자기 땅을 매물로 내 놓으면서 한 곳의 부동산에만 정보를 제공하고 매매를 부탁하지 않고 10여 군데에 의뢰한다고 하는 사실을 이때에 비로소 알았다. 그날 밤 꿈을 꾸었는데 나와 나의 아내가 출타했다가 밤늦게 우리 집이라고 하는 건물에 돌아왔다. 방들이 많은 건물인데 방문을 열어보니 방안에 여러 사람들이 누워 자고 있었다. 다른 방의 문을 열어보니 거기도 사람들이 가득히 누워 자고 있고 방마다 사람들로 가득차서 집 주인인 우리 부부가 잘 방은 없었다. 우리 부부는 할 수 없이 사람이 없는 화장실에 누우면서 하는 말이

"참! 별일도 다 많네! 집 주인된 우리 부부가 잘 곳이 없으니 할 수 없이 화장실이라도 들어와서 누워 자게 되었네!"라고 꿈을 꾸고 아침에 일어나서

"마음에 전혀 들지 않지만 아쉬워서 사려고 했는데, 이곳은 안 되겠구나!"고 생각했는데 우리가 이야기 한 부동산에서 연락이 왔다.

그것은 우리가 평당 25만 원에 산다고 하니까 땅 주인이 그가 정보

를 주고 매매를 부탁한 B부동산에 25만 원에 팔기로 했다고 하니까 부동산 하는 사람들의 심리가 상대방이 팔지 못하고 자기가 소개해서 이익을 챙기려고 자기가 30만 원에 팔아준다고 하니까 땅 주인이 C, D, E, F 부동산에 전전하는 동안에 평당 25만 원에 내놓은 땅이 70만 원으로 올라갔다고 한다, 이 말을 듣고 나는 부동산에 평당 100만 원씩 팔 수 있도록 하라고 하고 연락을 끊었다. 나중에 알고 보니 땅을 산 사람은 처음대로 평당 25만 원에 샀다고 한다. 여기서 부동산 중개업자들의 장난치는 모습을 알게 되었고 꿈대로 예측 하였던 대로 되었고 지금도 발전지역이 아니고 우리교회가 시작할 때 근방에서 개척한 교회가 처음 사려고한 땅 바로 곁에 500여 평을 사서 석축으로 아주 예배당을 잘 지었다. 그래서 나의 주님께서 그곳으로 가지 못하게 하심을 알고 감사드렸다.

두 번째 연락을 받은 성전 건축후보 부지는 삼천동에 위치한 땅인데 지금 한창 APT건축이 이루어지고 있는 곳으로 도로 옆에 하천이 흐르는데 하천 건너편에 있는 땅으로 규모는 우리가 구하는 300평이고 땅값은 평당 25만 원이었다. 작은 시내(넓이 3m정도) 위에 다리를 놓으면 그 대지 옆에 유치원이 있어서 마음에 꼭 들었다. 그래서 부동산에다가 내가 사겠다고 내일 계약하자고 말하고 돌아와서 밤에 잠자는데 꿈에 보니 휘어진 모래 산이 있는데 모래 산이어서 누구도 올라간 일이 없다고 했다.

내가 이 말을 듣고 휘어진 모래 산 곁에 가까이 가서 보니 산 중턱에 커다란 풀포기가 나 있었다. 나는 생각했다. 저 풀포기에 등산용 로-푸에 깔구리를 매여서 꽂으면 올라갈 수 있을 것 같아서 깔구리를 풀포기를 향해 던졌더니 정확하게 깔구리가 풀포기에 깊이 박힌 것이다. 나는 기분이 좋아서 로-푸를 단단히 잡고 모래 산에 오르는데 모래 산이 와그르르 무너지고 마는 것이다.

이 꿈을 꾸고 나서 두 번째 본 부지의 땅이 맘에 들고 욕심이 나지만 또 안 될 땅이라고 하는 것을 주님께서 알게 하신 줄 알았다. 인간의 마음에는 조건이 맞았지만 우리 목원교회를 위한 장래의 큰 축복의 계획을 세우신 우리 하나님의 뜻에는 맞지 않음을 알았다. 우리에게 소개한 부동산에 가서 중개인을 만났더니 먼저 이야기 한다.

"목사님! 하루 사이에 여러 부동산을 거쳐 온 땅 주인이 최종 90만 원으로 귀결 지었다고 하는데 그래도 사시겠습니까?"라고 말한다.

나는 어젯밤에 꾼 꿈을 생각하면서 그럴 줄 알았다고 생각하고 부동산 중개인에게

"나는 그 값에는 살 수 없으니 그 값을 주고도 살 사람에게 팔으라고 하세요!"라고 말하고 부동산 사무실을 나왔다.

그 땅은 오랫동안 팔리지 않고 있더니 나중에 들으니 최초의 시가인 25만 원에 사서 냇물에 다리를 설치하고 카-센타를 하고 있는 것을 보았다.

그 후에 마땅한 예배당 부지를 못 찾고 애를 타고 있는데 우리교회의 교인의 친구가 소개한다고 같이 가서 보자고하여 내일 가서 보자고 약속하고 그날 밤 잠을 자는데 목원교회의 나의 후임으로 사역하게 된 큰 사위가 전주 동산교회에서 부교역자로 일하고 있을 때이다. 우리 교회는 선교하기 위하여 세운 교회여서 나의 조기 자원 은퇴를 앞두고 후임 문제 때문에 고심하고 있을 때다.

내 사위가 그때까지는 선교에 별 관심이 없고 불가능한 이상형인 북한선교에 뜻을 두고 있었다.

아무튼 내 후임이 되면 선교의 대 선배요 전문가인 내가 잘 지도하면 될 것 같았지만 말이 많은 "세습" 소리가 싫어서 나의 후임으로는 생각하지 않고 있었다. 그런데 큰 사위의 아내인 나의 큰 딸이 나의 꿈에 나와 함께 구룡리 마을의 입구로 들어섰는데 마을 입구의 길이 사거리 길이었다. 많은 사람들이 구룡리 마을길로 내려가고 있는데 내 큰딸과 나도 그들 속에 섞여서 가고 있었다. 그런데 구룡리 마을 입구에 길 오른편에 직사각형의 포도밭이 있고 포도농사가 얼마나 잘 되었는지 굵고도 탐스런 포도 알이 달린 포도송이로 인하여 포도원의 바닥이 보

은총의 여로(恩寵의 旅路)

이지 않을 만큼 풍성한 열매가 맺혀있고 구룡리 마을과 그 너머로 드넓은 포도밭이 펼쳐졌는데 끝이 보이지 않았다.

꿈속에서도 얼마나 환상적이고도 아름다웠는지 모른다.

그런데 구룡리 마을 입구의 포도밭의 포도농사가 얼마나 잘 되었는지 포도넝쿨이 포도원의 울타리를 넘어서 길가 쪽으로도 주렁주렁 열려있는 것이다. 사람들의 왕래가 너무 많으니까 울타리 밖에 열린 포도송이의 포도 알 가운데 사람들에 씻겨서 껍질이 벗겨진 포도 알이 포도송이 중에 2~3개가 있는 것이다. 눈에는 보이지 않는데 내 뒤에 따라오는 큰 딸아이가 하는 말이

"아빠! 이 포도송이를 따다가 우리 권 목사에게 가져다주면 어떨까?"라고 묻는 것이다. 나는 뒤를 돌아보지도 않고 하는 말이 "포도원 안에 들어가서 따면 안 되지만 밖에 열린 것은 괜찮다 따다 주어라! 포도송이에 껍질 벗겨진 포도 알이 한 두 개 정도가 있지만 그것은 따내버리고 먹어도 되고 안 먹어도 되니 따다 주어라!"고 말하고 꿈을 깼는데 꿈속에서도 그 토록 환상적인 포도원으로 인하여 기분이 좋았지만 꿈을 깨고도 아주 기분이 좋아서 내일 아침 보러가는 교회 건축부지가 우리 주님께서 예비하신 곳을 보여주신 것 같아서 기쁜 마음으로 잠을 잤다.

이튿날 우리 교인 집사와 그의 친구와 함께 구룡리 마을에 갔다. 아! 어쩌면 꿈에 보여주신 그 지형이다. 길은 위에 있는 동암고등학교 울타리 길을 내려와서 저수지 곁으로 가는 길이 있고 동암고등학교 정문에서 학교 땅을 두른 울타리를 지난 길이 구룡리 마을로 내려가는 길과 마주쳐서 사거리 길을 이루고 있었고 구룡리 마을길과 저수지로 가는 길 곁에 꼭 꿈에 보여 주신 직사각형의 땅이 우리교회 신축부지로 소개한 땅이다. 정말 우리 주님께서 예비하신 곳임을 재확인했다.

밭에는 주민이 마늘농사를 짓고 있었다. 그런데 인간의 눈에는 전혀 들지 않았다. 대지의 규모는 472평이고 땅값은 25만 원이고 땅주인은 서울 사람이었다. 아직은 큰 길에서도 보이지 않는 곳이고 아래는 농사

짓는 논이 펼쳐진 순 시골마을이었다. 소개하는 사람의 말이

"지금 시세가 30만 원이 넘는데 서울에 사는 사람이고 순수한 사람이어서 25만 원만 받아 달라."고 했다고 한다.

사람의 조건으로는 마음에 드는 바가 없지만 지난밤 우리 주님께서 보여주신 환상적인 꿈을 생각하며 계약하라고 해서 아예 준비된 건축기금이 있기에 사라고 하여 땅 주인이 서울 사람이어서 한꺼번에 470평 값만 주고 샀다.

내가 갱생보호공단과 보호관찰소의 보호위원으로 주소를 앞둔 재소자의 가정을 찾아 출소자에 대한 가정에서의 수용에 대한 반응과 지역의 여론을 탐문 조사의 임무를 수행하기 위하여 효자동, 삼천동, 평화동 지역을 많이 돌아보았지만 (100여 가정) 우리교회가 세워질 구룡리 마을에는 한 번도 와 본 일이 없는 곳이다. (두 기관에서 10년이 넘도록 출소를 앞둔 가정을 찾았던 것이다)

그 이유는 이 지역에서 문제를 일으키고 범법한 일로 교도소에 수용된 사람들이 거의 없다고 하는 이유일 것이다. 그런데 막상 우리주님이 예비하신 신축 부지를 매입하고 예배당을 건축하려고 지역 여건의 여건을 살펴보니 이 마을에서 오래전에 세워져서 예배드리던 교회도 지역주민과의 갈등과 분쟁 관계로 이 마을의 앞에 있는 논 (마을에서 300여 m나떨어진 곳)에 2층으로 세워서 예배드리다가 계속되는 지역주민과의 분쟁 때문에 거기서 350여 m 되는 곳에 붉은 벽돌집으로 예배당을 잘 짓고 이전하여 오늘에 이르고 있는 것이다.

이 마을에서 교회당을 이전하면서 교인 간에 여론이 갈라져서 세 곳으로 나누어져서 그 교회가 파생했는데 한 교회는 시내권 교인을 중심으로 서부시장 부근으로 분리해서 나갔고 마을 주민을 중심으로 이룬 교인들은 동암고등학교의 길 건너에 새 예배당을 건축하여 모이게 된 것인데 이 마을에 살면서 동암고 맞은편에 세운 교회로 출석하는 나이 많은 장로가 나를 만나서 하는 말이

"이 곳에 예배당을 세우기도 힘들겠지만 마을 사람들과의 충돌되

는 일도 많을 것이요! 이 마을에 사는 사람들이 억세어서 좀 힘들 것이요!"라고 이야기 하면서 교회와 지역 주민과의 지난날의 험악했던 상황을 이야기 해 주는 것이다.

사실 우리교회가 구룡리 마을에 예배당을 세운다고 하니까 이 마을에 연관이 있는 두 교회에서는 환영할 일은 못되고 경계의 대상이어서 미리 경고해 주는 의미도 있고 진심어린 걱정을 하는 것으로 볼 수 있다. 그러나 나는 목회철학이 남의 교인을 빼앗아 온 일도 없고 그런 일은 못하는 성격이어서 인근의 교회에 피해를 끼친 일도 없고 그런 일은 염려 안 해도 될 일이고 이 마을에 있다가 두 번을 장소를 옮긴 교회의 목사가 몇 년 후에 만나서 고맙다고 인사하면서 많은 염려를 했었다고 하는 말을 들었고 나는

"그런 일에는 조금도 염려하지 말라."고 악수하며 이야기 했다. 우리 주님께서 예비하여 주신 "선교센타"로서의 목원교회의 건축에 우리 주님의 특별하신 준비로 이끌어 주실 것을 믿고 기도하면서 지혜롭게 이루어 나갈 수 있도록 간구하였다.

그 첫 번째의 준비된 인물이 분립해 나간 교회의 나이 많은 장로였고 두 번째 인물은 이 마을을 책임지고 돌아보는 통장인데 이 통장은 첫 번째 정보를 제공해준 교회의 안수집사이고 그 교회의 재정을 관리하는 회계집사다. 이 통장이 자기가 섬기는 교회 가까이에 있는 그 교인들의 2/3 가 사는 구룡리 마을 입구에 우리 교회를 세운다고 하는 일에 반대하여 마을 주민들을 이끌고 반대운동을 하면 아무리 우리가 매입한 땅이라도 예배당을 건축하는 일은 불가능한 일인 것이다.

나는 그간 농촌마을에 세워진 교회들을 24년간 4개 처 교회를 섬기면서 교회가 소재한 지역주민과의 하나님께서 주신 달란트를 활용하여 교회와 지역사회와의 충돌 없이 원만한 목회를 해 왔음을 앞부분에 이야기 한바가 있다. 교회당 건축 기공식을 앞두고 먼저 구룡리 마을을 이끌어 가는 통장을 찾아갔다.

내가 가져다 줄 수 있는 선물은 선교지에 다녀오면서 사 온 선교지

의 커피밖에 없어서 커피 몇 봉을 가지고 갔더니 통장집이 우리가 예배당을 건축할 부지에 가까이 있고 삼거리 코너에서 구멍가게를 운영하고 있었다. 거기에는 커피는 없어서 작은 선물을 잘 전하고 고맙게 받으면서 반가이 인사하는 것이다.

"목사님! 이렇게 뵙게 되어서 반갑습니다. 더욱이 우리 마을에 교회를 세우신다고 하는 말을 들었습니다. 저희와 한 마을의 주민이 되겠으니 더욱 반갑습니다. 목사님은 저를 잘 모르시겠지만 저는 목사님을 너무도 잘 알고 있고요 오래 되었습니다."라고 말하는 것이다. 나는 깜짝 놀랐다. 나를 경계하고 대적해야할 처지에서 반가이 맞아주고 나를 오래전부터 잘 안다고 하는 말에 눈물이 나올 정도로 고마웠다. 나는 속으로

"과연 우리 목원교회를 이곳에 세우시려고 다른 곳은 다 안 되게 하시고 이곳으로 인도 하시더니 전혀 우리 목원교회가 세워질 수 없는 환경 속에서 이토록 불가능을 가능케 하시는 역사를 이루시는 구나!"고 하나님의 크신 은총을 감사드렸다. 사실 우리가 교회당을 세우려고 매입한 땅은 이 마을의 통장이 속한 교회에서 교회당을 지으려고 준비하다가 마을 사람들의 반대로 포기했던 곳이다. 나는 통장에게 물었다.

"아니 통장님! 저를 어떻게 아셨습니까?" 통장이 대답했다.

"목사님! 성함이 김봉철 목사님이시죠? 제 이름은 박찬용 집사입니다. 큰 길 건너 ○○교회의 안수 집사와 교회 회계를 맡고 있습니다. 제가 목사님께서 시무하셨던 중인교회가 있는 마을에서 주종을 이루고 있는 박 씨 가문의 종중의 문중에 맡은 책임이 있어서 중인리를 자주 갔습니다. 거기서 목사님께 대한 좋은 이야기를 너무나 많이 들어서 잘 알고 있었는데 이런 훌륭한 목사님께서 우리 마을에 교회를 세우시고 오시게 되어서 영광입니다. 진심으로 환영합니다. 이 마을 사람들이 좀 힘든 사람들이 있어서 교회를 세우는 일에 작은 문제가 있으리라 생각하지만 걱정하지 마세요! 그런 문제는 제가 잘 처리해 드리겠습니다. 교회 사정이 어렵다는 말은 들었는데 교회를 건축하는 일에 고생이 많

으시겠습니다. 그러나 하나님의 교회는 하나님께서 잘 인도하실 줄 압니다. 힘내시고 승리 하세요!"라고격려까지 해 주는 것이다. 나는

"집사님! 참 고맙습니다. 집사님께 폐해가 가지 않도록 기도하면서 잘 해 나가겠습니다."라고 진심어린 감사의 말을 전하고

"어느 날 11시에 기공식 예배를 드리니 통장님이 마을대표 몇 분과 꼭 참석해 주시라"고 부탁하고 돌아왔다.

중인리에서 목회할 때 가장 교회를 강하게 핍박하고 대적했던 사람들이 박 씨 가문 이였고 내가 부임한 후에는 하나님께서 주신 지혜로 중인리 주민들을 감싼 결과로 교회를 너무나 잘 이해해주고 특별히 나를 자기들의 가족처럼 따뜻이 대해주고 보호해주고 그토록 친밀한 관계로 이루었던 박 씨 가문의 일을 처리하려고 자주 왕래하면서 내게 대한 좋은 소식만 듣게 하여 감동받고 나의 이름까지도 기억하는 박찬용 집사를 우리 교회를 세우는 일에 이렇게 중요한 위치에 준비하시고 교회당 건축을 이룰 수 있도록 준비하신 하나님! 마지막 때를 당하여 시급한 세계선교를 위하여 귀하게 쓰시려는 특별한 선교사명을 감당하게 하시려고 역사 하시는 우리 하나님의 크신 은혜를 감사 찬송할 뿐이다.

교회당 기공식을 위한 준비로 제직회를 소집하고 하나님의 예비하신, 특별하신 계획에 대하여 설명하고 아주 특별한 준비를 지시했다. 먼저 기공식의 이름은 교회이름으로 하면 당장에 소란이 일어나고 기공식뿐만 아니라 건축문제까지도 힘들 것이니 우리교회가 "선교하는 교회"로 개척하여 오늘에 이르게 되었으니 그냥 "세계 선교 센-타" 기공식 예배로 하고 구룡리 마을 주민 가정에 선물할 기념 타-올을 100장을 새겨서 준비하고 마을 대표들을 초청하게 되었으니 음식도 먹을 만큼 준비하고 마을에 줄 협찬금도 100만 원을 준비했으면 좋겠지만 교회당 건축을 앞에 두고 있고 재정사정도 넉넉지 못하니 50만 원만 준비하라고 지시하여 준비했다.

예배당 신축 기공식 예배에 현수막도 새겨 걸어놓고 예배시간이 되니 교인들도 50여 명이 참석했고 마을 대표들이 통장과 함께 2명이 참

석하여 예배드리고 예배순서 중에 구룡리 마을 주민들에게 발전기금 협찬금의 명목으로 준비한 50만 원을 통장인 박 집사를 세워 인사하고 나는

"우리 선교 센-타 건축에 각별한 협조를 해주신 통장님과 마을 대표님들께 진심으로 감사드리고 우리 선교 센-타 건축으로 인하여 우리가 구룡리 마을의 일원이 된 기념으로 온 교인들이 모은 작은 정성을 드립니다. 구룡리 마을 주민들에게 작은 도움이 되었으면 좋겠습니다."고 성금봉투를 통장되는 박 집사에게 주었더니 박 집사가 옆에 있는 대표에게 전하며

"이 분이 우리 마을 대표회에서 회계 일을 보고 있습니다. 그런데 어려운 형편에 이렇게 많은 성금을 주십니까? 안 주셔도 되는 일인데 이렇게 성의를 베풀어 주시니 감사합니다."라고 인사하고 받았다.

그리고 정성껏 준비한 음식으로 대접하면서 주변에 사는 주민들을 초청하여 식사하고 제작하여 준비한 타-올을 마을 대표들과 참석자들에게 나누어 주고 교인들을 통하여 구룡리 마을 집집마다 나누어주고 신축 성전기공식 예배를 마치고 건축부지에 마늘 농사짓는 사람에게 보상해 주었다. 그리고 건축업자로 선정한 업자(유병태 집사)를 통하여 (8천5백만 원) 감격어린 신축공사를 시작하게 하신 것이다.

그런데 이 건축부지의 성격이 생산녹지로 되어 있어서 형질 변경하여 건축할 수 있는 용적률이 67평밖에 건축할 수 없는 규정이어서 472평의 토지에 67평의 지상건물을 건축하기에는 아깝고 또 크게 건축할 수 있는 건축비도 마련할 길이 없어서 고민하다가 지하로는 472평을 다 파서 건축할 수 있다고 하는 규정을 알고 우선 반 지하로 80평의 건물을 짓기로 설계하고 공사를 시작했다.

땅파기 작업을 시작한지 10여일이 지났는데 통장이 기쁜 얼굴로 공사현장에 있는 나를 찾아왔다. 그것은 우리교회에서 마을에 협찬금으로 건네준 50만 원으로 마을 회의에서 여행 다녀오기로 합의하고 버스 2대를 사서 다녀오기로 하여 출발하려고 하는데 나에게는 전화번호를

은총의 여로(恩寵의 旅路)

몰라서 연락을 못해서 미안하다고 하며 같이 가자고 데리러 온 것이다.

나는 믿지 않고 술판을 벌릴 저들과 어울릴 수가 없고 건축 공사장도 돌아보아야 하기 때문에 "고맙다"고 인사하고

"건축공사장을 돌보아야 하니 재미있게 잘 다녀오라"고 말하고 내려가서 음료수 세 박스를 사서 넣어주고 잘 다녀오라고 인사했더니 마을 사람들이 너무 고맙다고 인사하며 좋아라고 웃으면서 차가 출발하는 것을 보고 신축공사장으로 돌아왔다.

우리 하나님의 은총의 인도하심 속에서 주위에 있는 교회의 교인들은 교회 신축공사가 순조롭게 진전되지 못할 것이라고 염려를 했지만 잘 진행되었다. 그런데 바로 공사 현장에서 아주 가까운 곳에 사는 "정"씨라고 하는 그 지역 주민의 반장이라는 사람이 살고 있었다. 땅을 파는 현장에 와서 자기가 이 마을의 반장이라고 위세를 떨면서 나에게 하는 말이

"여기에 선교 센-타인가 무언가 짓는 다는데 혹시 혐오 시설은 아니요!"라고 묻는다. 나는

"여보시요! 혐오시설이 무슨 말이요? 많은 사람들에게 아주 좋은 일을 하는 곳이니 안심하세요!"라고 말하여 돌려보냈는데 여행을 다녀온지 몇 일후에 깊이 파 들어가는 신축현장을 한참을 들여다보더니 화를 내면서 하는 말이

"교회 짓는구먼! 우리를 속이고 뭐? 선교 센-타 짓는다고?

아이고, 이를 어째 내가 교회하고 싸우다가 지쳐서 이사 온 사람인데 내 집 앞 코앞에 교회를 짓네! 아이고 이를 어쩌나 내가 그놈의 50만 원을 못 받게 했으면 죽더라도 싸울 텐데, 그 놈의 50만 원을 받아먹고 이렇게 되었네!"라고 절망적인 탄식을 하는 것이다. 나는

"반장님! 너무 걱정하지 마세요! 우리가 하루 이틀 여기에서 살다가 갈 사람이 아니지 않습니까? 우리가 마을 분들에게 피해를 주고 어떻게 버틸 수가 있겠습니까? 아무 염려 마세요! 여러 마을 분들에게 피해 주는 일은 안할 것을 분명히 약속합니다."라고 말했더니

"두고 봐야지"라고 걱정스런 표정으로 갔다.

정씨는 그 길로 통장을 찾아가서 항의했다고 한다. 통장인 박 집사가 정씨에게

"내가 가만히 있는데 당신들이 왜 난리요? 김 목사님이 어떤 사람인 줄 모르니까 그런 거지. 그 분은 우리 마을 주민에게 조금도 폐를 끼칠 분이 아니니 안심하고 가만히들 있으세요!"

라고 책망하고 돌려보냈다고 한다.

그 후에는 어느 사람도 아무런 말이 없었고 교회 신축공사를 은혜 중에 마칠 수 있도록 이끌어 주신 우리 주님의 크신 은혜를 감사할 뿐이다.

우리 목원교회를 구룡리에 온갖 완전한 준비를 갖추시고 세우신 완전하신 하나님의 섭리를 찬양 드린다. 그것은 472평의 땅이 생산녹지로 되어있음을 감사했다. 생산녹지가 아니어서 지상 건물을 지으려고 시도했으면 지역주민의 거센 반발로 아예 착공조차도 하지 못하고 중단되었을 것이다. 교회 건물 앞에 동암고등학교 학생들을 하숙치는 가정이 줄지어 다섯 가정이나 되었기 때문이다. 세속적인 말로

"교회를 쫓아낸 마을인데 그 마을에 주소를 둔 교인들이 이 땅을 사서 교회당을 건축하려다 지역주민들의 거센 반발로 목적을 이루지 못한 곳이고 구룡리 마을을 관장하는 통장이 이 지역 마을에서 나가서 새 성전을 지어 예배드리는 교회의 안수집사요 회계집사였고 교회가 자기가 사는 마을의 입구에 들어온다면 앞장서서 반대할 사람이고 그렇게 했으면 성전 건축의 꿈은 이룰 수가 없었을 것인데 내게 대한 좋은 정보만 듣게 되어 목원교회 건축하는 일에 최선을 다하여 도와 주려고 기다린 일이고 후에 알게 된 일이지만 어떤 푼수 없는 목사가 우리교회 길 건너 동암고등학교 담벼락 밑에 땅을 사서 교회당을 지으려고 계획했는데 이 소식을 듣고 통장인 박 집사가 호통을 쳐서 막았다고 한다.

나를 아끼는 동역 자 들과 주변에 산재한 교회와 목회자들은 교회가 세워진 구룡리 마을의 성격을 너무나 잘 알고 있었기 때문에 어려운 지

역인 구룡리 주민과 교회 사이는 적대 관계이기 때문에 교회건축을 시작은 했지만 건축기간에 주민과의 충돌이 심하여 중단 될지도 모른다고 걱정을 했던 것이다.

그러나 하나님의 도움은 성전 건축을 시작하여 마치기까지 어느 누구 한 사람도 문제를 일으키거나 힘들게 하는 사람은 없었다. 이 모든 것이 하나님의 돕는 은혜로 이루어진 기이한 축복이었다.

그러나 건축이 순조롭게 만 진행된 것은 아니다.

신축공사 시작 중 인근의 두 예배당을 건축한 건설업자인 유 집사를 소개 받아서 다른 업자의 공사비는 1억2천5백만 원이 나왔는데 유 집사는

"교회 재정사정도 어렵고 선교하는 교회의 소문을 들어서 최선을 다하여 봉사가격으로 신축공사를 해 드리겠다."고 말하고 8,700만 원을 말하여 감사한 마음으로 맡겼고 공사 진도가 60%를 넘었는데 공사비 조달이 원활치 못하여 중단하게 되었다.

공사는 진행해야 하겠는데 공사비가 조달되지 않아서 자재 구입을 못하여 15일간이나 중단하고 교회 재정도 바닥이 났고 누가 서둘러서 공사를 진행시킬 사람도 없었다.

나는 금전과는 인연이 없어서 애를 태우며 기도할 뿐인데 이때 나의 아내 유숙자 사모가 비봉 친정아버지의 도움을 받으며 마련했던 논 780평을 급히 처분하느라고 조금 손해를 보고 팔아 와서 추가로 건축헌금으로 드리게 되었고 이 후 예배당 신축 마무리 공사를 원활하게 진행하여 완공하고 준공검사를 마치고 입당예배를 드렸고 5년 후에 나는 이 새 예배당에서 조기 자원 은퇴로 40년4개월의 목회를 마무리했던 것이다.

가장 어려웠을 때 내 아내의 헌신으로 이때를 위하여 우리 주님이 예비하신 논 780평의 복된 헌금이 빛났던 것이다.

남들은 교회 건물을 지을 수 없다고 걱정하던 땅에 우리는 하나님의 선교하는 교회를 향한 특별한 축복으로 염려 없이 건축했고 교회를 비

록 반 지하의 건물로 건축하여 외관상 보기에는 초라한 교회였으나 하나님께서는 생각할 수 없는 크고도 아름다운 새 예배당을 어디에서도 구할 수 없는 아름답고 최상의 자리에 새 예배당을 건축하여 이전하게 하셨는데 거기에는 꿈에 본 비-전인 구룡리 마을 입구의 정 사각형의 472평이 예배당 건물을 신축하여 예배드린 지 5년 만에 "전주 서부 신시가지개발계획"이 발표되고 진행되면서 현재 예배드리는 새 예배당 앞길 왕복 8차선 도로의 복선 도로의 4차선 도로에 지난번 건축한 반 지하 예배당의 위치가 가로 질러 있기 때문에 새 도로 복선 4차선을 내려면 우리 예배당 문제를 해결 하지 못하면 불가능했던 것이다.

토공에서 처음에는 우리교회가 반 지하의 초라한 건물의 교회여서 우습게보고 철거명령을 했고 우리 땅은 평당 87만 원에 팔고 동암고 정문 앞에 있는 200여 평을 평당 140만 원에 사서 건축하라고 했는데 우리 교인 중 남자 교인들과 내 후임 권 목사가 "그럴 수 없다. 이 땅은 하나님께서 계시로 지시하여 예배당을 지을 수 없는 여건에서 하나님의 능력의 도우심으로 지은 교회이기 때문에 우리는 이전 못한다고 너무나 강경하게 저항했고 도로 개설공사로 건물 철거가 시급하게 되고 보니 토공에서 권 목사와 교회 대표들을 만나서 사정하면서 도로 개설공사 문제로 시일이 급하니 우리가 다른 대지 몇 곳을 제시하겠으니 마음에 드는 곳을 골라서 교회를 건축하라."고 간곡히 사정하였고 권 목사가 내게 지금 예배당이 건축된 삼거리 코너 400평을 택할 것인지? 그 옆의 원룸이 세워진 땅인 400평을 택할 것인지?를 묻기에 "아무 말말고 삼거리 땅 400평을 사라고 하여 정말 누구도 부러워하는 한국에서 이렇게 좋은 교회 터를 구하기 힘든 곳에 아름답고 크고도 쓸모 있는 새 성전을 권 목사의 기도와 전국을 순회하며 잘 지었다는 예배당의 좋은 부분만 취해다가 건축하여 명품 건물로 쓰기 좋고 아름다운 목원 선교 센-타, 세계를 선교하기 위한 "선교하는 교회"의 위상에 조금도 부족함이 없는 웅장한 성전을 건축하여 지역사회 복음화 사역과 소외계층 선교와 세계선교사역과 특별히 선교지의 원주민 신학교 원주민 목회지 훈련원의 훈련사역 세미나 사역과 차세대 해외선교 사역을 위한 "에즈 마이야"(에스라와 느헤미야의 무너진 이스라엘 재건사역) 사역으로 교회에서 훈련받은 청소년들을 해외 선교 현지에 파송하여 사역을 실행하는 값진 사역을 진행하고 있는 것이다.

우리 주님께서 꿈을 통하여 비-전을 보여주신 구룡리 마을 입구의 472평의 땅을 주시고 이 땅에 초라한 반 지하 건물 80평을 건축하여 예배드릴 때 많은 목회자들과 신학교 선후배들과 길러낸 제자된 목회자들의 일관된 질책은

"김 목사님은 여러 교회를 건축한 교회 건축의 베테랑인데 세상에 이런 촌구석에 어쩌라고 교회를 지었습니까? 어느 세월에 교회를 성장시키자고 이런 데를 택하였습니까?"라고 말하는 것이다. 그럴 때 마다 나는 저들에게 똑 같은 말을 했다.

"가만히들 있어! 조금만 기다리면 큰소리 칠 날이 있을 거야!" 이렇게 대답하면

"그래도 그렇지요! 이런 촌구석이 어느 세월에 발전 하겠습니까?" 하고 동정하던 목회자들이 그 후 5년 "전주 서부 신시가지 개발계획이" 발표되니 말을 바꾸어서 하는 말이

"과연 김 목사님은 선견지명이 있어서 이렇게 발전될 새 시가지의 중심점에 교회 터를 잡았습니다. 부럽습니다."라고 말하는 것이다. 나는 속으로 내가 선견지명이 있어서 이런 데에 땅을 사서 교회당을 지은 줄 아나?

"선교하는 교회"로 목적하고 교회를 시작하고 어려운 여건 중에도 힘을 다하여 주님이 맡겨 주신 국, 내외의 선교를 더 많이 더 잘하라고 내리신 축복이라네!"라고 우리 주님께 감사드린다.

시외버스와의 충돌 사고
(승차 일행의 무사고)

　새로운 예배당을 건축하기 위하여 임시 예배 처소로 주일 아침에 예배 드리러 가기위하여 나의 아내의 친정어머니이신 (지금은 하늘나라에 계신) 조재구 권사님과 우리 부부가 내 승용차를 타고 현대 APT 사거리에서 우회전하고 있는데 나는 길가에 (차도) 주차된 타이탄 트럭을 피하여 가느라고 시외버스가 달려오는 것을 발견하지 못했다. 조심조심 하면서 우회전을 하는데 달려오는 시외버스가 속도를 줄이지 못하고 달려오면서 나의 승용차의 왼쪽 옆면을 그대로 들이 받았다.

　충돌충격을 감지하고서 맨 먼저 뒤편에 앉아 계신 어머님을 돌아보며

　"어머니! 괜찮으세요? 다친 데는 없으세요?" 놀라서 물었다. 어머니는 오히려 나와 나의 아내를 염려하시며

　"나는 괜찮은데 어떻게 다치지는 않았어?"라고 물으신다.

　나는 아내에게 "여보! 다친 데는 없어?"라고 물으니까 괜찮다는 말을 듣고 놀란 가슴을 쓸어내리면서 차에서 내렸다.

　시외버스 운전사가 차에서 내려서 나에게 강하게 항의한다.

　"운전을 잘해야지! 뒤에서 차가 오는 줄도 모르고 우회전하면 어떻게 해요?"라고 놀란 모습으로 나무란다. 나는

　"미안합니다. 트럭이 주차되어 트럭에만 신경 쓰느라고 뒤를 살피지 못했네요! 버스 승객은 다친 분은 없습니까?"라고 물었더니

　"하마터면 큰 사고가 날 뻔했습니다. 다행히 다친 분은 없는 것 같습

은총의 여로(恩寵의 旅路)

니다. 이 사고를 어떻게 처리 하겠습니까?"고 화가 풀리지 않아서 계속 화난 소리로 항의한다. 나는

"사고처리는 보험회사에 연락해서 해결하면 되겠습니다. 그러나 기사님! 내 차안에 90세가 넘으신 어머님이 타고 계신데 아무도 다치지 않았으니 다행으로 알고 잘 처리합시다."라고 말했더니 내 승용차 안을 들여다보며 확인하고는

"하마터면 큰일 날 뻔했습니다. 다행이네요!"라고 말하며 부드러워졌고 양측 보험회사에 연락하여 도착하여 타협으로 끝냈다. 시외버스도 앞면 밤-바 만 조금 부서지고 내 승용차는 옆면만 많이 찌그러졌으나 다른 데는 이상이 없고 다친 사람도 없으니 피차간 부서진 부분을 각자가 수리하기로 하고 헤어졌다. 내 승용차가 시외버스와의 충돌당시에 상당한 충격을 받았는데도 고령이신 어머님과 늘 병약하여 고생하는 나의 아내와 나까지 무사히 지켜 안아주신 하나님의 크신 은혜를 감사드리며 은혜 중에 주일예배를 잘 마치고 돌아온 것이다.

위험했던 나보다 더 놀란 영국의 운전자들

나의 둘째 딸이 영국에서 살면서 시민권을 받고 살기 때문에 영국에 두 번을 갔고 겸하여 프랑스까지 다녀온 일도 있다.

해외 선교 세미나 인도 관계로 거의 50여 개 국을 다녀오면서도 해외관광여행은 갈 일이 없어서 계획해 본 일도 없고, 갈 돈도 없고, 시간도 없어서 갈 수 없기 때문에 간 일이 없다.

단 한 번 지난 번 섬겼던 중인교회를 섬길 때 지도한 학생이 대학생 때 약속하기를 대학 졸업 후에 회계사가 되면 김 목사님 내외분을 하와이에 관광여행을 보내 드리겠다고 약속했는데 졸업 후에 회계사는 안되고 국민은행에 취직이 되었고 나와의 약속을 잊지 않고 결혼하여 가정을 이루었기 때문에 생활상 여유가 없을 텐데 150만 원이라는 거액을 송금해 와서 고마운 마음을 앉고 우리 부부가 전주 온누리 여행사에서 모집한 하와이 여행팀의 일원으로 아름다운 관광지인 하와이 여행을 다녀온 일이 해외관광여행은 딱 한 번의 기록을 남긴 것이다. 그런데 영국에 사는 둘째 딸 아이가 간곡히 요청하여 아내와 같이 전혀 계획에 없던 영국에 가서 한 달 반이라는 긴 기간을 다녀 온 것이다. 결혼후 이처럼 내가 사는 집을 떠나 본 일은 처음 있는 일이었다. 딸 부부가 사업상 정신없이 뛰어다니느라고 초등학교에 다니는 아이들을 한 번도 공원에 데려가지 못하여 미안 하다고 나더러 딸이 사는 마을의 공원에 아이들을 데리고 다녀오라고 부탁해서 갔다.

은총의 여로(恩寵의 旅路)

영국은 인구는 우리 한국의 남북한 인구를 합친 정도밖에 되지 않지만 땅은 넓어서 마을마다 지역 주민의 휴식공간으로 공원을 아주 잘 조성하고 각종 체육시설은 잘 갖추어져 있어서 국민 체력향상에 크게 관심을 갖춘 정부의 아주 잘된 정책을 엿볼 수가 있었다.

그러나 이곳에는 초등학교 학생들은 보호자와 동행하지 않으면 입장할 수 없어서 손주 아이들을 나에게 부탁한 것이다. 나는 두 손자를 데리고 잘 조성된 공원에 가서 돌보고 있는데 한국 교포 젊은 여인 둘이 공원 울타리에서 무엇인가를 따고 있었다. 나는 반갑기도 하고 무엇을 따는지 가까이 가서 보니 굵기가 엄지손톱만큼이나 굵고 살이 찐 새까만 복분자를 따고 있었다. 나는 "무엇 하려고 따느냐?"고 물었더니 "복분자 술을 담그려고 딴다."고 대답한다. 나는 두 여인에게 복분자를 그대로 술을 담기는 아까우니까 복분자를 따다가 설탕에 재워서 2~3개월 두면 100% 복분자즙을 만들어서 건강음료로 마시고 걸러낸 찌꺼기에 술을 담아 숙성시키면 100% 포도주가 된다고 일러 주었다.

사실 복분자주라고 파는 술에는 복분자 진액이 23%정도만 들어간다고 이야기 해 주었더니

"이런 좋은 정보를 알려주어서 고맙다."고 인사하고 갔다.

그 두 여인들이 간 후에 공원 울타리를 살펴보았더니 그 넓은 공원 울타리가 전부 복분자 넝쿨로 이루어져 있었고 지금 한창 복분자 열매를 수확할 아주 적기임을 알게 되었다. 나는 처음에 복분자 넝쿨을 울타리용으로 심었는가? 생각했는데 나중에 여러 곳을 구경 차 다니면서 살펴보니 산에도 들에도 길가에도 복분자 넝쿨이 지천임을 알게 되었다.

해가 저물어서 손자들과 집에 와서 아내와 딸에게 이야기 하고 내일부터 공원에 가서 복분자를 따겠다고 말하고 사각 프라스틱 통 큰 것에 비닐봉지를 씌워서 들고 다니기 좋게 담고 작은 통도 준비하여 조금씩 따서 담을 수 있도록 준비하고 면장갑도 준비했다.

그리고 다음날 아침 식사를 하고 공원이 가까우니까 혼자서 공원으로 갔다. 공원에는 아무도 없었다. 가시 넝쿨이 억세고 사나운 가시에 찔

려 조금 아프기는 하지만 그토록 크고도 탐스러운 한국에서는 구하기 힘든 복분자를 따는 재미에 시간 가는 줄 모르고 따서 프라스틱 통에 가득히 채워서 무겁기도 하고 담을 그릇도 없고 해서 끙끙거리며 딸이 사는 집으로 왔다. 7.5Kg 정도가 되어서 너무도 기분도 좋고 흐뭇했다.

시간이 어쩌면 점심시간이어서 식사를 하고 잠시 쉬었다가 또 공원에 나가서 복분자를 땄다. 오후에 딴 복분자는 오전에 딴 것보다 조금 적었다. 한 5kg쯤 되는 것 같다.

한국에서는 구경도 하지 못할 우수 품질의 맛이 아주 단맛의 복분자를 생각 외에 많이 따게 되어 피곤한 줄도 모르고 15일 정도의 시간을 복분자 따느라고 어떻게 지나간 줄 모르게 지나갔다. 저녁에는 아내와 딸아이가 그릇에 설탕으로 복분자 청을 만들기에 즐거운 시간을 보냈고 딸은 그릇을 사오고 설탕을 사오느라고 바쁘게 지냈다.

그러면서 나는 선진국 국민의 국민의식과 성숙한 시민의식을 체험할 수 있었다. 그것은 복분자를 따서 무겁게 양손에 들고 건널목도 아닌데 차들이 지나가면 건너가려고 섰으면 차를 운전하고 오던 시민이 내 앞에 정차하면서 어서 건너가라고 기다리고 있는 것이다. 나는 길을 건너면서 손을 흔들며 웃으면서 "댕큐"라고 말하고 웃어주면 차를 탄 시민도 웃으며 손을 흔들어주고 내가 안전하게 건너가는 것을 본 후에 차를 출발 시키는 것이다. 이것이 선진국 국민의 생활이고 남을 먼저 배려하는 마음인 것이다. 내 나라가 "선진"을 운운하지만 하는 행동들은 야만에 가깝게 전혀 이기주의적이고 남을 배려하는 배려심을 볼 수가 없음은 서글픈 일이라고 하겠다. 그러던 어느 날이었다. 오후 시간대에 5kg 정도의 복분자를 따가지고 공원 앞에 있는 도로가로 나와서 서있는데 그날은 양편 길의 도로에 차가 길게 서 있었다. "럿-시 아-워" 시간대로 차들이 양편에 가득 밀려있었다. 신호대기를 하는 것 같았다. 나는 공원 앞길은 차들이 서있기 때문에 차들 사이로 도로 중간에 있는 "안전지대"로 막 들어서고 있는데 대형 오토바이 한 대가 "안전지대"로 들어서 달려오고 있었다.

나는 차들 사이를 막 빠져나와 마음 놓고 "안전지대"로 들어섰고 대

은총의 여로(恩寵의 旅路)

형 오토바이는 "안전지대"는 비어있으니까 마음 놓고 달려오면서 내가 "안전지대"로 나오리라고 예측을 못했기 때문에 순간적으로 "안전지대"로 들어서는 나를 발견하지 못하고 그냥 달려오던 속도대로 가면서 핸들로 나를 살짝 치고 가는 바람에 나는 복분자를 따서 담아 들고 오는 무게 때문에 넘어지지는 않고 털썩 주저앉고 말았다.

이 장면을 본 "안전지대"를 중심으로 양쪽 차선의 차들은 신호가 바뀌어서 출발해야 하는데 출발하지 않고 내가 오토바이에 치어 죽은 줄 알고 놀라서 차창을 열어놓고 보고 있는 것이다.

내가 일어나서 복분자 그릇을 들고 있는 것을 보고 "어디 다친데 는 없느냐?"고 묻는 것 같다. 나는 "노-오"라고 "아니다"라고 손을 흔들어주고 "댕큐"라고 말하니까 어서 건너가라고 손짓한다. 그들은 내가 안전한 것이 기뻤던 것 같다. 내가 길을 건널 수 있도록 출발을 하지 않고 내가 길을 다 건너니까 "빠-바이"라고 잘 가라고 손을 흔들면서 길을 건너서 딸의 집으로 가는 편 길가에 서있는 내 곁을 지나면서 차창을 열고 손을 흔들면서 지나가는 것이다. 나는 여기서 우리나라에서는 느끼지 못한 문명 선진국의 국민들이 주는 따뜻한 마음들을 경험할 수 있었다. 그런데 공원쪽 도로에서 신호를 기다리다가 이 장면을 본 나이 많은 (한 60세 정도) 남자 운전사는 그 순간 기절을 하고 핸들에 머리를 대고 앉아있는 것이다.

버스 앞에 있던 차들은 내게 손을 흔들며 출발했는데 앞에 서 있는 버스가 출발하기를 기다려도 출발하지 않으니까 크락숀을 눌러대니까 버스 기사가 정신을 차리고 머리를 들더니 출발은 하지 않고 나를 발견하고는 기뻐하면서 비로소 안도의 빛을 띠고 출발하면서 안전하게 길을 건너서 서있는 나를 향하여 "나이스"를 연발하면서 차창 밖으로 손을 흔들며 지나가는 것이다. 나는 내 나라도 아닌 이국땅 영국에서까지 아주 위험한 사고 현장에서 남들은 그토록 걱정하고 놀란 현장에서 나만 놀라지 않도록 지켜주시고 나의 주님의 사랑의 생명 싸게 속에 싸서 품어주신 은혜를 또 한 번 체험하고 감사드리고 영국시민들이 보여준 그 따뜻한 사랑의 마음과 이국인인 늙은 나에게 안겨 준 선진 국민다운 배려심을 결코 잊을 수가 없다.

제29화

「작은 소 참 진드기」의
독을 막아 주신 하나님

  나는 농촌에서 태어나서 어린 시절을 보내고 나의 의지가 아닌 하나
님의 경륜 가운데 나의 하나님의 뜻하신 대로 주의 종 목회자로 부르
시어 농촌에서 24년간 목회하게 하셨고 그래서인지 하나님께서 창조
하신 그대로의 자연을 사랑하고 좋아한다. 그래서 봄에는 산에 가서 나
물을 뜯고 여름에는 바다나 강가에 가서 하나님께서 지으셔서 우리에
게 먹게 하신 바닷가에서 돌게, 소라, 낚지, 해삼과 망둥이, 깔따구(우조
기) 등을 잡고 저수지나 강가에서 낚시와 통발 노가리 등으로 붕어, 가
물치, 메기, 피라미, 새우, 등 여러 가지를 잡아서 음식솜씨가 좋은 사랑
하는 아내로 부부의 연을 맺어 주셔서 여러 가지의 맛있는 요리를 해서
먹게 하시고 가을에는 산에 가서 알밤과 상수리를 주어다가 묵도 쑤어
나누어 먹으므로 힘은 들어도 재미있다. 알밤도 찌거나 구워서 맛있게
먹는다. 겨울에는 농촌에서 목회할 때는 참새를 새 그물로 잡아서 맛
있는 진짜 참새탕을 끓여 먹었다. 그렇기 때문에 야외에서 다니다 보면
여러 종류의 뱀도 만나고 해충도 만난다. 그래서 풀포기에 붙어 있다가
사람의 옷과 피부에 달라붙는 "작은 소 참 진드기"에게 여러 번 물린
일이 있다. 산과 들에는 모기와 사람을 무는 벌레가 많은데 이 "작은 소
참 진드기"에게 물리면 다른 해충에게서 경험하지 못한 깊은 야릇한
통증을 느끼게 된다. 물파스나 알-콜과 해충에게 물린 데 바르는 연고

로는 안 되고 나만이 쓰는 특수 치료방법으로도 단 시일 내에는 치료되지 않고 오래가고 치료 후에도 피부 깊숙이 검은 상처 흔적을 남긴다. 풀밭에 자주 가니까 (밭에 가서 채소를 가꾸는 일도 있다) 다리의 발목 위에는 작은 상처들이 많이 남는다. "작은 소 참 진드기"는 개발에 달라붙어서 콩알만큼 커서 개가 다리를 들고 땅에 발목이 아파서 딛지 못하는 "진둥개"로 혼동하는 사람들이 있는데 그것과는 달라서 성충도 깨알보다 조금 큰 말 그대로 "작은 소 참 진드기"인데 이것에게 물리면 사람의 혈소판을 감소시켜서 30%정도가 이것에게 물려 죽는 못된 곤충이고 풀밭에 갈 때면 진드기가 싫어하는 기피제나 에프-킬라 에어-졸을 바지아래 부분에 뿌리면 예방할 수 있다. 아직까지는 이 작은 벌레인 "작은 소 참 진드기"에 물리면 특별한 치료제나 예방용 백신이 없기 때문에 농촌에 사는 농민들에게 희생을 안겨 주어 일 년에 평균 200~300여 명이 이 "작은 소 참 진드기"에 물려서 희생되는 것으로 통계가 나오고 있다. 나는 앞에서 말한 대로 산이나 낚시터가 풀밭이기 때문에 잘 물리고 밭에 가서도 옷에 붙어 방에까지 따라와서 물을 때가 있다. 어느 날은 낚시터에 가서 낚시하여 고기를 (주로 붕어) 잡아다가 배를 따고 비늘을 벗기고 있는데 발목 오금쟁이 (발목 회목) 부분이 가려움을 느껴서 손으로 긁었는데도 계속 가려워서 자세히 보니 상당히 큰 "작은 소 참 진드기"가 꽉 눌어붙어서 주둥이를 피부 깊숙이 처박고서 피를 뽑고 있는 것이다. 나는 손톱으로 떼어내어서 눌러 죽였다. 어느 때는 얼굴의 귓 부분과 눈 사이에 붙어서 물고 어느 때는 (방에서) 팔뚝이 가려워서 만져보면 흉터의 작은 딱지 같아서 그냥 놓아두면 계속 가려워서 손톱으로 딱지 인줄 알고 떼어내 보면 "작은 소 참 진드기"가 물고 있다가 잡힌 것이다.

그런데 하루는 우리 집 거실에서 기어가는 "작은 소 참 진드기"를 4마리나 하루에 잡았는데 아내가 팔에 기어가는 것을 잡고 내가 뒷목에서 떼어낸 것까지 합치면 하루에 우리 집 거실에서 6마리나 잡아낸 것이다. 기분도 나쁘고 또 어디에서 기어 다닐 것만 같아서 하루 종일 긴장했는데 더는 나오지 않아서 다행이었다. 그 이유를 살펴보니 우리 서울 총신 동창회원 중 강원도에서 어렵게 농사를 짓고 살아가는 회원을 돕기 위하여 농사지은 옥수수를 전부 사들여서 동창들 가정에 마대에 담아서 택배로 보내주었는데 오면서 어떤 과정에서 "작은 소 참 진드기"가 달라붙은 것 같다. 그 옥수수 택배를 받고 APT 거실에서 껍질을 벗겨서 버린 일 밖에 없기 때문이다.

지금까지 살아오는 동안에 여러 번 물렸고 어디 갔다 오면서 묻혀왔는지 모르나 장단지에 물린 것도 몰랐는데 깊이 오래 물렸던지 너무 오랫동안 내 방법으로 치료했고 병원에는 한 번도 간 일이 없이 좀 힘들었지만 나의 하나님께서 치료해 주셔서 깨끗이 나았고 "작은 소 참 진드기"에 물린 특수한 상처인 7~8mm의 둥글고 새카만 상처가 남았는데 5~6년이 지난 지금도 흐릿하게 상처자국이 남아있다.

별 볼 일 없는 "작은 소 참 진드기"에 물려 고생하고 죽는 숫자가 30%나 되는데도 여러 번 물리고도 병원에 한 번도 가지 않고 자가 치료받고도 건강에 이상 없이 살게 하신 하나님! 나는 그 사랑과 능력을 기념하기 위하여 비닐봉지에 "작은 소 참 진드기" 죽은 것을 담아서 보관하고 있다. 그러면서 이처럼 보잘것없는 죄인을 이같이 사랑하시고 보호하시는 말씀의 약속을 되새기며 감사드린다.

구약 이사야 11:8~ "젖 먹는 아이가 독사의 구멍에서 장난하며 젖 뗀 아이가 독사의 굴에 손을 넣을 것이다."

음료수(식수)인줄 알고
잘못 마신 농약 탄 물 다섯 모금

　나는 농촌에서 태어나서 자랐으면서도 농사를 지어서 생활을 하지 않았고 우리 가정에서 3형제 중 막내둥이로 귀하게 사랑받으면서 자랐기 때문에 농사를 지어 본 일이 없이 자랐다. 부모님과 큰형은 가난한 가정을 이끌어 가기위하여 남의 논밭에서 고생스럽게 일했다.

　그런데 내가 목회를 교회의 성장발전을 위하여 조기 자원 은퇴하고 만 65세가 되는 해부터 서투른 농부수업에 들어가서 신설도로부지로 남겨진 길가에 있는 언덕 베기의 굵은 돌밭에서 돌을 캐내어서 난생 처음으로 내 아내가 농촌의 잘 사는 집에서 자라면서 농촌의 일을 어깨너머로 보고 들은 대로 먼저 부추도 심고 호박, 고구마, 들깨, 콩 등을 작은 구석 땅을 일구어서 재미있게 가꾸어서 무공해 채소를 잘 먹었다. 그러다가 도로 확장공사로 우리가 힘은 들었지만 돌덩이를 캐내느라고 힘들게 일구어 채소 농사를 짓던 언덕 빼기 밭이 완전히 파헤쳐지고 넓은 길을 내는데 들어가서 채소농사 짓는 일을 그만 두어야했다. 그런데 막상 농사일을 그만두려고 하니 힘들고 수고스럽지만 하나하나 가꾸어서 먹다가 조금은 서운하기도 하고 아쉬운 마음도 있었다.

　그래서 다시 부추라도 심어서 가꿀 자투리땅이라도 찾느라고 이곳저곳을 찾아보았지만 부지런한 농사 경험이 있는 사람들이 다 미리 찾아서 무엇이라도 심어서 먹느라고 빈 땅을 찾을 수가 없었다. 그런데 내 아내가 산책하러 다녀오더니 하는 말이

"산 밑에 상당히 넓고 평평한 빈 풀밭이 있으니 거기 가서 한 쪽을 파서 부추라도 심읍시다."라고 한다. 나는

"주인이 쓰려고 닦아놓은 땅일 텐데 주인의 허락도 없이 농사를 지을 수가 있느냐?"고 말했더니

"주인이 농사 못 짓게 하면 그만 두면 되지!"라고 하는 말에 주인의 허락도 없이 채소를 가꾼다고 하는 일이 조금은 찜찜하지만 한 번 가보자고 말하고 가서 확인해 보니 그 땅이 이 씨 가문의 종산인데 무엇인가 건축하기 위하여 산 밑을 개간하여 닦아놓은 땅인데 몇 년이나 지났는지? 풀이 무성하게 자라 있었다. 그런데 우리가 사는 APT에서 차로는 5분밖에 걸리지 않는 곳이고 바로 큰 길가에 있는 평평한 땅이고 풀만 뽑아내면 무엇이라도 심을 수 있는 곳이었다.

그 땅에 컨테이너 박스가 5개 정도가 놓여 있어서 나는 처음에는 건설업자의 땅인 줄 알았다. 한 편에는 조경수를 심은 것 같은 향나무, 느티나무, 감나무, 매실나무가 상당히 심어져 있었다. 나중에 알고 보니 그 땅의 주인이 두 사람 같았다. 하여간 풀을 뽑아내기가 힘들 것 같은데 지난번에 채소를 심었던 땅에 비하면 이것은 아무것도 아닐 것 같다. 한편에는 상당히 큰 리기다소나무가 심겨져서 그늘이 드리워져서 조금은 그늘이 지겠지만 땅이 200여 평은 될 것 같기 때문에 농사짓기에 조건이 맞지 않는 부분은 피하고 채소 심기 좋은 곳만 파서 자갈을 골라내기도 참으로 힘들었다. 나중에 땅주인을 만나서 이야기를 들었지만 이씨(전주)네 종산의 일부분인데 나중에 쓸 일이 있으면 쓰려고 무허가로 닦아놓은 땅이고 위장하기 위하여 잔자갈을 두 차를 가져다가 깔아놓아서 돌이 많아서 농사 짓기에는 힘들거라고 이야기 한다. 자기들이 무어라도 심어 보려고 해 보았는데 자기들이 사는 집이 멀어서 그만 두었다고 말하며 자기의 신분을 이야기 하는데 "자기는 이 씨 문중의 종친회장인데 우리가 필요하여 쓸데까지는 잘 지어 쓰라!"고 친절히 말하여 고맙게 지금껏 채소농사를 지어 쓰는데 그 후 한두 번 만났으나 지금껏 연락처를 묻지 않아서 사례도 못하고 이제는 나이가 늙어서 그토록 사랑

은총의 여로(恩寵의 旅路)

스럽게 각양 채소를 23가지나 심어서 무공해 청정채소를 심어먹던 땅을 힘에 겨워서 100여 평 중 거의 절반을 묵혀 두게 되었다.

한번은 늦은 여름날 무를 심느라고 땀을 흘리며 힘겹게 일하는데 그날은 깜박 잊고 식수를 가져오지 않아서 목이타서 힘이 드는데 마침 내 아내가 씨앗을 심고 일을 도우려고 찾아왔다.

내 아내가 씨앗을 심고 있는 사이에 혹시 먹을 물을 가져오지 않았나? 생각하고 짐이 있는 곳으로 와서 보았더니 음료수 표를 떼어낸 2L들이 페트병에 물이 가득 담겨있었다.

그래서 더위에 목이타서 페트병의 뚜껑을 열고 입에 대고 벌컥벌컥 세 목음을 마셨다. 그런데 물맛이 좀 이상했다. 나는 속으로 생각했다.

"우리 집에 쓴맛 나는 음료수는 없는데 이 음료수는 왜? 쓰지?"라고 생각하고 다시 하던 일을 하다가 목이 타서 또 와서 페트병의 쓴맛의 음료수를 두 번 마시고 하던 일을 마치고 짐이 있는 데로 오니까 내 아내가 먼저 와서 있었다. 그리고 하는 말이

"여보! 여기 페트병의 농약 탄 물 무밭에 뿌렸어?"라고 물었다. 나는 "아니, 안 뿌렸어! 목이 말라서 집에서 식수를 가져 온 줄 알고 마셨어!"라고 대답했더니

"아이고 이를 어째, 무밭에 뿌리려고 농약(살충제) 타 온 거야!

아이고 어쩌면 좋아! 물어 보고나 마셔야 하지 않아? 냄새도 않나?"
"나는 하도 목이 말라서 집에서 오면서 물을 가져 온 줄로 알고 마셨는데 맛이 써서 이상하다 우리 집에 쓴 음료수는 없을 텐데~~~ 라고 생각했지! 잘 되었네. 이제 하늘나라에 가게 되었는가 보네!"라고 놀랄 것도 없고 내 아내도 그렇다고 119를 부를 사람도 아니다.

아내가

"여보! 가까이 있는「솔병원」수도장(지하수)에 가서 물이나 많이 마시고 와!"라고 말해서

"그렇게 하자!"고 말하고 밭에서 200여m 거리에 있는 "솔병원" 수도장에 가서 목도 마르고 해서 수돗물을 실컷 마시고 다시 밭에 가서

하던 일을 다 마치고 해가 넘어가서 집에 왔다.

하도 위험한 사건을 많이 겪었기 때문에 죽음도 겁나지 않고 두려움이 없이 살아온 터라 나나 아내나 이런 일을 당해도 조금도 두려워하지 않고 넘겨왔다.

그러나 아무리 무밭에 뿌리려고 약하게 타왔어도 살충제를 탄 물인데 속에서 반응이 분명히 있을 것 같아서 조금은 염려스러웠다. 집에 와서 샤워하고 쉬었다가 아내가 정성스럽게 준비한 저녁식사를 마치고 피곤하여 누웠다.

뱃속에서 이상이 생기든지 두통이 나던지 열이 나던지 눈이 솟아오르던지 어떤 증상이 있을법한 사건이었다.

그런데 그냥 피곤하니까 스스로 잠이 들었다.

밤에 전례대로 잠자다가 일어나서 소변을 보았는데 그 밤은 어제 물을 많이 먹었기 때문에 소변을 두 번은 더 누웠던 것 같다. 그리고 다음날 아침이 밝았다. 머리가 어지러울 것 같았는데 아무런 증상도 없이 일어나서 또 하루의 일정을 진행했다. 아무리 생각해도 신약성경 마가복음16:17~18의 말씀인

"믿는 자들에게는 이런 표적이 따르리니 곧 그들이 내 이름으로 귀신을 쫓아내며 새 방언을 말하며 뱀을 집어 올리며 무슨 독을 마실지라도 해를 받지 아니하며 병든 사람에게 손을 얹은즉 나으리라 하시더라."고 하신 약속이 떠올라서 하나님께서 이처럼 미련하고 못난 죄인을 어디에 쓰시려고 이렇게까지 보호하시고 지켜주시는가! 하고 다시 한 번 감사를 드렸다.

※(혹시라도 이런 일을 생각하고 농약을 마시는 일은 결코 흉내 내지 말기를 간곡히 부탁합니다.)

"그 농약성분이 그렇게 약했을까? 라고 생각하고 살충제 농약을 살포한 무밭에 가서 보니 그토록 우굴 거리던 여러 벌레들이 보이지 않았다. 나는 다시 생각했다. 하나님께서 그렇게도 미련하고 못난 쓸모없는 죄인을 왜? 살려주셨을까? 깊이 생각해보니 그날 농약 탄 물을 다섯 모금이나 마셨는데도 아무 이상 없이 지켜주신 것은

은총의 여로(恩寵의 旅路)

(첫째) 하나님의 영광을 가릴 일이기 때문이다. 만일 이 일로 인하여 생명을 잃었다면 신문이나 요즘 방송할 특종기사를 찾기에 열을 올리고 있는 TV, 라디오, 신문에 내 이름이 오르내릴 것이다.

"목사가 농약 물을 음료수로 잘못 알고 마시고 사망한 사건"이란 제목으로 이 어리석은 목사의 미련한 사건이 다루어 질 것이다.

(둘째) "김 목사가 특별한 사건이 있어서 고민하다가 농약을 마시고 자살했다네~~~ 김 목사가 절대 그럴 사람이 아닌데 자신만이 알고 혼자 고민하다가 그런 불행한 일을 저지를 말 못할 사건이 있었던 거야! 사람은 몰라! 그토록 바르게 살아보려고 애쓰던 사람인데 참 안되었네. 아까운 사람인데~~~"라고 꼬리에 꼬리를 문 억측과 모함과 많은 제 나름대로의 판단으로 안 좋은 소문이 퍼져 나갈 것이고

(셋째) 가장 중요한 선교문제에 엄청난 타격을 입히게 되었을 것이고

(넷째) 또 하나의 비극적인 문제는 당사자는 죽었으니 말이 없겠지만 살아있는 내 사랑하는 아내에게는 사법적인 문제로

(1) 고의성 있는 사건으로 남편을 독살한 여인으로 형사입건 될 뻔했던 문제이고

(2) 고의성은 없으나 독극물이라고 알리지 않아서 식수로 알고 먹고 사망했기 때문에 과실치사죄로 역시 사법처리 되어 감옥에 갈 뻔 한 아주 위험한 일이었고

(다섯째) 내가 피눈물로 개척한 우리 목원교회에 미칠 불명예스런 사건으로 전도의 길이 막힐 수 있거나 아주 나쁜 소문으로 교회의 발전과 선교사역에 엄청난 영향을 끼칠 수 있는 사건이여서 그 시작은 아주 단순한 실수의 실책의 사건이겠지만 그 파장은 엄청난 결과로 이어질 일이기에 하나님께서 하나님의 영광을 기리지 않고 선교와 전도의 길이 막히지 않게 하기 위하여 죄 없는 내 아내가 감옥살이를 하게 되는 비극을 막아 주시기 위하여 지켜 막아 주신 것이다.

처음에는 울타리 없이 그냥 농사를 지었는데 채소밭마다 전문채소 절도범 때문에 밭 입구에 경고문을 쓴 피켓이나 작은 현수막으로 경고

문을 새겨서 발각될시 사법처리와 손해배상을 하겠다고 경고하지만 전문 절도범은 채소밭 주인이 언제 밭에 나오고 언제 집에 들어가고 어느 요일에 나오지 않는지를 파악하여 밭주인이 없는 시간대로 순회하면서 따가고 뜯어가고 뽑아 가는 것이다. 울타리를 하고 자물쇠로 잠가도 어지간한 번호 키는 그냥 열고 따가고 작은 열쇠는 드라이버로 열쇠 통을 파괴하고 따간다. 하루 이틀을 걸려서 밭가에 말뚝을 꽂고 처음에는 현수막 버린 것을 모아다가 설치했더니 안 했을 때 보다는 안전한데 가장 취약지점을 발견하고 들어오고 아예 울타리를 뉘이고 넘어오고 바람이 불면 울타리가 넘어지고 해서 다 뜯어내고 건축현장에서 공사를 마치고 공사 중 안전을 위하여 설치했다가 버린 안전망으로 울타리 했더니 바람이 잘 통하니까 넘어지지도 않고 상당히 오래 가서 지금껏 한 번만 추가로 교체하여 쓰고 있는데 몹쓸 전문 절도범 여인이 칼로 설치된 망을 찢고 들어온 일이 있어서 속이 상하기도 했다.

나는 경고문 대신에 양심에 호소하는 글을 나무판에 써서 피켓으로 꽂아 두었어도 절도범의 양심에는 아무런 감동을 주지 못했고 여전히 절취해 갔다. 농산물 전문 절도범이 가장 선호하는 농산물은 호박(애호박, 늙은 호박) 오이, 토마토, 고추, 가지, 대파, 머위 순이었다. 한 번은 오이를 심어서 많이 열어서 주일(일요일)을 지나서 따오려고 했는데 절도범이 우리가 주일에 교회에 가는 것을 알고 주일에 밭에 들어와서 다 따가서 허망한 꼴을 당한 일이 있은 후에 나도 토요일에 밭에 가서 더 크면 좋을 것도 다 따왔고 토마토, 호박, 고추도 따왔다. 한해에는 오이 토마토 농사를 지어서 내가 세 번 따오고 절도범이 4번 따가는 웃지 못할 경쟁을 한일도 있었다.

이제는 힘에 지쳐서 농사를 그만 두어야 하겠는데 힘은 들고 고생은 되었어도 하나님이 가꾸어 열매 맺게 하시어 건강을 위한 무공해 식품을 먹고 자연과 친화적인 생활과 갖가지 희비가 엇갈린 일도 있었으나 살충제 농약을 탄 물을 먹고도 아무런 이상 없이 오늘까지 살게 하신 크신 은혜는 결코 잊을 수가 없다.

은총의 여로(恩寵의 旅路)

제31화

위 카다르(급 광란) 4시간 동안의 사경에서 건지신 하나님

나는 어릴 때부터 식물에 대한 관심이 많았었다. 어쩌면 어려서부터 내 손으로 꽃밭도 만들고 시골에서는 지금과는 달리 꽃 묘나 꽃씨를 구하기가 힘드니까 마을에서 꽃을 좋아하는 집에서 봄에 꽃 묘를 몇 포기씩 얻어다가 심어서 예쁘게 가꾸었고 우리 집에 없는 꽃 종류는 내 힘으로 안 되면 어머니를 통하여 기어이 얻어다가 심었다. 그러니까 우리 마을에서는 언제나 꽃 종류가 가장 많았고 그것만으로는 마음에 차지 않아서 산에나 들에서 아름다운 꽃이 있으면 캐다가 심었다.

울타리에는 개나리, 찔레꽃, 무궁화가 피었고 꽃밭에는 원추리, 맨드라미, 봉선화, 채송화, 백일홍, 민들레가 피었다. 이렇게 식물에 대한 애착을 갖게 되니 시골에서는 병원이나 약국의 혜택을 누릴 만큼의 여유가 없기 때문에 맹장염 같은 병도 초기에 병원에 가서 수술했으면 살 수 있을 사람도 설마 참다보면 낫겠지 하고 참다 참다 못 견디면 리어카에 싣고 이불을 덮어서 빚을 내어 병원에 가다가 죽는 사람, 가서 이미 맹장염이 터져서 손 못 댄다고 돌려보내면 오다가 죽는 사람, 집에 와서 고통 속에서 2~3일 고생하다가 가는 사람들이 많았다.

그리고 음식을 잘못 먹어서 광란(위 카다르 : 위가 음식을 소화시키기 위한 운동 작용을 원활히 해서 장으로 내려 보내는 것이 정상적인 소화 작용인데 위에 충격을 가하는 음식이나 위의 운동 작용을 방해 내지 중단 시키는 음식이거나 소화에 장애를 줄 수 있는 현상이나 독성이 있는 음식이 들어오면 위가 소화 작용을 중지하고 뭉치게 되는 데 단단히 공처럼 뭉치게 되면 위의 혈관이 원활하게 공급하던 혈액순환에 장애가 오게 되는 현상인데 이렇게 되면 창자가 끊어질 듯한 통증이 오고 가슴이 터질 것 같은 통증으로 숨이 막히는 현상이 오게 되고 얼굴색은 혈액순환이 되지 않으니까 새파랗게 변하며 견딜 수 없는 통증으로 호흡이 멈추고 죽게 되는 현상이다.)

이때 병원으로 가면 구급요법으로 위기를 면할 수 있고 침술사가 있으면 침으로 위에 상관된 혈에 시술하면 그 충격요법으로 인하여 혈액순환이 회복되면 "휴"~~~ 깊은 숨을 내쉬게 되고 통증이 사라지고 검은색의 얼굴에 핏기가 돌면서 회복이 되게 된다. 이때 설탕물이나 꿀물을 따뜻하게 데워서 마시우면 통증 해소에 도움을 주게 된다. 그런데 이도 저도 못할 형편이면 시골의 길가에 흔한 질경이풀(속어= 뻬프쟁이. 한약명 = 차전초, 열매는=차전자)을 뿌리채 캐어다가 깨끗이 씻어서 즙을 내어 마시우면 신기하리만치 10분 안에 통증이 그치고 회복이 되는 것이다.

나는 시골에서 살면서 이런 쉽게 구하여 위급한 처지를 면할 수 있는 방법 등을 듣고 체험하며 "서의학"에 대하여 몇 가지를 알고 살아오며 효과(특효)를 보았다. 손쉬운 서의학중 갑자기 코피가 날 때면 어디서나 구할 수 있는 들 쑥을 구하여 찌어서 물을 짜내고 그것으로 코를 막으면 지혈이 되고 더 나아가서 미리 준비해 두었다가 사용하면 코피를 아예 막을 수 있는 재료들도 있다. (내 개인 체험)

몇 년 전 내 아내와 함께 집에서 점심을 먹고 아내는 APT 단지 내에 있는 노인정에 가고 나는 집에서 신문을 읽고 있는데 식사 후 2시간쯤 지날 무렵부터 가슴이 답답해지고 통증이 오기 시작하는데 갈수록 더해지는 것이다.

국민건강공단에서 두 번 연속으로 판정이 나온 병명은 노인성질환이지만 "심뇌혈관질환"으로 나왔고 앞으로 10년 안에 이 진단명의 병명의 원인으로 중풍이나 돌연사의 위험이 있으니 조심하라는 주의를 받은바가 있어서 조심하고 이에 대한 병원 처방으로 고혈압(36년) 당뇨(20년) 고지혈증, 전립선염(18년)을 착실하게 복용하고 있는 것이다.

은총의 여로(恩寵의 旅路)

내가 살아온 85년 동안 그 수많은 죽음의 위기를 넘겨서 생명은 하나님의 것이어서 한 번도 그 많은 사고 속에서 상처 하나 난 일없고 피 한 방울을 흘린 일도 없이 지켜주셨기 때문이고 "하나님의 종"인 나를 들어 세계 선교에 쓰시려고 그 위기를 넘겨주시고 막아 주셨기에 우리 주님께서 맡겨주신 사명을 다 할 때까지는 "그 은총의 생명 싸개"로 지켜주셨고 맡기신 "종의 임무를 마치면 부르실 것을 확신하기에 죽음에 대하여는 털끝만치도 무섭거나 두렵지 않고 언제라도 떠날 준비를 갖추고 살고 있는 것이다.

이 세상에 대한 어떤 애착이나 미련은 털끝만치도 없고 나의 주님께서 부르시면 남에게 괴로움 끼치지 않고 그냥 주님 앞에 마지막 드릴 기도를 드리고 떠날 준비를 갖추고 살고 있기 때문에 위기를 피하려고 하지 않고 그 위기를 통하여 조용하게 나의 주님 앞으로 달려가려고 준비하고 있는 것이다.

그런데 통증이 심해 오더니 숨을 쉴 수가 없이 된 것이다. 나는 마음속으로 내가 준비한 기도를 드리고 최후의 시간을 기다리고 있는 것이다. 119를 부르기는 싫다.

갈 때가 되면 하나님의 일을 마친 종이니까 나의 주님이 예비하신 집으로 갈 준비를 그 고통 속에서 착실히 하고 있었다.

나는 심근경색 증상인줄 알았다. 꼭 그대로의 통증으로 누워있기 때문이다. 다른 때는 오후 5시안에 집에 오던 내 아내가 그날은 6시가 지나도 오지 않는 것이다. 나는 조금 섭섭하겠지만 내가 하나님 앞으로 가는 죽음의 고통까지도 아내에게 보이기 싫어서 그냥 숨 막히는 고통 속에 있었다. 심근경색증은 발병 3시간을 넘기면 사망의 위험이 있다고 하는데 3시간이 지나갔다. 4시간을 넘기면서 혹시 점심 먹은 음식으로 오는 "위 카다르"가 아닌가? 생각했다. 6시 반을 넘기면서 아내가 돌아와서 나의 고통스런 모습을 보더니 깜짝 놀라며

"왜? 전화를 안했느냐?"고 나무라면서도 아내나 나나 119를 부르는 일은 모른다. 아내가 머리를 만져 보더니

"열이 많이 있다."고 하고 배를 눌러보더니 너무 통증이 심한 것을 알고

"혹시 점심 먹은 것이 체한 것 같으니 질경이를 캐다가 찌어서 즙 내 먹어야 겠다."고 한다. 나는 질경이가 우리 APT 주변에 어디어디에 분포되어있는지 다 알고 있었는데 내 아내는 일을 남보다 2~3배나 빠르게 잘 처리하는데 그런 사람의 공통점대로 꼼꼼하지는 못하다는 것을 너무나 잘 알고 있다. 성격이 깔끔하여 지저분한 성격의 나와 60여 년을 살면서 고생이 많음을 잘 알고 있다. 4시간이 지나도 통증이 조금 완화되기는 했지만 여전히 견딜 수가 없어서 그 질경이를 캐러 가자고 했더니 자기도 APT 구역 안에 질경이가 있는 곳을 알고 있다고 자신 있게 말하며 혼자 간다고 호미를 들고 나가길래 따라가 보았더니 아니나 다를까? 질경이 비슷한 망초대(어릴 때는 비슷함)풀을 캐면서 이것이 질경이라고 자신 있게 우긴다.

내가 질경이 풀을 캐서 냄새 맡아 보려고 했더니 망초풀이 질경이 같다고 우기어서 식물에 대하여는 조금 알고 있는 나는 잎을 깨물어서 맛보라고 했더니 쓰다는 것이다. 망초 잎은 쓰고 질경이 잎은 쓰지 않고 거의 단맛 같은 맛이 난다. 많지는 않지만 질경이를 뿌리 채 캐어서 집에 와서 물에 씻어서 절구에 찌어서 생즙을 내서 마셨더니 10분도 채 안되어서 그처럼 참기 어려웠던 복통이 스르르 개기 시작하면서 터질 듯이 아팠던 가슴 통증이 개기 시작했다. 아내가 데운 물에 꿀을 타서 주어서 마시고 누워서 안정을 취하였더니 회복이 되었다. 위청수와 한약 소화제를 먹고 깨끗이 회복되었다.

나의 하나님께서 아직도 쓰실 일이 남아서 그 견딜 수 없는 통증으로 숨이 멎을 듯한 고통스런 4시간 반 동안에 붙드시고 일으켜 주신 것이다.

나 같은 죄인을 이토록 사랑하시고 특별 관리하시고 붙들어 주심을 진심으로 감사드린다.

「생명싸개 속에 싸인 은총」
終−끝마무리 사건

내가 자동차와의 연관을 가지게 된 데는 하나님의 크신 은혜 속에서 이루어진 감동적인 사연으로 시작된 것이다. 그것은 나의 목회 중 가장 찬란하게 성공적인 사역을 이루어 주신 하나님의 크신 은혜의 축복의 목회를 기도로 지키지 못하고 가장 부끄러운 목회로 마치고 완전한 빈손으로 떠나와서 나의 하나님께서 긍휼하심을 베푸시어 기이한 도우심을 힘입게 하시어서 그 선하신 사랑의 도우심으로 목원교회를 개척케 하시어 세워 주신 것이다.

많은 영육 간 상처를 입고 떠나온 터라 새로운 목회 계획을 구상하면서도 손에 쥔 돈이 없고 보니 실천 가능한 방법을 찾기가 그리 쉽지는 않았다.

시간이 나는 대로 나와 교회에 재정이 긴급히 아쉬울 때마다 말없이 조건 없이 지원해준 제민당 한약방을 찾아가서 시간을 보냈다. 하루는 김 장로가 교통편을 어떻게 이용 하느냐?고 물었다. 김 장로는 나이는 나보다 한 살 위다. 나는 성격이 유난히 곧은 사람이고 불(不)자와 비(非)자가 붙은 일이나 문제에는 완연히 선을 긋는 사람이어서 불이익도 많이 당하고 배척도 많이 당하고 모략중상도 많이 당하고 이익이 아무리 많이 주어진다고 해도 그것이 정도(正道)가 아니면 지금까지 가담치 않았고 그런 곳에는 아무리 어렵고 힘이 드는 상황에서도 거절했기 때문에 생활은 늘 어려운 가운데 살아왔고 가까이 지내는 친구도 없는 상태여서 늘 외롭게 살아온 것이다.

그런데 하나님께서는 나 같은 사람을 준비 하셔서 그 고독을 면케 해 주시고 내게 든든한 의지가 되어 붙들어 준 오직 한 사람인 내게 유일한 형님 같은 친구가 김여선 장로인 것이다.

약방 사업을 하면서 신태인에서 장날이면 장마당 한구석에 좌판을 펼쳐놓고 한약재를 팔아 가난하게 살았던 자기에게 축복하셔서 "제민당 한약방"을 개설하여 영업을 시작했는데 하나님의 축복으로 지혜와 특별한 달란트로 사람들이 "제민당 한약방"의 한약 몇 첩만 지어다 먹으면 앓던 질병이 치료되는 것이다. 내 사랑하는 친구인 김 장로는 이처럼 효과 있는 처방을 내는 것을 하나님께서 주신 "꾀"(특별한 처방비법)라고 한다.

빠른 기간에 "제민당 한약방"의 한약이 효과 있다는 소문이 잘 나게 되어 신태인을 중심한 지방만 아니라 전주, 익산, 군산으로 펴져 나갔고 멀리 서울, 부산까지 소문이 나서 환자들이 찾아와서 약방에 가득히 앉아서 진찰 받을 순서를 기다리고 앉아있는 것이다. 이에 교통편도 그렇고 작은 신태인으로는 감당할 수 없어서 부득이 전주로 사업장을 옮겨서 오늘에 이른 것이다. 김 장로의 사업 성격은 그 성격대로 결단코 양심을 벗어난 일은 안했다. 환자를 진맥하고는 꼭 하는 말이(약 3첩이나 5첩이상은 지어주지 않았다.) 약 3첩만 먹으면 나을 거요!(혹은 5첩)라고 말하면 환자 측에서는 하는 말이

"멀리 찾아왔는데 한 제(20첩)나 지어주어야지 5첩만 지어주시면 어떻게 해요?"라고 항의 하면

"5첩만 먹어도 나을 것이니까 5첩만 지어주는 거요!

"먹고 나으면 오지 말고 안 나으면 또 오면 되지 않소?"

"한 제 지어가서 처방이 달라서 않으면 그때는 나를 도둑놈이라고 욕하려고 그러시요?"

"믿고 어서 지어 가지고 가요!"라고 보내는 것이다.

은총의 여로(恩寵의 旅路)

이것이 김여선 장로의 양심이고 처세인 것이다.

의료보험이 실시되기 전에는 하루에 환자를 250~300명까지 보아 준 것이다. 여기서 사람들은 다른 곳과는 달리 철저히 이익 추구의 영업 방식이 아니고 환자 위주의 영업방식임을 확인하고 3~5첩의 한약을 지어다가 달여 먹고

"한의원 선생님의 말대로 병이 나았다."고 하는 좋은 소문으로 단 기간에 하나님께서 많은 재산을 쌓아 주셨다.

보통 사람들은 어려울 때는 하나님께 눈물로 간구하여 응답하여 부요함을 누리게 되면 하나님의 은혜를 저버리고 제가 똑똑하고 잘나서 누리는 복으로 알고 오만한 생각으로 행동하다가 하나님께 버림을 받게 되는 일이 많음을 본다.

그러나 나의 형님 같은 친구인 김 장로는 올바른 신앙 인격을 지닌 분이다. 이 모든 은혜가 하나님께서 주신 사랑과 은혜의 축복임을 결코 잊지 않았고 시편 116:12~14의 말씀에서와 같이 "내게 주신 모든 은혜를 내가 여호와께 무엇으로 보답할까? ~~~14. 여호와의 모든 백성 앞에서 나의 서원을 여호와께 갚으리로다."라고 고백한대로 주신 하나님의 축복과 은혜의 보답을 가슴에 품고 전주시 덕진구 인후동(현, 덕진구 안골2길) 신개발 당시에 APT단지 내에 예배당 부지를 확보하고 붉은 벽돌조로 150여 평 되는 아름다운 교회당 건물을 대지에서부터 건물 완성에 이르기까지 교인들에게나 외부에서 한 푼도 협조 없이 단독으로 건축을 완성하여 봉헌 하였고 김여선 장로가 세운교회라는 사실을 알고 전주 전역에서 교인들이 찾아오니까 처음에는 봉고차 2대를 사서 바쳐서 교인들을 수송하였으나 교인수의 증가로 대형버스까지 단독으로 사서 봉헌하여 하나님께서 주신 크신 은혜와 축복을 보답코자 최선을 다했던 것이다.

그리고 많은 약체교회를 돌보았고 많은 목회자들을 지원했고 보약과 치료제로 섬긴 것이다. 그러니까 많은 목회자들을 돌보면서 그 성격에 많은 실망을 당하고 살아온 것이다. 그러다가 나를 만났고 40여 년

이 넘도록 최상의 보약을 처방하여 기쁨으로 섬겨오면서 둘도 없는 같은 성격과 같은 마음으로 결코 잊을 수 없는 진정한 믿음 안에서의 참된 친구로서 이제 나의 나이와 그간 병약한 몸을 주님의 선교에 쓰시려고 붙들어 주셨고 진정한 하나밖에 없는 친구인 나의 건강에 최선을 다해서 돌보아 주께서 맡기신 해외선교를 마쳤는데 나의 몸이 쇠약하여 생명의 날이 많지 않게 남은 것을 알고 더욱 나의 건강을 챙겨 주면서 하루라고 더 같이 있고 싶어서 애타는 마음을 보면서 진정한 친구만이 가질 수 있는 심정임을 확인하고 다시 한 번 눈물겹도록 고맙고 감사하여 잊지 않고 기도드리며 내가 먼저 주님 앞에 갈지라도 나의 주님 앞에 나의 형님 같은 친구 김여선 장로의 이름을 불러 부탁드릴 것이다.

나는 김 장로가 교통수단에 무엇으로 이용하느냐?는 물음에 "버스도 타고 걸어서도 다닌다."고 말했다. 김 장로는 즉석에서 자전거 값을 주면서

"어떻게 걸어 다녀? 자전거라도 타고 다녀요!"라고 한다. 나는 자전거 한 대도 살 수 없는 형편이어서 감사히 받아서 새 자전거로 편하게 2년여 동안 타고 새벽예배 인도차 가다가 내리막길에서 브레이크 핀이 튀어서 하마터면 교통사고를 당하여 사망사고를 당할 뻔했던 사건을 앞서 기록한 바 있다.

그 새벽에 그 고장 난 자전거일망정 도적을 맞아서 또 걸어 다녔다. 나의 이런 이야기를 들은 김 장로가 나에게 봉투 하나를 주면서 하는 말이

"목사님! 이건 자동차 운전면허시험장에서 접수할 훈련연습비요. 언제라도 자동차를 운전해야 하니까 지금 바로 가서 접수하고 연수 받아요!"라고 말하면서

"면허증을 따게 되면 우리가 타는 베스타를 줄 것이니 열심히 연수를 받아서 꼭 면허증을 따요!"라고 말한다.

나는 눈물겹도록 감사하여 그날로 가서 자동차 면허시험장에 등록을 하고 지도하는 대로 이론 공부할 문제집을 사서 열심히 공부했는데 3번의 시험을 거쳐서 이론 시험에 합격하고 실기시험에 들어가서도 역

은총의 여로(恩寵의 旅路)

시 3번의 시험 끝에 합격을 하였다.

그런데 장거리 시험은 계속 떨어졌다. 사무원이 10번(이론, 단거리)넘으면 연수비를 추가로 더 내야 한다고 하는데 원장이 그냥 면허 딸 때까지 보아 주라고 하여 계속했다. 나를 지도하는 선생이 내게 하는 말이

"선생님은 운전을 아주 안정되고 능숙하게 잘하니까 혼자 운전하라"고 한다. 그러면 나의 다음에 차를 탈 사람이

"선생님한테 운전을 배우겠다."고 말하고 내 옆 조교자리에 앉아서 일일이 체크하고 목적지에 도착하면 하는 말이

"선생님! 참 운전 잘하시네요! 나는 언제나 선생님처럼 운전을 잘 할 수 있을까요?"라고 부러워하는데 면허 시험장만 가면 떨어지는 것이다. 내가 12번째의 인지를 운전면허 신청서에 붙이고 생각하기를

"이번에도 떨어지면 아예 면허시험을 포기하겠다."고 마음먹었다. 그런데 장거리 시험에 합격이 안 되는 날에는 그 많은 응시자들 중에 1/3 정도만 합격하는 날이 있고 어느 날은 반수 정도가 합격하기도 했다.

그런데 그날은 합격생이 아주 많이 나오는 것이다. 출발하여 여러 코스를 거치고 종점에 오면 운전시험 차량 위에 달린 등에 파란불이 켜져서 돌아가면 합격이기 때문에 대기생들이 박수를 쳐주고 시험을 마친 합격자는 좋아서 펄쩍 뛰는 모습을 보게 된다. 나는 이번 시험이 마지막이라고 생각했기 때문에 아주 긴장하고 여러 코스를 마치고 종점에 돌아왔는데 박수 소리가 나지 않는 것이다. 나는 차량 문을 열고 내리면서 기분이 말이 아니었다. 그런데 나의 다음에 면허차를 탈 사람이

"선생님! 축하합니다."라고 말한다. 나는 엉겁결에

"무엇을 축하한다는 거요?"라고 퉁명스럽게 물으니

"차 지붕에 파란 불이 돌고 있지 않아요?"라고 하는 말을 듣고 보니 파란불이 돌아가고 있는 것이다. 나는 그제야 내가 12번 (이론, 단거리, 장거리 합계) 만에 합격된 것이 신기하여 나 혼자 박수를 쳤다. 이렇게 하여 자동차 면허 1종 보통 면허를 따게 되었고 폐차하고 운전대를 놓기까지 30년 6개월간 인사사고를 내지 않고 운전할 수 있도록 하나님께서

지켜 주셨다.

　면허를 따게 되니 나의 하나밖에 없는 친구인 김여선 장로가 2년간 탄 봉고차를 가져다주어 시행착오를 겪으면서 3년을 타고 고장이 잦아서 팔고 토픽차량을 사서 대체해서 운전하게 되었고 자녀들이 회갑기념으로 세피아를 사주어서 3년간 잘 탔는데 아들이 소나타2로 새 차를 사주어서 타다가 65세로 조기 자원 은퇴하면서 아무래도 연료비가 문제가 되어 내가 청각 6급 장애자여서 LPG가스 중고차로 (누비라) 사서 잘 타다가 사위 목사가 충돌 사고로 내 차를 폐차 시키게 되어서 며느리가 타는 레간자를 주어서 탔는데 아이들이 우리 부부의 결혼 50주년 기념으로 체어맨 중고차를 새 차처럼 "쌍용자동차 전주 사업소 소장인 유종두 장로가 나를 믿음의 아버지로 알고 내게 대하여 최선을 다하여 선교용품으로 지원하여 귀한 사역을 할 수 있었고 내 나이가 많아지니까 아무래도 튼튼하고 안전한 차를 타야 한다고 늘 말하면서 쌍용차 계통의 차량 중 가장 튼튼하고 안전하고 멋진 체어맨차를 사야한다고 늘 말했는데 나는 무슨 돈으로 이런 차를 사며 값비싼 부속과 수리비를 어떻게 조달 할 것이냐?"고 걱정하면

　"그런 것은 염려하지 마세요!"라고 말했는데 자기가 쌍용자동차 정비사업소를 운영하니까 자기가 모든 정비를 자신이 부담하여 돌보아 주겠다는 마음 준비를 가지고 있었다.

　우리 부부의 결혼 50주년을 맞게 되니 자녀들이 기념선물로 승용차를 사주기로 결정하고 새 차는 못하더라고 중고차도 튼튼한 차로 사기로 하고 쌍용자동차 전주 정비사업소를 운영하는 유종두 장로에게 의뢰했는데 마침 춘천 어느 교회에 시무하는 목사가 체어맨을 타고 전주 지방에 왔다가 추돌사고로 앞부분의 본-넷과 앞부분 등이 찌그러지고 내부 기기들도 부서져서 수리를 의뢰했는데 수리비가 많이 나와서 아예 사고차를 팔고 새 차를 사기로 하고 팔아달라고 의뢰가 들어왔다고 연락이 왔다. 새 차를 산지 3년밖에 안되고 많이 활동한 목사여서 5만여 Km를 탄 차인데 잘 수리를 해서 950만 원에 살 수가 있다고 한다. 아

이들이 구하던 차여서 3주간 완전히 새 차같이 수리하여 가져왔다. 지금까지 여러 기종의 승용차를 타보았는데 고급차답게 안정되고 튼튼하고 아주 부드럽게 편한 차를 꿈에도 이름조차도 부를 수 없는 차를 8년 동안 하나님의 은혜로 사게 되어 잘 탔고 그 기간 동안 내 믿음의 아들인 유종두 장로가 종종 나에게 자기 회사에 차를 가지고 와서 점검 받으라고 하여 엔진오일과 타이어 휠과 밧-데리까지 다 자기 부담으로 손 볼 수 있는 것은 다 고치고 손보아서 차에 대한 많은 비용 부담없이 편하게 타게 해준 그 고마움은 결코 잊을 수가 없다.

그런데 정확하게 2015년 12월 27일 주일 아침에 처음 겪는 대형사고가 난 것이다. (인사사고는 아니고 차량파손사고) 그날 주일이어서 새벽예배를 본 교회에 가서 드리고 오전 예배에 참석하려고 아내와 같이 지하 차고에서 차를 타고 시동을 걸었는데 날씨가 추어서 중고차의 결함인 백 밀-러가 펴지지 않는 것이다. 예열을 받는 시간이 5분이 지나면 펴지는데 그날은 10분이 가까워도 펴지지 않는 것이다. 그렇다고 예배시간이 가까운데 더 기다릴 수가 없어서 불안한 마음으로 출발하여 지하 주차장에서 나왔다. 그러나 펴지지 않은 백 밀-러에 신경을 쓰면서 APT 단지 길을 나오는데 언 듯 보니까 차가 다른 지하주차장 지상 환기창 모서리를 향하여 가고 있는 것이다.

그래서 깜짝 놀라서 브레이크를 꽉 밟는다는 것이 밟고 있는 액셀레이타를 힘껏 밟은 것이다. 차가 환기창 모서리에 박히지 않게 하기 위하여 핸들을 돌렸는데 다행히 지하 환기통 모서리는 피하면서 환기창 3개를 부수고 환기창 길가에 설치한 원형 고무 통 화분2개를 부수고 앞에서 APT내 어느 집의 보일러가 고장이 나서 신고를 받고 수리하러 오던 보일러 기사가 탄 중고 소나타 차량의 앞부분을 받고 환기창 (세 번째)에 처박히기까지 계속 액-셀레이터를 브레이크로 알고 밟고 있었던 것이다.

자동차 시동이 꺼져서 밖으로 나왔다. 나는 곁에 앉은 아내가 염려되어서 괜찮느냐?"고 물었더니

"당신도 괜찮느냐?"고 묻는다. 나는 또 위험한 사고 중에도 지켜주신 하나님의 크신 은혜를 감사드리며 차 문을 열고 나와서 부서진 차에서 나와 서있는 보일러 기사에게 가서

"제가 부주의로 인하여 사고를 냈습니다. 참 미안합니다. 혹시 다치신 데는 없습니까?"라고 물었더니 오히려 나를 염려하면서

"저는 괜찮습니다만 어르신은 어떠십니까?"라고 묻는다.

나는 또다시 하나님께 감사를 드렸다.

후진국인 한국인들은 뒤 차가 차 밤-바를 살짝만 받아도

"나 죽겠네!"라고 죽는 시늉을 하고 드러눕는데 내 차로 자기 차를 받아서 폐차처분하게 되었는데도 시비를 걸지 않고 나를 염려해주는 이런 착한 사람을 만나게 하신 하나님의 크신 은혜를 감사드렸다. 양측 보험사 직원들이 나와서 보험처리 사무를 마치고 갔다. 보일러 수리공이 탄 차가 건너편에 주차해 있고 보일러 기사가 차 안에 앉아 있는 것을 보고 차 있는 데까지 가니까 보일러 기사가 차에서 나왔다. 나는 다시 한 번 미안하다고 인사하고

"차가 많이 부서졌네요! 어떻게 하지요? 정말 미안합니다."라고 인사했더니 또 나를 염려하면서 하는 말이

"서로가 다치지 않아서 참 다행입니다. 제 차는 폐차하라 하면 되지요. 염려하지 마세요! 어르신 저도 병원에 가 보려고 하니까 오늘 밤 병원에서 하룻밤 자겠습니다. 어르신께서도 주무시고 내일 아침에 조금이라도 이상이 있으면 병원에 꼭 가 보세요!"라고 인사하고 헤어졌다.

예배시간이 늦어서 내가 새벽예배 나가는 가까운 성결교회에 가서 주일예배 드리고 왔고 나와 아내가 그 후 아무런 증상없이 지냈다.

이런 비슷한 사고를 또 한 번 겪었다. 바울 선교회 본부 직원 점심식사를 대접하러 갔다가 어지러운 두통으로 운전에 장애를 일으켜 식당 주차장에서 위험한 사고를 겪을 뻔했는데 그때도 나의 하나님께서 지켜주셔서 아무런 사고를 당하지 않았고 그간 내차의 보험료와 차량세를 담당했던 아들이 이제 운전면허를 반납해야 할 때가 되었으니 건강문

제로 늘 불안함을 겪지 말고 처분하라고 권하여 나의 건강문제를 내가 너무 잘 알기 때문에 2020년 3월에 아직 차량에 아무런 문제가 없어 안심하고 탈 수 있는 좋고 아까운 차를 폐차 처리하고 자동차 안전보장 보험도 만기가 되어서 우체국에서 지급받은 420만 원에 보태어 500만 원을 미얀마에서 사역하는 내 아들같이 사랑하는 이성호 선교사 사역 지의 선교 교육 센-타 건축비로 보냈다.

하나님께서 지켜주셔서 보험금을 찾지 않고 마치게 된 감사의 헌금 이었다. 나는 APT 경내에서 발생한 차량 사고 후 폐차 처분하겠다고 유종두 장로에게 말했더니

"이 후로도 목사님이 다른 차를 사서 운전해야 할 것인데 그 보다는 이 차를 수리하여 타는 것이 안전합니다."고 말하는 것이다.

"수리비가 얼마 나오느냐?"고 물었더니 한 850만 원 나오겠습니다. 이 차가 보험에서 차 값으로 670만 원이 나오니까 제가 알아서 수리해 드릴게요! 염려 마세요!라고 말하고 3주간 수리할 만큼 엄청난 사고를 낸 것이다.

나와 아내가 무사하고 마음 착한 보일러 기사를 만나게 하시고 그 보일러 기사도 아무런 이상 없도록 지켜 주신 나의 하나님!

그날 만일 화단가의 길로 사람이 다녔더라면 인사 사고가 날 엄청난 사고의 현장에서

"하나님의 생명 싸개 속에 싸인 은총" 속에서 오늘에 이르도록 이 부족한 사람을 그 많은 사고와 어려움 속에서 지키시고 살피시어 이 크신 은혜와 사랑을 기록하지 않고는 내 인생을 마칠 수 없어 기록하다보니 본의 아니게 나의 자서전이 되고 말았다.

이제 긴 이야기를 마치면서 대쪽 같은 성격 때문에 불의와 비 신앙, 비양심, 비인간과는 타협을 할 수 없어 항상 불이익을 당하면서 살아왔 어도 하나님 앞에 부끄러움 없이 산 것에는 결코 후회하지 않는다. 후일에 내가 남에게 어떠한 평가를 받는 인간으로 남을 것인가? 하는 문제에 무거운 책임을 느끼며 이 글을 마치는 바이다.

「봄비의 책」5

은총의 여로(恩寵의 旅路)

우리 주님의 생명 싸개 속의 은총 (삼상 25:29)

▪
초판 1쇄 인쇄 / 2023년 4월 5일
초판 1쇄 발행 / 2023년 4월 10일

▪
지은이 | 김 봉 철
펴낸이 | 민 병 문
펴낸곳 | 새한기획 출판부

▪
주소 | 04542 서울특별시 중구 수표로 67 천수빌딩 1106호
TEL | (02)2274-7809 / 070-4224-0090
FAX | (02)2279-0090
E-mail | saehan21@chol.com

▪
출판등록번호 | 제 2-1264호
출 판 등 록 일 | 1991. 10. 21

값 15,000원
ISBN 979-11-88521-74-6 03810
Printed in Korea